人间辞话

古典诗词 修辞例话

（增订本）

田望生 著

中国书籍出版社

图书在版编目（CIP）数据

人间辞话：古典诗词修辞例话 / 田望生著. —— 增订本. —— 北京：中国书籍出版社，2019.10

ISBN 978-7-5068-7477-9

Ⅰ. ①人… Ⅱ. ①田… Ⅲ. ①古典诗歌—修辞学—研究—中国 Ⅳ. ①I207.22

中国版本图书馆CIP数据核字（2019）第227593号

人间辞话——古典诗词修辞例话（增订本）
田望生　著

责任编辑	李国永
责任印制	孙马飞　马　芝
封面设计	东方美迪
出版发行	中国书籍出版社
地　　址	北京市丰台区三路居路97号（邮编：100073）
电　　话	（010）52257143（总编室）　（010）52257140（发行部）
电子邮箱	eo@chinabp.com.cn
经　　销	全国新华书店
印　　刷	北京睿和名扬印刷有限公司
开　　本	710毫米×1000毫米　1/16
字　　数	285千字
印　　张	25.75
版　　次	2019年11月第1版　2019年11月第1次印刷
书　　号	ISBN 978-7-5068-7477-9
定　　价	58.00元

版权所有　翻印必究

再版前言

  书成绣梓，作者最大的愿望是自己的作品得到读者的认可。《人间辞话》初版面市，悉数售罄。其间，我还收到不少信函和手机短信。无论是褒奖还是诤言，我都如获至宝，铭刻在心。驻京部队某老年大学教员门忠魁先生，在给学员讲授古典诗词时说："接受古典诗词这份珍贵的遗产，总得先要读懂它。古今语言意义有差别，只有打通古今语言的隔阂，明晓其文字含义，掌握古代诗歌艺术表现的特点、路径和手法，才能深入领会其意义。看了这本《辞话》，觉得它真是一把打开古典诗歌艺术创作的钥匙。对古典文学作品没有读懂便欣赏其艺术，不免会有隔靴搔痒的缺憾。《人间辞话》对古典诗词爱好者阅读、欣赏和写作的帮助，正在于它的可操作性。说它具有工具书的功能亦不过誉。"正是门老师的推介，听课的学员由学友、离退休老干部宋保恒先生从网上代购二十余册，分发本班的诗词书画和音乐爱好者。河南新乡学院老教授杨群才购得此书，读后说："本书通过引用华夏古诗中习见的例句，阐述了修辞学在汉语言中的艺术运用。惟其习见，尤易忽略，一经作者指说，境界全新。该书立意新颖，论述深刻，语言凝练，妙语连珠，又给读者多了一份愉悦。这部《辞话》对大、中院校汉语教学也有重要的指导作用。"中国船舶系统工程研究院舰船专家、年近八旬的高学勤先生，爱好古典诗词，购得此书，爱不释手，披阅达旦。她逢人便说："这书好，我要留着给上高中的孙子好好读读。艺不压身，学生们读这样的书，对写作文也有帮助。"

  诸如此类的褒奖，笔者闻知，诚惶诚恐。就当拙著经受一次实践的检验吧。该书初版时，责编姚兰老师，将我撰写的一段话置于封底：

  《人间辞话》专讲古典诗词的修辞，从语言的艺术表现方式角度赏鉴古诗词中的名篇佳什，使人的审美品位从"悦耳悦目"进入"悦心悦意""悦神悦志"的层次。基于诗歌与书画、音乐在形体和音色上的共同特点，诗歌、书画和音乐爱好者，皆能于其间融会透莹，触类旁通，于智有补。

据传，不少读者看了这段推介文字，立马购书；读了拙著又认为此言不虚。而今，中国改革开放已过不惑之年。国人思想解放，眼界始大。"不薄今人爱古人"，一个亲近传统文化的热潮又一次涌来。人们的共识是：在中国传统文化中，最值得国人骄傲和荣耀的就是古典诗歌。试想，如果没有唐诗宋词元曲，中国文化将不知褪却多少光彩。中国文学的亮点也在诗歌，古代中国人深厚的思想感情，讲道义的人文情怀，对于大自然和自然美的欣赏，大多是靠诗歌来表现的。但愿拙著的再版，能够为读者的文化生活带来新的愉悦。

为回报读者的垂爱，这次《辞话》再版，笔者不顾画蛇添足之嫌，增补了两部分内容：一是"诗林清韵"。诗家有所谓炼字不如炼句，炼句不如炼意，炼意不如炼格之说。依在家浅见，炼格还不如炼赏呢！"接受"最宝贵。有了好酒好茶，不会品尝也白搭。旧体诗也一样，意有高远、浅近之分，浑厚、卑弱之别。读古典诗词曲赋，不能人云亦云，要有己见。二是"诗体杂谭"。这部分内容虽属一般常识，然而，即使在诗歌爱好者中，知其然，不知其所以然者亦不鲜见。何况诗体与修辞有着"体"与"用"的关系，亦如"风雅颂"与"赋比兴"的关系一样，是紧密相连的。"清韵"与"辨体"跻身"古典诗词修辞例话"也算是珠联璧合。

拙著再版，我还要借此感谢中国书籍出版社的领导，尤其是副总编赵安民先生的悉心指导。本书脱稿时原题为《人间美辞》，初版改为《人间辞话——古典诗词修辞例话》，即出于赵总的睿思。这次再版，由贵社传统文化编辑部主任李国永先生担任责编精心策划。我年事已高，老眼昏花，精力不济，书中舛误在所难免，敬请海内硕宿指谬摘疵，尤自幸焉！

作者，2019 年 6 月于京畿小西山

目 录

绪论 ··· 1

认知篇第一 ·· 1

欲把西湖比西子
　　——近取诸身说"比喻" ································ 3

春蚕到死丝方尽
　　——远取诸物说"比喻" ································ 10

半江红树卖鲈鱼
　　——托物言志说"兴寄" ································ 15

泉眼无声惜细流
　　——比方取类说"拟人" ································ 21

菊残犹有傲霜枝
　　——渗透人心说"移情" ································ 24

"灼灼"状桃花之鲜
　　——顺水推舟说"拈连" ································ 27

人生何处寻芳草
　　——称此言彼说"借代" ································ 30

黄河如丝天际来
　　——言过其实说"夸张" ································ 34

事如己出浑天然
　　——水中着盐说"用典" ································ 37

自是人生长恨水长东
　　——耐人咀嚼说"象征" ………………………………… 41
春江水暖鸭先知
　　——以心观物说"通感" ………………………………… 44

遣词篇第二ᅠᅠᅠᅠᅠᅠᅠᅠᅠᅠᅠᅠᅠᅠᅠᅠᅠᅠᅠᅠᅠᅠᅠ49

语不惊人死不休
　　——苦吟求真说"炼字" ………………………………… 51
只字片言明百意
　　——呕心苦吟说"推敲" ………………………………… 57
诗文声色有无中
　　——闲字不闲说"虚词" ………………………………… 59
短歌微吟不能长
　　——同声相应说"押韵" ………………………………… 64
庭院深深深几许
　　——反复回旋说"重叠" ………………………………… 71
累如贯珠更井然
　　——接字蝉联说"顶真" ………………………………… 77
零丁洋里叹零丁
　　——徘徊往复说"反复" ………………………………… 80
秦时明月汉时关
　　——相分著义说"互文" ………………………………… 84
香稻啄余鹦鹉粒
　　——先声夺人说"倒置" ………………………………… 87
露凝千片玉，菊散一丛金
　　——支体必双说"对偶" ………………………………… 92
眼前有景道不得，崔颢题诗在上头
　　——因袭创新说"仿拟" ………………………………… 99

曲终人不见，江上数峰青
　　——信手拈来说"引用" ········· 104
空庭垂橘柚，古屋画龙蛇
　　——诗歌中的"成语活用" ········· 107
夜月一帘幽梦，春风十里柔情
　　——诗歌中的"量词移用" ········· 110

表达篇第三 ········· 115

东边日出西边雨，道是无晴却有晴
　　——语兼二义说"双关" ········· 117
妆罢低声问夫婿，画眉深浅入时无
　　——意在言外说"暗示" ········· 120
诗文最忌随人后，自成一家始逼真
　　——另立新论说"翻案" ········· 123
两情若是久长时，又岂在朝朝暮暮
　　——发人深省说"警策" ········· 126
我未成名君未嫁，可能俱是不如人
　　——几分嗔怪说"反语" ········· 129
朱门酒肉臭，路有冻死骨
　　——黑白分明说"对比" ········· 132
花无人戴，酒无人劝，醉也无人管
　　——句似重出说"排比" ········· 135
一声何满子，双泪落君前
　　——多义之美说"数代" ········· 137
自别后遥山隐隐，更那堪远水粼粼
　　——参差其辞说"错综" ········· 141
不知细叶谁裁出？二月春风似剪刀
　　——明知故问说"设问" ········· 143

劝君更尽一杯酒，西出阳关无故人
　　——纯用口语说"白描" ………………………………… 147
最喜小儿无赖，溪头卧剥莲蓬
　　——绝假纯真说"童趣" ………………………………… 151
古今多少事，都付笑谈中
　　——托之情事说"议论" ………………………………… 154
江畔何人初见月，江月何年初照人
　　——以文为诗说"理趣" ………………………………… 158

创造篇第四 …………………………………………………… 163
沧海月明珠有泪，蓝田日暖玉生烟
　　——扑朔迷离说"意象" ………………………………… 165
姑苏城外寒山寺，夜半钟声到客船
　　——情景交融说"意境" ………………………………… 171
心已神驰到彼，诗从对面飞来
　　——惟恍惟惚说"幻化" ………………………………… 175
梅以曲为美，诗以曲为贵
　　——跌宕腾挪说"变化" ………………………………… 179
两岸猿声啼不住，轻舟已过万重山
　　——烘托点染说"映衬" ………………………………… 182
两个黄鹂鸣翠柳，一行白鹭上青天
　　——镂金错银说"设彩" ………………………………… 186
昆山玉碎凤凰叫，芙蓉泣露香兰笑
　　——形神毕肖说"摹状" ………………………………… 191
无情有恨何人觉
　　——传神写照说"咏物" ………………………………… 195
可怜无定河边骨，犹是春闺梦里人
　　——栩栩如生说"示现" ………………………………… 198

来归相怨怒，但坐观罗敷
　　——无言之美说"留白" ………………………………………… 200
诗传画外意，贵有画中态
　　——诗中有画说"列锦" ………………………………………… 204
平芜尽处是春山，行人更在春山外
　　——由浅入深说"递进" ………………………………………… 208
忽见陌头杨柳色，悔教夫婿觅封侯
　　——委婉曲折说"转换" ………………………………………… 212
叵耐灵鹊多漫语，送喜何曾有凭据
　　——反常合道说"佯谬" ………………………………………… 215
行到中庭数花朵，蜻蜓飞上玉搔头
　　——无理而妙说"奇趣" ………………………………………… 218
天工造化秘，夺取鬼神工
　　——文质俱佳说"词采" ………………………………………… 221

诗格篇第五 ……………………………………………………………… 225

黄河之水天上来，奔流到海不复回
　　——气度超绝说"豪放" ………………………………………… 227
月下把酒问天，醉里挑灯看剑
　　——超旷刚大说"豪放" ………………………………………… 232
今宵酒醒何处？杨柳岸、晓风残月
　　——柔肠纤折说"柔婉" ………………………………………… 236
飞香走红满天春，花龙盘盘上紫云
　　——文采斑斓说"藻丽" ………………………………………… 241
采菊东篱下，悠然见南山
　　——自然；中和说"平淡" ……………………………………… 244
卖鱼买酒归来晚，风飐芦花雪满溪
　　——明言露文说"明快" ………………………………………… 248

正是江南好风景，落花时节又逢君
　　——不著一字说"含蓄"· 251
孔雀东南飞，五里一徘徊
　　——博喻酿采说"繁复"· 255
闻道行人来，新妆对镜台
　　——字去意留说"简洁"· 260
黄梅时节家家雨，青草池塘处处蛙
　　——明白晓畅说"通俗"· 263
落花无言，人淡如菊
　　——雍容雅致说"典雅"· 266
莫道调侃无深意，逸情雅趣能解颐
　　——涉笔成趣说"幽默"· 270
一骑红尘妃子笑，无人知是荔枝来
　　——美刺讽谕说"讽刺"· 274

补编一：诗林清韵· 277

莫把冯京当马凉· 279
"小谢"指的是谢朓· 282
刘项原来读过书· 286
"商女"原本指"倡女"· 289
黄昏正合看夕阳· 292
粉蝶双飞桃李春· 294
春风送暖入何处· 296
停车"坐"爱枫林晚· 298
道是无为却有为· 301
醉卧沙场君莫笑· 304
诗人为何爱"哭穷"· 307
"孔子删诗"的考索· 312

补编二：诗体杂谭 ································· 319
 "诗言志"与"诗言体" ························· 321
 绝句释"绝" ································· 326
 歌行辨"行" ································· 332
 诵诗三百神凛然
  ——说古诗兼议"新古体" ··················· 336
 诗林辨体：关于竹枝词的答问 ··················· 351
 体用之辨：答问"赋比兴" ····················· 358

附录一
 习从大家泼翰墨，诗成珠玉正挥毫
  ——读《天趣堂诗文选》 ····················· 363

附录二
 望生先生传略 ································· 380

附录三
 主要参考文献书目 ····························· 391

绪　论

在古代西方，语言学家们通常把研究说话艺术的科学叫做"修辞学"，和当时西方诗学占有同等重要的地位。吾乡前辈、美学大师朱光潜先生说："古代西方美学绝大部分是诗学和修辞学，亚里士多德、朗吉弩斯、贺拉斯、但丁和文艺复兴时代无数诗论家都可以为证，专论其他艺术的美学著作是寥寥可数的。"[①]语言学家们把这门学问看成是"研究文辞之修辞使增美善的学科"[②]，认为"修辞者，为研究语言文字之组织，使说者或作者了解运用语言文字之技巧，以期获得听读者之间同情及美感之科学。质言之，即研究增美语言文字之方法论。故又名美辞学"[③]。其实，毋须旁搜远绍，从汉字字源学的意义考察，同样可以得出"修辞就是美辞"的结论。

"修辞"之"修"，是会意兼形声字。许慎《说文》："修，饰也。从彡，攸声。"而"彡"，是象形字，《说文》中偏旁从"彡"的字，分指头发、毛刷、画文和彩饰。"修"的本义是美化、装饰的意思。"伊中情之信修兮，慕古人之贞节"[④]、"辞不可不修，说不可不善"[⑤]、"美要妙兮宜修"[⑥]，前之"修"指"真"，中之"修"指"善"，后之"修"指"美化"。从汉字同音假借的意义上说，"修"通"休"。《尔雅·释诂》将"休"与皇皇、藐藐、穆

---

① 朱光潜《谈美书简》。
② 王易《修辞学》。
③ 郑业建《修辞学》。
④ 张衡《思玄赋》。
⑤ 汉·刘向语。
⑥ 《楚辞》。

穆同列。皇皇是美盛鲜明的样子，藐藐是高远美好的样子，穆穆是端庄盛美的样子，如荀子说"语言之美，穆穆皇皇"，又将"休"字与其下的嘉、珍、祎、懿、铄诸字相连。"祎"通"伟"，其意美好。懿，其词懿德，同样是美好。"铄"通"烁"，辉煌、光亮，还是美好。《尔雅》论"休"，只两个字："美也。"可见"修"与"休"在美的意义上是互训的。

"修辞"之"辞"（繁体作"辭"），是个会意字。《说文》"辛"部："辭，讼也，从𠬪。𠬪犹理，辜也。"𠬪，理罪也。又云："嗣，籀文辞，从司。"本义为争讼理狱之辞，当讼辞、口供讲，如《书·吕刑》"民之乱，罔不中听狱之两辞"。辞的本义引申为修饰过的优美的辞章、辞藻、言辞，即"文辞"。"文"为有韵的文字，"辞"为动听的口说，《周易·系辞上》："鼓天下之动者，存乎辞。"古者，简帛重繁，多取记忆，故或用韵文，或用耦语，为其音节谐适，易于脑记，不烦记载也。《法言·吾子》："诗人之赋丽以则，辞人之赋丽以淫。或问：'君子尚辞乎？'曰：君子事之为尚，事胜辞则伉，辞胜事则赋，事辞称则经。"《周易·系辞》"吉人之辞寡，躁人之辞多"，"言之成文曰辞"。足见辞是一种技艺，一种文采，一种才气，所以"修辞"是一门大学问。

"修"和"辞"两字连用，最早见于《易经·乾·文言》："君子进德修业。忠信，所以进德也；修辞立其诚，所以居业也。"孔颖达对此的解释是："修辞立其诚，所以居业者，辞谓文教，诚谓诚实也。外则修理文教，内则立其诚实，内外相成，则有功业可居，故云居业。"这种作为居业的基本条件的"修辞"，无疑是一种对人的言谈举止及其行文的修养与美育。他教导有道德修养的人，说话、作文必须真诚和善良。"如无雅量不交友，倘缺真情莫写诗"，赋诗填词，情真理挚是根本。在修辞活动中，不论是神思妙想的无形修辞，如"想象""幻化"等，还是遣词造句的有形修辞，如"炼字""用事"等，舍其"诚"字，不可为也。

"美辞"同"美食"是中华民族的两个绝活，举世无双！中国人这张嘴，吃饭钟情美食，说话讲究美辞。美食的烹饪须有出色的厨师，对世间的水陆八珍巧妙安排，精心加工，才能将只是满足口腹之欲的做饭烧菜升华为一种烹调艺术，创造出流光溢彩、令人回味的盛宴。隔行不隔理。诗歌中美辞的闪亮登场，同样离不开诗家的艺术加工和语言的润饰。就诗人苦吟过程而言，自然的妙趣和心灵的轻松根本不存在，故前人对诗歌创作才有蚌病成珠的比喻。文采斐然，珠玑照眼，传情达意，妙造自然并富有启发性的诗的语言，总是能够把思想、感情的表现同语言技巧的运用和谐地统一起来。"行宫见月伤心色，夜雨闻铃肠断声"，怀着一种悼亡伤逝之情愫，身在行宫，目见月而伤心，以为月有伤心之色；时逢夜雨，耳闻铃声而肠断，以为铃有断肠之声。这里修辞手法所营造的审美意象及诗人的"通感"体验，是任何丹青妙手也表现不出来的。凡是艺术家都须"一半是诗人，一半是匠人"①这是因为在审美创作中，既要有前者的妙悟，又要有后者的手腕（包括善用修辞），两者缺一不可。律诗之美，就在于它以纵横交错的对仗语言结构，巧妙地打破散文的线性思维模式，把诗意纳入想象的空间，强调"语不欲犯"，追求"意在言外"，让一些看上去平淡寡味的语句，能够在它的对仗句式中相互映照，凭空产生出许多比喻和联想。读者若要在相互呼应、对照的诗句中寻奇觅美，就要依靠象征、运用比喻，讲究暗示之道，借助遣词造句来领悟诗歌的美学情韵。

　　汉语修辞的特点及表达方式，尤其是那些摇曳多姿，令人目不暇接的文艺性修辞，犹如陈年老窖，芳香扑鼻，令人神醉。正是它们出入诗文之中，能使人从它抑扬顿挫的音律、文气盎然的文法和变化无穷的语素组合中感受那强烈而激动的人物情感，领略那庄严而伟大的思想品格。孔老夫子就把"文辞"与"人品"的完美统一当作自己的理想，主张"情欲信，辞欲巧"②。提出"质胜文则野，文胜质则史。文质彬彬，然后君子"③。孔子曰："志有之：'言以足志，文以足言。'不言，谁知其志？言之无文，行而不远。晋为伯，

---

① 朱光潜《谈美书简二种》。
② 《礼记·表记》。
③ 《论语·雍也》。

郑入陈，非文辞不为功。慎辞哉！"①这里的"言"是内容，"文"为美容，"辞"指词采。"言之无文，行而不远"是说富于教化的"诗言"倘无"文辞"的美容辅助，是无论如何也传播不开的。

修辞的美辞功能，最能突出中国诗的特点。诗歌与其他文学样式相比较，一是语言精练。诗歌一般为几十字的篇幅，短的只有几个或十几个字。二是内容含蓄。诗人运用形象思维，通过生动形象的语言和意象来表达作品的思想内容，语言最忌直白、单调。三是感情强烈。诗歌的匀称均衡之妙与内容意境之美相结合，充分发挥了汉字单音节词、双音节词与以象形、指事、形声等方法造字的特点，可以"兴观群怨"，抒发诗人真挚而浓烈的感情。四是韵律谐和。诗歌的韵律要求它讲究节奏感，通过音调高低、轻重、徐疾的变化使诗具有抑扬顿挫的音乐美。五是风格典雅。文人法度，雅致爽朗。茅屋数间，田地几亩，书楼一座，村酒不竭，小桥流水，山花野鸟，皆诗人曲家向往的去处。"以雅以南，以龠不僭"②，"中正无雅，礼之质也"③，鄙俗之作登不得诗国的大雅之堂。

显然，诗歌要充分体现这些特点，则非修辞莫属。修辞学研究的对象主要是辞格，因为运用辞格的最终目的是话语的意义，而不是形而上的哲学意义，所以离开了辞格，就无修辞学可言。如果我们确认了这一点，那么"美化语言"的修辞学无疑是使语言艺术化的美容院。形式纷呈的辞格自然也就成了语言的美容师。试想，倘若没有修辞的美化作用，那么构成中华文化的基本内容，诸如浩如烟海的文化典籍，精彩纷呈的文学艺术，充满智慧的哲学宗教，完备深刻的道德伦理，就不可能表现得那样尽善尽美；尤其值得珍视的是：修辞创造了从上古歌谣、《诗》《离骚》到唐诗、宋词、元曲和明清时调的韵律美、雕塑美、意境美。古典诗歌中那些词章典雅、意境清新、音韵嘹亮、脍炙人口的名篇佳什，都是运用了文艺性修辞手法。别的不说，单就中国诗

---

① 引自《左传·襄公二十五年》。
② 《诗经·鼓钟》。
③ 《礼记·乐记》。

歌的源头——《诗经》而言，它的一个显著特色就是综合运用各种修辞格，诸如比喻、比拟、借代、夸张、对比、对偶、衬托、排比、层递、设问、反问、顶真、回环、摹状、拟声、双关、反语，以及虚词、叠字、叠句、双声、叠韵等等。常常在一篇诗中，具有不同修辞效果的辞格交错使用，前后配合，互补互衬，珠联璧合，浑然一体，把内容表现得丰富多彩，鲜明有力。明人胡应麟说："《国风》、《雅》、《颂》，并列圣经。第风人所赋，多本室家、行旅、悲欢、聚散、感叹、忆赠之词，故其遗响，后世独传。楚一变而为骚，汉再变而为选，唐三变而为律，体格日卑，其用于室家、行旅、悲欢、聚散、感叹、忆赠，则一也。"[①] 显然，体裁变多了，而出于"室家、行旅、悲欢、聚散、感叹、忆赠"的内容却没有变，表现这些内容的修辞手法不仅也没有变，而且得到了充分的传承和发扬光大。诗歌因修辞而生动而美丽而愉悦而升华而高贵而自傲而恒久。试想，假如没有《诗经》的沾溉，没有其中形式纷呈的修辞手法的传承，那些作为中国古典诗歌史上各擅一代文学之胜的华彩乐段，诸如汉赋、唐诗、宋词、元曲，能够成为后世难以逾越的高峰巍峙吗？诗是才子，词是佳人。正是诗唐才子和词宋佳人在中国古代诗坛上的精彩表演，才有后来元曲的风流绝代。古典诗艺是中华民族最古老、最有代表性的语言艺术。它总体上的抒情性质和写意手法，它所蕴含的情感美、哲理美、形式美、语言美、音乐美和精神美，一如苍松翠柳，足令江山多娇；或如干将莫邪，锐能断金裁玉！古典诗歌已经成为中华民族的艺术象征，美的象征，审美情感的象征。它如江河泻地，日月行天，经千年而不朽；似星耀河汉，玉润灵山，历百代而璀璨。"诗歌在中国已经替代了宗教的作用。诗歌教会了中国人一种生活观念，通过谚语（修辞方式）和诗卷（思想内容）深切地渗入社会，给予它们一种悲天悯人的意识，使他们对大自然寄予无限的深情，并用一种艺术的眼光来看待人生。"[②]

拙作在历览前哲时贤佳作的基础上，爬梳剔抉，胪列纷呈，只是企望通

---

① 《诗薮》。
② 林语堂《吾国与吾民》。

过亮出华夏诗国百花园中那些丰富多彩的瑶草琼花,让读者尽情地享受文艺性修辞所表现出的中国文化超以象外的环中道心及其杳霭流玉、泠然希音的美。书中的美辞举隅多是家弦户诵的珠玑之篇,脍炙人口。论及的辞格则是适应诗歌审美要求的文艺性辞格。因为这类辞格能够从某种角度反映客观属性、联系及其发展规律,能够调动人们的注意、想象、联想、情感等心理活动,能够适应人们整齐、变化、简约、繁丰、调和、对比、含蓄、鲜明等多方面的美感要求。书中把这些辞格分为认知、遣词、表达、创造、风格五个篇目,绝非楚河汉界,畛域分明。不同辞格之间,不同风格之间,以及修辞与风格之间,相渗相融,亦此亦彼的包孕性,带来了这种划分的模糊性和随意性,纵有瑕累,亦在所难免。

"他乡阅迟暮,不敢废诗篇",我退休以后,赋闲山居,枕籍而眠,乐不思蜀。有时寤寐兴怀,偶感随笔,信手拈来,虽则零乱琐碎,不成系统,然敝帚自珍,日久盈箧,稍稍缀辑,渐成卷帙。朋友知闻,翻检借阅,且怂恿问世。支离一叟,老眼昏花,精力浸退,又不谙电脑键盘操作,所撰依旧袭用刀耕火种的方式,一笔一画地写来,俟成书,遂托人输入电子版,呈送出版社,居然付梓,感荷难名。"人贵有自知之明",此浮皮潦草之作,非集腋以成裘,诚雪泥之鸿爪。俟日后有完美的修辞诗话问鼎,这本小册子当欣然"退役"。庄子曰:"日月出矣而爝火不息,其于光也,不亦难乎?"[①]诚哉斯言!吾视为心声焉。

---

① 庄子《逍遥游》。

认知篇第一

汉字的观物取象、从象达意的表现方式，是中华民族审美思维的核心观念。它的形象性成了古代诗人诗意的源泉，它的象征性构成了汉民族隐喻，乃至整个认知性修辞表达的基础。孔子对诗歌采用"引譬连类"的认知方式，关键在于一个"譬"字。譬者，喻也。一个"喻"字，道出了诗歌形象表达意蕴的特征。"喻"不是直陈，而是婉喻，以此喻彼，以显喻隐，在字数有限的意思下面，可以有无限的意蕴引申出来。在汉语修辞中，有一些辞格的使用能够引起人们的类比与联想，使语言变得含蓄隽永，情趣盎然。这种变化大大地改变了人们对事物的认知关系，其修辞价值正是在这些认知关系改变的基础上形成的。这样的辞格大致有比喻、比兴、比拟、移就、拈连、借代、夸张、用典等，此外还有象征、通感、移情等所涉及到的语言现象。它们与其他辞格有着明显的差异，可以单独划为一个类，不妨叫做认知性辞格。

欲把西湖比西子

——近取诸身说"比喻"

当人类还没有弄清生命的根源,对种种自然现象迷惑不解时,便展开联想和想象的翅膀,将自己的心绪与天地万物紧密地联系在一起,在这种联想和想象中,获取喻体和本体的本质联系。天是怎样的?地是怎样的?先人们惯于以自己身边最熟悉、最易懂的东西设喻。盖天家的先哲们就认为"天似盖笠,地法复盘,北极之下为天地之中"[①]。天就像一顶斗笠,斜罩在地上,一直转动。北极星那里是它转动的轴心。最早的比喻——打比方,就在这样的联想中诞生了。"天似穹庐,笼盖四野。天苍苍,野茫茫,风吹草低见牛羊"[②],盖天家的形象比喻一经北朝的歌手上口,变成了形象生动的诗句。

比喻又称譬喻,它是人类语言中运用最广泛、最重要的一种修辞方式。

---

① 《晋书·天文志》,句中"北极"指北辰。
② 北朝民歌《敕勒歌》。

中国儒家宗主孔子在他的"言语"系统中，力主"能近取譬"①。朱熹作注时说："譬，喻也。……近取诸身，以己所欲譬之他人，知其所欲亦犹是也。"这里，朱子强调"近"是"取"喻的一个基本原则，它从性质上涉及比喻思维属于形象思维。由于比喻中的喻体所属的类型是美好的，其美感或诗性高于本体所属的类型，新鲜、贴切的比喻会使诗句产生一种奇特的力量，它可以使模棱两可、枯燥呆板的事物变得清晰可见、形象生动、耐人寻味。

比喻分明喻、隐喻、借喻三大类。明喻用比喻词"像""似"，"可怜九月初三夜，露似珍珠月似弓"②，"露""月"是本体，"珍珠""弓"是喻体，"似"是比喻词。隐喻又叫暗喻，常用比喻词"是"，"水是眼波横，山是眉峰聚"③，以眉眼喻明媚柔弱的江南山水，一"横"一"聚"，再以"盈盈"状其深情，那江南山水便如一个明眸善睐的女子风姿绰约地鲜活起来。句中"水""山"是本体，"眼波""眉峰"是喻体，"是"为比喻词。明喻、隐喻要求出现本体与喻体，比喻词有时可以省略，尤其是诗歌在省略的条件下，明喻、隐喻的界限难以区分。在中国人的比兴思维中，凝练委婉的隐喻更为活跃，它无处不在，具有极大的包容性。借喻是借本题说他事，咏女人，借花为喻；咏花，借女人作比。借喻只有喻体，不出现本体和比喻词，与明喻、隐喻有明显的区别，"白云一片去悠悠，青枫浦上不胜愁"④，将江上远去的孤帆比作空中的一朵轻云，飘然而去，诗人对离人命运的深沉伤感由此可见。

在文学领域里，比喻的修辞手法始终是人们讨论的热门话题，据修辞学家的粗略统计，仅《修辞学习》一本杂志，十多年来发表的论述比喻的文章就有百篇之多，其形式和名称，也多达几十种，诸如：明喻、直喻、暗喻、隐喻、喻代、提喻、倒喻、缩喻、简喻、对喻、引喻、扩喻、补喻、逆喻、互喻、环喻、反喻、交喻、回喻、迁喻、递喻、较喻、强喻、进喻、弱喻、

---

① 《论语·雍也》。
② 白居易《暮江吟》。
③ 王观《卜算子·送鲍浩然之浙东》。
④ 张若虚《春江花月夜》。

等喻、连喻、博喻、复喻、联喻、类喻、叉喻、套喻、例喻、中喻、详喻、曲喻、语喻、质喻、讽喻、事喻、物喻、字喻、词喻等等，而且仍有一些新的比喻形式被不断发现。

正是由于这种形式纷呈的比喻修辞手法曲尽其妙，充分体现出文学语言的特性，它在文学作品，尤其在诗词曲赋中运用得非常普遍，因善比巧喻而涌现出的绝妙诗词，片言只语，戛玉敲金，蕴藉风流，为世所赏。"手如柔荑，肤如凝脂，领如蝤蛴，齿如瓠犀，螓首蛾眉，巧笑倩兮，美目盼兮"①，乃是赞美齐侯之女庄姜的美貌，其在艺术思维上运用的是比兴思维，而在修辞手法上运用的是比喻。同样是形容女性的白而嫩，一连用了六种生活中常见的物象，这种形象在先，以物比物、写物以附意、以物起兴的手法，妥贴自然；尤其是"巧笑倩兮，美目盼兮"那转盼流光的嫣然一笑，把一个美人的姿态神韵生动传神地渲染出来。如果仅有前五句静态的比，没有这后两句化静为动的喻，那么所写的静止的"美"，就不可能化为流动的"媚"。清人姚际恒推为"千古颂美人者，无出其右，是为绝唱"②。《硕人》中一些隐喻性语言，充分体现了汉语注重意会的功能，"生动之处《洛神》之蓝本也"③。《洛神赋》形容洛神"其形也，翩若惊鸿，婉若游龙，荣曜秋菊，华茂春松。……秾纤得衷，修短合度。肩若削成，腰如束素。延颈秀项，皓质呈露，芳泽无加，铅华弗御。云髻峨峨，修眉联娟。丹唇外朗，皓齿内鲜，明眸善睐，辅靥承权。瑰姿艳逸，仪静体闲。柔情绰态，媚于语言"，较之《硕人》描写更加展开。至屈原描写山中女神又进一步："若有人兮山之阿，被薜荔兮带女萝；既含睇兮又宜笑，子慕予兮善窈窕。"④刻画女神眉目含情巧笑嫣然，颇具神韵。这在人物形象的鲜明生动上，则较《硕人》臻于完善。屈原以降，曹植《美女篇》"攘袖见素手，皓腕约金环"，白居易《长恨歌》"温泉水滑洗凝脂"，

---

① 《诗经·卫风·硕人》第二章。
② 《诗经通论》。
③ 《诗义会通》。
④ 《楚辞·九歌·山鬼》。

骆宾王《为徐敬业讨武曌檄》"蛾眉不肯让人",凝脂、蛾眉、素手、皓腕几成美人肌肤和女性的代指。

通常情况下,比喻总是依赖于联想和想象,没有联想与想象也就没有比喻。"余霞散成绮,澄江静如练"①,是诗人在云霞满天的黄昏领略到的江水澄净如练之境时的千古妙喻。"诗仙"李白对此巧喻善比,由衷地倾倒折服,并将此妙喻佳境融于所见秋夜月色之中,进而升华成一种莹澈清空之美,一种足以透见人心的纯净之美。他的"解道澄江静如练,令人长忆谢玄晖",竟毫无保留地将"余霞""澄江"一联引为知己同调,并多次点化这一妙喻:"汉水旧如练,霜江夜清澄"②,"雨后烟景绿,晴天散绮霞"③,"万里舒霜合,一条江练横"④,"飞珠散轻霞,流沫沸穹石"⑤皆悟其精要,得其神韵。富于想象,喜用比喻也是"一生低首谢宣城"的李白的审美追求,如太白《望庐山瀑布》其二:

日照香炉生紫烟,遥看瀑布挂前川。
飞流直下三千尺,疑是银河落九天。

三四句的神来之笔,古今殆罕其匹。仰眺高挂云端直下的瀑布,竟使诗人神思恍惚,产生幻觉,怀疑是"银河落九天";而"落九天"者,意出尘表,想落天外,凌空运笔,由实入虚,将读者的想象引向宇宙浩渺的银河,想象那银河从九天悬空直下,从香炉峰顶化为三千尺的瀑布飞泻大地,给人间骤添一大神奇景观。两句大笔挥洒,意象飞动,咫尺千里,气势磅礴,比喻奇特而自然,描摹夸张而真切。

---

① 谢朓《晚登三山还望京邑》。
② 《秋夜板桥浦泛月独酌怀谢朓》。
③ 《落日忆山中》。
④ 《雨后望月》。
⑤ 《望庐山瀑布》其一。

又如唐代诗人白居易《忆江南》其一：

江南好，风景旧曾谙。日出江花红胜火，春来江水绿如蓝。能不忆江南？

"日出""春来"之句，一联两用妙喻，在春意盎然的"颂春曲"中，向读者展现出一幅清晰撩人的百里画卷："日出江花红胜火"明言鲜红耀眼的一江春水在闪动，暗喻诗人的生命意识在涌动；"春来江水绿如蓝"，让人觉得诗人稍稍稳定了自己昂扬的情绪在轻轻地抚摸、慢慢地鉴赏、细细地品味那如茵茵蓝草一般的江水，终至情不自禁地发出"能不忆江南"的感慨！

宋人运用比喻入诗，联想新鲜奇绝，而又不一味追求新奇，常常是喻由情生，情因喻现。如苏轼《饮湖上初晴后雨》：

水光潋滟晴方好，山色空濛雨亦奇。
欲把西湖比西子，淡妆浓抹总相宜。

"欲把西湖比西子，淡妆浓抹总相宜"，运用一个既空灵又贴切的妙喻显现湖山的神韵。"淡妆浓抹总相宜"，是继"初晴后雨"，以朗朗晴天比"淡妆"，以空濛雨景比"浓抹"，末句"总相宜"收煞，柔美的西子湖便有如天生尤物变化不测而让人叹为观止。

比喻中的喻体，用人们所习闻乐见的事物，才能引起读者形象的联想，从而对被比喻的本体有更深刻的认识。西子是国人尽知的古代美女，她脸似芙蓉，眼如秋水，腰若委蛇，风流灵巧。正是她的倾国倾城之貌，使吴王夫差栽倒在她的石榴裙下。把西湖这一审美客体，幻化为倾国倾城的绝代佳人，不仅能赋予西湖之美以生命，而且因喻旨与喻体两者距离远，组成的比喻结构形成了巨大的张力，使人于新鲜异常的感受中，领悟到一个重要的美学原理：世间万物只要具有天然本色的美的资源，就能显示出无限生动丰富的形态美。此诗因比喻的精妙绝伦而家传户诵，并使西湖得了个"西子湖"的美名。南宋诗人武衍"除却淡妆浓抹句,更将何语比西湖"①,一语道出了后人对苏轼娴熟美辞的叹服。

又如欧阳修《踏莎行》:

> 候馆梅残,溪桥柳细,草薰风暖摇征辔。离愁渐远渐无穷,迢迢不断如春水。　寸寸柔肠,盈盈粉泪,楼高莫近危栏倚。平芜尽处是春山,行人更在春山外。

"愁"是一种无形无影的情感,"愁之为物,惟惚惟恍"②,"聚散竟无形,回肠自结成"③,愁无形色可描绘,无影迹可追寻,要表现愁态,须得化虚为实。莱辛说,诗能把"不是可以眼见的对象",描绘成如同"物质性的图画"④。"愁"无形体质量,所以诗人们常将它"物化",说成可以抛掷剪割、车载斗量的东西,使人产生形体的质感,从而增强了诗的感染力。古来以水喻愁的诗句不胜枚举,唐李颀"请量东海水,看取浅深愁",李白"一水牵愁万里长",赵嘏"一溪萦作万重愁",或以水喻愁之多,或以水喻愁之长,或以水喻愁之重。而欧阳修的"离愁渐远渐无穷,迢迢不断如春水",则另辟蹊径,巧于设喻。"虚"的离愁,化为"实"的春水;无可感的情绪,化为可感的形象,从而引发人们的审美体验。

再如陈师道《十七日观潮》:

> 漫漫平沙走白虹,瑶台失手玉杯空。
> 晴天摇动清江底,晚日浮沉急浪中。

---

① 《正月二日泛舟湖上》。
② 曹植《释愁文》。
③ 杜牧诗《愁》。
④ 《拉奥孔》第十五章。

"漫漫平沙走白虹",以翻滚腾挪的白虹比喻钱塘江江潮掀起的冲天巨浪,妙处有三:虹是雨后天空出现的彩色圆弧,诗人用来喻江潮,突出其水急浪高;虹有赤、橙、黄、绿、靛、蓝、紫等七色,而诗人却偏偏以"白虹"来作比,舍虹之本色,而取其白浪滔天的气势;虹本来是静止的,诗人却将它写成动态的,用以比喻奔腾的潮水,新颖别致。"瑶台失手玉杯空",以传说中居住在瑶台里的神仙失手倒了玉杯里的琼浆比喻波浪翻滚、汹涌奔腾的江潮,想象奇特,极富浪漫色彩。

春蚕到死丝方尽

——远取诸物说"比喻"

如果说比喻中的明喻多是"近取诸身",那么隐喻、曲喻、博喻则多为"远取诸物"。所谓"诸物",其指广矣,日月星辰、银河迢遥、四时代序、万物繁衍、河岳山川、鸟兽虫介,皆在这诸物之中。上文所云明喻,是一对一的代换,而隐喻、曲喻、博喻,较之明喻,则是在体验和感受的基础上将个别与一般建立起更广泛的联系。因此,它们更能体现诗人丰富的想象力和语言天赋。如唐代诗人李商隐《无题》:

相见时难别亦难,东风无力百花残。
春蚕到死丝方尽,蜡炬成灰泪始干。
晓镜但愁云鬓改,夜吟应觉月光寒。
蓬莱此去无多路,青鸟殷勤为探看。

离别,思念,等待,是聚少离多的人生无法逃避的三部曲。李商隐把一个"别"

字写得惊天动地，不仅震撼了天下旷夫怨妇的内心世界，"春蚕到死""蜡炬成灰"的隐喻也成了世人对感情、事业至死不渝、孜孜以求的誓言。

"春蚕到死丝方尽，蜡炬成灰泪始干"，以物喻人，风神摇曳，思力幽深，新隽灵动之致。诗人对于情人的思念，如同春蚕吐丝，到死方休；不能相聚的忧伤，亦如烛泪直到烧成灰烬。只用两喻便尽现诗人毕生以殉，一往不悔，而使男子汉黯然失色的柔韧真情。以蜡烛的燃烧比喻痛苦的煎熬，在李商隐之前的南朝乐府中并不鲜见，如"思君如明烛，中宵空自煎"[1]，"思君如夜烛，煎泪几千行"[2]等等。"蜡炬成灰泪始干"同样用蜡烛作比喻，却不是单一地以蜡烛比拟痛苦，而是进一步以"成灰始干"反映痛苦的感情终生以随。乍一看，这句与上句似乎是一个意思，实则大同之下有小异。前一句扣在"丝"字上，重在说相思，后一句扣在"泪"字上，重在说哀愁，两喻互为映发，敏捷的联想比前人深微复杂得多，形象的底蕴也因此而丰富得多。

又如唐代诗人贺知章《咏柳》：

碧玉妆成一树高，万条垂下绿丝绦。
不知细叶谁裁出？二月春风似剪刀。

前两句拟人于不觉，将早春的柳树比喻由绿色玉石妆饰的美女，那垂下的万条柳丝也变成了美人裙服上的飘带。末两句由上句的"万条"联想到"细叶"，由"绿丝绦"联想到"谁裁出"，于是又想象到"二月春风似剪刀"裁出一个春回大地的花红柳绿的世界。个中以剪刀喻无形的"春风"，而让"剪"的却是有形的"细叶"，比喻精巧而凸现生气，给人一种清新悦目之感。黄周星《唐诗快》评此联"尖巧语，却非由雕琢所得"。论其构思之新奇，为盛唐仅有，直开中晚唐及宋人绝句的先河，梅尧臣"春风骋巧如剪刀，先裁

---

[1] 王融《自君之出矣》。
[2] 陈叔达，同题。

杨柳后杏桃"①，金农"千丝万缕生便好，剪刀谁说胜春风"②等，无不受其影响。

再如唐代"诗家夫子"王昌龄《芙蓉楼送辛渐》：

> 寒雨连江夜入吴，平明送客楚山孤。
> 洛阳亲友如相问，一片冰心在玉壶。

与友人雨夜饯别，平明相送，临别致意，不说思念之情，不说客居之感，而是潜情暗转，从内聚的热情中用自问自答的方式冒出佳句"一片冰心在玉壶"，这种融摄陶铸，以景代议的象喻，自有来由。王昌龄曾因不拘小节，"谤议沸腾，两窜遐荒"，先是被贬到荒僻的岭南，几年后又远贬龙标。在众口交毁的恶劣环境中，诗人以晶莹透明的冰心玉壶自喻，表明他与洛阳亲朋间的真诚友谊。这与洗刷谗名无涉，而是对谤议的蔑视，故而诗人能以一种不受功名利禄玷污的高洁情操来超越现实，用山水自然来洗涤心灵的创伤。原来，苦心锤炼而又出之自然明秀的隐喻，其中寄寓了无穷的意蕴。

唐代诗鬼李贺的曲喻更是曲尽其妙，如他的《秦王饮酒》：

> 秦王骑虎游八极，剑光照空天自碧。
> 羲和敲日玻璃声，劫灰飞尽古今平。

首句，"骑虎"两字极富表现力。秦始皇骑上生性凶猛的老虎，一览万方，谁不望而生畏？它把抽象的、难于捉摸的"威"变成具体的浮雕般的形象，深深地铭刻在读者的脑海中。次句借用"剑光"显示秦王威严的体态，却又如羚羊挂角，香象渡河，无迹可求。"剑光照空天自碧"，运用夸张手法，将难以状写的光表现得神妙入化，开拓了境界，使之与首句用"游八极"来

---

① 《东城送运判马察院》。
② 《柳》。

比他统一天下相吻合。由此想象神仙羲和也顺着秦王的意思努力赶着太阳运行，想象神在敲打太阳，"羲和敲日玻璃声"，运用曲喻先将白日比为明亮的玻璃，进而想象羲和敲日，就敲出了玻璃的清脆之声。写秦王使天下太平，所以说"劫灰飞尽古今平"。这类牵强性曲喻，却不失缜密。而属于扩展性曲喻，在宋诗中比较多见。如苏轼"城中楼阁似鱼鳞，不见清风起白蘋"[①]，以鱼鳞比楼阁，再由鱼鳞生出清风白蘋的想象。黄庭坚的"渴雨芭蕉心不展，未春杨柳眼先青"[②]，以烈日下芭蕉的嫩心因缺乏雨露滋润而卷缩，比喻愁人的心情郁闷不展；由寒冬过尽，杨柳的幼芽因阳回气暖而萌生，想象它如美人睡眼初开。如此扩展，曲尽其妙。

宋人秦观则是反用比喻的高手，如他的《浣溪沙》：

漠漠轻寒上小楼，晓阴无赖似穷秋，淡烟流水画屏幽。
自在飞花轻似梦，无边丝雨细如愁，宝帘闲挂小银钩。

词写闺中女子登楼赋愁。过片"自在飞花轻似梦，无边丝雨细如愁"，对句轻盈、工巧而自然，写挂帘所见外景，反用比喻，以抽象的"梦"和"愁"喻具象的"飞花"和"丝雨"，更见其迷离惝恍之致。"无理而妙"，正在于词人发现"飞花""梦""丝雨""愁"皆有"轻"和"细"这两个共同点，因而构成了极恰当又新奇的比喻。卓人月谓"自在""无边"一联"夺南唐席"，寻思"细雨梦回""小楼吹彻""一江春水"虽佳，犹有不及。

比喻中的博喻，亦是中国古典诗歌中常用的艺术手法。这种"远取诸物"，连续用多种比喻来描摹一个对象或一种情感的表现手法，在古诗中比较多见，比如汉乐府民歌《上邪》：

上邪！我欲与君相知，长命无绝衰。山无陵，江水为竭，冬雷震震，

---

① 《泛舟城南会者五人分韵，赋诗得人皆苦炎字四首》。
② 《寄黄从善》。

夏雨雪，天地合，乃敢与君绝！

指天为誓，连用五种不可能出现的自然现象表示爱情的永不变更。比喻义虽不十分明确，但五种假设连用，想象大胆、奇特，语言的表意魅力显得绚丽多姿，使得作品言有尽而意无穷。这种诡喻奇譬的"广譬喻"手法，在后世的诗词创作中不时出现。如宋人贺铸《青玉案》：

凌波不过横塘路，但目送、芳尘去。锦瑟年华谁与度？月桥花榭，琐窗朱户，只有春知处。　碧云冉冉蘅皋暮，彩笔新题断肠句。试问闲愁都几许？一川烟草，满城风絮，梅子黄时雨。

结尾四句，"试问闲愁"承接上句"断肠"，"都几许"又作一问，想其怨艾之情。接着"一川"以下三句自答，运用博喻手法，对愁思作了淋漓尽致的渲染。二三月的"一川烟草"，比"闲愁"之无边无垠；三四月的"满城风絮"，比"闲愁"之充塞天地；四五月的"梅子黄时雨"，比"闲愁"之不见天日。四句答问似源自李煜《虞美人》。然李后主词中仅用一种事物比"愁"，画面不免失之单调。而贺词却用一连三种不同的事物比一样"闲愁"，纵写愁之长，横写愁之多，画面多重地写出了迷蒙、轻柔、缠绵等各种具体的愁态，新奇罕见。贺铸因此绝唱而得到"贺梅子"的雅号。

半江红树卖鲈鱼

——托物言志说"兴寄"

兴寄、寄托，是寓思想感情于景物形象之中的一种修辞手法。刘勰《文心雕龙·比兴》指出："比显而兴隐。"又说："兴者，起也。""起情者依微以拟议"，"兴则环譬以托讽"，指出兴也是譬，即比喻，只是"依微""托讽"。"关关雎鸠，在河之洲，窈窕淑女，君子好逑"[①]，雎鸠虽不明比淑女，但雎鸠这种水鸟，相传"挚而有别"，即有一定的配偶而不乱，所以用来暗比淑女的品德。孔子论诗的"兴观群怨"说，就把兴寄——宣泄情感视为诗歌创作的重要手段之一。正如钟嵘《诗品序》所云："嘉会寄诗以亲，离群托事以怨。至于楚臣去境，汉妾辞宫。骨横朔野，魂逐飞蓬；或负戈外戍，杀气雄边；或塞客衣单，孀闺泪尽；或士有解佩出朝，一去忘返；女有扬蛾入宠，再盼倾国。凡斯种种，感荡心灵，非陈诗何以展其义？非长歌何以骋其情？故曰'诗可以群，可以怨'，使穷贱易安，幽谷靡闷，莫尚于诗矣。"初唐

[①] 《诗经·周南·关雎》。

诗歌革新运动的先驱陈子昂还把"兴寄"纳入他革旧布新的理论，将源于《诗经》"六义"中的"比"与"兴"作为一个统一的文艺美学概念使用，赋予它以确定的内涵，名之曰"兴寄"。白居易在《与元九书》中称自己有关"美刺兴比"的诗为"新乐府"，元稹在《进诗状》中称自己的乐府诗"稍存寄兴"。足见"兴寄"与"比兴"的要求是很相近的。唐宋以后，诗词散曲的"比兴"受到诗人们的高度重视。清人冯班甚至认为"文无比兴，非诗之体也"[1]；陈廷焯也说"伊古词章，不外比兴"[2]。没有比兴就不成其为诗，以至一切文学作品，无不是用比兴写成的。这就把比兴提到了更高的地位。

　　"兴寄"的艺术手法是象征譬喻，托物言志，其表现形态是虚实相生。它要求把深刻的思想蕴涵寄寓于鲜明的艺术形象之中，而不作赤裸裸的表现，凭借艺术直觉的"同构对应"以实现赖以寄托思想内容的艺术形象和所寄托的思想内容之间的自然吻合。"兴寄"在艺术形态建构上要求创造出双重审美意象，第一层次是作品所描写的具体事物形象，有形可感，有象可视。它是寄托的基础，是审美再造与创造的前提。中国古典诗歌中的兴寄最常见的是以山水风月、香草美人、咏史述典、写物纪事来寄托心志，进而论世知人。兴寄是中国古典诗歌的艺术精神，一旦"兴寄都绝"，诗歌势必逶迤颓废、风雅不作，脱离时代，脱离生活，诗歌的灵魂也就荡然无存。我们今天欣赏古典诗歌，之所以能够通过诗歌与古人进行情感和思想上的沟通，正在于深谙古人赋诗多用兴寄手法，或"托事于物"或"托物兴词"。譬如简文帝《采桑》：

连珂往淇上，接幰至丛台。
丛台可怜妾，当窗望飞蝶。

诗写采桑女通过丛台之窗，可以望见寻花的飞蝶，飞蝶暗示情郎，丛台似乎也有了感情。五代无名氏《伤春曲·芳菲时节》："一日碎花魄，葬花骨，

---

[1] 《钝吟杂录》。
[2] 《白雨斋词话·自序》。

蜂兮蝶兮何不知，空使雕阑对明月。"芳菲时节，正是妙龄女子的象征，可是傻小子还惘然不知，有朝一日青春消失，他就成了凋花时节的蜂蝶，怎不叫少女伤感呢！元人散曲多以蝴蝶喻情郎，如赵岩"见十二个粉蝶儿飞……哪一个与祝英台梦里为期"①，徐再思"知音人席上知音，春无禁，蝴蝶快寻，先到海棠心"②，这些散曲中的蝴蝶，不仅喻意表现得大胆直露，且有几分滑稽调笑。蝴蝶何以暗喻追逐女子或被女子爱慕的男性。原来，蝴蝶种类虽多，但皆四翅有粉，以须代鼻，好嗅花香。俗以须为胡须，胡须是男子汉的象征，花则同比妙龄女子。

"身似何郎全傅粉，心如韩寿爱偷香，天赋与轻狂"③蝴蝶在喻情郎的基础上，又被视为轻狂失信的男子的象征。蝶儿在花间飞来飞去，时而停在这朵花上，时而又飞向那朵花上，正如情爱不专一的男子。唐人于鹄《题美人》："秦女窥人不解羞，攀花趁蝶出墙头，胸前空带宜男草，嫁得萧郎爱远游。"写薄情的丈夫远游不归，美人枉自佩带宜男草，故偷情者趁机而至。宋人马子严《鹧鸪天·闺思》："锦纹亲织寄檀郎，儿家闭户藏春色，戏蝶游蜂不敢狂。"写美人对郎忠贞不贰，闭门藏春，故轻薄少年也不敢冒犯。

诗唐词宋，诗人感兴，寄托尤深。如初唐诗人骆宾王《在狱咏蝉》：

> 西陆蝉声唱，南冠客思侵。
> 那堪玄鬓影，来对白头吟。
> 露重飞难进，风多响易沉。
> 无人信高洁，谁为表予心？

诗咏物而多怀，言情而动兴，精巧地运用比兴的手法，借秋蝉鸣声所引起的感触，表达了作者不便直吐的冤愤和企望雪冤的心迹。首联借用"西陆""南冠"

---

① 《喜春来迎普天乐·夕阳芳草》。
② 《满庭芳·赠歌者》。
③ 欧阳修《望江南·咏蝶》。

之典，切题而有意。一个"侵"字令人想到"在狱"诗人排遣不开的惆怅和无法抵御的愁思，堪为诗"眼"；颔联以流水对的形式，由物见我，因我观物，感叹半生坎坷，时势所险，铁窗凄苦，老之将至；颈联以工稳的对仗，句句咏蝉，亦句句咏己，使蝉的品行与人格化身自然契合，从而将自己身陷囹圄、穷途末路的身世之悲和屈辱愤懑以及无处倾诉的哀怨之情注入其中，语意沉至，风骨凝练，兴寄高远，幽忧怨愤，含蕴动人。

南唐后主李煜的词"以血书"问世，其于兴寄的运用尤有独到之处。"问君能有几多愁，恰似一江春水向东流"，以一江春水的浩淼、沉重、滔滔不绝、无际无涯比喻心中之愁，形象而深刻，而李煜词最擅长的还是"赋而比"的暗喻之"兴"。如《乌夜啼》："林花谢了春红，太匆匆！无奈朝来寒雨晚来风。"看似是实写之"赋"，实则以自然界的花草、风雨，喻指人世之变。《浪淘沙》："流水落花春去也，天上人间。"以流水、落花、春去这三者的难以重返，比之"见时难"，又用"天上人间"再比之。两处都是隐喻。"比兴皆托喻，但兴隐而比显，兴婉而比直，兴广而比狭"[1]，故"比兴"虽连称，却有高下之分。李煜由于特殊的经历"穷而后工"，比兴由诗的世袭领地而入于词，"眼界始大，感慨遂深，遂变伶工之词而为士大夫之词"[2]。如他的《清平乐》：

别来春半，触目愁肠断。砌下落梅如雪乱，拂了一身还满。　雁来音信无凭，路遥归梦难成。离恨恰如春草，更行更远更生。

全词没有着力于表面上的描摹和字句的雕琢刻镂，主人公的离愁别恨却看得见，摸得着。过片四句写一个暗淡无光的阳春，词人信步阶前庭院，忽然长空传来一阵雁鸣，抬头望去，只见一队大雁正亲密地排着"人"字队列向北飞翔，这更加激发了他对羁留汴梁、久无音讯而又归梦难成的胞弟从善的思念之情，为此，他不禁难过地垂下了头。俯视中，他仿佛觉得地上的每一棵

---

[1] 陈启源《毛诗稽古编》。
[2] 王国维《人间词话》。

春草都是自己的每一缕情思，那伸向天涯海角的离离春草，就是自己无法排遣的离愁别恨。"离恨恰如春草"，善状离愁而深挚，设喻新颖，声情妙合，不愧"神秀"之句。

宋人寄兴经典亦指不胜屈，如苏轼《卜算子》：

> 缺月挂疏桐，漏断人初静。时见幽人独往来？缥缈孤鸿影。
> 惊起却回头，有恨无人省。拣尽寒枝不肯栖，寂寞沙洲冷。

诗人夜深孤栖独入之际，目见孤鸿，触物兴感，神魂飞越，于是自我与孤鸿融为一体，"我"化入对象之中。过片明说鸿而暗喻己。结句"拣尽寒枝不肯栖，寂寞沙洲冷"，借物咏怀。

苏轼一生，由眉州，而汴京，而黄州，而惠州，而儋州，一辈子就像一只孤鸿始终漂泊不定。表面上看，他是被政治所裹挟，有不得已的苦衷，实际上，正是由于他的孤傲倔强，——"拣尽寒枝不肯栖"，才落得"从流飘荡任意东西"。然而，这正是苏轼洁身自好人格的真实写照。过片句句用比兴寄托手法，表达了作者心灵无所归依的怅惘。清人黄蓼园评东坡此词："初从人谈起，言如孤鸿之冷落。第二阕专就鸿说，语语双关。格奇而语隽，斯为超诣神品。"

又如辛弃疾《青玉案·元夕》：

> 东风夜放花千树，更吹落、星如雨。宝马雕车香满路，凤箫声动，玉壶光转，一夜鱼龙舞。　蛾儿雪柳黄金缕，笑语盈盈暗香去。众里寻他千百度，蓦然回首，那人却在，灯火阑珊处。

词明写元宵观灯盛况，实则自寓怀抱，别有寄托。结句"众里寻他千百度，蓦然回首，那人却在，灯火阑珊处"，王国维《人间词话》将其列为"古今成大事业、大学问者"所必须经历的第三种境界，正是因为他普遍地道出了任何追求真善美的艰辛经历与获得成功的一份惊喜的心声。这首词作于宋淳熙元年或二年。当时强敌压境，国势日衰，而南宋统治者却不思光复，偏安江南，沉湎于歌舞享乐，以粉饰太平。洞察世事的词人，欲补天穹，却恨无处请缨，满腹的激情、哀伤、怨恨，交织成了这幅元夕寻人图。国难当头，朝廷只顾偷安，人们也都"笑语盈盈"，有谁在为风雨飘摇中的国家忧虑呢？词人寻找着那个"自怜幽独"的伤心人。那个不在"蛾儿雪柳"之众，却独立在灯火阑珊处、不同凡俗、自甘寂寞的美人，不正是词人所追慕的知音吗？陈廷焯说："所谓沉郁者，意在笔先，神余言外，写怨夫思妇之怀，寓孽子孤臣之感。凡交情之冷淡、身世之飘零，皆可于一草一木发之。而发之又必若隐若现，欲露不露，反复缠绵，终不许一语道破。匪独体格之高，亦见性情之厚。"①"众里"寻人之句，正是"兴之托喻，婉而成章，称名也小，取类也大"的美辞。

诗用寄兴，到了清人笔下，陶写性灵，抒寄幽愤，声出官商，情兼雅颂，乃诗坛一代之雄，如清人王士祯《真州绝句》其四：

江干多是钓人居，柳陌菱塘一带疏。
好是日斜风定后，半江红树卖鲈鱼。

四句先淡后浓，先抑后扬，构成一幅立体的"江干渔村图"，蕴含着大自然秋日成熟的生命力，寄托着诗人对自然与生命的热爱。"板桥山色晚秋初，楚泽真州画不如。我爱新城诗句好，半江红树卖鲈鱼。"宗梅岑《读阮亭先生真州绝句漫作》夸士祯"真州诗"远胜于画，因为它的韵味是任何丹青妙手都画不出来的。"半江瑟瑟半江红"，落日的余晖染红江畔的柳树，"钓人"打鱼归来，在"红树"下卖鱼，不言其他鱼虾，独说"卖鲈鱼"，当另有寄托。晋人张翰，字季鹰，江苏吴县人，在洛阳为官，因秋风拂面，想起老家的茭菜、莼羹脍鲈鱼，遂抛开世事，弃官归里。真州渔村虽小，但风景宜人，环境幽静，乡风淳朴，正是隐者的好去处。士祯写"卖鲈鱼"，味外之味有厌恶官场、向往赋闲生活、陶然清淡人生之意。

---

① 《白雨斋词话》。

泉眼无声惜细流

——比方取类说"拟人"

拟人,又叫人格化,是指作者在描写外物时,将物与人相比拟,把物看作人,赋予物以人的某些活动形态或意识形态。拟人和比喻都是建立在不同事物的联想和想象基础上的修辞手法。拟人属于比拟中之大类,都有"比"的义项。刘勰《文心雕龙·比兴》将拟人和比喻放在一块说:"夫比之为义,取类不常:或喻于声,或方于貌,或拟于心,或譬于事。"无论是声音、形貌,还是抽象的道理、心情等,都可以通过比喻来表达。从理论上说,拟人可作为比喻的一个小类,是藏喻。基于联想和想象,化物为人的叫做拟人,"姑山半峰雪,瑶水一枝莲"[①],是以花比美人;化人为物的叫拟物,"朱唇得酒晕生脸,翠袖卷纱红映肉"[②],是以美妇人比花。从诗歌求活的意义上说,拟人运用的频率要比拟物高得多,突出表现在三个方面:一是对人所要征服的直接目标

[①] 白居易《玉真张观主下小女冠阿容》。
[②] 苏轼《寓居定惠院之东,杂花满山,有海棠一株,土人不知贵也》。

的对象的人格化；二是对那些与人的日常生活有密切联系的动植物的拟人化；三是借用自然界事物的活动反应，来加强所描写的事物气象。拟人用得好，能将主观情绪化入外在事物之中以传达给对方。"海水梦悠悠，君愁我亦愁。南风知我意，吹梦到西洲"[1]、"杨柳阴阴细雨晴，残花落尽见流莺。春风一夜吹乡梦，又逐春雨到洛城"[2]，就是采用拟人化的手法，以虚入实，使主观的设想通过想象的实物表现出来。

拟人能使人从景中得到情，从而在人的感情上产生共鸣。"槛菊愁烟兰泣露。罗幕轻寒，燕子双飞去。明月不谙离恨苦，斜光到晓穿朱户"[3]，反复运用拟人手法，缘情造境，使景物皆因主人公的悲伤而悲伤，正所谓"物皆著我之色彩"。宋人模山范水喜用拟人手法，在他们的笔下，自然物之间的关系也被赋予了世态人情。如山水诗大家杨万里《小池》：

泉眼无声惜细流，树阴照水爱晴柔。
小荷才露尖尖角，早有蜻蜓立上头。

运用拟人手法，着意刻画初夏独有的景物及其所给予人的特殊感受，人与山水自然联袂演出了一幕情趣横生的活剧。首联"泉眼""树阴"非人，却能惜流、照水、爱晴柔，活泼可爱；次联亦暗含拟人手法，融理入景：从荷叶角度看，有"桃李不言，下自成蹊"的余韵；从蜻蜓的角度看，"才露""早立"的勾勒，体物入微，清新灵动，与苏轼"春江水暖鸭先知"同妙。

又如王观《卜算子·送鲍浩然之浙东》：

水是眼波横，山是眉峰聚，欲问行人去哪边？眉眼盈盈处。
才始送春归，又送君归去！若到江南赶上春，千万和春住。

---

[1] 南朝民歌《西洲曲》。
[2] 武元衡《春兴》。
[3] 晏殊《蝶恋花》。

词写送别，寄托着浓浓的朋友之情。构思新巧，形象生动，情感真切。开篇即抓住浙东山清水秀的特点，以语意双关的比喻描写"水是眼波横，山是眉峰聚"，从喻景看，是以人拟物，"眼波"和"眉峰"是形容绿水青山，"眉眼盈盈处"正可显示浙东山水的清秀，意新辞巧；从喻情看，是以物拟人，把"水"比作诗人和友人因即将分手而眼泪横流，把"山"比作他们因不忍分离而愁眉攒聚，从而形象地表达了两人依依不舍的惜别之情。"欲问行人去哪边？眉眼盈盈处"，点明友人将要去的地方，正是那山水秀丽之处。"才始送春归，又送君归去"，是运用拟人手法，把"春"人格化，并和友人相比，使惜春之意和惜别之情交织融合。"若到江南赶上春，千万和春住"，在对友人的关切叮咛中，透露了诗人自己对江南烟柳景致的心往神驰。

菊残犹有傲霜枝

——渗透人心说"移情"

移情，是人的情感渗透，这种修辞手法能使本来无生命的自然之物仿佛有了生命，本来无情感的东西仿佛有了感情，形成一种天人合一、神与物游、物色带情的意境。人们观察和欣赏自然万物，在其中发现诗的意境时，移情作用往往是一个要素。例如"菊残犹有傲霜枝"句的"傲"，"云破月来花弄影"的"弄"，"数峰清苦，商略黄昏雨"句的"清苦"和"商略"，"徘徊枝上月，空度可怜宵"句的"徘徊"、"空度"和"可怜"，"相看两不厌，惟有敬亭山"句的"相看"和"不厌"，都是移情的作用。欣赏自然景物，一方面有人的心情随风景的形体、线条、色彩而千变万化，"睹鱼跃鸢飞而欣然自得，闻胡茄暮角则黯然神伤"；另一方面景物也随人的心情而变化生长，"惜别时蜡烛似乎垂泪，兴到时青山亦觉点头"。这些都是通常所说的"即景生情，因情生景"。传统诗歌所谓"情景交融"，"情"与"景"并非半斤八两的融合，其中占据主导地位的还是"情"，即使在专门写景的诗歌中，依然如此。王国维在他的《人间词话》里就断言："昔人论诗词，有景语、情语之别，不知一切景语皆情语也。"诗歌作为语言的艺术并不是对经验世界的复写，而是情感的流泻。因此，移情是诗人在创作中乐用的手法。"羞花闭月，沉鱼落雁，不恁也魂消"①、"沉鱼落雁鸟惊喧，闭月羞花花愁颤"②、"俏冤家，天生下，沉鱼落雁，闭月羞花"③、"好女子也，生的沉鱼落雁之容，闭月羞花之貌"④，用"闭月羞花"去形容女性的貌美，还比较容易理解，但"沉鱼落雁"怎么也能担当此任呢？如果我们从"沉鱼落雁"总要与"闭月羞花"前后连用，很少单独出现，就不难理解。据说，三国貂蝉在明月下为王允祈祷，王允来时，恰有浮云遮月。王允因而称赞她美过明月，月亮见了她竟然躲起来。大唐杨贵妃在花园抚摸含羞草，含羞草的花、叶收缩低垂。宫女因而说她美过鲜花，花见了她就害羞。"闭月羞花"在夸张、比喻中给人以这方面的具体联想，当人们用凝神的目光注视展翅的大雁，大雁见到人便从高空俯就而下，欢游的鱼儿见到人就从水面沉到水底，于是便与"闭月羞花"一虚一实，相互搭配，构成形影不离的一对儿，去专门描绘美人了。

在移情过程中，人总是处于饱满的情感状态，审美感受始终伴随着强烈的感情色彩。杜甫《春望》：

国破山河在，城春草木深。
感时花溅泪，恨别鸟惊心。
烽火连三月，家书抵万金。
白头搔更短，浑欲不胜簪。

颔联"感时花溅泪，恨别鸟惊心"，写在感时恨别的情感里，见"城春"之荒凉，飘零之人看花而溅泪；恨"国破"之惨状，闻鸟而惊心。花鸟本是自然物，

---

① 杨果《采莲女》。
② 汤显祖《牡丹亭·惊梦》。
③ 《雍熙乐府》十八《晋天乐·初见曲》。
④ 《脉望馆钞校本古今杂剧·锦云堂美女连环计》三。

其时由于诗人的特殊心境，把自己的感受移加到它们身上，觉得它们也通人情。花朵含露，是感伤时局在落泪；鸟儿跳跃，是因为生死别离而心绪不宁。正所谓国破家亡，天地含愁，草木同悲。

唐代诗人运用移情手法，臻于"化境"。如杜牧绝句《赠别二首》其二：

多情却似总无情，惟觉尊前笑不成。
蜡烛有心还惜别，替人垂泪到天明。

诗人独具只眼，抓住物与我的相似点，将笔力的重点和情愫的重心移到蜡烛上。人似"无情"，烛却"多情"，烛俨然成了一对难以割舍的情人的化身。烛既有心（蕊），又有"成灰泪始干"的个性，今夜"替人垂泪"既入"物理"，又合"情理"。不言人而言烛，惜别之心与垂泪之悲更添曲微深婉。

运用移情手法的诗歌，读了能使人自然而然地感受到美的力量。如宋人欧阳修《蝶恋花》下片：

雨横风狂三月暮，门掩黄昏，无计留春住。泪眼问花花不语，乱红飞过秋千去。

词借助景色描绘和外貌的刻画，来写大家闺秀青春虚度的苦闷。下片在上片交代少女的生活处境之后，着意抒写她留春不住、难以掌握自己命运的苦闷，人物这样的感情、情绪移注于风雨——"雨横风狂"和时光——"门掩黄昏，无计留春住"，结句"泪眼问花花不语，乱红飞过秋千去"，因花而有泪，因泪而问花，花竟不语；不但不语，且又乱落，飞过秋千。这里，事物有了人的动作、行为，更反映了人的情思，移情层深而浑成，言语生动而真切。

"灼灼"状桃花之鲜

——顺水推舟说"拈连"

拈连，又叫顺势移用。它是利用上下文的联系或联想，将适用于甲事物的词语拈到乙事物上的修辞方式。拈连和比拟都是一种变格的语言形式。但拈连中的甲事物（本体）在前，是具体的；乙事物（拈体）在后，是抽象的。拈词和甲事物的搭配是合乎语法规则的，是常格；和乙事物的搭配是不合乎语法规则的，是变格。如宋人张先词《天仙子》上片：

水调数声持酒听，午醉醒来愁未醒。送春春去几时回，临晚镜，伤流景，往事后期空记省。

"醒"本来是与"午睡"搭配的，但词人把"醒"与"愁"搭配，虽然违反了通常的语言规范，却是一种艺术语言的创造。

诗词为了在有限的篇幅内开阔意境，最大限度地增强艺术感染力，常常将同类物象情事并举，或"中情所在，有感斯应；或无问时空，纷至沓来；或前后左右，联类附从"，从而形成拈连的修辞模式。由于意体物象与人的情感之间内在联系不同，拈连大致有"内拈"与"外拈"两种主要类型。内拈是由外在的物象而关联到内在的情事。如《国风·周南·桃夭》其一：

　　桃之夭夭，灼灼其华。
　　之子于归，宜其室家。

《小雅·采薇》其六：

　　昔我往矣，杨柳依依。
　　今我来思，雨雪霏霏。
　　行道迟迟，载渴载饥。
　　我心伤悲，莫知我哀？

首例中，"灼灼"的火热既用来摹状桃花，又表达了新嫁娘对丈夫的热情。四句今译即为"一株夭夭的桃树，桃花明艳如含笑，这位姑娘出了嫁，一定对她丈夫好"。次例中的"依依"既摹状柳条轻柔的样子，又用来表达依依不舍的感情。八句今译即为"从前我去的时候啊，杨柳飘拂丝条不断。今天我行军回来啊，雨雪纷纷下个不停。在路上一程一程地挨着，又饥又渴没饱肚的东西。我的心实在伤痛忧愁啊，有谁知道我心头的哀伤？"

外拈是指将人事情意附着于物象之上，如柳永《少年游》：

　　长安古道马迟迟，高柳乱蝉嘶。夕阳鸟外，秋风原上，目断四天垂。
　　归去一云无踪迹，何处是前期？狎兴生疏，酒徒萧索，不似少年时。

词写诗人离开京都时的悲凉心境，过片的外拈将自己前程未卜的悲伤惆怅心情附着于眼前的"归云"物象上。"归去一云无踪迹"，既写天空之云，与上片写景相接，又连带写自己，托喻之妙，又拈抒情之端。结尾"狎兴"三句将从前的生活与眼下的处境对比，凸现今日的寂寞和悲伤，词境深雅，意境含蓄，韵味浓厚，结句上亦显得格外严谨。

人生何处寻芳草

——称此言彼说"借代"

借代，又称代字，是借用描写对象的某一特点来指称整个对象的表现手法。中国诗歌语言的丰富性和多样性，使借代得以大显身手。诸如以事物的特征或标识借代事物，"金粉东南十五州，万重恩怨属名流"①，用艳丽的化妆品"金粉"指代东南地区的繁华绮丽；以事物的产地借代事物，"何以解忧，唯有杜康"②，用造酒鼻祖杜康指代酒；以事物的质地或器具借代事物，"从谁细向苍苍问，争遣蚩尤作五兵"③，用"苍苍"指代天，"五兵"④指代战争；部分与整体互代，"过尽千帆皆不是，斜晖脉脉水悠悠"⑤，用帆代船，是部

---

① 龚自珍《咏史》。
② 曹操《短歌行》。
③ 元好问《岐阳三首》。
④ 五种兵器。
⑤ 温庭筠《望江南》。

分代整体；具体与抽象互代，"古木无人径，深山何处钟"①，是以具体的"钟"指代抽象的钟声。

借代的修辞方式有两个突出的特点：一是可使所代对象具体化、形象化。二是可使上下文衔接得更加紧密、顺畅。这两者一结合，能在称此言彼中使语句深刻地揭示人物的思想、性格，委婉地表达作者的褒贬态度。如王维《和贾至舍人早朝大明宫之作》：

绛帻鸡人报晓筹，尚衣方进翠云裘。
九天阊阖开宫殿，万国衣冠拜冕旒。
日色才临仙掌动，香烟欲傍衮龙浮。
朝罢须裁五色诏，佩声归到凤池头。

这首应制七律，句句有借代。首联"鸡人"代指戴头巾的卫士，"翠云裘"指代皇上着装；颔联"九天阊阖"指代皇上宫廷住所，"万国衣冠"指代各国使臣，"冕旒"以皇帝衣冠指代皇帝；颈联"仙掌"指代仪仗，"衮龙"指代着龙袍的皇上；尾联"五色诏"以起草诏书的丝帕指代诏书，"佩声"以身上饰物指代贾舍人，"凤池"则是指代贾舍人办公之地。通篇虽则都是在歌功颂德，由于运用借代渲染气氛，编织图景，使原本枯燥乏味的吟颂变得形象生动，气象高华，折射出大唐盛世光明璀璨、威仪四方的赫赫声势。

又如"香草""芳草"，原本是无情之物，一旦进入诗人的艺术视野，通过比喻、借代、移情等手法人格化，顿时成为触景生情、依象兴意、铺陈景致的一种媒体，使它以鲜活的生命力置身于人们的情感天地里。屈原《离骚》之文，依《诗》取兴，引类譬喻。故善鸟香草，以配忠贞；恶禽臭物，以比谗佞；灵修美人，以媲于君……其词温而雅，其义皎而朗。凡百君子，莫不慕其清高，嘉其文采，哀其不遇，而悯其志焉"②。从屈原起，以"香草"指代美人的例

---

① 王维《过香积寺》。
② 王逸《离骚经章句第一》。

子不胜枚举。宋人词中以"芳草"指代的意蕴尤为深永。如以芳草代指家乡："倚楼无语欲销魂,长空黯淡连芳草"①、"山映斜阳天接水,芳草无情,更在斜阳外"②、"家何处,落日眠芳草"③、"楚天渺。归思正如乱云,短梦未成芳草"④。以"芳草"代指恋人:"知春少,人间何处寻芳草"⑤、"天涯何处无芳草"⑥、"悔凭栏,芳草人千里"⑦、"芳草绿随人渐远"⑧。以"芳草"同时指代家乡、恋人:"倚危楼极目,无情细草长天色"⑨、"小楼帘卷路迢迢,望断天涯芳草"⑩。以"芳草"指代因理想不能实现而生哀:"千里断鸿供远目,十年芳草挂愁肠"⑪、"断肠芳草远"⑫、"绿杨芳草恨绵绵"⑬。上述情况下出现的"芳草",无论是客观现象,还是精神产品,只要有"芳"的感觉,它就必具"美好"的特质,芳草不管是代指家乡、相思之人亦或理想及失望,在宋代词人的心底都是美好的,正是因为美好,他们才要极力追求,求而不得必生无穷怅惘、万般遗憾。

借代用得好,不仅可以使句子衔接得更加紧密,还能增强语言的形象性和幽默感,唤起人们的联想和想象,从而进一步揭示人物的思想品格,表达作者的褒贬情感。杜甫名篇《茅屋为秋风所破歌》:"床头屋漏无干处,雨

---

① 寇准《踏莎行》。

② 范仲淹《苏幕遮》。

③ 柳永《小镇西犯》。

④ 晏几道《泛清波摘编》。

⑤ 朱敦儒《渔家傲》。

⑥ 苏轼《蝶恋花》。

⑦ 关咏《迷仙引》。

⑧ 舒亶《木兰花》。

⑨ 欧阳修《撼庭秋》。

⑩ 朱敦儒《西江月》。

⑪ 叶梦得《浣溪沙》。

⑫ 朱淑真《谒金门》。

⑬ 蔡伸《柳梢青》。

脚如麻未断绝。"个中"屋漏"不是主谓词组，不指"屋子漏雨"，而是名词。在古代，"屋漏"是指"屋子的西北隅"，《尔雅·释宫》云"西北隅之屋漏"，通常屋子的西北隅，是古人设小帐祭祀之处。《诗·大雅·抑》曰："相尔在室，尚不愧于屋漏。"郑玄笺："屋，小帐也；漏，内，隐也。"指独处于室，慎守善德，不起邪念。句中是用"床头""屋漏"两处不同的位置，代指整个屋子，是用局部代整体的典型例子。杜甫草堂地处川西盆地，阴冷潮湿，老杜居所尤甚，屋内潮湿得不只人无法住，连鬼神在"屋漏"处也待不住了，窘迫之际，愈见其真。

黄河如丝天际来

——言过其实说"夸张"

　　夸张，又名夸饰、铺张、扬厉、倍写。为了满足情感宣泄的需要，人们通常运用奇妙的想象，扩大或缩小人或事物的特征，使要表达的语言生动、风趣，富有强烈的感染力。刘勰说夸张"言峻则嵩高极天，论狭则河不容舫；说多则子孙千亿，称少则民靡孑遗"[①]，试以《诗经》中的歌谣为例，举出夸饰的四种情况："言峻"见之《大雅·崧高》："崧高维岳，骏极于天。"说山岳高耸直上九重天，是夸大。"论狭"见之《卫风·河广》："谁谓河广？曾不容刀。"说黄河水面宽容纳不下一小船，是缩小。"说多"见之《大雅·假乐》："千禄百福，子孙千亿。"说福禄无量，子孙繁衍绵长亿年，是增多。"称少"见之《大雅·云汉》："周余黎民，靡有孑遗。"说先祖若不庇佑，子孙将因此而灭绝，是减少。这些夸张的手法都是《诗经》中最常见的表现方式。先民们在描写人或事物的时候，民歌的作者总是抓住这人或物最基本的特征，

---

① 刘勰《文心雕龙·夸饰》。

言过其实，在看似荒诞不经的描绘里，陪衬出一个鲜明的形象，使人更真实地感受这个事物。正如刘勰所云："辞虽已甚，其义无害也。"如"燕山雪花大如席"[1]、"飞流直下三千尺，疑是银河落九天"[2]是夸大；"黄河如丝天际来"[3]、"一折青山一扇屏，一湾碧水一条琴"[4]是缩小。诗歌艺术正是通过这样的夸张而达到更高更深刻的真实。王充针对儒家说武王伐纣，或曰"兵不血刃"，或曰"血流浮杵"不统一的错误认识，在批评中指出：其实这只是从不同角度赞美武王伐纣或不战而屈人之兵，或不怕流血牺牲，去争取胜利。两者并行不悖。

夸张分真实性夸张和非真实性夸张两种类型。真实性夸张，是在事实的基础上的夸大或缩小，是"夸而有节，饰而不诬"；而非真实性夸张的"真实"，是指事实上没有的东西，在人的形象思维、艺术想象中却可能有。如上所举"燕山雪花大如席"，鲁迅指出，这当然是夸张，"但燕山究竟有雪花，就含着一点诚实在里面，使我们知道燕山原来有这么冷"。非真实性夸张的运用更为普遍，如屈原笔下更多的是理想世界和理想人物，所以他并不按照生命本来的面目去精琢细刻，而是超脱时空的限制，采用大量非现实的夸张手法。他的想象力极强，夸张特别大胆，再加上广泛选取神话传说、历史故事和富于楚地特色的山川景物，就使他的多数诗篇具有离奇曲折的情节，形成优美奇特的境界，笼罩在绚烂瑰丽的氛围之中。《九歌》每揭开一次帷幕，都是在无比奇幻的背景下推出一个用人与神、神话与现实、自然现象与人类社会的双重特性融会而成的非凡形象。

夸张的手法由来已久，但有唐一代才是一个高峰期，至宋方兴未艾。宋代文人认为，诗文须用夸张、比喻、拟人手法，才能打动人心。如王庭珪《登滕王阁》"天提日月东南走，地辟山川昼夜浮"，境界壮阔，气魄宏大，阳

---

[1] 李白《北风行》。
[2] 李白《望庐山瀑布》其一。
[3] 李白《西岳云台歌送丹丘子》。
[4] 清人刘嗣绾《自钱塘至桐庐舟中杂诗》。

刚之美不让唐人。元代散曲的夸张则别有一番情趣。如王和卿《醉中天·咏大蝴蝶》：

> 弹破庄周梦，两翅驾东风。三百座名园，一采一个空。谁道风流种，唬杀寻芳的蜜蜂。轻轻飞动，把卖花人扇过桥东。

小令以奇特的想象，极度的夸张，狂放的气魄，诙谐佻达的语言，刻画了一个硕大异常、贪婪专横的蝴蝶形象。"谁道风流种，唬杀寻芳的蜜蜂"，极言这只大蝴蝶远远超过了一般的风流种，连天职寻芳采花的蜜蜂也被它吓倒。末句"轻轻飞动，把卖花人扇过桥东"，更进一层说大蝴蝶不仅采空了所有的名园，还毫不费力地把卖花人扇得老远，既讥讽了横行市井的花花太岁，又是放荡不羁的文人对自己命运的自嘲。他的《双调·拨不断·大鱼》亦极尽夸张之能事：

> 胜神鳌，夯风涛，脊梁上轻负着蓬莱岛。万里夕阳锦背高，翻身犹恨东洋小。太公怎钓？

借用庄子鲲鹏之典，又加以生动具体的想象和新颖奇特的夸张，在荒诞的戏谑中，巧妙地奚落了谎话连篇大话连天者。孔雀开屏之际，就是它露出屁股之时。事物都有两面性。夸张到了极点，在有声有色的同时，也就漏洞百出了。最后一句"太公怎钓"，因前面的夸张手法而耐人寻味。姜太公以直钩钓于渭水，所钓者乃功名而非水中之鱼，倘若碰上这条巨鱼，不知他如何钓法？暗含作者对功名的鄙视。

事如己出浑天然

——水中着盐说"用典"

用典，又称事类、用事、使事、隶事。用典是运用典故的简称，典者，典册、典籍也；故者，故实、故事也。刘勰《文心雕龙·事类》所谓"用事"，大体包括"人事"和"成辞"，即古代的故事，感人的言辞，都可以被诗人或正用或反用或明用或化用到诗句中，以丰富诗的内涵，激发读者的联想，增加诗句的凝练与容量，使表达更为含蓄委婉，耐人寻味。

按照传统诗歌赋、比、兴的写作方式，用典其实属于隐性的比喻。"据事以类义，援古以证今"，也就是以古事类比、论证今事，由此认知作者心中所要说明的情与理。陈寅恪先生在论及用典的功效时，曾十分形象地表述："古事今情，虽不同物，若于异中求同，同中见异，融会异同，混合古今，别造一同俱冥，今古合流之幻觉，斯实文章之绝诣，而作者之能事也。"[①] 这种"感今而忆往，抚今而追昔"式的用典，的确是诗人沸腾的情思与烂熟于

---

① 《金明馆丛稿初编》。

心的典故的隐意的刹那碰撞与共鸣，是艺术创作中的妙手偶得。典故运用得含浑自如，能使诗歌意义幽深曲折，散发一种深苍、厚重、典奥的气息。当然，僻事大不可用，不得已而用事，必择其典之雅、词之丽者。博雅之才，炫耀其学，驱策坟典，动辄用事，拘挛补衲，语多生僻，非注莫解其词，非疏莫通其义。古今不少名篇佳句并未借用、补缀典故，而是直抒胸臆。如"思君如流水"[1]，叙眼前事；"高台多悲风"[2]，亦寻常所见；"清晨登陇首"[3]，并无掌故；"明月照积雪"[4]，非出经史，皆脍炙人口。用典有利有弊，要做到利大于弊，有些问题是需要引起注意的。宋人魏庆之《诗人玉屑》卷七"用事"一题下强调烹炼字句，要"妙于用事"，"事如己出，天然浑厚"，一如袁枚所云"用典如水中着盐，但知盐味，不见盐质"[5]，即不可依赖书本，"必假故实"，为用事而用事，有意堆砌典故。苦心孤诣，惨淡经营，用典过多，拘挛补缀而露斧凿之痕者，要么如读论据，损失韵味，要么喧宾夺主，伤害形象。张炎说："词用事最难，要体认著题，融化不涩。"[6] 这是要求用典无论是直接引用，还是化用或反用，都须前后粘连，以典喻意，无迹可寻，自然超妙。清人方东树说："用典全贵能化。大家用事，全不见饾饤之迹。大抵质用不如借用，明用不如暗用，正用不如翻用，整用不如拆用，顺直不如侧逆；腐者新，板者活，生者熟；直者揉之，散者炼之；以我用事，不为事所用。"[7] 如李商隐在诗中用典，常常喜欢暗用、借用或活用。典故本身所代表的意义，常常不是他企图在诗中所显示的意义。如他的《牡丹》诗云："锦帏初卷卫夫人，绣被犹堆越鄂君；石家蜡烛何曾剪，荀令香炉可待熏。"四句用四典，

---

[1] 徐幹《室思》。
[2] 曹植《杂诗》。
[3] 晋张华诗句。
[4] 谢灵运《岁暮》。
[5] 《随园诗话》。
[6] 《词源》。
[7] 《昭昧詹言》卷二十一。

让不了解故事原委的人，看后一头雾水。因此，用典要做到恰如其分、天衣无缝不容易。首先要有广博的知识，才能随手拈来，为我所用，同时又要有相当的想象力和组织能力，才能借历史上的典实来抒发感情。李白《行路难·金樽清酒斗十千》，连用吕尚垂钓、伊尹梦日、杨子邻人亡羊和宗悫述志等多个典故，却并不使人感到絮烦，也绝无生硬堆砌的弊病，而能用得自然灵活，极其巧妙、生动地表达自己的内心矛盾和远大抱负。

诗人为了运用绮丽的字来结构句法，有时也采用化典的手法。如唐人元稹《离思五首》其四：

曾经沧海难为水，除却巫山不是云。
取次花丛懒回顾，半缘修道半缘君。

这首响彻千古的爱情之歌，以"沧海水""巫山云"两个典故化炼的意象，托象喻情，婉曲深妙地抒发了诗人对亡妻韦丛生死不渝的爱恋和相思。"沧海水"，系化用孟子一段名言："孔子登东山而小鲁，登泰山而小天下。故观于海者难为水，游于圣人之门者难为言。"[①]"巫山云"，系化用宋玉《高唐赋序》关于巫山神女的传说：楚王昼寝，梦见一妇人自荐枕席。自称巫山之女，"妾在巫山之阳，高丘之阻。旦为朝云，暮为行雨。朝朝暮暮，阳台之下"。楚王次日清晨观之，果如其言，遂为立庙，号为"朝云"。两处隐喻、象征手法，表露诗人曾经拥有过铭心刻骨的爱恋，读来并不晦涩，也不觉俗气，足见作者用事以故为新、以俗为雅之工。

恰切、适度、巧妙的用典可加大诗词的容量，尽可能多的传递作者的感受，引起读者的审美联想、想象。如宋代大词家辛弃疾《水龙吟·登建康赏心亭》下阕：

休说鲈鱼堪脍，尽西风，季鹰归未？求田问舍，怕应羞见，刘

[①] 《孟子·尽心》。

郎才气。　可惜流年，忧愁风雨，树犹如此。倩何人换取，红巾翠袖，揾英雄泪？

三次驱典入词，两番反面否定，横竖烂漫、层层曲折地把感情的宣泄推向了高峰。"休说鲈鱼堪脍，尽西风，季鹰归未"，三句一层，第一次用典。登临之际，正值深秋，西风猎猎，落木萧萧，于是想起了晋朝张翰命驾：张翰字季鹰，为官时，一日"因见秋风起，乃思吴中菰菜、莼羹、鲈鱼脍，曰'人生贵得适志，何能羁宦数千里以要名爵乎！'遂命驾而归"。"求田问舍，怕应羞见，刘郎才气"，是再次用典。词人一生以功业自许，忧国伤时，矢志恢复，假如自己今后真的变成了像许氾一样的琐屑小人，囿于个人生计，求田问舍，丧济世之志，那恐怕是要被仁人志士们耻笑的吧！自己又有何面目去见当今那些舍身忘家的刘备式的英雄人物呢？以上两个典故连用，衔接极其自然；又通过否定季鹰与许氾，申述了自己志之所在，写来宛如行云流水，绝无掉书袋的感觉。"可惜流年，忧愁风雨，树犹如此"，是第三次用典。"树犹如此"系化用前人语意，词人借桓温北伐时的感慨"树犹如此，人何以堪"，写出了自己的担忧和时间的紧迫：时光倏忽而过，中原恢复无期。国事不可收拾，自己的夙愿不能实现。如此反复用典，并不嫌堆垛，反而在作者心理情感的贯穿下互为映衬，共同传达出深永的情志内涵。结句"倩何人，换取红巾翠袖，揾英雄泪"，借代、拟人并用，借红巾少女、纤纤素手，代指故国河山，将何以慰之，何以平之，唯有故国锦绣河山方能"揾英雄泪"，从而使这首登临之词富于纵横捭阖、跳脱灵动的审美情趣。

自是人生长恨水长东

——耐人咀嚼说"象征"

象征既是艺术手法,也属修辞方法。它是借助两个对象之间的联系,用一种现象去表现在含义上相同或相近,但在外形上又与之完全不同的另一种现象的修辞方式。象征的艺术手法渊源见远,《诗经》《楚辞》、汉乐府等都曾成功使用过。陶渊明把象征艺术融入对自然田园的观赏中,从而创造出抒情主人公高洁的艺术形象,如他的"少无适俗韵,性本爱丘山。误落尘网中,一去三十年。羁鸟恋旧林,池鱼思故渊"[1],个中"尘网""羁鸟""池鱼"都是象征,象征世俗的羁绊、束缚,象征渴望自由的人。作者借此表达自己的理想志向,使得全诗意趣横生,言有尽而意无穷。因此,象征的手法能使诗歌更富有耐人咀嚼的意味。同隐喻一样,象征注重的是暗示,而不是阐释;是意象的联想,而不是字面的意义。诗人的所感所思所悟,通过出人意表,

---

[1] 《归园田居》。

有时甚至是怪诞的象征与隐喻曲折地表达出来，便会产生一种奇特的艺术效果，即使不能用确定的言语来阐释这些话外之音、象外之意，也会使人感慨万端，回味无穷。

由于汉语言崇尚简洁及中国传统"观物取象"以"穷理尽性的倾向"，象征具有内涵的丰富性和语言定性上的模糊性，每一个字对不同的受众来说，都会在感性、理智、联想、想象等方面引起不同结果。如"莲"字，可以在形象、色彩上引起人们的联想，也可以在感情、象征意义上引起人们的联想。诗人观莲、写莲，可以"接天莲叶无穷碧，映日荷花别样红"[1]，在形象、色彩上引起联想，以突出它的艳丽，象征对往日辉煌的留恋；也可以"低头弄莲子，莲子青如水；置莲怀袖中，莲心彻底红"[2]，着重突出它的纯洁，暗示女子对恋人的深情；抑或坦露人格的高洁：爱国诗人屈原在他的作品中，最重要、最成功的象征手法就是集中一切奇花异草来打扮作品中的主人公，以突出这个形象的无比坚贞与高洁。如《离骚》："制芰荷以为衣兮，集芙蓉以为裳；不吾知其亦已兮，苟余情其信芳""朝饮木兰之坠露兮，夕餐秋菊之落英"。他的穿戴、饮食，以及一切活动都在这美丽的事物之中。他知道自己的这种爱好不为黑暗社会所容，但他坚持不变，斩钉截铁地说："民生各有所乐兮，余独好修以为常""亦余心之所善兮，虽九死其犹未悔"。他之所以要极力铺排这些美的事物，是因为自己"其志洁""其志洁故其言物芳"[3]。屈原正是以大量象征性描写，塑造了诗中许多令人敬仰的人物形象。

南唐后主李煜的词之所以震撼人心，亦在于他善于运用比喻、象征的手法，如他的《乌夜啼》：

> 林花谢了春红，太匆匆！无奈朝来寒雨晚来风。
> 胭脂泪，相留醉，几时重？自是人生长恨水长东！

---

[1] 杨万里《晓出净慈寺送林子方》。
[2] 南朝民歌《西洲曲》。
[3] 司马迁《史记·屈原列传》。

用声色俱佳的物象暗示内心的微妙世界，象征的手法显而易见。晨起，作者信手推开窗扉，望着被朝之寒雨、晚之急风摧残和濡湿的遍地落红，眼前幻化出一群涂脂抹粉的宫女在悄悄饮恨流泪。由此联想自己从帝王到囚虏的身世沉沦，感伤华年短促犹如春去匆匆，于是仰天长啸："自是人生长恨水长东！"王国维更是惊叹："'自是人生长恨水长东'、'流水落花春去也'、'天上人间'，《金荃》《浣花》能有此气象耶？"①认为李词的象征手法眼界开阔，感慨遂深，远在温庭筠、韦庄之上，一变"伶工之词而为士大夫之词"。

在诗歌中运用象征手法，常常是借咏物来表现的，如明代民族英雄于谦《石灰吟》：

千锤万凿出深山，烈火焚烧若等闲。
粉骨碎身浑不怕，要留清白在人间。

通篇采用象征手法，以石灰这一平凡的事物自喻，将具象的物性与抽象的人格巧妙地融为一体，热情地歌颂了石灰的品格，同时也是于谦一生饱经磨难、廉洁清白的真实写照。类似于谦这样的咏物之作，大多象征作者志高意坚、高洁可鉴的品格。如清人郑板桥《竹石颂》

咬定青山不放松，立根原在破岩中。
千磨万击还坚劲，任尔东西南北风！

诗写不怕风吹雨打的"竹石"，状物如绘，取譬奇特，在赞美岩竹的坚定、顽强中，隐喻作者藐视俗见的刚劲风骨。

---

① 《人间词话》。

春江水暖鸭先知

——以心观物说"通感"

通感，心理学上又称"联觉"。人的视觉、听觉、触觉、嗅觉、味觉往往可以彼此打通，眼、耳、舌、鼻、身各个官能的领域可以不分界限。颜色似乎有温度，声音似乎有形象，冷暖似乎有重量，气味似乎有体质，这种感觉器官的相互作用从而生发"感觉挪移"的现象，体现于诗歌创作中即形成通感的表现手法。通感的运用，拓宽了人的器官作用范围与审美功能，使诗的语言成为多功能的立体语言。"花台响彻歌声暖"[1]"趣得暖律为渠吹"[2]"惟有蝉声助冷语"[3]"松风意思凉"[4]"渺凉声，箭槮梧井，乱零枫浦"[5]

---

[1] 方千里《虞美人》。
[2] 李处全《水调歌头》。
[3] 史达祖《隔浦莲》。
[4] 唐庚《书斋即事》。
[5] 廖行之《贺新郎》。

"胡笳夜奏塞声寒"①"渐黄昏，清角吹寒，都在空城"，这些句子中的"暖""冷""凉""寒"本是表现触觉上温度感觉的字眼，被作者以通感的手法用来描写听觉上的声音后，能使读者对声音获得或欢乐、或凄楚的生动感受。

通感是诗人以心观物、神与物交的审美需要的自然结果，哪怕是一片绿叶一朵白云一点星光一声鸟鸣，都会引起他心灵的震颤与共鸣。诗人的五官可以不守本分，超逻辑思维而形成一种"理外之理"。故而通感能使诗句富于独创性和新颖性，给人以鲜活、和谐的天籁之美。白居易《琵琶行》，表面上看是对音乐的精彩描写，实际上是在借助语言的音韵摹写音乐的同时，兼用"听声类形"的通感手法以加强那位长安故倡的形象。"大弦嘈嘈如急雨，小弦切切如私语"，连用"嘈嘈"这个叠词摹状"如急雨"般沉闷粗重的"琴声"，又用"切切"形容"琴声"舒缓下来时的圆润细腻。忽而，"嘈嘈切切错杂弹，大珠小珠落玉盘"，"嘈嘈切切"交织纷乱，犹如大大小小断线的珠玑散落下来，摔在青翠的玉盘上噼啪作响，一会儿由听觉转入视觉，又从视觉生出听觉，这错杂、圆滑、钝厚、清脆的琵琶声，叫人眼花缭乱，目不暇接。"间关莺语花底滑，幽咽泉流冰下滩"，接着借黄莺婉丽的鸣翠和水遇冰层时发出的低微的凝涩，用视觉形象的优美强化了听觉形象的轻盈与厚重。而"冰泉冷涩弦凝绝，凝绝不通声渐歇"让人觉得琴声异常地凝重，以此揭示故倡"别有幽愁暗恨生"的内心悲愤，无以名状的悲伤也如同这"东船西舫悄无言，唯见江心秋月白"的景象一样，声虽绝然韵味不绝，悲怆的伤感不绝。

古人赋诗常借助联想产生通感。如苏轼的题画诗《惠崇〈春江晓景〉》其一：

竹外桃花三两枝，春江水暖鸭先知。
蒌蒿满地芦芽短，正是河豚欲上时。

虽是题画诗，但诗人不受画面内容的局限，而是通过联想，画外见意。"春

---

① 元稹《黄草峡听柔之琴》。

江水暖鸭先知",画里可以画出水,却画不出水暖,更画不出鸭子对水暖的感觉。然画中小鸭子在水中自由欢乐地嬉戏的情景,却使静态的画面显示出一派勃勃生机,洋溢着春的活力。诗人准确地捕捉住画面上没有画出却是蕴含在戏鸭这一特定的意象之中的精神,通过视觉所见"竹外桃花"初放,转到只有触觉才能感知的水之"暖",这种通感就是通过联想实现的。"正是河豚欲上时",则是通过视觉所见翠竹、桃花、江水、游鸭、蒌蒿、芦芽,即景生情:从河豚食蒿、芦则肥,初生的蒿、芦又可用以羹鱼,而联想到"河豚欲上",可以一饱口福了。这种审美愉悦,只有在由视觉转入味觉的通感中,才可得到充分的感受。这种通感还启示我们:只有经常和某种事物相接触,且最熟悉它的人,才能最敏锐地发现它的任何细微变化。如宋代诗人柳开的《塞上》,之所以能在一个极富包蕴性的瞬间传达出隽永的诗味,也在于娴熟地把握了通感的表现手法,请看:

鸣骹直上一千尺,天静无风声更干。
碧眼胡儿三百骑,尽提金勒向云看。

首句中的"鸣骹(xiāo)"又名鸣镝,是古人在战争中用来发号施令的一种响箭,相当于今天的"信号弹"。"鸣骹直上一千尺",极言响箭一发冲霄汉。次句"天静无风声更干",是形容响箭的鸣声在辽阔宁静的塞外草原上显得格外干脆利落、尖峭响亮,"声更干"的"干"字本是形容诉诸感觉的,这里借用来形容听觉感受到的"嘎嘣"响,正是运用了通感的修辞方式。宋人作诗看重"诗情画意",苏轼所谓"少陵翰墨无形画,韩干丹青不语诗"[①]之句,即是直接以画概括杜甫诗作富于形象的特点。此诗后两句所写的是一个相对静止的定格,一个生动的瞬间:一队骑兵闻声,顿时睁大双眼,人人勒紧马缰,仰头观看。两句的聚焦点就停在这勒马仰视的瞬间,这正是绘画所擅长表现的内容。前两句则不然,因为声音形象不可能在画面上展示,而借用通感所表现

---

① 苏轼《韩干马》。

的声音干脆爽利的性质，绘画却不可能表现出来。这正是诗所擅长而绘画无能为力之处。《塞上》诗中之画，画外有诗，动静相生，意态互补，声情并茂，鲜活有神，正是通感的修辞作用。

宋代词家宋祁填词以通感手法名世，如他的《玉楼春》"绿杨烟外晓寒轻，红杏枝头春意闹"，写初春景象，极为动人。前句写杨柳如烟，一片嫩绿，虽说是早晨，却寒意轻微；转而来句点睛之笔："红杏枝头春意闹"，运用拟人手法写出了红杏开遍枝头，大地充满生机的景象。一个"闹"字用得空灵洒脱，准确地描绘出红杏竞相开放、争奇斗妍的画面。王国维说："'红杏枝头春意闹'，著一闹字而境界全出矣。"①这里所言"境界"，是指诗的"物境"与"意境"。"物境"是外在客观之景，有自然之美；"意境"是诗人心中之境，是笔补造化的完美体现。清代戏曲理论家李渔，偏偏对宋祁的这一句抱有不同看法。他甚至尖刻地说："予谓'闹'字极粗俗，且听不入耳，非但不可加于此句，并不当见之于诗词。"②不爱人云亦云的钱锺书先生，从修辞学的角度对李渔的批评作了科学的答辩。他说，所以用"闹"字，是想把事物的无声姿态描绘成好像有声音，表示他们在视觉里仿佛获得了听觉的感受。用现代心理学或语言学的术语来说，这叫作"通感"。"其实宋祁那句词的上句，'绿杨烟外晓寒轻'，把气温写得好像可称斤论两，也是一种通感，李渔倒放它滑过去，没有明白它跟'红杏闹春'是同样性质的写法。"③李渔说"琢句炼字，虽贵新奇，亦须新而妥，奇而确。妥与确总不越一理字。欲望句之惊人，先求理之服众"④。李渔的这些话，原则上是对的，然而他以"红杏枝头春意闹"作为诗人求新奇而违背情理的例子，就错了。事物有常理，然诗人观照事物，有他自己的独特方式，往往获得突破常理的感受。钱锺书先生的解释不是从文字表面，而是从作者的心灵顿悟和整体感受，道出了"闹"字的"无理而

---

① 王国维《人间词话》。
② 李渔《窥词管见》。
③ 钱钟书《通感》。
④ 《窥词管见》。

妙"。"春意闹",红杏枝头蝶飞蜂舞所透露出的恰恰是词人内在生命的骚动,"人生易老天难老",面对充满生机的大好春光,词人的内心深处不免激起了一种生命的焦灼感和紧迫感,一种淡淡的哀愁就如同"绿杨烟外"的"晓寒"悄悄袭上心头,这种"真景物真感情",就是王国维说的"境界全出"。

遣词篇第二

诗歌的本质是语言。语言是由句子构成的，句子又是由字词组合的。遣词就是将合适的字、词放在句中合适的位置。遣词造句要求合乎语法规范，文从字顺是标准。然而，诗歌的"修辞则每反常规，破律乖度，重言稠叠，而不以为烦，倒装逆插而不以为戾，所谓'不通'之'通'"（钱锺书《谈艺录》），亦如雅各布森所说，诗歌语言是"对日常语言有组织的强暴"。穆卡洛夫斯基则认为，"对标准语的规范的歪曲是诗的灵魂"（《西方文艺理论名著选编》）。而诗人巧玩汉字组合的魔方，精于炼字、重叠、押韵、反复、顶真、互文、倒置、对偶、仿拟、引用、量词移用、成语活用等修辞手段，正好迎合了诗歌创作的这一特殊需要。

"思风发于胸臆，言泉流于唇齿"，中国古典诗歌的名家大腕们，在遣词上下工夫，从雕琢中求自然，不仅创作了指不胜屈的名篇，更得到了许多足以垂范后世的佳句。这些由诗人心中炼制出来的意义丰富的语言，自然读者也需要用心去体验、领悟，把感知、思考、想象等心理活动集中到诗歌中，从而得到更高的审美享受。

语不惊人死不休

——苦吟求真说"炼字"

  炼字是指遣词造句上的推敲功夫,也是作者把自己酝酿成熟的构思表现出来的一种修辞方式。炼字包括炼句、炼意和改诗。古人所谓"炼字不如炼句""炼句不如炼意",其注意力皆在"炼字"。"帘卷西风,人比黄花瘦"[1],句中自喻"黄花",只是一个"销魂"的隐喻,而独得一个"瘦"字,则直逼心象,凸显女词人的内心痛苦、伤感而致形容憔悴。"瘦"字在这里,与其说"炼意",毋宁说"炼字"。可见,一字含义的细微差别,音韵的声响音调,字面的鲜活、词性的转换等,都需深研细琢,以求达到最佳效果。君不见苦吟者字斟句酌,诗成以后,在反复长吟中修改、品味,常常达到痴迷的程度。"到晓改诗句,四邻嫌苦吟"[2],说的就是诗人通宵苦吟改诗,不绝的吟声干扰了邻家的休息。而"爱好由来着笔难,一诗千改始心安。阿婆还

---

[1] 李清照《醉花阴》。
[2] 刘得仁《夏日即事》。

是初笄女,头未梳成不许看"①,则是借女子刚成年初梳"成年头"的比喻,表明改诗的严谨态度。

  诗歌因受字数、格律和音韵的限制,锤炼字句就显得更为重要。清人贺贻孙说:"盖名手炼句如掷杖化龙,蜿蜒腾跃,一句之灵,能使全篇俱活。炼字如壁龙点睛,鳞甲飞动,一字之警,能使全句皆奇。"②"忽有好诗生眼底,安排句法已难寻";"蟾蜍影里清吟苦,舴艋舟中白发生"。炼字需要率才,然更多的是饱含艰辛。杜甫"为人性僻耽佳句,语不惊人死不休",韩愈则求"险语破鬼胆";卢延让"吟安一个字,捻断数茎须",贾岛"二句三年得,一吟双泪流",杜荀鹤"典尽客衣三尺雪,炼精诗句一头霜",刘秉忠"青云高兴人冥收,一字非工未肯休。直到雪消冰泮后,百川春水自东流"③。这些都是作者以形象的诗句描绘诗歌创作中炼字的深味甘苦,以及诗人炼得破胆惊人之句时的愉悦心情。有人说作诗不宜苦思,苦思则丧失自然风韵。但诗僧皎然却说:"此亦不然。夫不入虎穴,不得虎子。取境之时,须至难至险,始见奇句。成篇之后,观其气貌,有似等闲,不思而得。此高手也。"④皎然之言,堪为的评。"欲言无予和,挥杯劝孤影。日月掷人去,有志不获骋"⑤,陶渊明的这首小诗读来平淡自然,但几处动词"挥""劝""掷",极见炼字之妙,对后世李白佳句"举杯邀明月,对影成三人"不无直接影响。"池塘生春草,园柳变鸣禽"⑥,谢康乐的名句人皆以为无意间自然道出,然《谢氏家录》言其"在永嘉西堂,思诗竟日不就,寤寐间忽见惠连,即成'池塘生春草'。故尝云'此语有神助,非我语也'。"⑦可见最后顿悟有如神助,

---

① 袁枚《遣兴》之一。
② 《诗筏》。
③ 《读遗山诗四首》其一。
④ 《诗式》。
⑤ 陶渊明《杂诗》其二。
⑥ 谢灵运《登池上楼》。
⑦ 钟嵘《诗品》。

实乃苦吟辗转而得。白居易的诗似乎脱口而出，但看他的遗稿，则"涂窜甚多"。

这些都体现出诗歌艺术探究上的苦吟求真的传统手法。我们从李白《静夜思》的创作与流传，亦见炼字往往因一字之工，颖异不凡。

床前明月光，疑是地上霜。
举头望明月，低头思故乡。

"床前明月光"之"床"，既不是"睡床"，也不是"坐床"，而是指"井干"，即院内为采光而设的"天井"的围栏，"后园凿井银作床，金瓶素绠汲寒浆"[1]，"井上辘轳床上转，水声繁、丝声浅"[2]，"怀余对酒夜霜白，玉床金井冰峥嵘"[3]，皆是佐证。而"明月光"，宋刊本《李太白文集》、宋人郭茂倩所编《乐府诗集》、洪迈所编《万首唐人绝句》，均作"床前看月光"，第三句"望明月"均作"望山月"；元萧士赟《分类补注李太白集》、明高棅《唐诗品汇》仍袭用宋版。宋唐邻朝，该是实录李白原句。到了清代，两句各改一字。王士祯《唐人万首绝句选》、沈德潜《唐诗别裁》、乾隆御定《唐宋诗醇》中，首句变成了"床前明月光"，此句与下一句意思是说，诗人客处异地，夜静思乡，不禁从房内走出房外，见到院中井栏前银光泻地，这才有迷蒙中疑是秋霜铺地。到蘅塘退士孙洙编《唐诗三百首》，第三句改成了"举头望明月"。原作"床前看月光"之"看"，略显专注、滞重；"月光"无形，特意去"看"，咋会怀疑是"霜"呢？改成"明月光"，那欲流似泻的空明月光，在这深秋寒夜，于客居他乡的诗人眼中成了银霜白露，"疑"便顺理成章。第三句"望明月"较之"望山月"，不只带有更大的普遍性，而且平添怀乡之念。因为"露从今夜白，月是故乡明"[4]，用"山月"，既显单薄，又见匠气。"共看明月

---

[1] 《古乐府淮南篇》。
[2] 李贺《后园凿井歌》。
[3] 李白《答王十二寒夜独酌有怀》。
[4] 杜甫《月夜忆舍弟》。

应垂泪，一夜乡心五处同"①，正是这迷人的明月为诗人架起飞向故乡的桥梁，消解了游子与故乡的空间距离，诗人凭借着乘月而往的想象飞回故乡，而故乡也化作明月陪伴着游子浪迹天涯。这明白如话的两改，自然也就显得轻淡、熨帖与和谐。

炼字、炼句和炼意，有时读者也可以参与其中，与作者形成"互动"，享受文字熔炼的意趣。譬如有些格律诗，即使名篇也有瑕疵，如果读者在欣赏时，学点熔裁的功夫，不仅可以克服诗中的瑕疵，而且得其乐趣。宋代林逋的《山园小梅》其一，颔联"疏影横斜水清浅，暗香浮动月黄昏"，描绘梅花的精神韵致，颇得方家赞赏。欧阳修说："评诗者谓前世咏梅者多矣，未有此句也。"②司马光也称许这两句"曲尽梅之体态"③，苏轼赞美这两句诗写出了梅花独特的精神，移于桃花则不可用。何则？疏影，写梅之魂；横斜，状梅之姿；暗香，蕴含梅之气；浮动，凸显梅之韵。加之衬以清浅之水，托以昏黄之月，梅之为梅，至此穷形尽貌，淡然静穆，出神入化。两句在炼字、炼句和炼意之外，又添炼声之妙："清浅""黄昏"两皆双声；"疏、斜、水、香"四字，亦为双声。"疏、浮、影、横、浅、暗"，则各为叠韵。于此，形神之外又增一层声音之美。

但此诗的毛病也确有人指出，《蔡宽夫诗话》云："林和靖梅花诗'疏影横斜水清浅，暗香浮动月黄昏'，与下联气格不类，若出两人，乃知全篇佳者诚难得。"④可见这首格律诗的精华乃在前四句，欣赏者若是将此诗拦腰截断作绝句读，非但不失梅花的精神气韵，而且词采精拔。

宋代诗人王安石作诗精于修辞锤炼，惯以一字论巧拙，所谓"平字见奇，常字见险，陈字见新，朴字见色"，即要求所选用的常见字，包孕着丰富的而又有余味的内涵。如他的《泊船瓜洲》：

---

① 白居易《望月有感》。
② 《归田录》卷二。
③ 《读诗话》。
④ 《苕溪渔隐丛话·前集》卷二十七引。

京口瓜洲一水间，钟山只隔数重山。
　　春风又绿江南岸，明月何时照我还。

"春风又绿江南岸"，是人们耳熟能详的炼字经典。

　　近时有几位学者指出佳句"春风又绿江南岸"今存南宋詹大和《临川先生文集》、龙舒《王文公文集》、李壁《王荆文公诗笺注》及王安石《与宝觉宿龙华院三绝句》自注引此诗，均做"春风自绿江南岸"，认为"自绿"胜于"又绿"。窃以为"自绿"与"又绿"两者各臻其美。"绿"字的用法在唐诗中已屡见：如"东风何时至？已绿湖上山"①，"东风已绿瀛洲草"②，"行药至石壁，东风变萌芽，主人山门绿，小隐湖中花"③。如果弃"又绿"而取"自绿"，"自绿"之"自"前人诗中早见，如"映阶碧草自春色"④、"春风自年年，吹遍天涯"⑤。"春风自绿江南岸"就会出现一句中两字因袭，实不可取；而用"又绿"之"又"，舍其"自"，不仅使"绿"字在仿拟中翻进一层："春草年年绿"，绿了一年又一年，与下句"明月何时照我还"形成反差，起到了深化意境的作用，而且"又绿"更比"自绿"上口易记。

　　晚年的王安石，喜吟小诗，每有新作，造语用字，间不容发，意与言合，言随意遣，浑然天成，雅丽精绝，脱尽流俗，句句堪吟。一年初春，他信步庭院，乘兴吟成《梅花》一绝：

　　墙角一枝梅，凌寒独自开。
　　遥知不是雪，为有暗香来。

---

① 丘为《题农父庐舍》。
② 李白《侍从宜春苑赋柳色听新莺百转歌》。
③ 常建《闲斋卧雨行药至山馆稍次湖亭》。
④ 杜甫《蜀相》。
⑤ 唐彦谦《春草》。

前来求学的秀才薛昂听罢连声叫好！王安石问他"好在哪里"，见他一时答不上来，便自己解释说："老夫往日所作之诗，看似舒闲容与，但细考字句，必求精巧婉曲，蕴含深刻。今日仓促吟成，虽欠推敲，亦有讲究。"薛秀才谦恭地请老师指教，王安石说："刚才我们是先闻香气，才因香气而寻见梅花，可我为何到末句才逗出'为有暗香来'呢？'香'著一'暗'字，又是为何？"薛秀才说："如果按闻香寻梅顺序写，诗就平淡无奇了，先写看见'雪'，又断定它不是'雪'，而是梅；怎知是梅？原来是有梅'香'飘来；所以是'暗香'者，乃梅香清淡，又从遥远处度来，其味似有若无，更不易被人觉察也。一首小诗，可谓层层转深，读时也当如剥春笋，层层解析，方可得其奥妙。"王安石赞叹说："解得好！诗人造境遣词，用心良苦，切不可草率放过啊！"

只字片言明百意

——呕心苦吟说"推敲"

大凡美的诗文,都不是一味的去突出内容,而更重要的是对这内容的处理。俄国著名作家托尔斯泰说:"好文章就是把合适的字放在合适的句子里,把合适的句子放在合适的段落里。"无论是作文还是写诗,这都是不二法门。诗歌积字成句,积句成韵,积韵成篇,若是不能对字、词认真推敲,势必缺乏诗意,难以耐人寻味。大唐诗圣杜甫说他"新诗改罢自长吟"[①],个中"改"诗的过程,即是语言的推敲、锤炼的过程。对此,老杜为自己设定了一个目标:"语不惊人死不休"[②],苦心经营,文字频改,诗人笔下的作品,必然会像刘禹锡所说的"片言可以明百意,坐驰可以役万景"[③]的艺术效果。

日本诗僧遍照金刚在其《文境秘府论》里推介唐朝的诗论时说:"夫作

---

① 杜甫《解闷十二首》。
② 杜甫《江上值水如海势聊短述》。
③ 刘禹锡《董氏武陵集纪》。

文章，但多立意。"又说"思若不来，即须放情却宽之，令境生。然后以境照之，思则便来，来即作文。"这里所谓的"立意"，即张之于意而处于身，然后驰思，得其"情境"；所谓"境"亦张之于意而思之于心，得其"意境"。中国唐代诗僧贾岛名句："鸟宿池边树，僧敲月下门"①，王夫之认为"'僧敲月下门'只是妄想揣摩，如说他人梦……若即景会心，则或推或敲，必居其一。"②此言看似在理，实则为架空立论，未能从贾岛原诗的情境去判定选用"敲"字的妙处。说到这里，不妨赘述一桩诗界耳熟能详的故事。

话说一次贾岛骑驴去拜访老友李凝，途中得诗句："闲居少邻并，草径入荒园。鸟宿池边树，僧推月下门。过桥分野色，移石动云根。暂去还来此，幽斯不负言。"但是又觉得颔联结句中"推"字不如"敲"字好，于是在驴背上反复琢磨，并以手作推敲之状，结果误入了韩愈的车驾之阵。卫士把贾岛押到韩愈面前，贾岛禀明原因，爱惜人才的韩愈不但不怪罪，反而跟贾岛一起"推敲"，并建议说："用'敲'字比'推'字好。"韩愈帮贾岛斟定"僧敲月下门"，是认为响中寓静，有出入意料之胜。因为上句"鸟宿池边树"，已是禅房关门上闩之时，"推"是推不开的，所以韩愈对贾岛说："敲字佳"。在国人看来，"敲门"还是一种较为文雅的举动，历来受到文人士子的推重。宋代诗人叶绍翁《游园不值》云："应怜屐齿印苍苔，小扣柴扉久不开。春色满园关不住，一枝红杏出墙来。"面对出墙红杏报告的满园春色，诗人在"柴扉久不开"的情况下，并没有逾墙而越，也未破门而入，只是"小敲""小扣"而已。绍翁的"小扣"（轻敲）保留了好心情。而贾岛出一"敲"字，境界全出矣。"蝉噪林愈静，鸟鸣山更幽。"③贾岛以敲门的声响反衬寂静，更显其清冷幽寂。亦于不经意中传达出诗人甘于淡泊寂寞，远离尘嚣的平静情怀。

---

① 贾岛《题李凝幽居》。
② 王夫之《夕堂永日绪论内编》。
③ 王籍《入若耶溪》。

诗文声色有无中

——闲字不闲说"虚词"

虚词，古文叫"虚字"，顾名思义，是指意义比较虚化的字、词。它能够间接传达那种只可意会、不可言传的幽深奥秘的意味，而且具有疏通文气，开合呼应，悠扬委曲，活跃情韵，化板滞为流动的作用。诗用虚词异乎文章，乃在意气贯通、气韵生动，不在乎事理清晰与否。"事理清晰"靠劲健有力的实字即可，而"气韵生动"则要虚字斡旋其中。正所谓"作诗要健字撑柱，活字斡旋。撑柱如屋之有柱，斡旋如车之有轴"[①]。"江山有巴蜀，栋宇自齐梁"[②]，叶梦得《石林诗话》评此句"远近数千里，上下数百年，只在'有'与'自'两字间，而吞纳山川之气，俯仰古今之怀，皆见于言外"。

虚词，在古汉语中，除了介词、连词和语气词之外，还有副词以及与副词相似的叹词。若要分类，按古人的说法有起语辞（如盖、且、夫），接语辞（如

---

① 罗大经《鹤林玉露》。
② 杜甫《上兜率寺》。

亦、犹、自），转语辞（如以、之、其），束语辞（如大底、要之），叹语辞（如噫、吁、嗟夫），歇语辞（如也、哉、者）等。中国第一部诗歌总集《诗经》的一个显著特色就是大量运用虚词，不仅增加了语言的形象性和韵律美，还加深了语意，强化了语言的表现力。这些，给后世诗人提供了弥足珍贵的范本。虚词在杜诗中运用的频率就相当高。杜甫有意识地使用虚词，使虚词在杜诗中情感的表达更为曲折委婉、深沉强烈，诗思更加精细敏锐。如他的《诸将五首》其二：

> 韩公本意筑三城，拟绝天骄拔汉旌。
> 岂谓今烦回纥马，翻然远救朔方兵。
> 胡来不觉潼关隘，龙起犹闻晋水清。
> 独使至尊忧社稷，诸君何以答升平？

此诗意在批评安史之乱后，唐将不能尽责御敌，只好引回纥抵御吐蕃，诗人对此充满义愤。而这种感情脉络的涌动很大程度上是依靠"岂谓""翻然""不觉""犹闻""独使""何以"这些虚词来表现的。这些词若是孤立地看，不一定是语气词，而放在这一具体篇章中，其情感色彩、语气功能是非常明显的。

虚词在诗歌中的运用，字出句外，闲字不闲。不少诗句减除虚字则流于平实，增加虚字则神情摇曳。"落霞与孤鹜齐飞，秋水共长天一色"[①]，若无虚字"与""共"斡旋其间，就难以完全表现出境界的融混感和明丽色彩；欧阳修《相州昼锦堂纪》首句本为"仕宦至将相，富贵归故乡"，递走后飞骑五百里追加两"而"字成"仕宦而至将相，富贵而归故乡"，虚词"而"只一轻转，用之不觉，然舒缓的语气，顿显阴柔之美。

虚词入诗最能直抒胸臆，产生强烈的感染力。如唐代诗人陈子昂《登幽州台歌》：

---

① 王勃《滕王阁序》。

> 前不见古人，后不见来者。
> 念天地之悠悠，独怆然而涕下。

这首敻远沉郁的怀古诗几乎全用虚字虚词，就连"古人""来者"也是虚指。寥寥四句，无雕饰、无刻画、无铺陈、无辞藻、无具象，我们仍能从字里行间感受到作者那种前人已远而后继难觅，以及天下之大却举目无人的孤独之寂寞。原来，在时空滔滔莽莽、苍苍茫茫的对照之下，陈子昂所流露的却并非沧海一粟的渺小感受与消极无力的负面意义，充塞其间的是一种与之相抗的英雄末路而骨气铮铮的气息。进而论之，这天地苍茫的一声悲慨，催生出如日中天的盛唐之音，却是源于楚辞《远游》中的一段：

> 惟天地之无穷兮，哀人生之长勤。
> 往昔余弗及兮，来者吾不闻。

陈子昂确信这远游的诗人是屈原。屈原通过遨游太空，达到超然物外的境界，解决了人生短暂的悲哀。陈子昂将自己安排在孤独而慷慨下涕的境界，这一境界由于《远游》的背景而使感伤生发出积极的因子，它鼓舞了人们的斗志，增强了突破现状的豪迈气质，一种追求理想的热情，一种积极浪漫主义精神的新鲜品质。杜甫说："国朝盛文章，子昂始高蹈。"黄周星亦叹此诗"胸中自有万古，眼底更无一人，古今诗人多矣，从未有道此者。此二十二字，真可泣鬼"[1]。诚然，子昂正是以其王霸大略之才，雄伟纵横之气，感慨顿挫之怀，"崛起江汉，虎视函夏，卓立千古"[2]。

虚词"据事似闲，在用实切。巧者回运，弥缝文体"[3]，用得巧妙，可以使文章结构严密，浑然一体。如唐代诗人李益《塞下曲》：

---

[1] 《唐诗快》卷二。
[2] 卢藏用《右拾遗陈子昂文集序》。
[3] 刘勰《文心雕龙·章句》。

伏波惟愿裹尸还，定远何须生入关。
莫遣只轮归海窟，仍留一箭射天山。

句句用典，由于句句都有虚词穿插其间，典多而不生涩。首句运用马援的"马革裹尸"的典故，在"伏波"（马援）与"裹尸还"中插入虚词"惟愿"，次句运用班超的"生入玉门关"的典故，在"定远"（班超）与"生入关"中间插入虚词"何须"，不但把典故原来的含义整个儿颠倒反转，而且铮铮有力地吐露出诗人怀着必死之心，誓以生命报效国家的忠心赤胆。三四句运用晋人及姜戎败秦于殽和薛仁贵"三箭定天山"的典故，各用虚词"莫""仍"领起，进一步从战略的高度，以生动的诗歌形象深刻表达了对守卫边疆、平定边患问题的全面观照。原典"三箭定天山"之"三"，是模糊语义，极言其少，"三箭"改"一箭"入诗，既照顾与前句"只轮"对仗，又不改原典本意。作者以极强的艺术腕力，挥洒自如地驱遣着虚词，使得整首诗脉络贯通，读来不使人觉得引经据典，字字句句流动自然，仿佛是从诗人胸臆中倾泻而出。

虚词的类化作用，在词体中的功能更大。因为词的杂言体形式较诗的整饬少了许多束缚，多了许多自由，人物情感的表达又多了一条途径——"合用虚字呼唤"[①]。词的句子长短，并不在其意思的长短，而是为了配合音乐上轻重、疾徐、长短的需要，使之更富于歌唱的悠扬，故而词中运用虚字领取句子或穿插于实字之间，前呼后应，仰承俯注，全赖虚字灵活，其词妥溜而不板实。如宋代词人张先《天仙子》下片：

沙上并禽池上暝，云破月来花弄影。重重帘幕密遮灯。风不定，人初静，明日落红应满径。

薄暮时分，词人徘徊小园横塘，见双双禽鸟静卧沙堤之上，微风渐起，吹破云团，一轮明月映照池水岸树，花影绰绰，树荫婆娑，遂吟出"云破月来花

[①] 张炎《词源》。

弄影"这脍炙人口的写"影"名句。"云破月"是"月破云"的倒装,谓明月冲破云层;"花弄影"谓花在月光下舞弄着身影。一"破"一"弄",从动态上刻画月夜景色,极生动入微之能事,尤其是"弄"字,直把月下花影摇曳的神韵勾勒得形神毕肖。王国维夸赞"'云破月来花弄影',著一'弄'字而境界全出矣"[①]。云遮月,月破云,又移花影,暗示"风不定",不但为下句"遮灯"、结句"满径"埋下伏笔,还使我们体会到词人烦恼愁苦的心情。风由小渐大,在池畔流连的主人公不得不进屋了,夜深"人初静"愁思不静,于是想见"明日落红应满径",尽抒落花俏春之情怀。

---

① 《人间词话》。

短歌微吟不能长

——同声相应说"押韵"

押韵，又叫压韵、叶韵，是指韵部相同的字，在诗句尾端反复出现。韵的本义指音匀和谐。"异音相从谓之和，同声相应谓之韵"①。"一简之内，音韵尽殊；两句之中，轻重悉异"②，方能有声与韵、轻与重相从之和。而押韵就是把字、词中错综变化的声音节奏统一起来，通过"同声相应"之妙，引起共鸣，强化旋律。韵的引申义较为抽象，如格韵、高韵、气韵、神韵、远韵、余韵之韵，似有只能意会不可言传的意味。押韵之"韵"，在古代兼包"声""韵"两义。押韵同平、上、去、入的四声之调一样，属于人工雕琢的修辞方式。《元和韵谱》将诗的四声特点概括为："平声者哀而安，上声者厉而举。去声者深而远，入声者直而促。"明代《玉钥匙歌诀》则用能诵易记的诗歌表达："平声平道莫低昂，上声高呼猛烈强，去声分明哀远道，

---

① 刘勰《文心雕龙·声律》。
② 沈约《宋书·谢灵运传论》。

入声短促急收藏。"这是说"声"在表达思想感情中，平声宽平，和谐舒缓；上声劲厉，沉郁强壮；去声清幽，清新绵邈；上声短促，激越峭拔。四声并用，能充分抒发诗人胸中之志。但我们不能把对四声外形的抽象表述，当成教条，以为背熟了它，就通声律了。事情没有那么简单，音律参差变动，自有天机，总须诗家在写作实践中悟入。

诗歌的押韵合辙，既能艺术地表现中国母语的音乐美，又能使人从音响的回环往复、奇偶相错、前后相应、高下一贯、声韵谐和、曲应金石的节奏美中，触及人的情性之幽微、世界之奥妙，进而领略跌宕起伏，婉转动人的艺术境界。近人赵元任《国音新诗韵》指出："诗之所以为诗，单就形式上论，有两个特征，一、诗句里的用字要有节律，要使得字字的轻重、快慢、高、扬、起、降、促、念的顺当；二、诗句和诗句呼应起来，有押韵的关系。"诗歌的押韵是诗的文学语言引进诉诸听觉艺术的音乐语言，如旋律、和声、节奏等的一个特例。当词句的音韵与所抒写的情性和所描绘的外物磨合得如撮盐入水，了无痕迹时，方是音乐美的极致。明人陆时雍《诗镜总论》云："有韵则生，无韵则死；有韵则雅，无韵则俗；有韵则响，无韵则沉；有韵则远，无韵则局。"说的就是诗歌押韵的重要作用。古人所谓"言之而中伦，歌之而成声"，就是指诗歌创作合乎音律要求，其在"吟""咏""诵"之中，皆能歌唱成声。汉魏古词，唐人绝句，宋元词曲等一些讲究声律的诗歌，对押韵都有严格的要求。古体诗的用韵比较自由，可平可仄可换韵；尤其是《诗经》的用韵变化多端，有连句韵，间句韵，一章一韵，一章易韵，隔韵，三句见韵，四句见韵，五句见韵，隔数句遥韵，隔章尾句遥韵，分应韵，交错韵，叠句韵等等，不一而足。近体绝句、律诗的选韵渐次窄狭，讲究平仄、对仗、押韵。严格地说来，律诗只能押平声韵，并要一韵到底，不能换韵。七律虽则只是每句比五律多两字，但由于古汉语以单音节词为主，每句由五言增至七言，延长了句式，扩大了容量，句法结构、语言修辞因此拓展了新的领域，遣词造句也就有了更大的灵活性，其语言的表达能力大为增强；其格律对仗、平仄、押韵等的要求也相对严格。长诗一般基本采用四句一换韵的"入律"法，使平韵和仄韵交替出现。"这种仄韵和平韵交替，四句一换韵，到后来成为入律古风的典型"①。如果说音乐上的二重奏会给人们听觉上的协调感,那么押韵合辙的诗歌也会给人以类似的感受。因为情感的最直接的表达方式是声音节奏,文字意义所不能表现的情调常常可以用诗歌的声音节奏表现出来。

诗歌之所以要求押韵,按章学诚的说法是:"便讽诵,志不忘也。"②利于记忆是一方面,重要的是方便诵读、传唱。"曲和乐曰歌,徒歌曰谣"③,"徒歌谓之谣,言无乐而空歌,其声逍遥然也"④。在古"谣"中,多为民歌。至于"谚",只是有韵的俗语,虽与谣近似,却不是用来歌唱的,基本上算作在民间流传的通俗文学。因此,诗论家将中国古典诗歌分为两类:不入乐只供人们吟诵的是其一。吟诵诗歌,起源很古。从孔子的"诵诗三百"到唐人"忆君诵诗神凛然"⑤,已非鲜见。其二是可以入乐入舞,可以用来传唱的,通常称为"歌诗"。所谓"歌诗必类"⑥,即指一类可以传唱的诗歌。先秦的周诗、楚辞、汉乐府、魏晋南北朝乐府民歌以及唐宋词,元散曲中的部分作品都是入乐的歌辞。现存最早的古体歌诗是三国魏主曹丕的《燕歌行》:

> 秋风萧瑟天气凉,草木摇落露为霜。群燕辞归雁南翔,念君客游思断肠。慊慊思归恋故乡,君何淹留寄他方?贱妾茕茕守空房,忧来思君不能忘,不觉泪下沾衣裳。援琴鸣弦发清商,短歌微吟不能长。明月皎皎照我床,星汉西流夜未央。牵牛织女遥相望,尔独何辜限河梁。

这首古歌行乃叠韵之祖。通篇以七言断句,句句押韵,全篇浑成,节奏单调

---

① 王力《古代汉语》下册。
② 《文史通义·诗歌》。
③ 《诗·魏风·园有桃》毛传。
④ 《左传·僖公五年》孔颖达《正义》。
⑤ 杜甫《逼仄行》。
⑥ 《左传·襄公十六年》。

却婉转摇曳，情思百折而又一气舒卷，极易抒发因草木摇落、群燕辞归而行役不归，思妇怨旷无所诉的痛苦心情。读之，能使人从中领悟到具有特定时代意义的感伤气韵。王夫之赞曰："倾情，倾度，倾色，倾声，古今无两[1]；"沈德潜云："和柔巽顺之意，读之油然相感。节奏之妙，不可思议。句句用韵，掩抑徘徊。'短歌微吟不能长'恰似自言其诗。"[2]七言句句押韵的古体诗又称"柏梁体"，史传汉时武帝修柏梁台，与群臣联句赋诗，要求句句用韵，后世就将这种诗称为"柏梁体"。如杜甫《丽人行》《饮中八仙歌》皆模仿"柏梁体"形式。

诗歌的音律美体现为诗与歌的和谐之美，以及汉语言独特的韵味、音韵、节奏、频率。韵律极佳的诗歌诵读时，可以吟可以咏可以啸可以歌。动声曰吟，长言曰咏，而啸是声多于词，歌即歌唱，已介乎音乐。所谓唐音，唐诗也。皆因唐人作诗喜传唱，杜牧所谓"诗者，可以歌，可以流于竹，鼓于丝"，是说唐诗中有相当一部分作品是可以作为歌辞用管乐和弦乐等各种乐器来演唱的。"今日听君歌一曲，暂凭杯酒长精神"[3]"与君歌一曲，请君为我侧耳听"[4]、"君歌且休听我歌，我歌今与君殊科"[5]、"独酌甘泉歌，歌长击樽破"[6]等等，都是对当时诗人吟诗歌唱的描写。唐代诗人张若虚的《春江花月夜》是很典型的"歌诗"，诗的用韵很特别，全诗采用"逐解转韵法"，每解换韵，且平仄韵相互交替，读来不只词采清丽，而且韵律和谐，清新自然，婉转流畅，余味深长。比如第一解："何处春江无月明"，"明"字押平声韵；第二解"汀上白沙看不见"，转为仄声韵"见"字；第三解"江月何年初照人"又转为平声韵"人"字……而每一解都由四句组成，解解如同一首七言绝句，

---

[1] 《古诗评选》。
[2] 《古诗源》。
[3] 刘禹锡《酬乐天扬州初逢席上见赠》。
[4] 李白《将进酒》。
[5] 韩愈《八月十五日赠功曹》。
[6] 杜甫《屏迹三首》其一。

全诗如同九首绝句组成，使这首长诗结构整齐匀称，音节和谐婉转，句调流走妍媚，使人觉得如同《西洲曲》那样悦耳动听。

此外，这首诗句中的平仄，虽然不像律诗那么严格，但有些句子使用了律句的平仄，如"滟滟随波千万里，何处春江无月明。江流宛转绕芳甸，月照花林皆似霰"，除押仄声韵外，平仄都跟律诗相同。诗中还用了不少对偶句，如"谁家今夜扁舟子，何处相思明月楼""玉户帘中卷不去，捣衣砧上拂还来"等等。这些平仄声韵和对偶句的运用，也有助于音节的流美婉转。

诗歌的发生更大程度不是依赖于具体的词语，而是根植于一种节奏。自我的情感最初被体验，所能自觉到的也不是词语，而是一种几乎伴随成长经验和语言经历与生俱来的音乐模式。李白的生命律动正是仰仗古风才那样元气淋漓，而杜甫的沉郁顿挫也只有用律诗才能成就。押韵的最大作用正是能够造成诗歌鲜明的节奏，增加诗的音乐美；同时，声调的恰当使用还有利于表达思想感情。如岑参《白雪歌送武判官归京》开篇四句：

> 北风卷地白草折，胡天八月即飞雪。
> 忽如一夜春风来，千树万树梨花开。

一二句押入声韵，与所描写的冰天雪地、岭硬严峻、刚直暴烈的景象是一致的。三四句押平声韵，与所描写的春暖花开、暖意融融、情意绵绵的景象也是一致的。这样的音律韵味与诗人的联翩妙想——用充满温馨的南国春风中盛开的梨花作喻，描绘西北边陲的奇异瑰丽的雪景，风神毕具，读之令人心神为之一振！

词的押韵，和而不同。由于词的格律是从诗的格律发展变化而来，它吟诵时的音乐美与近体诗相比，凸显诗的特色。词、曲的押韵表面上自由，可平可仄，平仄通押，可一韵到底，亦可换韵，但词之调严，必须按词牌规定押韵。如《一剪梅》《江城子》《望海潮》等押平声，《忆秦娥》《渔家傲》《醉花阴》等押仄声，《满江红》《声声慢》等押入声，而《南乡子》《虞美人》《菩萨蛮》等可以平仄转换。词的句式和韵律的特点使它吟诵时对音调、节奏和旋律的处理比近体诗来得复杂，表现出的音乐美比近体诗显得丰富而多变。故而词论家看重词的韵律。戈载说："填词之大要有二：一曰律，二曰韵。律不协则声音之道乖，韵不审则宫调之理失，二者并行不悖。"[1] 北宋词坛高手秦观的词用韵步和就为后人所追慕，如他的名篇《满庭芳》：

　　山抹微云，天粘衰草，画角声断谯门。暂停征棹，聊共引离尊。多少蓬莱旧事，空回首、烟霭纷纷。斜阳外，寒鸦万点，流水绕孤村。销魂，当此际，香囊暗解，罗带轻分。谩赢得青楼、薄幸名存。此去何时见也？襟袖上、空惹啼痕。伤情处，高城望断，灯火已黄昏。

秦观的词既写得雅致有韵味，符合文人雅士的审美趣味，又合乐可歌。这首抒写离怀别绪的词作，其声情上的最显著的特色就是以一种轻柔谐婉的声调表达缠绵悱恻的情谊。首先，"云、门、尊、纷、树、魂、分、存、痕、昏"的平声韵，正好适宜于表达深沉缠绵之情；其次，所有四字句、五字句和六字句，其节奏点上的字和平仄都是相间安排的，且上片"山抹微云，天粘衰草"和下片"香囊暗解，罗带轻分"属对，上下句节奏点上的字也是平仄相对，虽音节与近体诗相似，但句式参差错落，变化的节奏，繁复的旋律，吟诵起来，声韵相偕比近体诗更加动人。

　　散曲押韵虽也按曲牌，但无论北曲还是南曲，都有一个共同的特征：自立韵部，一韵到底，不得换韵，且平仄通押，故散曲基本上不避重韵。如元人徐再思《双调·折桂令·春情》，前三句"平生不会相思，才会相思，便害相思"，重复用"相思"押韵。后四句"症候来时，正是何时？灯半昏时，月半明时"，重复用"时"押韵，将从未害过相思之人，一旦惹上，就无法正常思考和生活的情状写得活灵活现、幽默风趣。这方面经典的范例有元代无名氏《正宫·寒鸿秋》：

　　爱他时似爱初升月，喜他时似喜眉梢月，想他时几首西江月，

---

[1] 《词林正韵发凡》。

盼他时似盼辰钩月。当初意几别，今日相抛撇，要相逢似水底捞明月。

曲以思妇的口吻述说她对所欢的思念，种种情态，淋漓尽致。通篇韵脚只押一个月字，谓之独木桥体，"月"字的反复出现，也造成了缠绵悱恻的情致；又多用比喻，使思妇莫以名状的内心活动，具有了形象性，体现了生动活泼的民歌风味。

庭院深深深几许

——反复回旋说"重叠"

重叠，又叫复叠、重言。陈望道说："复叠是把同一的字接二连三地用在一起的辞格，共有两种：一是隔离的，或紧相连接而意义不相等，名叫复辞；一是紧相连接而意义也相等的名叫叠字。"[①] 其实，"叠字"之中还可划出"叠音"，即句中相邻两字同韵。如《诗经·小雅·采薇》末章："昔我往矣，杨柳依依；今我来思，雨雪霏霏。"个中"依依"叠字同韵，摹杨柳随风飘拂之貌，"霏霏"叠字同韵，拟雨雪纷纷飘落之状，既强化了声调的悦耳动听，又表现出景物的神韵。

叠字和叠音都是造成汉语语言形式美的一种传统的修辞手段，它使心中感情的波澜音响化，运用它可以贯通气势，强化感情，造成一种反复回旋的抒情气氛，从而使诗歌的节奏与所抒发的感情旋律相适应。陆游《钗头凤》：

---

① 《修辞学发凡》。

红酥手，黄縢酒，满城春色宫墙柳。东风恶，欢情薄。一怀愁绪，几年离索。错！错！错！　春如旧，人空瘦，泪痕红浥鲛绡透。桃花落，闲池阁。山盟虽在，锦书难托。莫！莫！莫！

上片在情感表达得非常强烈的基础上，用叠字"错错错"收煞，凸现诗人的复杂心理：既有对"东风恶"（包办婚姻）的怨恨和自己软弱屈从的痛悔，又有对夫妻间被迫离散的哀鸣。重叠的形式，将内心的沉痛怨愤表现得十分强烈。下片又用叠字"莫莫莫"收束，与上片"错错错"相呼应，使传达的思想感情又进一层。一连三个"莫"等于一连喊了三个"算了吧"，到头来还是旧情难以割舍，似有千言万语锁住舌头。

重叠是个古老的修辞手法。在中国第一部诗歌总集《诗经》诸形体中，最突出的特点就是章复句叠。"式微式微""硕鼠硕鼠"是两字一叠，"是刈是濩""恩斯勤斯"是隔字以叠，"关关雎鸠""济济跄跄"是叠音。这种手法的运用，不但有助于深化内容，还可以美化形体，予人一种回环复沓、贯通辐辏的感觉。特别是重章叠句，既能使平板的四言变得摇曳多姿，又能叫参差不齐的句子变得平衡和谐。《诗经》的重章叠句，是启后代诗歌重叠的肇端。后世诗人争相仿拟，间有创新，各臻其妙。"古诗十九首"其二：

青青河畔草，郁郁园中柳。
盈盈楼上女，皎皎当窗牖。
娥娥红粉妆，纤纤出素手。
昔为倡家女，今为荡子妇。
荡子行不归，空床难独守。

写丈夫离家日久的女子独居空房的苦闷心情。前六句用了六个叠音词，音调上富于变化，"青青"是平声，"郁郁"是仄声，"盈盈"复平，"皎皎"复仄，"娥娥""纤纤"虽同为平声，然一清一浊。这样平仄对举，清浊映衬，利落错综，一片宫商，形成了自然而丰满的音乐形象：一个体态丰盈、面容姣好、双手纤细的粉妆少妇，顿时跃然于草色青青、垂柳葱葱的意境之中。

后世词作中亦有仿此例者，如"袅袅水芝红，脉脉蒹葭浦。淅淅西风淡淡烟，几点疏疏雨。草草展杯觞，对此盈盈女。叶叶红衣当酒船，细细流霞举"①，连用十八个叠字，读来如珠玉落盘，亲切生动。而"莺莺燕燕春春，花花柳柳真真。事事风风韵韵，娇娇嫩嫩，停停当当人人"②，通篇专意于叠字，则不免有堆彻之嫌。

今人作诗，往往一句不易凑合者，遂用重叠字眼，以满其数，此为大戒也。通常来说，重叠手法的运用出于两个动机：一是基于诗歌内容表达的需要；二是在形式上刻意工巧。如苏轼题画诗"山苍苍，水茫茫，大孤小孤江中央"③，开篇即有意运用"苍苍""茫茫"叠字词，又重复"大孤小孤"，形成流丽圆转、回环往复、舒缓起伏、悠扬和谐的声韵节奏，恰好与客舟摇漾，山船俯仰的情景相适应，神充气足，遒转空妙。欧阳修《蝶恋花》中"庭院深深深几许"，连用三个"深"字，又缀"几许"两字，深究庭院之幽深。所见是"杨柳堆烟，帘幕无重数"，少妇待在这样的深宅大院中，那万柳如云烟堆积，那深宅千门次第而闭，庭院幽邃而又神秘的氛围，既浓且厚，与结句"泪眼问花花不语，乱红飞过秋千去"所创造的曲折深远的意境、柔曼感伤的情思非常协调。隔字以叠亦然。如朱淑真《减子木兰花》："独行独坐独唱独酬还独卧。"开篇连用五个"独"字，带出"行""坐""唱""酬""卧"五个动作，把一个孤寂女子渲染到了极点，其对情感的渴望，爱情空白时的焦灼，真切感人。

重叠，有叠字、叠词，还有叠句。唐人戴叔伦《转应曲》：

  边草，边草，边草尽来兵老。山南山北雪晴，千里万里月明。明月，明月，胡笳一声愁绝。

"边草"的叠句，凸现大草原一片茫茫无际的荒凉意境，从而为边塞老兵提

---

① 葛丽方《卜算子·赏荷以莲叶劝酒作》。
② 乔吉《天净沙》。
③ 李思训画《长江绝岛图》。

供了一种迷离苍茫的生活背景,以烘托其空虚彷徨的心理状态。这是单独一句"边草"所收不到的佳效。"明月"一叠,又有其特殊性:它是前句末"月明"的倒词的重叠,运用这种倒叠手法能使叠句与上句转相呼应;既造成了一种月光满地、使戍卒辗转难寐的意境,又形成了一种回环往复的韵致和上下勾连的布局,使老兵的思乡情绪随着一声胡笳,"愁绝"之极。

这首《转应曲》,《全唐诗》作《调笑令》。唐人作此调喜用叠句、倒叠。如韦应物《调笑令》:

胡马,胡马,远放燕支山下。跑沙跑雪独嘶,东望西望路迷。迷路,迷路,边草无穷日暮。

河汉,河汉,晓挂秋城漫漫。愁人起望相思,江南塞北别离。离别,离别,河汉虽同路绝。

首章描写"塞北",次章翻出"江南";前者"路迷",倒叠成"迷路,迷路",后者"别离",倒叠成"离别,离别",辞相呼应,笔意回环,音调婉转,两章在"日暮""路绝"的氛围中,充分地表达了"共看明月应垂泪,一夜乡心五处同"的离别主题。

词用叠字,在中国词坛上有两位才力华赡、志存高远的女人铸造了两个经典,一是宋代李清照的《声声慢·寻寻觅觅》,二是清代贺双卿的《凤凰台上忆吹箫》。先说李氏《声声慢》:

寻寻觅觅,冷冷清清,凄凄惨惨戚戚。乍暖还寒时候,最难将息。三杯两盏淡酒,怎敌他晚来风急。雁过也,正伤心,却是旧时相识。满地黄花堆积,憔悴损,如今有谁堪摘。守着窗儿,独自怎生得黑。梧桐更兼细雨,到黄昏,点点滴滴。这次第,怎一个愁字了得!

开篇三个分句将寻常浅俗之字,随手拈来,缀成七组十四个叠字,叠得毫不黏滞,那跌宕起伏的音律,先把读者带进一个清冷凄苦、沉哀入骨的境地。"寻觅""冷清",都是极为平常的词组,而"凄凄惨惨戚戚"更是个不完全的词语结构,但一经重叠,即气象大变,可谓前无古人的创新。"寻寻觅觅",写若思非思、似想非想、心神不定所引起的外部动作,"冷冷清清",写若寒非寒、似冷非冷、庭院空虚所带来的难以舒展的凄凉感受;"凄凄惨惨戚戚",写形影相顾,悲痛万分,将心中的悲苦之状推向极致,"戚"通"寂",极言寂寞悲苦之状,愁绪无所倾诉,声声慢,声声无泪。十四叠字造语奇隽,发自声口,出自笔墨,心与物合,音调凄美。

易安填词主张严守声律,于声调上亦颇多讲究。句中运用的双声叠韵字,寻与觅、冷与清、凄与惨、惨与戚的低沉音、齿音,与凄冷的意象十分协调。篇末"梧桐更兼细雨,到黄昏、点点滴滴。这次第,怎一个愁字了得",二十余字中,舌、齿两声交加重叠,用啮齿叮咛的口吻,与首句相呼应,凸现出峻急、怅恨的情状,恰到好处地表达了词人寂寞、冷落、孤独、悲哀、疲惫、失望、凄凉、伤感、无抓无挠、无着无落、无可奈何、忧郁惝怳的心情。近人梁启超说:"那种茕独凄惶的景况,非本人不能领略。"[1]

再说贺双卿的《凤凰台上忆吹箫》:

寸寸微云,丝丝残照,有无明灭难消。正断魂魂断,闪闪摇摇。望望山山水水,人去去,隐隐迢迢。从今后,酸酸楚楚,只是今朝。
青遥,问天不应,看小小双卿,袅袅无聊。更见谁谁见,谁痛花娇?谁望欢欢喜喜,偷素粉、写写描描。谁还管,生生世世,夜夜朝朝。

全词有二十四处叠字,其中上片"正断魂魂断"和下片"更见谁谁见"为交错叠法。通篇用叠字而自然流走,声转于物,玲玲若振玉;辞靡于回,累累如贯珠。它十分准确、形象而传神地写出了词人病体难支、神情恍惚、百无聊赖、凄苦哀怨的情态与心境,如泣如诉,如怨如慕,如洞箫之横吹,如嫠妇之夜哭,淋漓尽致地表达了女主人公备受压抑、凄婉幽切的情愫,惊心动魄,

---

[1] 《中国韵文里头所表现的情感》。

一字千金，堪与李清照《声声慢》中"寻寻觅觅，冷冷清清，凄凄惨惨戚戚"之句媲美。双卿的结句"谁还管，生生世世，暮暮朝朝"，更见灵心慧舌，余怨无穷，戚人言外。清人陈廷焯读之赞叹"其情哀，其词苦。用双字二十余叠，亦可谓广大神通矣。易安见之，亦当避席"[①]，非溢美之辞也。

---

① 《白雨斋词》。

累如贯珠更井然

——接字蝉联说"顶真"

顶真,又称顶针、接字、连珠、蝉联,是文句首尾紧密串连的一种修辞方式,即上句结尾字词与下句开头字词相同,以此串连各句,形成一体。"牵衣顿足拦道哭,哭声直上干云霄"[①],是字接;"道旁过者问行人,行人但云点行频",是词接。两处顶真手法的运用,把内容方面的情事紧迫和表达方面的起伏跌宕天衣无缝地统在一起,读来抑扬顿挫,沉郁感人。还有一种将诗中每句间连成首尾相接的环状结构,号连环体,也是由顶真发展而成,如清人华广生编《白雪遗音》中的《桃花诗》:

桃花冷落被风飘,飘落残花过小桥。桥下金鱼双戏水,水边小鸟理新毛。毛衣未湿黄梅雨,雨滴红梨分外娇……聊推纱窗观冷落,落云渺渺被水敲,敲门借问天台路,路过河西有断桥,桥边种碧桃。

---

① 杜甫《兵车行》。

顶真句子整齐，结构严密，圆转活泼，节奏明快。当诗歌需要增加气势，或表达强烈的思想感情时，恰当地使用顶真，不但能够达到一种严谨而周密的效果，而且可以使行文条理清晰、井然有序，使格调清新、富于音乐美。例如：

> 日出东南隅，照我秦氏楼。
> 秦氏有好女，自名为罗敷。
> 罗敷喜蚕桑，采桑城南隅。

此为汉乐府《陌上桑》开头六句。诗人从远处徐徐置墨，由远出之日及东南之隅，再至女主人公之楼中。以"出""照"两个动词贯通，再以两个"秦氏"、两个"罗敷"顶真，一气呵成，凸现民歌特色。南朝民歌《西洲曲》即以四句为一节，四句一换韵，在字法、句法、篇法上，将乐府民歌惯用的顶真、勾句、重字、倒转、接字、谐音、双关、比兴等手法发挥到极致，尤其是顶真手法的运用，使在诗意上原本显得有些跳脱、断裂的句子在形式结构上组成一个严密的整体。如"风吹乌臼树——树下即门前"；"望郎上青楼——楼高望不见"等，是地道的顶真手法，加之谐音双关等修辞格的运用与借物寓怀的手法相映衬，读来音调和美，声情摇曳。沈德潜说它"续续相生，连跗接萼，摇曳无穷，情味愈出"[①]。陈祚明说它"语语相承，段段相绾，应心而出，触绪而歌，并极缠绵，俱成哀怨"，是"言情之绝唱"[②]。

有些小令，通篇采用顶真手法，如元人无名氏《越调·小桃红·别忆》：

> 断肠人寄断肠词，词写心间事。事到头来不由自，自寻思，思量往日真诚志。志诚是有，有情谁似？似俺那人儿。

小令突出地表现了顶真手法的艺术特色，前后衔接巧妙自然，恰似一串骊珠

[①] 《古诗源》卷十二。

[②] 《采菽堂古诗选》。

累累贯通，细致透彻地刻画了女子微妙的心理活动：女子思念离别的情人，寄词抒心。想到自己以往对爱情的真诚，未免伤感；又想到所爱之人和自己一样忠于爱情，遂得到精神安慰。

诗用顶真，不只字接、词接、句接，章节与章节之间，诗与诗之间也可以采用顶真的方法。如王安石《忆金陵三首》，每首绝句间都用顶真的方法加以连接：

覆舟山下龙光寺，玄武湖畔五龙堂。
想见归时游历处，烟云渺渺水茫茫。

烟云渺渺水茫茫，缭绕芜城一带长。
蒿日黄尘忧世事，追思陈迹故难忘。

追思陈迹故难忘，翠木苍藤水一方。
闻说精庐今更好，好随残汴理归艎。

零丁洋里叹零丁

——徘徊往复说"反复"

为表达思想感情的需要,有意连续或间隔地重复使用某一字、词或句子的修辞手法叫反复。按常规,写诗填词要避免同一个字或词重复出现,但有些必要的重复,出于作者匠心,往往能产生特殊的艺术效果。"朝回日日典春衣,每日江头尽醉归"①,既说"日日"又说"每日"似有重复之嫌。然日日典衣,见其清贫;每日醉归见其执着。读此联,反复劝酒穷乐之意,宛然可即。"独上江楼思渺然,月光如水水如天"②,"如""水"两字相伴反复出现,在描写景物的相互联系与烘托气氛的弥合无间上,衬托出诗人的情思绵邈,无限之景与无限之情融然浑然,耐人寻味。

诗家用字虽重,意却不重,如南宋爱国名将文天祥《过零丁洋》:

---

① 杜甫《江曲》。
② 赵嘏《江楼感旧》。

辛苦遭逢起一经，干戈寥落四周星。
山河破碎风飘絮，身世浮沉雨打萍。
惶恐滩头说惶恐，零丁洋里叹零丁。
人生自古谁无死，留取丹心照汗青。

"惶恐滩"，一作"皇恐滩"，原名黄公滩，是赣江十八滩之一，因水流湍急，令人惊恐，加之读音相近，讹为惶恐滩或皇恐滩，"惶""皇"通假，一个意思。文天祥起兵勤王时曾途经此地。"零丁洋"，现名"伶丁洋"，在今广东省珠江口外崖山外面，文天祥兵败被俘，押送路过这里。"惶恐滩""零丁洋"两个富有感情色彩的地名，反复运用，天然妙对，语意双关，既表明地形之险恶，又表达出义烈之士昨日"惶恐"、眼前"零丁"的孤危境况与沉雄悲壮的感情，从而使此联空间广阔，意蕴丰富，对仗宛若天造地设，音节又回旋往复，唱叹有致，而生动的形象凸现作者一腔悲愤，盈握血泪。尾联忽然折进，由沉郁转为开拓、豪放、洒脱，诗格人格，浑然一体，光芒四射，英气逼人。

反复重字还能收到叮咛绵长之意。元人姚燧《越调·凭栏人·寄征衣》：

欲寄君衣君不还，不寄君衣君又寒。寄与不寄间，妾身千万难。

曲中抓住思妇寄征衣的矛盾心理进行描写，刻画细腻，活灵活现，真切感人，尤其是"寄君衣"的反复运用，"寄"字四次出现，"不"字三次出现，语言的重复与通俗，不仅造成音韵旋律的回环流宕，情调上也给人以缠绵悱恻之感，体现了作者小令风格中新巧玲珑、情趣盎然的一面。

隔离反复的词语或句子之间有其他词语或句子间隔，形成排比段，也能造成鲜明的节奏感，如汉代繁钦的《定情诗》：

与我期何所？乃期东山隅。
日旰兮不至，谷风吹我襦。
远望无所见，涕泣起踟蹰。

>　　与我期何所？乃期山南阳。
>　　日中兮不来，飘风吹我裳。
>　　逍遥莫谁睹，望君愁我肠。
>　　与我期何所？乃期西山侧。
>　　日夕兮不来，踯躅长叹息。
>　　远望凉风至，俯仰正衣服。
>　　与我期何所？乃期山北岑。
>　　日暮兮不来，凄风吹我衿。
>　　望君不能坐，悲苦愁我心。

黄永武评此诗云："这调子反复在咏叹，正表达出'久等不来，徙倚失所'的屏营彷徨。反复愈多，时间愈久，情感亦愈烈，而感人也就愈深！慕敬企盼得连自己也无法阻止自己，有不达目的，绝不休止之势。反复的调子与感叹无已的情感恰好一致，这是'借形式以表达内容'常用的具象方式，调子反复四次，奏鸣不已。自然令人低徊不已了。"[①]

　　同一词句，拆开来出现于诗中，也是一种反复。崔护《题都城南庄》：

>　　去年今日此门中，人面桃花相映红。
>　　人面不知何处去，桃花依旧笑春风。

这首题壁绝句，"人面桃花"拆开来先后出现，也是一种反复，因是间隔出现、是在对比映照中出现，非但没有重复之感，由于两词前总而后分——音情上的离合与内容上的离合，配合微妙，仿佛作者不是写出来的，而是从心中迸发出来的。"人面桃花"反复出现所代表的追忆与想象，乃是一种循回往复、难以捕捉的悬念，一种千古无穷的感伤意境，一种简单而永恒、古朴而鲜活的心灵契合之美，一缕爱而不得其爱，又不能忘其所爱的追忆、怅惘之情。

---

① 黄永武《诗与美·诗的形式美》。

还有一种反复形式也很特别。

如南朝诗人何逊、范云、刘孝绰《拟古三首联句》：

> 家本青山下，好上青山上；
> 青山不可上，一上一惆怅。（何逊）
> 匣中一明镜，好鉴明镜光；
> 明镜不可鉴，一鉴一情伤。（范云）
> 少知雅琴曲，好听雅琴声；
> 雅琴不可听，一听一沾缨。（刘孝绰）

此处联句比较特别，并非合众人诗句为一首，而是各咏一事，自成绝句。由于运用反复手法，意思虽不相属，合之却为一篇。

秦时明月汉时关

——相分著义说"互文"

互文,又叫互辞。"互文"是在连贯的语言里将本当连起来说的两件事或两个词语,前后各出现一个而省去一个,参互成文,合而见义。互文能使句子形象鲜明,结构整齐,使所要表达的中心思想或情感更加全面深刻,细腻周详。

互文,有一句之内相互见义的,如"秦时明月汉时关"[①],实指"秦汉时明月秦汉时关",上头出现"秦"而省去"汉",下面出现"汉"而省去"秦","秦"与"汉"都兼及"月"与"关",意思是说这关塞防御匈奴扰边,远自秦汉之时已然,时代已变,形势亦非从前可比。这种"秦时""汉时"的时间限词,一经互文,顿时使辽阔的空间交融了悠远的历史感,利于营造雄浑苍茫的意境。唐汝洵说:"月之临关,秦汉一辙,征人之出,俱无还期,故交互其文。"明确指出这句诗的新鲜奇妙之处,言秦言汉,文义错举互见。

---

① 王昌龄《出塞》。

有两句之内相互见义的，如"梦后楼台高锁，酒醒帘幕低垂"①，两景都是"梦后""酒醒"所见，故为两句之内互文见义，即写虚欢已过，麻醉已停，伊人远去，空有居室。又如"迢迢牵牛星，皎皎河汉女"②，"迢迢"言远，"皎皎"写亮，各举一边而省文，实际是说牵牛星"迢迢"亦"皎皎"，织女星"皎皎"亦"迢迢"。"迢迢"与"皎皎"上下句互文见义，就把牛女两厢遥望，默默无语的忧伤之情推向极致。不知互文，遇上运用互文手法的诗句，就会错解，如"烟笼寒水月笼沙"，倘若释为"烟笼着寒水月笼着沙"，则与事不合，于理不通。"烟"与"月"在上，"水"与"沙"在下，笼与被笼皆兼及，不容偏执一端而望文生义，当是互文相足，合起来释为"烟月笼着寒水烟月笼着沙"。这是七言诗因字数限制，所以用了各举一边而省文的互文法。两句之内的互文见义，由于内涵多，容量大，往往能产生深刻入微的艺术效果。如"风含翠筱娟娟静，雨裹红蕖冉冉香"③，上句风中有雨，下句雨中有风，构成互文。"'风含翠筱'而云'娟娟静'，言其得雨而'娟娟'也；'雨裹红蕖'而云'冉冉香'，言其得风而'冉冉'也。立言之妙如此。"④

诗用互文，不只言简意赅，而且韵味深长。如唐人徐凝绝句《忆扬州》：

萧娘脸薄难胜泪，桃叶眉长易得愁。
天下三分明月夜，二分无赖是扬州。

这首怀人之作，不去描写扬州"绿杨城郭"的宜人风物，而以绵绵情怀追忆当日与扬州女倡的离情别意；不写自己的殷切怀念，而写远人别时音容，通过往日夜色之下倚红偎翠的温馨，衬出今日诗人思念情人的苦涩。"萧娘""桃叶"实指同一恋人；"难胜泪"是萧娘的泪眼，"易觉愁"是萧娘的愁眉，

---

① 晏几道《临江仙》。
② 《古诗十九首》。
③ 杜甫《狂夫》。
④ 金圣叹《杜诗解》。

两句互文见义，相备而足，相分著义，互为表里，经济委婉。

　　扬州形胜，古来闻名。古之文人多有"腰缠十万贯，骑鹤下扬州"的奢望，诗人们说"游人只合江南老""人生只合扬州死"。徐凝的这一绝句，通过"萧娘""桃叶"的互文见义，又使得美丽的扬州多了些柔弱和娇美，使人自然而然地想到"天下美女出扬州"，扬州太让人向往，太让人爱怜了。

香稻啄余鹦鹉粒

——先声夺人说"倒置"

倒置,又叫倒装、错位。这种修辞手法有两种形式:一是倒言,即通过倒语,变动较为稳定的词序语序规律,使常式句变为倒装句;二是倒文,即把事件的结局或一事件发展过程中最为突出的片断提到前边来写,然后再从事件的开头进行叙述。"倒言而不失其言者,言之妙也;倒文而不失其文者,文之妙也。"[①] 运用倒置手法,可使句式节奏跌宕有致,舒展明快;使诗文突起波澜,先声夺人。刘勰云:"文反正为乏,辞反正为奇。效奇之法,必颠倒文句,上字而抑下,中辞而出外,回互不常,则新色耳。"[②] 屈原《离骚》"忳郁邑余侘傺兮,吾独穷困于此时也",句中主语"余"(我)不居句首而居句中,如此倒言,就把作者独穷困于此时的动荡不居,苦绪无端和愁思莫解的心情,剖心洞腑地表达出来。王维《山居秋暝》"竹喧归浣女,莲动下渔舟",从

---

① 陈骙《文则》。
② 《文心雕龙·定势》。

事情发生的因果看,应为浣女归而竹喧,渔舟下而莲动。可一倒过来按感觉的先后顺序来写,竹林幽深,故先闻喧哗之声,后知女子浣洗归来;枝荷茂密,故先见摆动之状,后知有渔舟顺流而下。显然,倒装手法的运用,诗意顿觉曲折有致,无平弱之恙。韦庄《伤昔》尾联"今日乱离俱是梦,夕阳惟见水东流。"结句按语法应为"惟见夕阳水东流","惟见"与"夕阳"一经倒置,作者眼中之物——夕阳成了主语,被拟人化了。这就使"世事了如春梦,惟见夕阳西下、流水东去"之叹,消沉古今,刻骨铭心。不谙倒置手法,遇上倒言或倒文之作,往往会误读。"春城无处不飞花,寒食东风御柳斜"①,按句子顺序解,多以为是两景,即使像俞陛云这样的大家也说:"首句言处处飞花,见春城之富丽也;次句言东风寒食,纪帝京之佳节也。"②唐时寒食节在二月中下旬,早春二月,乍暖还寒,西北长安哪会"处处飞花"?但从倒文看,此"花"非花,实则柳絮也。原来作者是在颂扬皇恩浩荡,无处不在:寒食节这天,皇宫御园的柳絮在东风的吹拂下四处飘扬,若花满京城。本是应制颂歌,一经倒文,顿无谄媚之嫌。

诗歌语言以有意味有情趣为目的,形象的鲜明性、生动性、隽永性和蕴藉性要比逻辑性重要得多。为达目标,甚至可以违反逻辑和语法规范。一句诗不一定都要求是完整的句子,片言只语,缺少"主语"或"谓语"或"宾语"也不要紧,"举头望明月,低头思故乡",无主语;"鸡声茅店月,人迹板桥霜",六个名词,并列出现,既无谓语,也无宾语。至于词序颠倒的例子更是俯拾即是。在诗歌作品中,出于对声律的要求和修辞上的特殊需要,句式常常出现种种特殊的词序,譬如:

主语和宾语挪位。"晴川历历汉阳树,芳草萋萋鹦鹉洲"③,是主语后置。"汉阳树"和"鹦鹉洲"置于"历历""萋萋"之后,看似宾语,实则是被

---

① 韩翃《寒食》。
② 《诗境浅说》。
③ 崔颢《黄鹤楼》。

陈述的对象。"香雾云鬟湿,清辉玉臂寒"①,是宾语前置。"湿"和"寒"的使动,使宾语"云鬟""玉臂"置前,似乎成了主语,实则"香雾湿云鬟,清辉寒玉臂"。

宾语挪位。"青海长云暗雪山,孤城遥望玉门关",次句"孤城"即指"玉门关"②,两者是同位定语,其一却被挪位在动词"遥望"之前,倘不知是定语挪前,则歧为站在另一座孤城上遥望玉门关。"我欲因之梦吴越,一夜飞渡镜湖月"③,定语"月"远离中心语而居于句末,仿佛成了宾语的中心部分,但诗人"飞渡"的只能是"镜湖",而不可能是"月"。句中"月"即"月夜",属定语挪后。还有定语与中心语互换位置的,如"江山故国近,风物饶阳美"④,实则"故国江山近,饶阳风物美"。

状语挪位。"六军不发无奈何,宛转娥眉马前死"⑤,"宛转"本是用来摹状"死"的,却被置于主语"娥眉"之前。"登高临远虽多感,叹老嗟卑却未曾"⑥,次句为状语挪后,实则"却未曾叹老嗟卑"。还有以宾语面貌出现的状语,"人面不知何处去,桃花依旧笑春风"⑦,"笑春风"看似动宾词组,实则"春风"不受"笑"的支配,而是表示"在春风中笑"的意思。"永忆江湖归白发,欲回天地入扁舟"⑧,前句的意思是"永忆江湖白发时归","白发时"入诗后省文"时",且以宾语的面貌现形。

诗用倒置手法,由于语法的不完整与语序的不整饬,时空、因果、主客等逻辑关系不明确,意义比较模糊朦胧,而诗歌语言追求的正是暂时从现实

---

① 杜甫《月夜》。
② 王昌龄《从军行》。
③ 李白《梦游天姥吟留别》。
④ 欧阳修《闻梅二授德兴令戏书》。
⑤ 白居易《长恨歌》。
⑥ 陆游《登山亭》。
⑦ 崔护《题都城南庄》。
⑧ 李商隐《安定城楼》。

生活中逻辑的、理性的思维方式中解脱出来，让词语的意脉跟随心灵的直感，去抒写你感受到的最明晰最深切的意象。杜甫《秋兴八首》其八："香稻啄余鹦鹉粒，碧梧栖老凤凰枝"一联，诗人打破遣词造句的常规，以稻粒变红豆而辉煌，梧枝有凤栖而金碧，来抒发对"仙侣同舟"旧游渼陂的眷念之情。这里正常的语序被打乱了，反常乃至意宽，颠倒"稻"和"鹦鹉"而突出"红豆"，"凤""梧"倒用反而凸现了"碧枝"。译成今文则为：香稻之多，是多得连鹦鹉也吃不了的香稻；碧梧之美，是美得连凤凰栖息也不愿飞走的碧梧。这种句式虽不合"语言逻辑"，但诗人要表达的主体意象却十分鲜明。如果按照语序规律，顺成"鹦鹉啄余香稻粒，凤凰栖老碧梧枝"的平铺直叙，便觉淡乎寡味。一用倒装法，顿显长安物产之丰饶精美，以及回忆时错综缤纷的特质。

词用"倒文"，经典的例子有南唐后主李煜的《浪淘沙》：

帘外雨潺潺，春意阑珊，罗衾不耐五更寒。梦里不知身是客，一晌贪欢。　独自莫凭栏，无限江山，别时容易见时难，流水落花春去也，天上人间。

词假托为别情，实际上是思念故国。上阕以倒叙手法描写梦醒之后的所闻：帘垂夜深，潺潺的雨声透过帘栊，不断地传入"梦里不知身是客，一晌贪欢"的词人耳中；由于"罗衾不耐五更寒"，词人是冻醒的，人醒梦破，方知春意日衰（春意阑珊），与下阕"流水落花春去也"相呼应，表达了那种不堪囚徒生活的一腔悲怨之情。这里倒文的运用，突出了词人国亡被俘后处境的可悲可怜。

此外，倒置还有一种词句对调的表现形式，即序换。序换可以是紧靠着的两个字、词或词组的位置互相对调，如袁枚《拟古》"舟载人别离，月照人离别"，换"别离"为"离别"，是因为"别"与前两句"莫作江上舟，莫作江上月"之"月"韵同，符合叶韵的要求。序换也可以是间隔着的两个字、词或词组的位置互相对调，如我的一首小诗"长安肉夹馍，其实馍夹肉。畅销因名巧，亦赖陕味足"，就是运用序换的手法。"馍夹肉"倒置为"肉夹馍"，这一序换不只为与诗句押韵，而且在赞颂"肉夹馍"命名之巧中，反衬生意人之精明。

序换中的互换项也可以是比较复杂的词组甚至句子，如：

落日空江不见春，
杨花愁杀渡江人。
数声长笛离亭晚，
君向潇湘我向秦。

君向潇湘我向秦，
杨花愁杀渡江人。
数声长笛离亭晚，
落日空江不见春。

前一首是唐朝诗人郑谷的绝句。谢榛在他的《四溟诗话》里说："凡起句当如爆竹，骤响易彻；结句当如撞钟，清音有余。"认为郑谷这首诗的结句"如爆竹而无余音"，故而将其改为起句，原来的起句为结句，即一、四两句的位置对调，组成后一首，意境确也一新。

露凝千片玉，菊散一丛金

——支体必双说"对偶"

对偶，又称俪辞、对仗。这种把字数相等、结构相同、声韵相和、意义相关的两个句子或短语对称地排列在一起，表示相类、相关或相对、相反意思的修辞方式，是汉语体系的特有形式。它建立在汉语字形整齐、声调和谐的基础上，又与汉语的词类学有着密切的关系。对偶的有无相生，动静相乘，刚柔相形的审美方式，要求出于自然而又合乎自然，由自然而经营，经营而又无痕。刘勰从他所标榜的"自然之道"和"圣贤之书"的高度，论证了对偶无可置疑的合理性："造化赋形，支体必双；神理为用，事不孤立。夫心生文辞，运载百虑，高下相须，自然成对。"[①] 自然之物皆有对应的双方，故"俪辞"作为人心的表达，自然成对是合乎"神理"的；《尚书》《周易》《诗经》多有排偶之句，故"俪辞"也是合乎经典的。我们读陶渊明的那些五言古诗，大多在自然流转中，颇具骈仗之整饬。如《九日闲居》云："露凄暄风息，

---

① 《文心雕龙·丽辞》。

气澈天象明。往燕无遗影，来雁有余声。酒能祛百病，菊为制颓龄。"在凄清流丽之中句型不同的三组对句，既有变化又具整饬精致之美。《归园田居诗五首》其一写田园村居之景云："方宅十余亩，草屋八九间。榆柳荫后檐，桃李罗堂前。暧暧远人村，依依墟里烟。狗吠深巷中，鸡鸣桑树巅。户庭无尘染，虚室有余闲。"一连五组骈句连贯而下，而又语语自然，对偶工整而字不露，若元气一片浑然流出。

对偶因看重自然成对，故不必拘泥于以实事相对，也不必人名地名对人名地名，"言对为美，贵在精巧；事对所先，务在允当"①。"千寻铁锁沉江底，一片降幡出石头"②，用特指"江底"对专名"石头"，但求字面相对，并不顾虑性质，照样工稳。

《红楼梦》第四十八回林黛玉教香菱作诗，亲授口诀："实对实，虚对虚。平对仄，仄对平；平仄要分清。一三五不论，二四六分明。"这是说格律诗对偶的要求是词性相同，结构相类，平仄相异。但一般说来，律诗的首联尾联有时不对，则显得更为自然。首联多于写景记事中寓情，起势比二三联稍平，如"一上高城万里愁，蒹葭杨柳似汀洲"③，寓怀乡之情于写景记事之中。尾联要求含义深远，余韵不尽，如"却晓鲈乡垂钓手，武昌鱼好便淹留"④，不对，反而余音袅袅。

对偶对中国诗歌语言有两个最重要的贡献：一是使句法实验成为可能；二是使词类转换便利，及物动词、不及物动词、使役动词、形容词、副词、名词等都可以根据它们在句子中的位置而自由转换词类。汉语言的独特现象使聪明的中国诗人能在狭窄的对仗空间内制造出如万花筒般精妙绝伦的风景线。隋代诗人薛道衡《昔昔盐》：

---

① 《文心雕龙·丽辞》。
② 刘禹锡《西塞山怀古》。
③ 许浑《咸阳城西楼晚眺》首联。
④ 范成大《鄂州南楼》尾联。

垂柳覆金堤，蘼芜叶复齐。
水溢芙蓉沼，花飞桃李蹊。
采桑秦氏妇，织锦窦家妻。
关山别荡子，风月守空闺。
恒敛千金笑，长垂双玉啼。
盘龙随镜隐，彩凤逐帷低。
飞魂同夜鹊，倦寝忆晨鸡。
暗牖悬蛛网，空梁落燕泥。
前年过代北，今岁往辽西。
一去无消息，那能惜马蹄。

诗借乐府体写闺怨，四句一节，结构完整，语言绮丽，通篇对仗，一韵到底，形式相当精致，既保持北朝诗歌的特色，又具有南朝诗歌的长处，体现了南北合流的趋势，而大体上具有初唐排律的规模。

受六朝以来尚文的社会风气的感染，诗讲工巧有唐更盛。唐太宗李世民，在中国历史上不只是天纵神武、雄才大略的令主，而且在诗歌创作方面也不愧为鼓吹风雅、纬俗经邦的理论家和勇于探索、勤于实践的诗人。如他的五律《秋日二首》其二：

爽气澄兰沼，秋风动桂林。
露凝千片玉，菊散一丛金。
日岫高低影，云空点缀阴。
蓬瀛不可望，泉石且娱心。

格律规范，四联皆对，精巧工稳，铢两悉称，高宕自然。许永璋评此诗为"唐苑群芳第一香"，并不过分。首联以明暗虚实相映衬的手法传出妙趣："兰沼"是虚，暗逗"桂林"之实，"爽气"是实，明示"秋风"之虚，以此体现风光流转，景物宜人。颔联妙在"凝""散"两字，"露"，滚动不居，经过

"凝"字一收缩，成了"千片玉"，"菊"，香气飘忽，经过"散"字一泼洒，变为"一丛金"，以此状写秋日辉煌景象，一扫前人"悲秋"气息。颈联日影云踪运转作态，交互映衬，生发出秋兴的无限生机。尾联"蓬瀛"推出仙境，"不可望"立即收回到现实，这就使下句且用"泉石"来"娱心"，拈连得顺理成章，同时隐喻自己不慕古之帝王的浮华生活，潜心务实的精神。

这种使两句话在字面搭配、组合上造成前后偶对的形式，是诗赋词曲和骈体等韵文的一个显著的语言特征。韵文中的律赋，就多用对偶句式，如唐人王起《书同文赋》的第三韵：

> 由是日月所烛，舟车所通。布八体而咸若，合六书而大同。垂露成规，既由近而及远；崩云殊象，亦自西而徂东。流离翰墨之场，辉映《诗》《书》之间。或虫形而惟错，或鸟迹以相混。三坟八索，何患乎阙疑；二首六身，或因而知远。况其名臣染翰，行子寓书。昌言非同而不迭，遥思非同而不摅。敷奏或乖，自无惊于问马；遐迩不壅，固有乐于烹鱼。

这篇律赋全文八韵，此处节录的是第三韵。以此三韵而论，几乎无联不工，凸现律赋创作中的对偶以工稳为上乘的理想状态。如"垂露"一联，"由近及远"与"自西徂东"是当句对，句子自对，非常工整，尤以"垂露"对"崩云"，动词相对，作名词则都属于天文类，且"垂露"与"崩云"都是书法中的术语，极其工稳。"或虫形"一联也是如此，"虫形"与"鸟迹""错"与"混"，铢两悉称；"三坟八索"一联是当句对，其工稳自不待言；末联"问马""烹鱼"，以诗对史，且"马""鱼"亦对，可谓工稳精巧。

属对之格，名目甚多，错杂不一。诸如刘勰"四对"说，上官仪"六对""八对"说，《文笔式》"十二种对"，元兢"六种对"，崔融、李峤"九种对"，等等，不一而足。然撮其要者，大致有两类：

从形式上看，有"严对"与"宽对"之分。"严对"如杜甫《绝句四首》其三："两个黄鹂鸣翠柳，一行白鹭上青天。窗含西岭千秋雪，门泊东吴万里船。"两联皆对,一句一景,讲究绘画式的构图和色彩搭配。黄鹂、翠柳,黄与绿色近;白鹭、青天,白与青色近,颜色之间的搭配十分和谐。窗含门泊,山高水长,巧妙取景,以微显巨,思接千载,视通万里,气魄宏远,强烈地表达了杜少陵还乡的愿望。又如《迂叟诗话》云:"李长吉歌'天若有情天亦老',人以为奇绝无对。石曼卿对:'月如无恨月长圆',似为勍敌。"① 其实"月圆"较"天老"更为亲切直观,堪为"的对"。

宽对,看起来比较松散,甚至是风马牛不相及的事理物态相属对,但对偶高手能够从这不和谐之中找到一致的地方,从而给人以新鲜异样的审美感受。唐代诗僧贾岛的"数星连斗出,万里断云飞"②"石泉出幽谷,山雨滴栖鸥"③,以"数星"对"万里",以"幽谷"对"栖鸥",均为弃工求宽、刻意疏散的风格。

从内容上看,对偶有"正对""反对"。正对是以类相对,以明一义;反对一如刘勰所说,是"理殊趣合,幽显同志"。黄庭坚七律《登快阁》颔颈两联:"落木千山天远大,澄江一道月分明。朱弦已为佳人绝,青眼聊因美酒横。"颔联写景,颈联抒情;颔联纯用实字,颈联用"已为""聊因"两个虚词呼应、转折;颔联诗句的节奏为"四三",颈联诗句的节奏为"二五":颔联是"正对",颈联是"反对",正反两对,句意贯通,文字富于变化。

"正对"和"反对"兼有者叫"平对"。楹联"书山有路勤为径,学海无涯苦作舟",从内容上看,是正对,从上下联的关系来看,又是平列对称的"平对"。此外,还有"串对",又叫"流水对"。此种对法,上下两联的意思相关,有承接、因果、条件、假设之类关系,运用起来,既可避免重复,又有生动之趣。"野火烧不尽,春风吹又生"④,对仗工稳而气势流走,充分发挥了"流水对"的优点。它歌颂野草的生生不已,又超出野草而具有人事的枯荣代谢,

---

① 司马光《迂叟诗话》语,引自《苕溪渔隐丛话》前集卷五十三。
② 《元日女道士收箓》。
③ 《宿成湘林下》。
④ 白居易《赋得古原草送别》。

永无止息的普遍意义,以警策闻名于世。"海内存知己,天涯若比邻"①,取象宏大,意境开阔,凸现少年王勃"雄""壮""刚""润"的诗文风格,像散文一样流利地抒写赠别的友谊和刚健的意志,因而成为千古名句。

近体诗的格律要求对仗,讲究词语的骈俪俳偶,而词的对仗则仅仅是一种艺术手法。故同一词调的词,有的用对仗,有的不用对仗,对仗的位置可前可后,也不限定平仄相对,大抵相连的两句字数相同,就具备对仗的条件,作者可以自主地决定对仗与否。词中的六字句顿挫有力,因此安顿六字对的空间比较宽阔,美感亦易显现。《西江月》词调上下片开头两句皆为六字,宜于锤炼对仗,如苏轼"世事一场大梦,人生几度新凉""酒贱常愁客少,月明多被云妨";辛弃疾"明月别枝惊鹊,清风半夜鸣蝉""七八个星天外,两三点雨山前"。词中凡一字领后面的四个四字句,通常也都可对仗,而且普通对、扇面对均可。那种出句起首加一字豆的对仗,叫衬豆对,最常见的是四字对,如"正十分皓月,一半春光"②"有三秋桂子,十里荷花"③"又酒趁哀弦,灯照离席"。④

词的近邻"曲"的对仗更加随意、活泛,如元曲依据曲调的要求,有两韵对、鼎足对、连璧对,但无论怎么对,它们的性质是相同的,一如孪生兄弟。元曲对仗形式的最早提出者是明代的曲律大师王骥德,他在《曲律·论对偶第二十》中指出:

> 有两句对,如"帘幙风柔,庭闱昼永""惟愿取百岁椿萱,长似他三春花柳"类;有三句对,如"蝶恋花、凤栖梧、鸾停竹"类;有四句对,如"乱荒荒不丰稔的年岁"四段相对类;……有两韵对,如"春花明彩袖,春酒满金瓯"类……

---

① 王勃《送杜少府之任蜀州》。
② 吴文英《高阳台》。
③ 柳永《望海潮》。
④ 周邦彦《兰陵王》。

这里既提到"两句对",又提到"两韵对",虽说都是指"两句对",但在形式上同中有异:"两句对"的举例中出句和对句的尾字"柔"与"永""萱"与"柳"不属于同一韵部,它俩是不押韵的;而"两韵对"出句和对句的尾字同属一个韵。所谓"两句对",是指相邻两个字数相等、句法相同、词性对应的句子表达相反、相近或相连意思的一种修辞方式。而"两韵对"则是"两句对"中出句尾字和对句尾字押韵的一种,是从属于"两句对"的。因此"两韵对"可说是"两句对",而"两韵对"则只能点击到"两句对"的一个特点。王先生说的"三句对"即指"鼎足对","四句对"即指"连璧对",就像一个人有本名、有笔名一样,人还是那个人,没有什么不同之处。

从对偶的形式和内容的联系看,对偶是一种极有表现力的辞格。宽式对偶在非韵文的文章中得到广泛应用,严式对偶以其对称性、修饰性和形式的完美,大量运用于对联、诗、词、曲、赋之中。其精美的形式和华丽的气派,一直占据着中国诗苑的庄丽殿堂。汉代的骈赋,全文对偶,成为中华美文的杰出代表;唐诗、宋词、元曲,对偶是音声以外的唯一格律要求,充分体现了诗歌语言严谨端丽的特点。

眼前有景道不得，崔颢题诗在上头

——因袭创新说"仿拟"

仿拟，又称模仿。它是仿效前人成句，故意加以翻造，赋予词句以新的意蕴；或指不同的诗人而题材大体相同的作品，在前人作品的基础上，又翻进一层。妙语来自性灵，手腕则可得于模仿和点化。白居易的名句"回眸一笑百媚生，六宫粉黛无颜色"，据吴增《能改斋漫录》："盖祖李白《清平词》'一笑皆生百媚'之语。仆谓李白语又有所自，观江总'回身转佩百媚生，插花照镜千娇出'，意又出此。"[1]白乐天对前人这几句诗不可谓不熟，但经他点化创新，杨妃的气质、姿色、表情、神态，顿时撩人心魂。苏轼的"儿童误喜朱颜在，一笑哪知是酒红"[2]，则是翻进白居易的"醉貌如霜叶，虽红不是春"[3]，虽是模仿，但一经"夺胎换骨"，变低沉为昂扬，变静态为动态，

---

[1] 王楙《野客丛书》卷十七。

[2] 《纵笔》。

[3] 《醉中对红叶》。

表现了苏轼的旷达襟怀、诙谐情趣和乐观心态。辛弃疾的"七八个星天外，两三点雨山前"①，系仿五代诗人卢延让的"两三条电欲为雨，七八个星犹在天"②，卢诗浅俗，不免意境模糊而乏韵致，经辛稼轩翻进，顿觉雅淡天然。

　　诗圣杜甫在《观公孙大娘弟子舞剑器行》诗序中说："昔者吴人张旭，善草书书帖，数尝于邺县见公孙大娘舞西河剑器。自此草书长进，豪迈感激。"而诗仙李白则说："古来万事贵天生，何必要公孙大娘浑脱舞！"这里可看出李杜两人在仿拟上的不同认识。但李白看重首创，倡言"天生"，并不妨碍杜甫重视模仿。杜诗之所以能"集大成"，正得益于他的"转益多师"。如杜诗"云白山青万余里，愁看直北是长安"，乃从唐初诗人沈佺期"两地江山万余里，何时重谒圣明君"来，"春水船如天上坐，老年花似雾中看"，亦从沈的"人疑天上坐，鱼似镜中悬"来。在杜甫早期的赠答诗作中，他的遣词用语乃至诗作风格总是留意对方的身份、喜好和长处，所作深浅随人而施。若受赠者是著名诗人，他的赠答诗往往与受赠诗人所擅长者有相似之处，如在《送孔巢父谢病归游江东兼呈李白》中，他有意学习、仿拟李白擅长的诗风，且以不甘人后，争奇斗艳的创作态度，尽量驰骋才华。这篇歌行的风格与杜甫以后的歌行有所不同，"篇中多言神仙事"③，少见地使用许多出世之语，如"蓬莱之女回云车，指点虚无是归路""深山大泽龙蛇远，春寒野阴风景暮"等，意境颇具李白的飘逸玄远的仙家气象。若比对李白赠别之作《西岳云台歌送丹丘子》，则不难发现，不仅是字句上的近似，立意和谋篇布局上都有模拟李诗的迹象：两作皆为歌行赠别诗；李白送别的元丹丘和杜甫送别的孔巢父一样，都是修仙炼道的高人；两人前往之处，一是西岳，一是东海，皆仙灵窟宅处，是情景近拟，尤其醒目的是，两位作者也都想象了别后友人处仙境的场面，李诗云"九重出入生光辉，东来蓬莱复西归。玉浆倘惠故人饮，骑二茅龙上天飞"；杜诗则云"深山大泽龙蛇远，春寒野阴风景暮。蓬莱之

---

① 《西江月》。

② 《松诗》。

③ 《杜诗详注》。

女回云车,指点虚无是归路"。两相对照,大到立意谋篇,小到对深山、大泽、蓬莱、玉女的细节描写,都颇为相似。当然,李诗仙气贯穿始终,杜诗则在想象后终归于世俗人情的怀念——"罢琴惆怅月照席,几岁寄我空中书",并嘱咐孔巢父在游仙境胜景时,如果遇到了他另一位朋友李白,别忘了捎个问候。这也可以看作杜甫在仿拟的同时,相对保留了自己的面貌风神,此大家之所以为大家也欤?考察杜甫诗集,其中赠李白、岑参、王维、高适等篇什,都非随手而作,而是精心构思,堪称集中名篇。王世贞说"李杜歌行之妙,冠于盛唐。咏之使人飘扬欲仙者,太白也。使人慷慨激烈,歔欷欲绝者,子美也"[①]。诚然,李白的诗歌创作重首创,标举"天生",但他并不排斥仿效。如他的《黄鹤楼送孟浩然之广陵》:

故人西辞黄鹤楼,烟花三月下扬州。
孤帆远影碧空尽,唯见长江天际流。

此诗问世前,唐人崔颢写过一首《黄鹤楼》,诗云:

昔人已乘黄鹤去,此地空余黄鹤楼。黄鹤一去不复返,白云千载空悠悠。
晴川历历汉阳树,芳草萋萋鹦鹉洲。日暮乡关何处是,烟波江上使人愁。

崔颢的七律《黄鹤楼》,不拘对仗,气势雄大,有"以孤篇压倒全唐"之誉。然而主张创新的李白,不甘冷落所见江汉胜景,明知"眼前有景道不得,崔颢题诗在上头",仍要在无法摹仿之处,以绝句完成对崔诗的某种"超越"。但他因袭中有创新,你崔颢借巧组合"白云""烟波""晴川""芳草""汉阳树""鹦鹉洲"等图景怀古思乡,悄游寥廓;我李白何尝不可另辟蹊径,以咏"烟花""远影""碧空""天际"尽遣送别之魂于黄鹤楼畔呢?既承认前人造下了难以再攀的天梯,又勇于模仿前人格调,情巧思俏地另悬云梯,

---

① 《艺苑卮言》。

这就是英华卓绝之才的风格,这就是超越"眼前有景道不得"的酒仙幽默。

越是经典的诗作,越需要"摹仿"的锤炼,也许李白深谙此道。他在黄鹤楼"热身"之后,仍心有不甘。到了南京的凤凰台,又想起了崔颢的《黄鹤楼》,禁不住又要赌一把,写了一首《登金陵凤凰台》,诗云:

> 凤凰台上凤凰游,凤去台空江自流。
> 吴宫花草埋幽径,晋代衣冠成古丘。
> 三山半落青天外,二水中分白鹭洲。
> 总为浮云能蔽日,长安不见使人愁。

这首《凤凰台》与崔颢《黄鹤楼》的内部结构以及字句的相似之处,显而易见。崔诗以"黄鹤"的传说起兴,李诗以"凤凰"的神话起兴。颈联皆以凝练的句子表现景象的壮阔,尾联又都以诗人的哀愁作结。要说"超越",亦即不同的是:崔诗上承首联而来,继续讲述黄鹤的故事,形式上并不恪守律诗平仄与对仗的规矩;李诗却将视线移至陈迹,追溯往古,登临之作随之变为怀古之作。金陵的"凤凰台"虽说得名于凤凰的伫定,却毋庸置疑地成名于李白的模仿之秀。

仿拟而不因袭,点铁成金,善于化境,如同站在巨人的肩膀上居高望远,更胜一筹。宋人叶绍翁《游园不值》:

> 应怜屐齿印苍苔,小扣柴扉久不开。
> 春色满园关不住,一枝红杏出墙来。

这首春游访友的即景之作,含蓄隽永,情趣激昂,达观愉悦,富于哲理,为古今传诵的名篇。三、四句"春色满园关不住,一枝红杏出墙来"承接前两句"应怜屐齿印苍苔,小扣柴扉久不开",从冷寂中写出热闹,不由得使人喜上心头。叶氏的"红杏出墙"因模仿中有所创新才成为万口传诵的名句。钱锺书在《宋诗选注》中说它脱胎于陆游《剑南诗稿》卷十八《马上作》:"平桥小陌雨初收,淡日穿云翠霭浮;杨柳不遮春色断,一枝红杏出墙头。"陆游在南宋诗名远播,江湖后辈叶绍翁多半读过《马上作》而有所沿袭,该是可能的,但钱锺书依然肯定"春色满园关不住"要比陆游的"杨柳不遮春色断"写得"新警"。唐人吴融诗句也有"一枝红杏出墙头,墙外行人正独愁"[①],叶氏的"一枝红杏出墙来",无论是与前人偶合,还是向前人借用,都因其能"出新"而略胜一筹。钱锺书说,前者因和其他的情景掺杂排列,给人印象不深,"都不及宋人写得这样醒豁"。陆游的"红杏出墙",前三句从实有景物着眼,平板地一层层地写景,实象纷呈,言尽意尽,别无深意;而叶绍翁的"红杏出墙",具体写景的只有"一枝红杏出墙来"之句,一经组合,便生出许多诗意。

善模仿者,绝去形容,略加点缀,即景象显然,声韵流动。宋代名臣寇准《春日登楼怀旧》:

> 高楼聊引望,杳杳一川平。远水无人渡,孤舟尽日横。
> 荒村生断霭,深树语流莺。花木遥清渭,沉思忽自惊。

其中两联袭用韦应物《滁州西涧》:"独怜幽草涧边生,上有黄鹂深树鸣。春潮带雨晚来急,野渡无人舟自横。"深得唐人风格。寇准诗学晚唐,自然熟知韦应物诗作,其将韦苏州佳句"野渡无人舟自横"点缀一二字,改为一联,以抒己情,毫无斧凿之痕,一时脍炙人口。

以上仿拟举隅都是诗人熟悉前人作品,从中汲取营养,或借前人作品的词语、结构,丰富内容,创新意境;或从不同风格不同体裁中借用个别内容,改造它的风格,纳入新的体裁中。一如曹雪芹通过他笔下人物之口所言:"作诗不论何题,只要善翻古人之意。若要随人脚踪走去,纵使字句精工,已落第二义,究竟算不得好诗。"[②]

---

① 《途中见杏花》
② 《红楼梦》第六十四回。

曲终人不见,江上数峰青

——信手拈来说"引用"

引用,又叫引语、征引。说话吟诗作文,为使自己的表达显得更加丰富、有力,需要引用一些成语、谚语、经籍、史书,以及诗歌中的成句或名人名言之类,这种引用是中国古典诗词中常见的一种表达方式,是"证圣""宗经"的直接体现。诗仙李白对山水诗的奠基人谢灵运十分钦慕,不仅多次引他为同调,对之顶礼膜拜,而且近百次地援引、化用其词汇。如:"古人赠我我不违,著令'山水含清晖'。顿觉谢康乐,诗兴生我衣。襟前'林壑敛暝色',袖上'云霞收夕霏'。"① 六句之中三处一字不改地引用谢氏原句。引用除了照搬原句,还可间接转述或化用引文大意,甚至不妨"断章取义",抛开引语环境所赋予的意义,只用引语字面的含义。南宋诗人陈与义《伤春》:"孤臣霜发三千丈,每岁烟花一万重。""霜发三千丈"系化用李白诗句"白发三千丈,缘愁似个长"语意,"烟花一万重"是直接引用杜甫诗句"关塞三千里,

---

① 李白《酬谢明佐见赠五云裘歌》。

烟花一万重"。虽是引用,但贴切圆融,声光发露,色彩鲜明,表达了诗人作为流离失所的"孤臣",面对着祖国大地的"万重烟花",而国是日非,此身将老的忧伤。

诗歌中的引用手法比较多见,往往一二句妙语生出,被他人反复引用。唐代大历才子钱起《湘灵鼓瑟》:"流水传湘浦,悲风过洞庭。曲终人不见,江上数峰青。"结句"曲终人不见,江上数峰青",宕开一笔,以恒定的青峰捕捉曲终后袅袅若存的流风余韵,情味不尽,后代文人多有引用。秦观就用这两句填了一首《临江仙》词,引句也放置在词的最末,如"独倚危樯情悄悄,遥闻妃瑟泠泠。新声含尽古今情。曲终人不见,江上数峰青"。秦观的引用不仅展示了曲终后的意境,而且有情感,有意境,有现实,有想象,亦不愧为上乘之作。范仲淹《岳阳楼记》词,也在末两句引用了"曲终""江上"之句:"帝子有灵能鼓瑟,凄然依旧伤情。微闻兰芷动芳馨,曲终人不见,江上数峰青。"苏轼填《江城子》词时,同样在结句引用了"曲终""江上"之句,不过,这位刁才没有照搬,而是间接引用:"忽闻江上弄哀筝,苦含情,遣谁听?烟敛云收,依约是湘灵。欲待曲终寻问取,人不见,数峰青。"苏轼从少妇弹筝想到了湘灵鼓瑟,因此将钱起的"曲终人不见,江上数峰青"移入了眼前的意境,使景与情得到了升华。宋词运用"引用"手法尤为普遍,小令、长调皆可用唐人诗句,隐括入律,浑然天成。周邦彦《满庭芳·夏日溧水无想山作》:

风老莺雏,雨肥梅子,午阴嘉树清圆。地卑山近,衣润费炉烟。人静乌鸢自乐,小桥外、新绿溅溅。凭栏久,黄芦苦竹,疑泛九江船。年年,如社燕,飘流瀚海,来寄修椽。且莫思身外,长近尊前。憔悴江南倦客,不堪听、急管繁弦。歌筵畔,先安簟枕,容我醉时眠。

全词多处引用杜甫、白居易、刘禹锡、杜牧诸人诗句入词,而结合实景真情,炼字琢句,运化无痕,气脉不断,章法也完全从柳词化出。"风老莺雏"化用杜牧的"风蒲燕雏老";"雨肥梅子"化用杜甫的"红雨肥梅";"午阴嘉树清圆"化用刘禹锡的"日午树阴正，独吟池上亭"；而"清圆"两字周邦彦在他的《苏幕遮·燎沉香》一词中也用过，即"水面清圆，一一风荷举"；"地卑山近，衣润费炉烟"和"黄芦苦竹，疑泛九江船"则明显来自白居易《琵琶行》"住近湓江地低湿，黄芦苦竹绕宅生"；"且莫思身外，长近尊前"，词意从杜甫诗"莫思身外无穷事，且尽尊前有限杯"中化出；末句"容我醉时眠"，用陶潜语："潜若先醉，便语客：'我醉欲眠卿可去。'"① 如此反复引用前人诗句，却如水乳交融，天衣无缝。

集句成诗成词成曲，也是一种引用。集句为诗，在宋已有，但集句为散曲应是清人徐旭旦的一个发明。他的集句套曲《步步娇·春闺》，四段三十一句引用了有唐三十一位诗人的原句，如套曲其二《江儿水》：

衾枕成芜没，相思正郁陶。圆蟾挂出妆台表，后园笑向同行道，胸前空戴宜男草。满地落花慵扫。春意阑珊，怅香闺暗老。

八句用了杜甫、李商隐、张碧、韩偓、于鹄、李洵、李后主、韦庄等八人的诗句，颇见精巧。一首小令要从许多古诗中择取成句，表达自己的意思，且浑化无痕，倘无高超的文字技巧和深厚的文学功底是不可能奏效的。应该说，集句也是一种创造性文字艺术。

---

① 《南史·陶潜传》。

空庭垂橘柚，古屋画龙蛇

——诗歌中的"成语活用"

成语是相沿习用的凝固的定型短语。它的概括、凝练、精彩，犹如陈年老酒涓滴醇香。在一定的语言环境中，为了适应语义、修辞、语音或语法上的需要，对成语的某些部分予以调整、改动，把成语拆开使用，或引申其意，或抛弃成语特定的含义，取其词面上的意义，这种"变通"的方法就是成语活用的修辞方式。

成语背后隐含的掌故，能委婉陈词，画龙点睛。活用巧用成语，会收到精练生动，妙语解颐，别有情趣的效果。苏轼"火色上腾虽有数，急流勇退岂无人"[①]，上句暗用史书《旧唐书·马周传》中书侍郎岑文本谓所亲曰"吾见马君论事多矣……然鸢眉火色，腾上必速，恐不能久耳"。用成语"急流勇退"对史典"火色上腾"，弦外有音，恰到好处。

今天不少成语出自诗词曲中的名句警言。如"柳暗花明"出自陆游《游

---

① 《赠善相程杰》。

山西村》："山重水复疑无路，柳暗花明又一村。""红豆相思"出自王维《相思》："红豆生南国，春来发几枝。愿君多采撷，此物最相思。""剪烛西窗"出自李商隐《夜雨寄北》："何当共剪西窗烛，却话巴山夜雨时。""绿肥红瘦"出自李清照词《如梦令》："知否？知否？应是绿肥红瘦。""晓风残月"出自柳永词《雨霖铃·寒蝉凄切》："今宵酒醒何处？杨柳岸、晓风残月。"同样，成语也可以引进诗词曲中，以增加语言的节奏感和音乐美。如元人马致远的小令《双调·蟾宫曲·叹世》：

咸阳百二山河，两字功名，几阵干戈。项废东吴，刘兴西蜀，梦说南柯。韩信功兀的般证果，蒯通言哪里是风魔？成也萧何，败也萧何，醉了由他。

成语"成也萧何，败也萧何"出自《容斋续笔·萧何绐韩信》，原指韩信的成败，都与萧何有关。刘邦做汉中王时，萧何推荐韩信为大将，说韩信"国士无双"。汉立，韩信被封为楚王。后降为淮阴侯。汉十一年，陈豨反，韩信派人与陈豨联系，要做内应。韩信舍人向吕后告密。吕后与萧何计，杀死了韩信。后来，人们用这个典故比喻人的言行反复无常。"成也萧何，败也萧何"在此曲中的活用，一语双关，承上启下。其引申义已成为翻手为云、覆手为雨、世态炎凉、人情反复的讽喻。

成语可以直接引用，"攀龙附凤势莫当，天下尽化为侯王"[1]，用成语"攀龙附凤"讽刺安史之乱平定时那些被封赏的官宦，实则毫无功劳可言，辛辣有力。成语也可将原始顺序予以颠倒，或增减其字数。倒置是为了协调诗句的平仄声调，"忽然富贵贪财色，瓦解冰消不可陈"[2]，成语"冰消瓦解"颠倒为"瓦解冰消"，押韵合辙。增字如"苦摇求食尾，常曝报恩腮"[3]，不只

---

[1] 杜甫《说兵马》。
[2] 寒山《诗三百三首》第三十八。
[3] 杜甫《秋日荆南述怀三十韵》。

调整了语之顺序，一个"苦"字的加入凑足了五言，强化了语意。减字如"思君带将缓，岂直日三秋"①，"一日三秋"减去"一"字，强调了思念之情。

成语还可化用。有些成语运用的频率极低，几成"死语"，而在诗人笔下，一旦为其所用，意贯其中，则死可使活。"空庭垂橘柚，古屋画龙蛇"②，"橘柚"系化用成语"厥苞橘柚"，语出《书·禹贡》；"龙蛇"系用《孟子·滕文公》所述禹"驱蛇龙而放之菹"一事。杜诗用此成语典故，浑然无迹，不作用事看，亦写出"古庙之荒凉，画壁之飞动"。诗题"禹庙"，而引用与禹事相关的成语典故，不只切题，而且"即景"中隐含禹事之辽远、思古之苍茫、慕禹之敬穆，可谓成语典故活用的经典范例。

---

① 独孤及《将赴京答李纾赠别》。
② 杜甫《禹庙》。

夜月一帘幽梦,春风十里柔情

——诗歌中的"量词移用"

量词在古代汉语语法中,包括名量词、数量词和动量词。这里说的量词移用主要是指置于名词前的数量词。为使枯燥的数量词概念变得形象生动,把用于甲事物的量词移用于乙事物的修辞方式,叫作量词移用。"山风犹满把,野露及新尝"①,山风就像花生米一样可以用量词"把"来修饰,这就使山风显得十分可爱。"江南无所有,聊赠一枝春"②,"枝"可表示"一枝花",说"一枝春",量词"枝"的移用,使人想到这花是"春花"。一枝"春花"虽则小而微,但暮春三月,江南草长,群莺纷飞,杂树生花的景象,以及折花人的清思雅情,尽蕴焉。

用名词、动词代替量词的属于量词移用中的借用。"箭"是名词,"一箭之地"

---

① 杜甫《竖子至》。
② 陆凯《赠范晔诗》。

的"箭"却成了量词，表示一箭的射程。"海水去人一弓远"[①]"见官人远离一射"[②]，前者"弓"是借用名词作量词，后者"射"是借用动词为量词，用来形容距离，与"一箭之地"意思等同。"夜月一帘幽梦，春风十里柔情"[③]，写怀想与伊人相遇、相恋与分离的经过，用名词"帘"作量词形容"幽梦"，极言从前月照满帘时，爱情的沉醉；用表示长度的量词"里"形容"柔情"，状写春风荡漾之日，十里长街的美人也无与伦比，见爱慕之钟情。两处量词移用，极言离恨相思之苦。

量词移用并非风马牛不相及，亦暗含相似点。苏轼"归来平地看跳丸，一点黄金铸秋橘"[④]，"遥望四边云接水，碧峰千点数鸥轻"[⑤]。前者一点的"点"系因秋橘小而圆，所以用"一点黄金"来比喻。后者的"千点"也不是"点"的堆砌，因为"点"和遥望的"碧峰"之间不仅在小处相似，而且还在疏疏落落方面相似。所以"千点""万点"又常常用于称量"泪"，形容颗颗珠泪滴落的样子。从量词"点"的称量关系看，"点"既可以用于称量实物的不确定量，又可以移用来称量抽象事物的"些少"的量，如"一点苦""一点乐""一点愁"等等。

王之焕《凉州词》，被誉为唐人七绝的压卷之作，其中有一个显著的特点，就是量词移用得十分到位：

> 黄河远上白云间，一片孤城万仞山。
> 羌笛何须怨杨柳，春风不度玉门关。

次句"一片"，精确概念乃言其单，如"一片药"；模糊概念乃言其众，如

---

① 杨万里《游蒲涧呈周帅蔡漕张舶》。
② 杨万里《望江亭》。
③ 秦观《八六子·倚危亭》。
④ 苏轼《送杨杰·并叙》。
⑤ 苏轼《题金山寺回文体》。

"一片花红柳绿"。"一片孤城"与"万仞山"对比,极言"孤城"春光不到。没有春光,何见杨柳;不睹此春风杨柳,听到《折杨柳》的羌笛之声,不是倍增愁思吗?由此足见征人之哀愈不可解。在唐诗中,量词"一片"因语境不同,而在移用中发生了诸多变化。如"谁怜一片影,相失万重云"①,指一只孤雁;"心事数茎白发,生涯一片青山"②,指一座青山,两联均是诗人自况,"一片"不含集体之义。"千寻铁锁沉江底,一片降幡出石头"③,"一片降幡"与"千寻铁锁"对举;"青松树杪三千鹤,白玉壶中一片冰"④,"三千鹤"与"一片冰"偶言,两联中的"一片"均极言其单。"长愁忽作仙鹤去,一片孤云何处寻"⑤,"一片"与"孤云"连文,犹言"一朵";"两岸青山相对出,孤帆一片日边来"⑥,"一片"与"孤帆"相属,犹言"一张"。而《凉州词》中"一片孤城"与"万仞山"相对,是极言其单;"一片"与"孤城"连属,亦言其单。只是这种"一片孤×"的偏正结构,作为修饰语部分的"一片孤",从语法的角度讲,是三个不同词性的独立语的叠加,"一"是数词,"片"是量词,"孤"又是形容词。从意象的角度讲,则是三个同类意象"一×""片×""孤×"的复合,数词"一",是从视觉方面取象,显出了广阔的背景;量词"片",是从触觉方面措词,感叹岁月易逝,相见不易;形容词"孤",是从心理感受方面立意,借以突出离别独处的愁思。

  量词移用,也是宋代诗人苏轼的拿手好戏,他的词《定风波》:

  莫听穿林打叶声,何妨吟啸且徐行。竹杖芒鞋轻胜马,谁怕?一蓑烟雨任平生。

---

① 杜甫《孤雁》。
② 顾况《归山》。
③ 刘禹锡《西塞山怀古》。
④ 杨巨源《酬崔博士》。
⑤ 李益《赠毛仙翁》。
⑥ 李白《望天门山》。

结句"一蓑烟雨任平生",不是说任其自然地披着蓑衣在风雨中行走,东坡怕别人误解这句话的本意,专门在词前小序中说:"(元丰五年)三月七日,沙湖道中遇雨,雨具先去"既然未带雨具,那么上句解释就不能成立。倘若从清人讽喻严子陵归隐:"当时若着蓑衣去,烟水茫茫何处寻?"以为东坡此句有"归隐江湖的含义",则未免牵强。"一蓑烟雨"中的"蓑",若作为量词移用来理解,一切疑问便涣然冰释。原来东坡此句意在凸现他顶风冒雨、吟啸自若的诗人形象,所表达的也是他面对困境、恬适裕如的高旷情怀。"一蓑雨"作为量词移用并不鲜见,唐人郑谷有"殷勤一蓑雨,只得梦中披"[1],宋人朱熹也有"昨夜扁舟雨一蓑,满江风浪夜如何"[2]。"雨一蓑"即"一蓑雨",按说"雨"是不能用"蓑"来计量的,但视为量词移用,则非常合道,苏轼除了用过"一蓑烟雨",还用过"一犁烟雨",如"一犁烟雨伴公行"[3]、"归去,归去,江上一犁春雨"[4]。两处的"一犁"都是借用名词"犁"作量词用。徐绩"恰得一犁雨,田事正火急"[5],"一犁雨"比喻"一场透雨",用来表达农事,顿添喜雨气氛。

清人王士禛《秦淮杂诗》,尤见量词移用之妙:

年来肠断秣陵舟,梦绕秦淮水上楼。
十日雨丝风片里,浓春烟景似残秋。

"十日雨丝风片里",数词"十"、量词"日""丝""片",与名词"风""雨"搭配,准确妥贴地刻画出三月暮春的时令特征。"十日""雨丝"两词形容春雨淫霖,持续时间之长,犹如春蚕吐丝,不绝如缕。"雨丝""风

---

[1] 《试笔偶书》。
[2] 《江口行舟》。
[3] 《次韵张昌言给省宿》。
[4] 《如梦令》。
[5] 《晚春和张文潜》。

片"出自汤显祖《牡丹亭》第十出《惊梦》"朝飞暮卷,云霞翠轩。雨丝风片,烟波画船",虽非王士禛所创,入此诗则显得尤为精确传神。风本无形状可寻,无色味可辨,苏洵说它"荡乎其无形,飘忽其远来,既往而不知其迹之所存",实难描绘。而诗人通过具体的量词移用,对风作用于水所表现出来的特征的描绘,生动传神地刻画出风的形状。它不就是秦淮河的片片粼波吗?这也就是苏洵所说的"是风也,而水实形之"①。至此,量词移用竟推出了这样的意境:秦淮河畔,淫雨霏霏,春风荡漾,秣陵舟船,楼台水榭,一片迷离,于是诗人便自然地推宕出结句"浓春烟景似残秋",把"浓春烟景"的江南春光视作有如"残秋"般的萧瑟,恍惚迷离,故国之思若隐若现。

---

① 《仲兄郎中字序》。

表达篇第三

表达是一种语言的艺术。表达的内涵是指生活原型、信息材料与思想情感,通过一定的方式表现出来的形式与过程。从表达要求清晰、形象、生动这一点来看,说明表达与文学形象的形式有关。而文学形象是人们在生活中的感性表现形态,表达正是这种生活形态中表现与存在的方式。如杜甫的《蜀相》:"丞相祠堂何处寻?锦官城外柏森森。映阶碧草自春色,隔叶黄鹂空好音。三顾频烦天下计,两朝开济老臣心。出师未捷身先死,长使英雄泪满襟。"从形式的角度看,它包括这首诗的语言、音韵、表达方式等。从表达的角度看,它关注的主要是诗中形象的生活原型、信息材料和思想情感是怎样通过诗中运用的生活素材表现出来的,以及这种表现的方式与特点,而双关、暗示、翻案、警策、反语、对比、排比、数代、错综、设问、白描、童趣、议论、理趣等修辞方式,正是诗歌表达的最佳手段。

东边日出西边雨，道是无晴却有晴

——语兼二义说"双关"

双关是利用字、词的谐音和多义性，给语意、意境的构成带来转换和融合，从而表达具有双重意义的修辞手法。双关语大致分为两种情况，一是谐音双关，即以语词的"声""音"的相谐相叶，使词项的内涵与外延发生向谐声叶音语词的内涵与外延转化。"春蚕不应老，昼夜常怀丝。何惜微躯尽，缠绵自有时"[1]，句中"丝"即"思"，"丝"与"思"语音相同而其意已变；二是异义双关，即语词不变，却以甲义暗代乙义。"东池始有荷新绿，尚小如钱。问何日藕，几时莲"[2]，句中"藕""莲"谐"偶""怜"（爱），都是用同音异义体现细小如钱的出水芙蓉的天真烂漫和娉婷少女的机智含蓄，从而生动地表达出怀春少妇对如意婚姻的期望。

运用双关要求作者富于机敏、睿智，因为它有时企望一石二鸟；有时又

---

[1] 南朝民歌《作蚕丝》。

[2] 张先词《系裙腰》。

有所顾忌,言在此而意在彼。如诗豪刘禹锡《竹枝词》:

杨柳青青江水平,闻郎江上踏歌声。
东边日出西边雨,道是无晴却有晴。

末两句采用民歌的惯用手法,先推出一个比兴意象:"东边日出西边雨",一边晴一边无晴。于是,"晴"不仅仅是一种修辞手法,其所构成的谐音双关,将"东边日出西边雨"与"闻郎江上踏歌声"这两种本不相关的物象联结在一个相互衬托的、有意味的整体中,这就把初恋女子在江边听到情人唱歌时那种既羞怯又热切、既满怀希望又疑虑重重的心理状态,表达的意象新警而多变,风格清新而活泼,托思含蓄而婉转。谢榛谓此"措辞流丽,酷似六朝",即指它与六朝民歌多用谐音双关语暗示男女恋情手法酷似。

又如唐代诗人孟郊《登科后》:

昔日龌龊不足夸,今朝放荡思无涯。
春风得意马蹄疾,一日看尽长安花。

三四句入木三分地描绘出诗人心花怒放、得意放荡的情态。有诗家认为偌大个长安城,春花无数,游人争观,路不畅通,怎能一日看尽?其实,此花非真花。"花"字有多义性,如花似玉的少女叫"花季少女";旧时妓院有叫"花胡同"的,里面的风流女子多了去了。孟郊这首绝句本写出了考场进青楼的狂喜之态。原来孟郊一生坎坷,屡试不售,直到四十六岁才进士及第。高中鹄的,颇出意料,诗人按捺不住心头的喜悦,于是想到花街柳巷去彻底地放松一下身心。

词用双关,古来累有经典,如南唐诗人冯延巳《谒金门》:

风乍起,吹皱一池春水。闲引鸳鸯香径里,手挼红杏蕊。　斗鸭阑干独倚,碧玉搔头斜坠。终日望君君不至,举头闻鹊喜。

"风乍起，吹皱一池春水"，个中"皱"字新鲜生动。从字面看，是将一池平静的春水喻为平铺的丝绸，轻风一起，波面微动，好似丝绸皱起。实则暗喻思夫女子当时的心情如同被风吹动的池水那样不平静。《谒金门》因此句响彻，而为一时传诵之作。据《南唐书》记载："元宗[①]乐府辞云'小楼吹彻玉笙寒'，延巳有'风乍起，吹皱一池春水'之句，皆为警策。元宗尝戏延巳曰：'吹皱一池春水，干卿何事？'延巳曰：未如陛下'小楼吹彻玉笙寒'。元宗悦。"

又如宋代词人王观《卜算子·送鲍浩然之浙东》：

水是眼波横，山是眉峰聚。欲问行人去哪边？眉眼盈盈处。
才始送春归，又送君归去。若到江南赶上春，千万和春住。

"水是眼波横，山是眉峰聚"，喻景又喻情。喻景：以秀美的眼波和眉弯比喻江南山水，极言眼神如同横流的水波，双眉蹙皱就像双峰相并，别有情致地描绘出了浙东山明水秀的迷人景色；喻情：把水比作诗人和友人因即将离别而泪流满面，把山比作两人因不忍分离而愁眉攒聚，形象地表达了朋友之间依依难舍的惜别深情。"才始送春归，又送君归去"，兼用拟人，融惜春之意和惜别之情于一体，结句在对友人的关切和叮咛中，透露了诗人对江南烟柳胜景的向往。

---

① 南唐中主李璟。

妆罢低声问夫婿，画眉深浅入时无

——意在言外说"暗示"

暗示，是借字面意义或借某一事理和现象委婉含蓄地表达言外之意的一种隐微修辞。由于"意有所寄，言所不进，理具文中，神余象外"，暗示须仰赖交际人对特定语言环境，诸如听者的社会角色、知识背景、交际目的、言语上下文等因素的准确把握。暗示者"遁辞以隐意，谲譬以指事"，目的正是要被暗示者会意。也就是说，暗示正是给解码提供线索，以便从字面的意思通过揣摩、联想、推断，辗转领会字里行间所隐含的真意。这种暗示的表现手法，在唐代诗歌中比较多见。一批诗人，甚至包括"浪漫、潇洒"的诗仙李白，他们融不进主流的繁荣，却对攀交显贵满怀渴望。如孟浩然《望洞庭湖赠张丞相》：

> 八月湖水平，涵虚混太清。
> 气蒸云梦泽，波撼岳阳城。
> 欲济无舟楫，端居耻圣明。

坐观垂钓者，徒有羡鱼情。

从题目看，知是赠予当朝宰相张九龄的一首干谒诗。颈联谓欲入宦海出仕而无人援引，故于圣明时代赋闲在家，乃觉羞耻。结句"坐观垂钓者，徒有羡鱼情"，"垂钓者"，暗指当朝宰相张九龄，而"羡鱼"者是作者自己。诗的妙处在于借用比兴即景即事，不黏不滞，由湖水写到舟楫，从垂钓引到汲引，委婉含蓄，但明眼人一看就明白其干谒之意，既表达了意思，又照顾到了双方的情面，达意深妙。清人纪晓岚谓"前半望洞庭湖，后半赠张相公，只以望洞庭托意，不露干乞之痕"①。

这种希望他人能够任用自己的诗，也叫"干禄诗"。这种"干禄"，不可过于自贬身份，措辞须要不卑不亢，不能露出一点寒乞相，也不可过分颂扬对方。中唐诗人朱庆余《近试上张水部》：

洞房昨夜停红烛，待晓堂前拜舅姑。
妆罢低声问夫婿，画眉深浅入时无？

这是朱庆余在考期临近时献给当朝水部员外郎张籍的，意在通过诗文干谒，乞其向主考官荐举，以期鱼跃龙门。此诗一出，作者遂即登科，声名远播。后世品赏此诗成功之处，不只"取境"之妙，还在于以"寄寓"的暗示手法，"假境见意"而又"旨冥句中"②，诙谐、婉转地将诗的主旨隐藏于诗文背后，使人读之心领神会。诗中，作者把自喻的"新娘"、比张籍的"新郎"、暗指主考官的"舅姑""画眉深浅"的文章火候及向张籍提出乞求等因子，悉数浓缩进这幅华艳韵好，体态温柔，风流蕴藉的画面中，而把己意留在言外。张籍一见"闺意"，深为诗情所动，遂以"寄寓"之法和诗一首《酬朱庆余》："越女新妆出镜心，自知明艳更沉吟。齐纨未足时人贵，一曲菱歌敌万金！"

---

① 《瀛奎律髓汇评》卷一。
② 司空图《二十四诗品》。

考生的赠诗写得好，考官的答诗亦应得妙，"新妆"对"画眉"，"更沉吟"对"入时无"，张大人的意思很明确：你朱庆余这样才华出众，不必为考试担心。主考官言之不谬，考生一计"洞房花烛"，果然"金榜题名"。

　　诗用暗示法，意思深藏，倘不逐字逐句破解，很难领悟。唐代诗人杜牧《赤壁》：

　　　　折戟沉沙铁未销，自将磨洗认前朝。
　　　　东风不与周郎便，铜雀春深锁二乔。

结句的用典制造了一个烟幕弹，难怪有人以为这是在讥笑周瑜以偶然的机会在赤壁取胜，若不是天赐机缘，则国破家亡，妻妾不保。如果真的这样理解，则与次句的"自将磨洗"和"认"字所表现出的对历史英雄人物的非凡业绩的心向往之的庄重态度相抵牾。黄叔灿曰："'认'字妙，怀古深情，一字传出，下二句翻案，亦从'认'字生出"[1]。原来杜牧是在运用死案活翻的手法表现他非凡的史识。杜牧知军事，好谈兵，然不为当局所重，握瑾怀瑜而不得一试，心情抑郁，愤激情绪，溢于言表。至于对周瑜的揶揄，只是在钦慕之中带有几分嫉妒，几分骥足难展的遗憾，暗中表现的仍是那种强烈的怀才不遇之感。

---

[1] 《唐诗笺注》。

诗文最忌随人后，自成一家始逼真

——另立新论说"翻案"

翻案，又叫翻意，是一种推翻前人论断另立新说的修辞方式。诗用"翻案法"，或肯定或否定或假设或反问，将人所共知的常识推倒，在一个常见的命题中，得出不同的看法，体现出所谓出位之思。王安石《乌江亭》"百战疲劳壮士哀，中原一败势难回。江东子弟今虽在，肯为君王卷土来"，是翻杜牧《题乌江亭》"胜败兵家事不期，包羞忍耻是男儿。江东弟子多才俊，卷土重来未可知"。作为政治家的王安石，从分析楚汉双方的时势入手，高屋建瓴，认定"卷土重来"之不可能。项羽"不肯过江东"，后来博得李清照"至今思项羽，不肯过江东"的赞誉，亦见王右丞的立论站得高。唐人张谓诗云："子陵没已久，读史思其贤。……名位苟无心，对君犹可眠。"[①] 是依据传统说法，赞美严子陵鄙弃名利的高风亮节。此后，虽说仁人君子都以为严子陵是个真隐士，宋人杨万里《读严子陵传》却做翻案文章：

---

① 《读后汉逸人传》。

客星何补汉中兴，空有清风冷似冰。

早遣阿瞒移汉鼎，人间何处有严陵！

因为当北宋为金所灭，南宋仍受侵逼之际，忘怀时事，置国家危亡于不顾，就是历史罪人，故而杨万里借严子陵事，一反旧说，对这种"空穴清风"的人提出谴责，表现了他的爱国主义思想。后来，明代有位耿介之士则针对严子陵隐逸真相，直揭他的老底：

一袭羊裘便有心，虚名传诵到如今。

当时若着衮衣去，烟水茫茫何处寻？

翻案手法辛辣至此，高处直摩宋贤之垒。

在中国历史文化中，汉时远嫁匈奴和番的宫女王昭君，是个惊天动地的女子形象。历代歌颂她的故事不知有多少，仅咏昭君的诗歌就有四百多首。汉元帝放走了倾城倾国的大美人后悔莫及，怪罪画师毛延寿隐瞒真容，把他杀了。清人刘献廷《王昭君》抱怨：

汉主曾闻杀画师，画师何足定妍嫫。

宫中多少如花女，不嫁单于君不知。

此类翻案诗，清以前已有不少人作过。宋代大政治家、文学家王安石就写过两首《明妃曲》，其中第一首就断然否定毛延寿索贿毁像的传言，为毛延寿叫屈，诗云：

归来却怪丹青手，入眼平生几曾有。

意态由来画不成，当时枉杀毛延寿。

上面两首翻案诗，一个为王昭君抱怨，一个为毛延寿叫屈。依笔者之见，明妃不要怨，画师也不用憋屈，倒是汉元帝应该感到羞耻。这里借校对书稿，即兴赋诗一首，权当献丑：

> 远嫁匈奴毋庸怨，纵留汉宫亦枉然。
> 羞耻应是汉元帝，万里长城凭婵媛。

运用"翻案法"，跌入一层，正意益醒，无中生有，死中求活，诗人必须解开陈陈相因的绳索，跳出迂阔古板的巢臼，翻过一层，亦必近理道通人情然后可。因此，它需要诗人的"艺胆"，更见出诗人的胸次。"行见江山且吟咏，不因迁谪岂能来"①，遭迁谪本是坏事，但惟其遭迁谪，却提供了饱览祖国大好河山的难得机会。"经年迁谪厌荆蛮，惟有江山兴未阑"②，将世间不幸事，看得如此通脱，故能上下自如，潇洒应付，虽离别而不作酸悲语。"须信春风无远近，维舟处处有花开"③，胸襟又是何等旷达。

---

① 欧阳修《黄溪夜泊》。
② 欧阳修《离峡州后回寄元珍表臣》。
③ 欧阳修《戏赠丁判官》。

两情若是久长时，又岂在朝朝暮暮

——发人深省说"警策"

警策，策，竹箠，击马鞭也；警，惊也，所以惊动也。原意言击马所以使马惊动。陆机《文赋》云"立片言以居要，乃一篇之警策"，即言以一语入众辞中若策之警马也。警策不等于警句。因为佳言隽语可脱离篇章而呈精彩，成为警句；而一篇之"警策"则赖"文繁理富"之"众辞"衬映辅佐，苟"片言"孑立，却往往平易无奇，语亦犹人而不足惊人。因此警策是指用精练的语言形式来表达富有启发性或哲理性的思想内容；或思想境界特别崇高，发人深省；或艺术境界特别优美，逗人喜爱；或用字遣词特别精彩，令人玩味。"百川东到海，何时复西归？少壮不努力，老大徒伤悲"[1]，即用百川东流入海再不西归为喻，浅出而深入地引出"少壮不努力，老大徒伤悲"的警语，诚恳直率的态度，给人以诲人不倦的谆谆之感。岳飞的"三十功名尘与土，

---

[1] 汉乐府《长歌行》。

八千里路云和月"①，用语精警，情韵不匮，既反映了他转战之艰难，又谦称建树之微薄，识度超迈。

"尚怜诗警策，犹记酒颠狂"②，古人作诗看重警策。唐代诗人王勃《送杜少府之任蜀川》：

> 城阙辅三秦，风烟望五津。
> 与君离别意，同是宦游人。
> 海内存知己，天涯若比邻。
> 无为在歧路，儿女共沾巾。

后四句一洗送别诗常见的悲酸之态，以高蹈放达的情怀，化哀惋为疏阔，化伤情为激励，化颓丧为进取，充满了诗人那种精神气度上的雄视阔步，那种青春飞扬的豁达豪迈之气。"海内存知己，天涯若比邻"一联，凭空挺起，显大家笔力，成为后人寄赠远方亲友的格言警句。宋代词家秦观《鹊桥仙》下片：

> 柔情似水，佳期如梦，忍顾鹊桥归路。两情若是久长时，又岂在朝朝暮暮。

继上片"佳期相会"，写"依依惜别"，贵在不沿袭时俗陈套，以凄婉低沉的情调作结，而是笔锋陡然一转，迸发出"两情若是久长时，又岂在朝朝暮暮"的警句。这一超尘拔俗，掷地作金石声的警世之语，为全词的点睛之笔。它道出了对人的生命中最难能可贵的情爱的哲理性思索。千百年来，它又使多少为着事业而分居两地的夫妻、情人或朋友，从哀伤中解脱出来，获得一种积极的力量，一种达观豁朗的生活态度。元人张养浩的小令《山坡羊·潼

---

① 《满江红·怒发冲冠》。
② 杜甫《戏题寄上汉中王三首》。

关怀古》：

> 峰峦如聚，波涛如怒，山河表里潼关路。望西都，意踟蹰，伤心秦汉经行处，宫阙万间都做了土。兴，百姓苦；亡，百姓苦。

"兴，百姓苦；亡，百姓苦"，以史出论，作者从对百姓朴素的感情中认识到了封建王朝、历代征战的本质，无论秦皇汉武前王今主，无论谁胜谁败谁兴谁亡，老百姓总是只有受苦的份儿！王国维谓"诗人之眼，则通古今而观之"①，张养浩正是以诗人之眼观物，故能透过现象看本质，使人不仅看到他仁爱博大的胸怀，也欣赏到他的用语精警和大气磅礴。张养浩的小令立意精警，曲短意长，忧国忧民，以史为鉴，常于浓烈的抒情色彩中迸发出先进思想的光辉，他的《山坡羊·骊山怀古》结句："赢，都变做了土；输，都变做了土！"这种大彻大悟的警句，是针对封建统治者为争权夺利而互相厮杀和夺得政权之后的奢侈行为而发的，具有强烈的批判和深刻的醒世意义。

---

① 《人间词话·删稿》。

我未成名君未嫁，可能俱是不如人

——几分嗔怪说"反语"

反语，是说反话，即字面上的意思和实际要表达的意思正好相反。老子《道德经》上所谓"正言若反"，意思就是说正面的话像在反说一样。反语被借到诗歌创作中，就是一种反言见意的艺术手法。如"彼君子兮，不素餐兮"①，字面上的意思是说"那些君子啊，可不是吃干饭的啊"，实际上是在讽刺号称君子的贪官污吏们不劳而获，靠剥削穷人为生。反语的表现手法往往带有几分愤激，几分嗔怪，几分讥刺，几分嘲讽的口吻。譬如《敦煌曲子词·望江南》：

天上月，遥望似一团银。夜久更阑风渐紧，为奴吹散月边云，照见负心人。

---

① 《诗经·魏风·伐檀》。

词中女子的心上人久出不归，音讯杳无，思念、担心、猜疑、怨恨都在情理之中。在这"夜久""更阑""风紧"时刻，独守空闺的她，却不知心上人是凶是吉是乐是忧，还是负情忘恩而另有新欢？于是突发奇想，愿借夜风吹散那月边的幽云，"照见"远在他乡的"心上人"，好让他从明镜之中照照这个害她朝思暮想、凄凄惨惨的"负心人"到底怎么样。倘若他没负心，也好让他晓得"妾心如明月"；倘若他已负心，也要让他在这皎洁的月光下，为自己的丑行而惭愧。这样，主人公的感情脉络必然使其由挚爱的思念发而为思念中的幽怨、猜疑，以至爱恨交加，最后迸出一句深情而有怨恨的话语"为奴吹散月边云，照见负心人"，言之怨，正可见其思之切，爱之深，恨之重。

又如唐人罗隐《嘲钟陵妓云英》：

钟陵醉别十余春，重见云英掌上身。
我未成名君未嫁，可能俱是不如人。

"重见云英掌上身"，轻如赵飞燕，能作掌上舞，可谓风流灵巧。为下一句"我未成名君未嫁"铺垫、蓄势，有惊世之才干者而不得功名，有绝世之姿色者而未得嫁娶，入骨之痛却出以俏皮话"可能俱是不如人"，看似是对自己人生困蹇的释怀，实则作反语出之，更显沉痛。

再如元人白朴的小令《仙吕·寄生草·饮》：

长醉后方何碍，不醒时有甚思。糟腌两个功名字，醅渰千古兴亡事，麹埋万丈虹霓志。不达时皆笑屈原非，但知音尽说陶潜是。

小令劝人饮酒忘忧，感伤于心，佯狂于外，读来别具韵味。

醉也好，睡也好，人生毕竟醒时多，醉时少。醉中"无碍"醒时"碍"，梦中"无思"醒来"思"，说是"无碍"道是"无思"，恰恰说明"心病"正在于此。"不达时皆笑屈原非，但知音尽说陶潜是"，作反语，落笔点睛。表面上看是将屈、陶分开来，一"是"一"非"，一为"知音"，一为"不达",殊不知不求显达而作隐逸君子,并非作者本意。遭逢离乱的白朴,既有淡泊名利、宠辱不惊的出世之心,又有乐观明智、健全实用的入世之道。处于这种入世和出世的极为复杂的思想矛盾之中,是非界限有时是倒置的,"知荣知辱牢缄口,谁是谁非暗点头"[①],这种貌似旷达,实含酸痛的曲语,正表现了作者思想上的矛盾和感情上的痛苦。

---

① 白朴《中吕·阳春曲·知几》。

朱门酒肉臭，路有冻死骨

——黑白分明说"对比"

对比，又称对照，是两种相互对应的事物或同一事物的不同方面并列对比的修辞方式。诗歌中的对比，主要是通过对人物形象、情节线索、场面气氛等方面的对比来加强艺术感染力，从而在比较的过程中使主体的情怀袒露出来。因此，它并不强调语言形式上的对称。"朱门酒肉臭，路有冻死骨"①，个中"臭"字作"香"解，如《易·系辞上》："同心之言，其臭如兰。"朱门的"酒肉臭"与路边的"冻死骨"一比照，咫尺之间，荣枯差别至为鲜明，其"弦外之音"，旨在用贫富悬殊的形象对比，揭示封建社会的本质特征。"遍身罗绮者，不是养蚕人"②"十指不沾泥，鳞鳞居大厦"③，也是运用对比手法，悲劳者之无获，愤逸者之徒取。《蚕妇》《陶者》与唐人谚语"赤脚人趁（逮）

---

① 杜甫《自京赴奉先县咏怀五百字》。
② 宋人张俞《蚕妇》。
③ 《酬乐天扬州初逢席上见赠》。

兔，著靴人吃肉"及孟郊《织妇词》："如何织纨素，自著蓝缕衣"，在对比和寓意上属于同一思致。

对比是一个古老的辞格，早在《诗经》和乐府民歌中就广为应用。如《诗·小雅·采薇》末章：

> 昔我往矣，杨柳依依。
> 今我来思，雨雪霏霏。
> 行道迟迟，载渴载饥。
> 我心伤悲，莫知我哀！

诗以对比的手法，痛定思痛，悲苦之情感人至深。前两联中的"杨柳依依"的温馨轻柔，与"雨雪霏霏"的寒冷凌厉形成鲜明的对比。统观四句，作者将时序之"今——昔"，物候之"柳——雪"，人生之"往——来"剪辑融汇，创造出超越现实的典型画面。同一个"我"，但有"今昔"之分；同一条路，却有"冬春"之别，而这一切又都在这一"往"一"来"的人生变化中生成。情以物牵，辞以情发，对比在这里容纳了人生的深沉感慨，从而使读者能在更高的审美境界上去体验人生的奥秘。这种以今昔不同景象来体现时空变换的表达方式被后人广泛追摹，曹植"昔我初迁，朱华为希。今我旋止，素雪云飞"；杜甫"去时里正与裹头，归来头白还戍边"，无不受其启发。诗人抒怀，亦惯用对比手法，如唐代诗豪刘禹锡《乌衣巷》：

> 朱雀桥边野草花，乌衣巷里夕阳斜。
> 旧时王谢堂前燕，飞入寻常百姓家。

这首吊古诗，通过古今对比表现昨盛今衰、沧海桑田的无限感慨，凸现历史的强烈反差：当年车水马龙的朱雀桥边滋蔓着杂草野花，名流云集的乌衣巷也在夕阳的残照中显得格外凄凉；昔日王、谢家的甲宅府第留下的残垣断壁，已变成寻常百姓的栖息之所……接下两句，作者独出心裁，设使"飞燕"

穿越时空隧道,从四百年前的王谢堂飞到今日的寻常百姓家,联系古今,绾起盛衰这两个极端,实象与虚象的鲜明对照,遂使此诗超越寻常畦径,托兴空灵玄妙,悬想凄婉动人。刘禹锡善在对比中抒怀,他的"沉舟侧畔千帆过,病树前头万木春",在"沉舟"与"千帆过""病树"与"万木春"的鲜明对照中,既包含着诗人对岁月流逝、世态变迁的慨叹,又以乐观旷达的人生态度展望未来。同时,兼以"沉舟""病树"自喻,以"千帆过""万木春"暗含对复出充满信心。这种格调明朗高昂的诗句体现的正是中华民族积极向上的伟大精神。

词用对比手法抒写真情实感,多婉约凄绝之作。南唐后主李煜从帝王之尊而沦为阶下囚,其词作常用对比手法吟唱自己既不甘屈辱而又无可奈何,唯有追怀故国之欢愉,悲怨现实之孤寂。比如他的《虞美人》:

春花秋月何时了?往事知多少。小楼昨夜又东风,故国不堪回首月明中。雕栏玉砌应犹在,只是朱颜改。问君能有几多愁?恰似一江春水向东流。

全词八句,四度对比,映照呼应,血脉贯通,对照奇绝,唱叹生辉。"春花秋月何时了?"一无依傍,劈空而来,这深沉的一问,问得荡气回肠,不知所终。"往事知多少"则一下子转到现实中来——以往的一切拥有都在亡国的倾刻间化为乌有,残酷的现实与自然永恒的哲理,对照鲜明,刻骨铭心。接下来的"小楼昨夜又东风"与"故国不堪回首月明中"两句,以又一年催放春花的东风,照耀不眠之人的明月,表达了亡国之君对永世别离的故国的不可断绝的怀念之情。浩荡的东风,高悬的明月与失去的故国,对比愈鲜明,失去家国的感情波涛愈加激荡。

上片的两度对比,把写景抒情融为一体,并在"不堪回首"中勾搭出下片:"雕栏玉砌应犹在,只是朱颜改","雕栏玉砌"与人面"朱颜"的对比,顿现人的容貌变化之速,令人不胜叹惋。结句用"问君能有"的疑问句带出"几多愁"的呼号,再于"一江春水向东流"的广袤无垠的景色之前,以"恰似"之强音领起,情景相生,唱叹相应,使读者在浓烈的抒情气氛中深深地领悟人生无常,那流动的江水一泻千里,正是不尽的悲哀,千古的绝唱。

花无人戴，酒无人劝，醉也无人管

——句似重出说"排比"

  排比，是用三个或三个以上内容关联、结构相似、语气一致的短语或句子接连表述出来的修辞方式。排比的形式通常有词组排比、句子排比和段落排比。因比较多见的是句子排比，所以排比又叫排句。排比以形式立格，结构流畅，语言整饬，气势畅达，句似重出，意却层深，常在民歌与词曲中作为一种传情达意的艺术手段频繁运用。如《木兰辞》写木兰凯旋时：

    爷娘闻女来，出郭相扶将；
    阿姊闻妹来，当户理红妆；
    小弟闻姊来，磨刀霍霍向猪羊。

正是这一连串的排比句，使花木兰胜利归来与家人团聚的喜悦之情得以充分地表现出来。又如宋人黄公绍《青玉案》：

> 花无人戴，酒无人劝，醉也无人管。

写词人于黄昏后解鞍归来，虽有鲜花，却无人佩戴，以酒浇愁，又无人把盏，醉后更无人照看。三句排比来得奇妙，凄楚幽怨之情如江水逼来。

词中何处安顿排比句为宜，与词调的特点相关，如宋人晁补之《忆少年·别历下》上片：

> 无穷官柳，无情画舸，无根行客。南山尚相送，只高城人隔。

五句两仄韵，起首连用三个四字句，正好安顿排句。晁氏于宋哲宗绍圣元年（1094）六月出知济州，次年二月因元祐党籍，贬应天府通判。"无穷""无情""无根"三个四字排句，写尽宦途奔波、行踪不定的无限感慨。后世用此调，习以排比起首为常。如曹组《忆少年》上片：

> 年时伴酒，年时去处，年时春色。清明又近也，却天涯为客。

"行香子"双调六十六字，前后结都是"四三三"句式，最宜安顿领字带起的短句排比。苏轼《东坡乐府·行香子》七首，其中四首即作如此选择，如《过七里濑》有，"过沙溪急，霜溪冷，月溪明"，"但远山长，云山乱，晓山青"；《丹阳寄述古》中"向望湖楼，孤山寺，涌金门"，"有湖中月，江边柳，陇头云"；《述怀》中"叹隙中驹，石中火，梦中身"，"对一张琴，一壶酒，一溪云"；《病起小集》中"但一回醉，一回病，一回慵"，"任酒花白，眼花乱，烛花红"。他人所作，亦多类此。如辛弃疾《行香子·归去来兮》："奈一番愁，一番病，一番哀"，"算不如闲，不如醉，不如痴"；秦观《行香子·树绕村庄》："有桃花红，李花白，菜花黄"，"正莺儿啼，燕儿舞，蝶儿忙"。张先《行香子·舞雪歌云》："更巧谈话，美性情，好精神"，"奈心中事，眼中泪，意中人"。歇拍与结拍的排比艺术几成《行香子》的眼目和亮点。虽限于才情、胸次的差别，未必都能出色，但如果放弃排比，情意的张力势必大为减弱，词气也易因之而松弛、疲钝。

一声何满子，双泪落君前

——多义之美说"数代"

数代，是撇开数词的本义，利用音和义不统一而赋予新义的一种灵巧的修辞方式。由于运用数量词，与讲究概念和逻辑的数学、物理难脱干系，从文学、特别是诗歌的角度看，似乎是单调、枯燥、浅白、直露的。其实不然，诗人之笔仿佛是童话中的一根可以使沙漠涌出绿洲的魔杖，那些经过精心选择提炼的数量词，在它们的驱遣之下却可以产生结构整饬、音节和婉、生动有趣的诗情。"一寸二寸之鱼，三竿两竿之竹"[①]，以轻活之笔，写眼前之景，前人称之为"读之骚逸欲绝"。"十有九人堪白眼，百无一用是书生"，清人黄景仁《杂感》中的这两句诗，写的是封建文人对自身与群体命运的终极体认。由于作者运用数代的修辞手法，立时成了警语，引发日后无数不遇才人的共鸣，成为黄景仁诗作中最早为人传诵的名句。其后有人模仿词句情调吟道："涉世漫嫌多冷眼，穷途犹幸作闲人。"因无警语新意，很少有人知晓。数代的

---

① 庾信《小园赋》。

功效由此足见一斑。

数代入诗，唯在当用善用，方无呆板之病。《四溟诗话》卷二云：

> 李林甫《璃岳应制》曰："云收二华出，天转五星来。十月农初罢，三驱礼后开。"两联皆用数目字，不可为法。王摩诘《送丘为》曰："五湖三亩宅，万里一归人。"此联叠用数目字，不可为病也。

李诗堆垛数字，唯应属对之需。而王句"五湖""三亩"之比、"万里""一人"之对，中含无穷感慨，可谓妙用。

在汉语言的运用中，从类别上说，数可以作为任何含数性事物或关系的借体，"烽火连三月，家书抵万金"，"三"与"万"两个数字的精巧配对，相互映衬，使此联所涵盖的内容显得更加深刻丰富：从写战争的旷日持久到亲人的颠沛流离，简洁地诉说了诗人对动荡不安局势的关注，对风雨飘摇中社稷的深沉忧虑，以及对远在他乡的亲人的深切怀念。"故国三千里，深宫二十年；一声何满子，双泪落君前"[①]，句句运用数代，蕴含丰富，寄托遥深。"三千"谓宫女离乡之遥，"二十"言宫女幽居之久，两个数目字凝聚着宫女悠悠怀乡之意，绵绵思乡之情，"一""双"更是字字情深，只需"一声"，便"双泪"零零，足见宫女处境之凄惨，积怨之深重。四个数词，前两个是虚数，后两个是实数，虚数为实数铺垫蓄势：若无"三千"之遥，"二十"之久，何来"一声"之怨，"双泪"之悲？实数又为虚数立魂点睛：若非"一声""双泪"，那"三千""二十"也就平淡无奇了。诗人巧用数代，虚实相生，使这个在宫中受尽煎熬的老宫女，一声悲歌双泪齐落，蓄积心底的千愁万恨，不可遏止地迸发出来。

数词，在中国学术史上，还和六艺一样是门独特的艺术。比如说到一，人们会想到"道"，想到太乙，即那个大宇宙。说到二，也都明白是指阴阳相对的天与地、男与女、昼与夜、日与月等等。说到三，会联想起天、地、

[①] 张祜《宫词》。

人之三才，四是春夏秋冬之四时，五是金木水火土之五行，十五是指月圆时刻的大道之日。也就是说，此时的数字已不是单纯的数量词，而是像锅碗瓢盆一样，是具有所代功能的名词。因此，在诗家眼中，数是构成唐诗宋词元曲气质体魄的文化基因。中国诗歌因此而沾溉着数文化的意蕴与精神，是数文化的诗化，也是诗的数化。干巴巴的数词，一旦被诗人以不同方式引入诗词中，便会因为数词的量化、对照等功能，产生特殊的审美趣味，发挥独到的表现力。初唐四杰之一的骆宾王就偏爱在他的诗中以数词反应生活，如"山河千里国，城阙九重门……秦地重关一百二，汉家离宫三十六""一朝殊默语，千里易炎凉""山形类九折，水势急三巴""薄宦三河道，自欺十余年""五霸争驰千里马，三条竞骛七香车""漫道烧丹止七飞，空传化石曾三转"等等。史传：边塞诗人高适任两江观察使时，一次去台州巡视，路过杭州清风岭，兴之所至，在下榻的禅房写下了一首诗："绝岭秋风已自凉，鹤翻松露湿衣裳，前村月落一江水，僧在翠微角竹房。"高适虽对自己的这首诗十分陶醉，但在途经钱塘江、正值月落之时，他察觉江水随潮而退，只剩半江，才知前句"月落一江水"欠妥。返程，当高适特地赶到原处欲改此句时，僧人告诉他："月前有一宦过，读此诗后称此诗佳矣，但'一'字不如'半'字，他改动后便走了。"后来查询，高适才知改诗的人竟是被誉为"算博士"的骆宾王，至为叹服。

诗用数代的例子不少，词用数代的经典尤多。例如宋人周邦彦《苏幕遮》中的名句"水面清圆，一一风荷举"，"一一"两字把满地的荷花都化成了形影纤劲的水墨画景，斜出旁逸，风致绰约，融于一片，又不失舒朗。若试以"一一"换作表述意义相近的"满池"——"水面清圆，满池风荷举"，拥挤之态立时大煞风景；而换成更为接近的"枝枝"——"水面清圆，枝枝风荷举"，不仅难以产生原句的韵味，荷花之间原有的虽则清疏却浑然一体的感觉，便消失得无影无踪。

小令用数代亦不让唐音宋调，如元人徐再思《双调·水仙子·春情》：

九分恩爱九分忧，两处相思两处愁，十年迤逗十年爱。几遍成几遍休，半点事半点惭羞。三秋恨三秋感旧，三春怨三春病酒，一世害一世风流。

小令写少男少妇爱恋中或成或休、或甜蜜或愁怨的心理,运用大量数量词组成各种类型的对句,使得全曲具有一种急促繁沓的节拍,与主人公那种复杂的心情相吻合,颇见工巧。又如他的另一首《双调·水仙子·夜雨》:

一声梧叶一声秋,一点芭蕉一点愁。三更归梦三更后。落灯花,棋未收,叹新丰孤馆人留。枕上十年事,江南二老忧,都到心头。

写旅人羁思,虽多用数代,但语言自然流走,感情深挚动人。明人王世贞《艺苑卮言》中称赞开头三句为"情中紧语";清人李调元《雨村曲话》则谓这几句"人不能道"。

自别后遥山隐隐，更那堪远水粼粼

——参差其辞说"错综"

错综，又称错落。在语言表达中为了克服呆板单调，使之活泼而富于变化，故意把本来重复或整齐匀称的语句写得参差不齐、错落有致，这种修辞方法叫做错综。诗歌创作，诗人常常通过回忆、联想、梦境、幻觉以及音韵的变化等手法，造成时间空间的多重跨度的跳跃转换，抑扬顿挫，回环吞吐。"自别后遥山隐隐，更那堪远水粼粼"[①]，"遥山隐隐""远水粼粼"，声韵为平平仄仄、仄仄平平，安排错落有致，和谐悦耳，优美动听，"遥"和"远"，义同字不同，尤见工力。

词曲，因其句法参差不齐，为错综手法的运用开了方便之门。宋代词家周邦彦《少年游》：

朝云漠漠散轻丝，楼阁淡春姿。柳泣花啼，九街泥重，门外燕飞迟。

---

① 王实甫套曲《十二月过尧民歌·别情》。

而今丽日明金屋，春色在桃枝。不似当时，小楼冲雨，幽恨两人知。

小令意脉比起单纯的顺或逆，显然多了一层曲折顿挫。开篇"朝云漠漠"等未作任何时间性提示的描写，按常理应是当下之景。待过片读到"而今"两句，方知上片所写全是过去。然而意脉并没有在"而今"终结，忽然又回到从前——那冒雨相会又抱恨分别的苦恋。本来可以把"小楼冲雨，幽恨两人知"紧接上片之后，词人却把它安排在金屋藏娇的同居生活之后，这就增添了往复变化，"不似当时"，通过比较、对照，指出眼前无忧无虑地生活在一起反倒不如当年那种紧张、凄苦、怀恨而别、彼此相思的情景来得意味深长。

又如宋人吴文英《踏莎行》：

润玉笼绡，檀樱倚扇，绣圈犹带脂香浅。榴心空叠舞裙红，艾枝应压愁鬟乱。　　午梦千山，窗阴一箭。香瘢新褪红丝腕。隔江人在雨声中，晚风菰叶生愁怨。

词感梦怀人，乍读并不好懂。因为历来作词都讲求章法、句法、字法，在运意布局方面要求脉络清楚、前后贯穿、层次井然。但从错综手法观之，"读上段，几疑真见其人矣，换头点睛，却只一梦"[①]。这是逆入，是倒叙，"午梦千山，窗阴一箭"，即已点出梦醒，接下来应该写醒后，却又拉回梦境，"香瘢"一句写梦中情人的形象，"隔江"两句再从梦境回到现实，给人以迷离惝恍、似是而非的感觉，正如晃动于水波之间的天光云影，是那样不可接近而又难以捉摸；正是这种可望而不可即的朦胧意境，使人在期待和寻觅的悬念中获得了美的享受。

---

① 陈洵《海绡说词》。

不知细叶谁裁出？二月春风似剪刀

——明知故问说"设问"

  设问，是明知故问，疑而叩问，自问自答；或藏问于答，问而不答，有意引起人们关注和思索的一种修辞方式。"不知细叶谁裁出？二月春风似剪刀"[1]，是明知故问，将初春时柳叶萌生之因果关系作微妙的联想，逸趣横生。"春花秋月何时了？往事知多少"[2]，是疑而叩问，即把无尽的感念和疑虑都蕴藏在整个词境中。"问西湖昔日如何？朝也笙歌，暮也笙歌；问西湖今日如何？朝也干戈，暮也干戈"[3]，前后两句是自问自答，于设问中把今昔两种景象作了鲜明对比，饱蕴沧桑之感。"松下问童子，言师采药去。只在此山中，云深不知处"[4]，这种藏问于答，虽说问也没问出什么结果，但这不要紧。因

---

① 贺知章《咏柳》。
② 李煜《虞美人》。
③ 明人汤式《天香引·西湖感旧》。
④ 贾岛《寻隐者不遇》。

为像这种"寻隐者不遇"的事,遇见自然好,遇不见,亦不失为一次"闲行"的经历。何况隐者本来行踪不定,访者未必抱有必遇之心。不遇,反而可以增添一份思念与想象,在静默之中咀嚼友情的温暖,翘首企盼隐者归来的同时,还可以细品山中之奇趣,感悟时节之变化。徘徊寻觅之间,若有所失,又复有所得。悠然会心之处,正是诗心显露之时。

运用设问手法,能引起读者注意,启发读者思考,突出主题,强调观点,抒发感情,渲染气氛,加强语势,兴起波澜的艺术效果。项羽《垓下歌》"虞兮虞兮奈若何"的设问,不只强化了气氛,而且使主人公在无限绝望中夹杂着一丝渺茫的希望,希望又渺茫。"云横秦岭家何在?雪拥蓝关马不前"[1],设问与直叙,一起一落,掷地有声,情感凄然。若都做平叙,则悲歌之慨,义烈之气,无所显矣。

设问的经典例子,如唐代诗人崔颢《长干曲四首》(其一、其二):

> 君家何处住?妾住在横塘。
> 停船暂借问,或恐是同乡?

> 家临九江水,来去九江侧。
> 同是长干人,生小不相识。

两首乐府旧题写男女相悦,用停船借问,自道乡贯,声态并作,用笔之妙,若环无端。前首开篇写女子发问:"君家何处住?"未等对方回答,即自报家门:"妾住在横塘"。接着"停船暂借问"娇憨天真,然未等对方答话,又以探询的口吻再问:"或恐是同乡?"若是同乡,不就可以自然而然地结伴而行吗?王夫之称赞此诗"墨气所射,四表无穷,无字处皆其意也"[2]。刘辰翁云其"只写问语,其情自见"[3]。后一首是男方紧紧围绕女方提问,温情

---

[1] 韩愈《左迁至蓝关示侄孙湘》。
[2] 《姜斋诗话》卷二。
[3] 《唐诗选脉会通》。

作答，"同是长干人，生小不相识"①，答语中既隐含了一丝相见恨晚的遗憾，又透露了几分萍水相逢、巧遇乡亲的欣喜。"动人春色不须多"，这一问一答，语在有意无意间，交织了水边泽畔人家儿女特有的陌生与熟悉。

又如唐代诗人杜牧《题桃花夫人庙》：

细腰宫内露桃新，脉脉无言几度春。
至竟息亡缘底事？可怜金谷坠楼人。

有人说，小杜的这首绝句是以坠楼人"绿珠反抗孙秀的掠夺，跳楼自杀"，来反衬息夫人的"苟且偷生"，这种理解显然忽略了设问的修辞作用。据《左传》载，楚王听说息国君主夫人长得漂亮，遂发兵灭息，掳息夫人进楚宫，后生二子，但她始终不"共楚王言"。可知息夫人除了肉体受到侵害之外，精神上也蒙受了巨大的痛苦，"纵不能死，其又奚言"，故息夫人的"不言"生不如死，与绿珠的"自杀"，在反抗这一行为上并无差异。小杜是在感叹息夫人的身世，同情她的遭际，一句设问便对荒淫无耻的楚王、孙秀之辈为攫取美色的不择手段进行揭露。杜牧的咏史诗惯用"设问"手法。如"借问春风何处好？绿杨深巷马头斜"②，"至竟江山谁是主？苔矶空属钓鱼郎"③，"潜销暗铄归何处？万指侯家自不知"④，"君看陌上谁人墓？旋化红尘送马蹄"⑤，"何物赖君千遍洗？笔头尘土渐无痕"⑥。，杜诗不独七绝有问，七律中亦有"一

---

① 长干人，即长干里人。"长干"与前者"横塘"属同一乡贯。横塘在今南京城西南，三国时吴国在靠近长江的秦淮河南岸筑河堤而成，亦称南塘。从地域上说，就在长干里一带。这里早在秦、汉、六朝时就繁华起来，当地乡民以舟为家，风里来雨里去，靠营运为生。

② 《闲题》。

③ 《题横江馆》。

④ 《题村舍》。

⑤ 《春日古道傍作》。

⑥ 《池州清溪》。

曲将军何处留？连云芳树日初斜"[1]。五绝中有"美人何处在？明月万山头"[2]。五律中有"秦原在何处？泽国碧悠悠"[3]。这些诗句都是后一句给前一句"设问"，以委曲、含蓄、自然的形象巧妙作答。

---

[1] 《街西长句》。

[2] 《有寄》。

[3] 《晓望》。

劝君更尽一杯酒，西出阳关无故人

——纯用口语说"白描"

　　白描，本是绘画的一种技法，被借用到诗歌创作中，则指不事文饰，不用典，不加渲染烘托，用简练质朴的语言绘景、状物、写人，勾画出事物的轮廓，把握其神韵的一种朴实平淡的表现手法。白描并非平铺直叙，同样要伴以鲜明的形象。白描又要求在清新自然中不落俗套。同是贾岛之作，"独行潭底影，数息树边身"[1]，虽苦心经营，则不免做作；而他的"秋风吹渭水，落叶满长安"[2]，却显得自然优美；同是谢灵运的一个联句"池塘生春草，园柳变鸣禽"[3]，前句自然流利，后句则不免别扭。白描也不是单纯的表现技巧问题，它需要诗人深入生活，提炼思想，长于造境。"衣带渐宽终不悔，为伊消得

---

[1]《送无可上人》。
[2]《忆江上吴处士》。
[3]《登池上楼》。

人憔悴"①，虽是白描，却凸现"古今之成大事业大学问者"的执着追求；"斜阳外，寒鸦数点，流水绕孤村"②，这孤寂、冷落、凄凉的意境亦见白描之工。

诗用白描，其类型大致有三：

物态白描，即物象景观的主要特征，传神写照。请看初唐诗人王绩《野望》：

> 东皋薄暮望，徙倚欲何依。
> 树树皆秋色，山山唯落晖。
> 牧人驱犊还，猎马带禽归。
> 相顾无相识，长歌怀采薇。

用白描淡抹的手法写秋晚即目所见家乡山野景象，抒发乱世的苦闷，出路的彷徨，孤独的伤感，无望的怅惘。艺术表现手法上摆脱了南北朝雕饰华艳的陋习，以质朴自然见长。颔联写薄暮中的秋野静景，互文见义，山山、树树，一片秋色，一抹落晖，萧条、静谧，触发诗人彷徨无依之感；颈联在静谧的背景上化静为动，牧人与猎马的特写，带着牧歌式的田园气氛，朴素直白中含蕴着奇特优美的旋律与隽永悠长的诗情。

事态白描，即以质朴无华的语言如实地描述事态的进程，令人如临其境，如历其事。唐代诗佛王维《送元二使安西》：

> 渭城朝雨浥轻尘，客舍青青柳色新。
> 劝君更尽一杯酒，西出阳关无故人。

末两句借尊前席上劝酒辞别，纯用白话，十四字一气贯注，明心见性，情深意婉，包蕴丰富。"劝君更尽一杯酒"，诗人不会泪洒悲叹，没有执袂劝阻，而是把对朋友的依依不舍、担忧、关切以及未来再难重聚的悲伤都注入这杯酒中。

---

① 柳永《蝶恋花》。
② 秦观《满庭芳》。

"西出阳关无故人",极言朋友远去,再也不得一见,把所有的交情都和着这最后一杯酒喝下去吧。送友送得淡然、洒脱却又是那样深情,难怪清人赵翼说:"王摩诘'劝君更尽一杯酒,西出阳关无故人',至今犹脍炙人口,皆是先得人心之所固然也。"[1] 王维的诗"词秀调雅,意新理惬。在泉为珠,着壁成绘。一字一句,皆出常境"[2],最见白描之工。

情态白描,即把诗中人物的神态举止,万方仪态惟妙惟肖地展露无遗。晚唐词人温庭筠《梦江南》其一:

梳洗罢,独倚望江楼。过尽千帆皆不是,斜晖脉脉水悠悠。肠断白蘋洲。

作者熟练地把握词的抒情特点,把人物描写与自然景物融为一体,心理刻画细腻逼真,语言表达简洁凝练。全词运用白描,并借助渲染、烘托、幻化等艺术手法,把一位愁绝的蝉鬓美人由"盼"而"盼极",由"盼极"而"怨",由"怨"而"伤心""失望"的情感发展变化历程表现得空灵疏荡,情韵隽永。

南唐后主李煜摹状人物情态,常常善用最简练的笔墨,不加烘托,便勾勒出鲜明生动的人物形象。如他的艳情词《一斛珠》:

晚妆初过,沈檀轻注些儿个。向人微露丁香颗。一曲清歌,暂引樱桃破。　罗袖裛残殷色可,杯深旋被香醪涴。绣床斜凭娇无那;烂嚼红茸,笑向檀郎唾。

歌女精心打扮,却又不是浓施粉黛;在情人面前妖媚地吐出舌头,歌唱时轻绽樱桃小口;饮酒也是一副撒娇的神态,那酒湿了衣袖、污了口唇也满不在乎;微醉时便娇困地斜靠在绣床上,把口中的红茸嚼嚼,淘气地笑着吐向自己心

---

[1] 《瓯北诗话》卷十一。
[2] 殷璠《记事》。

爱的情郎。如此白描，娇稚天真，动生于情，真切地刻画出一个妩媚娇憨的歌女形象。作者抓住女人的性感部位——樱桃小口，句句写嘴，细腻的描摹，着力表现歌女那娇弱的神态和无限的柔情。既含蓄又巧妙地吐露了词人与歌女间的隐情，表现了他对女色的沉醉与欣赏。

最喜小儿无赖，溪头卧剥莲蓬

——绝假纯真说"童趣"

童趣，是成人童心未泯，用孩子的心理感受外物，用儿童的眼光观察世界，并通过其言行饶有情趣地表达一种"绝假纯真"的无忌之言的修辞方式。明人李贽说"至文出于童心"[1]，童心者，赤子之心也。唯此纯真无染的赤子之心，能以自然之眼观物，以直观去领受世界，始得妙手造文。

诗中童趣，如观万花筒，逗人喜爱。请看唐代诗人贺知章《回乡偶书》其一：

少小离家老大回，乡音无改鬓毛衰。
儿童相见不相识，笑问客从何处来。

后两句意趣飞动，别开境界。大半辈子在异乡为客，没想到年迈之时回到老家被当作"稀客"，作者心里又该是何滋味？这首绝句的妙处就在于抓住了

---

[1] 《焚书》卷三。

生活中的偶发事件，借用小儿的稚笑和无忌的童言，饶有趣味地表达出故人旧地反成陌客异乡的沧桑之情，遂成后世游子还乡的口头禅。

宋人辛稼轩词亦喜用童心表现意趣，如《清平乐·村居》：

茅檐低小，溪上青青草。醉里吴音相媚好，白发谁家翁媪？
大儿锄豆溪东，中儿正织鸡笼；最喜小儿无赖，溪头卧剥莲蓬。

词从作者醉意朦胧的眼中扫视农村中老与幼的生活侧面，诗意盎然。作者迤逦行至村头，走近村舍茅檐，听到亲切悦耳的方言土语，才发现这一家的成年人都已下地劳动，只有一对老者留在屋前家长里短，不禁发问："这是谁家的老人呢？"过片转入一个饶有情趣的场面。孩子们的耕读、游戏。结句"最喜小儿无赖，溪头卧剥莲蓬"这一嬉戏玩耍的情节，别有意趣。小儿无忧无虑的形神，活灵活现地从一个侧面展现了充满生机、和平宁静而又朴实安乐的农村生活场景。

以童心写童趣，情节简约，一气贯通，活泼灵动，煞是可爱，如明人徐渭《题风鸢图》二首[①]：

春风语燕泼堤翻，晚笛归牛稳背眠。
此际不偷慈母线，明朝辜负放鸢天。

偷放风鸢不在家，先生差伴没处拿。
有人指点春郊外，雪下红衫就是他。

其一：河堤上，春风拂拂，莺歌燕舞。晚归的牧童躺在牛背上，口里吹着笛子，心中却想着回家怎样才能偷着妈妈的针线。因为若不抓住机会，明天放不了

[①] 题中"风鸢"又名"纸鸢"。因引线乘风而戏时，鸢首以竹为笛使风入，作声如筝，宋以后多呼"风筝"。

风筝,岂不辜负了好天气。诗人童心犹在,故能把儿童的心理活动描绘得真切动人。其二:一个小孩为着放风筝逃学了,先生派人去找,孩子不在家。后来有人指点,在郊外放风筝的一群娃娃中,积雪的田埂下穿红衫的就是他。"雪下红衫",一目了然,小家伙被抓个正着。

古今多少事，都付笑谈中

——托之情事说"议论"

议论，是以论事说理的方式评论是非曲直，陈述己见的一种修辞方式。诗中议论，贵在主之以情，寓之以象，托之以事，而以含蓄不露为高。"夕阳无限好，只是近黄昏"①，这种高度概括的议论，是对夕阳美的热烈赞颂，折射出诗人百折不回，历经劫难而弥坚的铮铮傲骨，是理语，亦是情语。"莫道桑榆晚，为霞尚满天"②，亦是类似的晚年颂歌。它激励凡夫俗子了解人生，发奋有为，力求使自己的生命尽量多地焕发光彩。

"宋人以文为诗，主议论"，但诗中发议论，并不始于宋代。"诗三百"中"二雅"即无处不发议论。唐人诗作亦多议藏于事，论挟乎情。"醉卧沙场君莫笑，

---

① 李商隐《乐游原》，这两句议论，在理解上多有歧义，有人将"只是"作为"只不过"讲，认为蕴含着作者对时光如梭的叹惋：其实，在古代，"只是"本来写作"衹是"，意即"止是"，因而乃有"就是""正是"之意，两句实则为因果的倒装句，意思是说：正是因为黄昏时刻，夕阳才这样地好看。

② 刘禹锡《酬乐天咏老见示》。

古来征战几人回"①;"劝君更尽一杯酒,西出阳关无故人"②;"羌笛何须怨杨柳,春风不度玉门关"③;"但使龙城飞将在,不教胡马度阴山"④,这些绝句都是在发议论,但不从正面阐发,而是出以委婉含蓄之笔,寓议论于写景、叙事或抒情之中,以情感人为主,以理悟人次之。史诗圣手杜甫胸次宏阔,议论开辟,带有浓重的抒情色彩,一时尽掩叙家。他的古诗《奉先咏怀》(节录):

穷年忧黎元,叹息肠内热。

生逢尧舜君,不忍便永诀。

葵藿倾太阳,物性固难夺。
顾惟蝼蚁辈,但自求其穴。
胡为慕大鲸,辄拟偃溟渤。
以兹误生理,独耻事干谒。
兀兀遂至今,忍为尘埃没。
终愧巢与由,未能易其节。

彤庭所分帛,本自寒女出。
鞭挞其夫家,聚敛贡城阙。
圣人筐篚恩,实欲邦国活。

朱门酒肉臭,路有冻死骨。

---

① 王瑜《凉州词》。
② 王维《送元二使安西》。
③ 王之涣《凉州词》。
④ 王昌龄《从军行》。

> 所愧为人父，无食致夭折。
> 岂知秋未登，贫窭有仓卒。
> 生常免租税，名不隶征伐。
> 抚迹犹酸辛，平人固骚屑。

长篇之中，议论贯彻始终。读来守忠抱义之心见于言表，实为"带情韵行之"者；而又广以形容譬喻，理寓象中而意在言外，皆非直截道出者。议论在这首诗中占有重要的地位，对形成此诗力大气雄、沉郁顿挫的诗风起着重要作用。

"以议论为诗"，那些闪烁着人生哲理的诗句，使人既受到智慧的启迪，又受到诗美的感染。唐代诗豪刘禹锡开口放言，诗中议论颇见功夫。他的《西塞山怀古》：

> 王浚楼船下益州，金陵王气黯然收。
> 千寻铁锁沉江底，一片降幡出石头。
> 人世几回伤往事，山形依旧枕寒流。
> 从今四海为家日，故垒萧萧芦荻秋。

融议论、叙事、抒情为一体，寓深刻的思想于纵横开阖、酣畅淋漓的风调之中。开篇两句以旧事提起，以今景收笔，把嘲弄的锋芒指向历史上曾雄极一时，终于覆灭的统治者，造语盘崛，力透纸背，为大唐怀古名篇。清代薛雪评此诗"似议非议，有论无论，笔著纸上，神来天际，气魄法律，无不精到，洵是此老一生杰作，自然压倒元白。"[①]

诗发议论，成为一个时代的主体风格，到宋时已蔚为大观。在唐代，一切好诗已经做尽，宋诗要想超越唐诗，必得另觅新境，以文为诗，以才学为诗，以议论为诗都是宋人于唐诗之外别开生面。但唐宋绝句议论各展其长，其沾溉后世，亦累有议论名篇，如明人杨慎《临江仙》：

---

① 《一瓢诗话》。

滚滚长江东逝水，浪花淘尽英雄。是非成败转头空。青山依旧在，几度夕阳红。　　白发渔樵江渚上，惯看秋月春风。一壶浊酒喜相逢。古今多少事，都付笑谈中。

开篇发言，上片与下片结句议论相呼应，写古往今来多少英雄成败犹如大浪淘沙，转眼成空。它涵盖古今，表现了作者世事无常、一切皆空的人生态度与历史观，给人以一种言有尽而意无穷的感觉。全词十句，议论占一半，由于兼顾写景抒情，意境开阔，气魄宏大，色彩浓烈，形象生动，尤其是篇中五句议论，音调铿锵，节奏明快，如洪钟长鸣，绵延不绝，给人以一种深沉的苍桑感。诗人毛宗岗把这首词置于《三国演义》卷首，引出"话说天下大势，分久必合，合久必分"的哲学命题，涵盖了三国历史的蕴意。君不见，三国角逐，群雄纷争，彼此鲸吞，以成霸业，然而那一时的豪强，随着大江东去，到头来还不都成了历史长河的过眼烟云。而今，在电视连续剧《三国演义》中，经过歌手高亢嘹亮、回肠荡气的声义演绎，更多的人在歌声中一遍又一遍地欣赏、体悟着这首词的艺术魅力。

江畔何人初见月，江月何年初照人

——以文为诗说"理趣"

  理趣，是运用形象化的语言来阐释客观道理的修辞手法。在中国古典诗论中，理趣诗所表现的哲学内容主要是对宇宙、社会原理的哲学探索，以及对人生、生活真谛的智慧体验。理趣诗的出现与宋诗的议论特点关系密切。宋诗由于受理学泛滥和韩愈"以文为诗"的影响，与唐诗以抒情为主的特点不同，"唐人尚德兴，而理在其中。"[①]而宋代尚理之风盛行，以诗说理多起来。宋人包恢说："古人于诗不苟作，不多作。而或一诗之出，必极天下之至情，状理则理趣浑然，状事则事情昭然，状物则物态宛然。"[②]包恢这种情理交融形成理趣的观点，与"诗缘情"这一特征是不相悖的。理趣不同于议论，议论多就人事言，而理趣多触物成理，即景成趣。

  诗言哲理，是在炽热真挚的情感中，"升华"或"提炼"理性的思索；

---

① 严羽《沧浪诗话》。
② 《答曾子华论诗》。

是通过诗的艺术表现人们对某种事物的共同规律的认识。"秋至自然山有色，春来那处树无花"，"混浊难分鲢共鲤，水清方见两般鱼"，"不是一番寒彻骨，那得梅花扑鼻香"，"任凭风浪起，稳坐钓鱼船"，"明知山有虎，偏向虎山行"等，这些民间谚语歌谣往往包含有朴素唯物论或朴素辩证法的思想，是人们在生产劳动中征服自然、改造自然的经验总结。这种感受，用诗的语言表达出来，不仅有滋有味，而且还能使人产生联想，从中得到某种有益的启示。"诗虽然不是讨论哲学和宗教的工具，但是它的后面如果没有哲学和宗教，就不易达到深广的境界"①。

一首好诗，有余不尽，意在言外，这言外"意"不管是哲学的，还是宗教的，似乎都是艺术作品审美意境所不可缺少的。比如哲学问题，历来被人们认为是一个枯燥的问题。然而，这种高度抽象的社会意识形态，一旦被诗人带着他心灵的活动，带着他深切的生活体验和感受，经过对兴、比、赋三义的酌而用之，"干之以风力，润之以丹采"的立美过程，便变成了"鼎中之变，精妙之微纤，口弗能言，志弗能喻"②。由此，哲学家断言："哲学从诗歌诞生，得到诗歌的哺育，最终则犹如百川汇海，又复归于它们曾经由之发源的诗的大海洋里。"③

西方哲人在论到"先有鸡还是先有蛋"这个问题，争过来，争过去，索然无味。可唐初张若虚有首诗——《春江花月夜》里说"江畔何人初见月，江月何年初照人？"也是这个意思，但经过诗人一说，抽绎出对人生、宇宙的探索，由此启发读者对哲理的思考，高明、生动处震古烁今。东坡词："明月几时有，把酒问青天，不知天上宫阙，今夕是何年？"不也是哲学问题吗？宇宙从哪里来的，上帝今天晚上吃西餐还是吃中餐？吃中餐，有没有"东坡肘子"？"不知天上宫阙，今夕是何年？"这个问题既是文学问题，也是哲学问题，语言丰富的人，文史哲是不分的，因为文学就是对人生要有最大的

---

① 朱光潜《中西诗在情趣上的比较》。
② 《吕氏春秋·本味》。
③ 德国弗·威·谢林语。

领略与认识；文学是与哲学相辅而行的。在中国的历史上，凡大文学家都是大史学家、大哲学家。

文学家赋诗作文，寓哲理于形象之中，借寻常可见之物来阐明事理，善状目前之象，又妙寄物外之理，两者融洽无间，意蕴深刻。比如动与静，是哲学中的一对矛盾。对变动中的客观事物，能否捕捉其瞬间的静态呢？我看是可以的。王籍名句"蝉噪林愈静，鸟鸣山更幽"，以动衬静，以闹衬幽。这种"有闻无声"的感觉是听出来的。动中之静也可以看出来，比如升天的烟柱终归要飘逸，西沉的夕阳终归要消失，可唐代诗佛王维一留心，便吟出"大漠孤烟直，长河落日圆"的佳句，动中寓静，以静衬动，显得跌宕有致。从绝对的意义上讲，一切事物都是恒动的，但从相对的意义上讲，一切事物又有其静态。王维虽不是名牌大学哲学系的博士生导师，可对"运动是物质的根本属性"，"静止是物质的特殊状态"，却说得生动形象，深入浅出。韦苏州的"水性自云静，石中本无声，如何两相激，雷转空山惊"，则是由静言动，寓寂静于生动的自然景物之中，既有禅宗的哲理，又有诱人的美的形象，与王维诗有异曲同工之妙。动与静这一对矛盾，在诗人的笔下既有技巧，又有情趣；既有表现，又有审美。这种审美与表现的统一，情趣与技巧的统一，自然而又纯熟，达到了"从心所欲不逾矩"的境界。

王之涣的《登鹳雀楼》，仔细把玩，我们会发现其中包涵着对人生悲观与乐观的对立统一。"白日依山尽，黄河入海流"，单读这两句，好像这世界日薄崦嵫，满目黄昏衰草，一切只有过去，没有未来，多么寂寞，多么悲凉。可往下读，"欲穷千里目，更上一层楼"，人间永久会有明天，永远有无尽的未来，又能给人以无比的生气，无穷的远景。这在站得高才能看得远，功夫深才能学问高之外，又多了一层哲理。"会当凌绝顶，一览众山小"，从杜甫《望岳》这两句富有启发性和象征意义的诗中，我们同样可以看到诗人不怕困难，敢于攀登绝顶，俯视一切的雄心和气概。而他的《登高》"无边落木萧萧下，不尽长江滚滚来"，一写落叶，一写流水，綦组锦绣，相鲜以为色；宫商角徵，互合以成声。一字一句，字字句句，悲凉沉郁，又说明了旧事物必然衰落，历史永远奔腾向前的真理。

"美酒饮教微醉后，好花看到半开时"①，表达的是诗人对掌握事物应适度，宁不及勿过的看法。哲学中有个质量互变规律。世间各种事物的量都有一定的限度，量变超出了这个限度，事物的质就会改变。一切事物都是质和量的统一。而质和量的统一，经过诗人一表达，"度"的概念便显得极形象又深刻。

"山重水复疑无路，柳暗花明又一村"②，则是通过出人意想的景色的切换，十分真切地表现出身处这一情景中的诗人的思想感情的变化：先是疑虑，后是惊喜。它道出了任何事物不可能直线发展，一定曲曲折折、波澜迭起的哲理，常被后人引用来描写绝处逢生的喜悦心情。路疑无而实有，景似绝而复出，这深蕴生活的哲理，不正是哲学中"否定之否定规律"所探讨的问题吗？苏轼以文为诗，其诗直涉理路，挥洒自如。他的《琴诗》："若言琴上有琴声，放在匣中何不鸣？若言声在指头上，何不于君指上听？"《楞严经》曰："譬如琴瑟琵琶，虽有妙音而无妙指，终不能发。"佛经中的这个比喻本来就很有趣，经苏轼点化后更含机锋。诗人在儿童般天真的发问中，包含着这样一种理趣：美妙的琴声是主观弹奏的人与客观能够发声的琴二者统一的结果。它启示我们，无论干什么事，只有主观能动性，而无客观条件，或只有客观条件，而没有主观能动性，都是干不成的。他的《题西林壁》："横看成岭侧成峰，远近高低各不同。不识庐山真面目，只缘身在此山中。"把观感同哲理结合起来，从认识论的高度告诉大家，旁观者清，当局者迷。因各自所处的位置不同，而所见必然各异，说明了人的认识仅仅"入乎其内"，就事论事，常常为现象所困惑，看不清事物的全貌和本质。此时，必须跳出圈子"出乎其外"，从各个角度，统观全局，高瞻远瞩，才能全面正确地认识客观事物，探索到它的奥秘。

同哲学一样，文学也是一种意识形态，它要认识、表现和批判现实生活，从而指出一种改造社会的途径以启发未来。而诗人对现实生活的独特感受，

---

① 宋·邵雍《安乐窝》。
② 陆游《游山西村》。

却离不开对事物细致入微的观察。诗人作诗不是有闻必吟，而是为着去粗取精，去伪存真，从中摄取最能反映事物本质特征的部分。如唐人贾岛诗句"县古槐根出，官清马骨高"，在众多的事物中，紧紧地抓住裸露的槐根和饿得精瘦的座下马这两种最具特点的事物，只用了十个字，便将县城的古老和官况的清贫表现得淋漓尽致。未下理语，却隐含理趣。

创造篇第四

诗歌取境、造境、取势、造势，或始于一种表达的欲望，或始于一种表达方式的轮廓。诗歌形象创造的关键就是对这种"轮廓"——具象的把握。没有具象，所谓意境、意象、世事、人情则无所附丽。把握具象，诗人就要善于深入生活，提取塑造具象所需要的感性表现形式；善于围绕某一凝聚点去组织具象；善于发挥想象的作用，使具象清晰具体，栩栩如生；善于运用语言去表现生活，构建具象，并将具象及其所涉及的诗歌所表达的各种境界，诸于"物境、情境、意境"完美地表现出来。这里把意象、意境、幻化、变化、映衬、设彩、摹状、示现、留白、幻化、列锦、递进、转换、伴谬、奇趣、词采等修辞手段纳入同一个篇目，正是因为它们能够各显其能、各臻其妙地达到这一目的。

沧海月明珠有泪，蓝田日暖玉生烟

——扑朔迷离说"意象"

意象，是客观的物象融入主观的意蕴，思想感情寓于形象之中的一种修辞方式。"意象"作为一个词最早见于王充的《论衡》，但正式把"意象"引入到文学理论中，还是南朝的刘勰。他说，"意象"的创造乃"驭文之首术，谋篇之大端"①，诗评家所谓"意象欲出，造化已奇"②"古诗之妙，专求意象"③说的也都是意象的重要性。意象体现在诗歌艺术上，贵在表达作者的"意"，而"意"只是作者内在的精神，如意念、意愿等，是虚幻的，不可捉摸的。古人云："然则圣人之意其不可见乎？子曰：圣人立象以尽意，设卦以尽情伪。"④显然，表达作者的意，需要立象，亦即通过客观可感的"象"——看

---

① 刘勰《文心雕龙·神思》。
② 司空图《二十四诗品》。
③ 胡应麟《诗薮》。
④ 《周易正义》卷七。

来的、听来的以及内心活动中出现的对象物，通过"喻意象形"或"假譬取象"得来的"意中之象"。比如说到"明月"，会与思乡怀人相联系，说到"清秋"，会与悲伤、愁绪相联系，那么这里的"明月""清秋"就成了一种具有特定意味的形象，这种含有特定意味的艺术形象，就是诗歌中的意象。因此，意与象是互为表里的，只有意，沦于抽象；只有象，必近乎呆板。作诗是寄情于景、寓意于象，借助可以被感知的具象来表达内心的情感与思想。虚实相生、含蓄蕴藉、斑斓多彩的意象，是诗人主观感情和客观现实熔炼后的一个凝聚物，是饱蘸诗人情感的艺术形象。"惨淡经营，诗道之贵"① 意象的创作不是一朝一夕，一蹴而就的。鲜明生动的诗歌意象，通常要求诗人运用奇幻莫测的时空交互，富有生气的动态演示，细致入微的物性刻画，以神涵形的物象描绘，以及实景与虚景的融汇，有形对无形的衬托等艺术手法，才能表现出来。譬如：

　　落日落花意象。花开花谢，日出日落，本是自然现象，但诗人往往因花落而伤春，因日暮而途穷，把它们作为一种思想的寄托，一种人生的体验，一种心灵的象喻。"日暮东风怨啼鸟，落花犹似堕楼人"②，诗人面对"日暮""落花"，怨啼鸟，怪东风，叹年华，嘘唏感叹。但落日、落花作为自然景物，因不同的观赏者个体审美理想、审美趣味的差异，即使面对同一"象"时，也会产生不同的"审美"意象。龚自珍《己亥杂诗》："浩荡离愁白日斜，吟鞭东指即天涯。落红不是无情物，化作春泥更护花"，从"白日斜""落红"展开联想，把自己变革现实的热情和不甘寂寞消沉的意志移情斜阳、落花，愿像夕阳那样发挥余热，像落花那样化作春泥，去充实春天的生命、滋润来年的百花。同时，落日物象也有"莫道桑榆晚，为霞尚满天"③，并非无望的悲鸣，而是"夕阳红"的颂歌；"停车坐爱枫林晚，霜叶红于二月花"④，没有萧瑟飘零的感觉，而是豪爽向上的精神。

---

① 沈德潜《说诗晬语》。
② 杜牧《金谷园》。
③ 刘禹锡《酬乐天咏老见示》。
④ 杜牧《山行》。

雨的意象。雨中喜怒哀乐，蕴含思念与离愁。诗人非常喜欢将"雨"写入他们的诗歌中，而经过多人的多次使用，"雨"由一种自然物象转变为特殊意象，成为一个具有独特艺术蕴含的重要诗歌因子。他们或借雨的动态抒发个人的感慨，或表现多方面的社会生活。"好雨知时节，当春乃发生。随风潜入夜，润物细无声"①，早春的"斜风细雨"会使人欣慰春的气息；"春水碧于天，画船听雨眠。"②，而暮春的"雨疏风骤"又会勾起愁思之人惜花伤春的心情。"山色空濛雨亦奇"③，雨在这里揭开的是一幅壮美的画卷，"夜阑卧听风吹雨，铁马冰河入梦来"④，雨还能道出诗人内心的激情。朋友相会，"桃李春风一杯酒"⑤，大有良辰美景之乐，可"江湖夜雨十年灯"，⑥一旦思念这合欢的情景，一场"夜雨"可就太磨人了。两情分别时，一场骤雨，虽说延长了相偎的时间，但这别前的逗留无疑是一杯掺杂着甜味的苦酒。一如"寒蝉凄切，对长亭晚，骤雨初歇。都门帐饮无绪，留恋处，兰舟催发"⑦。至于"雨打梨花""雨打芭蕉"之类隔门隔窗的听雨，则在更为悠长、广阔的时空里传达出诗人无尽的离愁和无边的乡愁。一生忧患的李清照，以她灵巧的纤手和娴熟的技艺裁风剪雨，悉心点缀她抒情乐园的氛围，创造了林林总总、景凄情忧的意境，"昨夜雨疏风骤，浓睡不消残酒"⑧，"莫道不消魂，帘卷西风，人比黄花瘦"⑨，"三杯两盏淡酒，怎敌他晚来风急"，"梧桐更兼细雨，到黄昏，点点滴滴"⑩，雨在这里无不袒露她那风雨般颤抖的灵魂，

---

① 杜甫《春夜喜雨》。
② 韦庄《菩萨蛮》。
③ 苏轼《饮湖上初晴后雨二首》其二。
④ 陆游《十一月四日风雨大作二首》其二。
⑤ 黄庭坚《寄黄几复》。
⑥ 黄庭坚《寄黄几复》。
⑦ 柳永《雨霖铃》。
⑧ 李清照《如梦令》。
⑨ 李清照《醉花阴》。
⑩ 李清照《声声慢》。

展示她那风雨般苦难的人生。

　　山的意象。宋诗中多见咏山名篇佳句，由于作者多角度地观赏、描绘山峰，故能体味出青山妩媚的情韵、磅礴的气势，并把气象万千的青山和中国博大精深的历史文化联系起来，显示出民族的尊严和伟力。"晓山眉样翠，秋水镜般明"①，这娇美的女子眉清目秀，向词人传递着缠绵的依恋之情："还记得，眉来眼去，水光山色"②，"栏杆闲倚处，一带山无数。不似远山横，秋波相共明"③。青山又是那样有灵性，有情思，时时以秋水一般的眼睛脉脉地凝视着词人。词人对山怀有恋人般的柔情，当他失去故园、渡江而南后，目接破碎山川，其心绪则有如见到恋人受辱而焦灼万状，悲愤难禁。"楚天千里清秋，水随天去秋无迹。遥岑远目，献愁共恨，玉簪螺髻。落日楼头，断鸿声里，江南游子，把吴钩看了，栏杆拍遍，无人会，登临意"④，词人登楼远眺，这时映入眼帘的群山，便分明是悲情满腹、被人欺凌的弱女子了。她挽起螺髻，现出玉簪，与他这位"江南游子"无语相对，怆痛欲绝。而作者看着美人般的青山蒙受胡尘，遭人践踏，而痛心疾首，心潮难平。他手持吴钩，无法救助；拍遍栏杆，情何以堪！带有女性化色彩的山恋在唐宋词中并不鲜见，而在赋予青山妩媚风韵的同时，把故国之思、恢复之志融入其间，却是辛词的鲜明特色。

　　意象是构成诗歌意蕴的主要手段，古人作诗贯以意象为基点。如李商隐《锦瑟》：

　　　　锦瑟无端五十弦，一弦一柱思华年。
　　　　庄生晓梦迷蝴蝶，望帝春心托杜鹃。
　　　　沧海月明珠有泪，蓝田日暖玉生烟。

---

① 辛弃疾《临江仙·钟鼎山林都是梦》。
② 辛弃疾《满江红·落目苍茫》。
③ 辛弃疾《菩萨蛮·西风都是行人恨》。
④ 辛弃疾《水龙吟·登建康赏心亭》。

此情可待成追忆，只是当时已惘然。

首联展现繁花似锦的风光，颔联刻画人生虚幻的悲境，颈联描绘痴心不改的情景，尾联以追悔莫及之情状来拨人心弦。统观全篇，佳人锦瑟怨华年，言不可言之事，抒不可抒之情，述不可述之理。这种惝恍的事，迷惘的情，幽渺的理，与审美意象相契合，化形象为象征，创意象为意境，使诗境变得更加模糊、朦胧，主题也变得更加丰富、复杂；尤其是诗中多处化典，典故与诗人本意之间横隔一道障壁，读者在通过对典故的诠释去体悟作者的本意时，自然会产生距离感和朦胧感，正是这种绰绰约约、扑朔迷离之感给人一种特有的模糊美。故一篇《锦瑟》，历来纷纭多歧，莫衷一是。有言爱情者，有言悼亡者，有言爱国者，有言自比文才者，有言思念侍儿锦瑟者，甚至又说《锦瑟》是当时某贵人的爱姬。然就诗而论，大致近于悼亡。作者从爱物起笔，托物咏情，叹伤一己华年之我舛、毕生之不幸也。

　　审美意象的综合美感效应，有时也可从错觉中表现出来，如宋人曾公亮《宿甘露寺僧舍》：

枕中云气千峰近，床底松声万壑哀。
要看银山拍天浪，开窗放入大江来。

位于镇江北固山上的甘露寺，北枕长江，寺庙附近也没有什么"千峰""万壑"，诗人在靠江的一间禅房里夜宿，觉察房内湿气蒸腾，似云若雾，连枕头也是湿乎乎凉冰冰的。侧耳一听，床下面响起了阵阵松涛，也不知有多少松树，只觉得像海潮似的呼啦啦，一阵紧似一阵，潮湿的水气和翻滚的松声渐渐把他带进一个幻觉的世界。那"枕中云气""床底松声"的错觉状态传达出一种真切微妙的审美体验，诗人感受到大自然的磅礴浩瀚，仿佛与大自然融为一体，倘佯于云气与波涛之间，这时，万虑皆空，情怀为之一振。如果说这两句是写现实中的错觉，那么"要看银山拍天浪，开窗放入大江来"，则纯为想象中的错觉：居所门窗紧闭，见不到大江，一旦窗户洞开，无风三尺浪的大江就会从窗口涌进来,这又该是多么雄浑而有气势啊!正基于想象中的错觉是现实状态下错觉的延续,构成了这幅咫尺万里,想象奇谲,气魄雄浑,富于浪漫色彩的审美意象。

姑苏城外寒山寺，夜半钟声到客船

——情景交融说"意境"

意境，是"张之于意而思之于心"的一种表现手法或修辞方式。如果说意象是诗人的思想感情与客观事物的融合，那么意境则是诗人通过各种意象的创造、联缀所构成的一种充满诗意的艺术境界。王国维说："何以谓之有意境？曰：写情则沁人心脾，写景则在人耳目，述事则如其口出也。古诗之佳者，无不如是。"[1] 他还说："境非独谓景物也，喜怒哀乐，亦人心中之一境界。故能写真景物、真感情者，谓之有境界；否则谓之无境界。"[2] 足见诗歌意境的内涵比意象要丰富得多，它除了包括意与境、情与理、神与形等主观与客观因素之外，还包括艺术氛围、神情韵味、言外之意、景外之景、象外之象等因素。意象是局部的，具体的；意境是整体的，空灵的。两者的共同特征是"境生象外"，即在具体形象之外，传神写真，别生意蕴。唐人张

---

[1] 《宋元戏曲考》。
[2] 《人间词话》百年解评之六。

继《枫桥夜泊》：

> 月落乌啼霜满天，江枫渔火对愁眠。
> 姑苏城外寒山寺，夜半钟声到客船。

这首七绝色泽鲜明，声响悠远，以凄清之笔调将客居他乡之人的羁旅之愁含蓄表出。正是诗人对意境的追求与创造才成就了这一名篇，而名篇的获得正有赖于好的意境。要创造这恍兮惚兮的浑茫意境，须假江山之助，以自然景物作为材料，通过直觉触发引出意象，由风物天然到风格自然，再到返归自然，绝去名理，恍如画境，妙在不隔，状难写之物如在目前，追求直觉和瞬间的感悟，跳过语言与逻辑的栅栏，直摄物之本真状态：在这寒气袭人的秋夜，"我"的乌篷船停泊在枫桥边。姑苏城早已沉沉睡去，"我"只得在这城外的江中过夜。霜打枫林、寒鸦鸹鸹，舟客他乡，那秋风残月，渔舟星火，叫人久久不能安眠。远处寒山寺的钟声，一阵阵传来，打破这夜的寂静，在"我"的心头泛起凄柔而悠然的漂泊之感。

诗入禅，尤见新境。唐人常建《题破山寺后禅院》：

> 清晨入古寺，初日照高林。
> 曲径通幽处，禅房花木深。
> 山光悦鸟性，潭影空人心。
> 万籁此俱寂，但闻钟磬音。

开篇旭日高照，景象开阔；颔联转入"幽"境，颈联由幽又入"空"境，如寻野径之外，最后归于万象俱寂，再转开阔，与首句呼应。诗人由开朗的情绪进来，出去的时候，不免万物皆禅了。欧阳修对"曲径""禅房"一联极为叹服，他说："吾尝喜诵常建诗云'曲径通幽处，禅房花木深'，欲效其语作一联，久不可得，乃知造境者为难工也。晚来青州，得一山斋宴息，因谓平生想见而不能道以言者,乃为己有。于是益欲希其仿佛,竟尔莫获一言。"①欧阳修以自己的创作体会推重这两句诗意隽而自然,不矫揉造作,不堆砌词藻,不拘于格律,妙意天成,这是很有见地的。

从唐诗到宋词,意境又别开洞天。柳永写西湖之秋"有三秋桂子,十里荷花。羌管弄晴,菱歌泛夜,嬉嬉钓叟莲娃"②。这里,诗人把他感于外而又动于中的思想感情,凝聚到艺术形象中来,变成了情景交融的画面。这一形神兼备的整体形象以其丰富的蕴含诱使鉴赏者去尽情探求那难以言传的"言外之意""味外之旨"。相传词中"三秋桂子,十里荷花"竟引得金主完颜亮"投鞭渡江",大举入侵南宋,图谋四时美景、万种风情的江南。完颜亮的目的当然不止是桂子和荷花,但小说家的杜撰反映了柳永确然把西湖乃至江南的风物魅力——那诗样的意境写到了家。词的句式参差以及音调抑扬确实为创造意境带来了得天独厚的条件,宋代词家秦观《踏莎行》:

> 雾失楼台,月迷津渡,桃源望断无寻处,可堪孤馆闭春寒,杜鹃声里斜阳暮。 驿寄梅花,鱼传尺素,砌成此恨无重数,郴江幸自绕郴山,为谁流下潇湘去?

"雾失楼台,月迷津渡"先开一境,写羁旅景色,归路苍茫。"可堪孤馆闭春寒,杜鹃声里斜阳暮"又是一境,文字优美,意境生动。换头一联,构思奇妙,对仗精工,而佳处更在"郴江幸自绕郴山,为谁流下潇湘去?"这仰天的呼唤,奇崛千古。按周辉所言本事,此原为赠妓之作。如果真是为意中人而发,作者的用意豁然开朗:我最好是留在您的身边,为什么要把我远远地流放江南呢?这种即景取喻,借物寓意,以郴江本自围绕郴山,竟邈然远逝,更深一层的用意当是暗喻自己离开故国远谪南方,自悲际遇,自伤迁谪。全词境中

---

① 《题青州山斋》。
② 《望海潮·东南形胜》。

见情，情中生境，层层出境，境境言情，将光阴的消逝、前途的渺茫和人生的哀愁浑化于天地间，令人叹绝。把满腔的深情厚意寄托于简洁生动的形象，在刻画物境的同时把心境和盘托出，为词境传承诗境的典范之作。

心已神驰到彼，诗从对面飞来

——惟恍惟惚说"幻化"

幻化，是一种创作方法，也是一种古老的修辞方式。幻化是将生活之真，诸如人的真情实感化为新鲜、瑰奇、空灵、朦胧的幻象幻觉。《老子》所谓"道之为物，惟恍惟惚"即为幻。幻后出而真先有，有真才有幻，无真则无幻，真、幻之间存在着必然的联系。"文不幻不文，幻不极不幻。是知天下极幻之事，乃极真之事；极幻之理，乃极真之理。"[1] 清人蒲起龙所谓"心已神驰到彼，诗从对面飞来"，讲的就是在诗歌创作中运用凝神遐想，即"幻化"的手法创造意象。这种手法多见于那种念远怀人的诗作。《诗经·周南·卷耳》

采采卷耳，不盈顷筐。
嗟我怀人，寘彼周行。

---

[1] 清代幔亭过客《西游记题词》。

> 陟彼崔嵬，我马虺隤。
> 我姑酌彼金罍，维以不永怀。
>
> 陟彼高冈，我马玄黄。
> 我姑酌彼兕觥，维以不永伤。
>
> 陟彼砠矣，我马瘏矣。
> 我仆痡矣，云何吁矣！

开篇写一位采摘野菜的妇人因思念远方行役的丈夫而心神不定，凝神遐想——"嗟我怀人，寘彼周行"。以下三章宕开一笔，幻化出丈夫也在思念自己的意象：远行的丈夫思念自己，连坐骑也因乡愁而痛苦不堪；他借酒浇愁，深沉的思念无从排遣；因为思念太苦，马仆俱病。最后用一声无可奈何的长叹作结，构成了一种深沉的悲怆。这种"幻化"的手法，从对面写来，就使得怀人的思念之句，辞美而情真。《诗经》中类似的"幻化"手法，不胜枚举，它沾溉后世，其功显然。在诗法已臻厥美的唐代，这一手法已成为诗人自觉而圆熟的诗歌创作技巧。高适《除夜作》：

> 旅馆寒灯独不眠，客心何事转凄然？
> 故乡今夜思千里，霜鬓明朝又一年。

"故乡今夜思千里"，沈德潜谓"作故乡亲友千里外人，愈有意味"[1]。之所以"愈有意味"，就是诗人巧妙地运用"对写法"，通过幻化把深挚的情思抒发得更为婉曲含蕴。诗佛王维《九月九日忆山东兄弟》：

---

[1] 《唐诗别裁》。

> 独在异乡为异客，每逢佳节倍思亲。
> 遥知兄弟登高处，遍插茱萸少一人。

诗写重阳节"独在异乡为异客"的游子对故乡亲人的思念。尾联透过间接方式从对面写来，"不说我想他，却说他想我，加一倍凄凉"[1]。这种出乎寻常处，正是它的深厚处、新警处。

杜甫《月夜》：

> 今夜鄜州月，闺中只独看。
> 遥怜小儿女，未解忆长安。
> 香雾云鬟湿，清辉玉臂寒。
> 何时倚虚幌，双照泪痕干。

诗人长安望月思家心切，不去直接抒发他对妻子的怀念，而是从自己看到了"今夜鄜州月"，联想妻子杨氏此时此刻"闺中只独看"的幻景，实则是两人"千里共婵娟"。他的"小儿女"也不懂母亲的所思所想，更不会体悟困于长安的老父那思乡的情怀，因而无事儿一样。颔联的这一衬托，纪晓岚赞曰："言儿女不解忆，正言闺人相忆耳。"[2] 由此，妻子看月时的孤独感跃然纸上。颈联承上，继续写妻子月下久立孤单落寞伤心流泪的情状。前三联幻化出的意象虽是妻子思夫，但作者的忧患之痛，相思之苦，爱怜之深，思家之切，如影随形。如果说以上六句是妻子独唱，那么尾联妻子的期盼则是两人合唱——从今日联想他日，从离别之苦联想到重聚之乐，四联可谓曲尽其妙。

从对面写来的"幻化"手法，在宋词中尤见精神。宋词大家柳永《八声甘州》："想佳人，妆楼颙望，误几回、天际识归舟"。"天际识归舟"是南齐谢朓《之

---

[1] 张谦宜《斋诗谈》。

[2] 《瀛奎律髓》。

宣城郡出新林浦向板桥》诗中的成句，此处添"误几回"三字，即转化成"过尽千帆皆不是"的境界，尤为胜者，由自己的思乡幻化出家人也在想自己归去，词意翻进一层，更觉灵动。从另一层面写，在幻化的意象中表达出游子急切的归乡之情，若抽茧剥笋，层层浑成；如溪水回环，起伏跌宕。

梅以曲为美，诗以曲为贵

——跌宕腾挪说"变化"

变化，"文贵参差""文贵变"①，诗歌亦然。诗家认为"五字七字之句法，至要至难，句法要整齐，又要变化……断无处处整齐之理"。律诗中两联，要求属对，最忌句法重叠，故多参差。王维《使至塞上》中两联"征蓬出汉塞，归雁入胡天。大漠孤烟直，长河落日圆"，句法不同处，乃在句式变化。颔联为上二下二中一，颈联则上二中二下一，跌宕腾挪，错落有致。

古人写诗看重"波澜开阖，如在江湖中，一波未平，一波已作。如兵家之阵，言以为正，又复是奇；方以为奇，忽复是正。出入变化，不可纪极……"②所谓"不可纪极"，是极言其变化之至的形容性修辞。究其实，古人倡言的变化，乃是各种不同成分的错综结合，尤其是两两对立因素相反相成，错综统一的变化美。李白《闻王昌龄左迁龙标，遥有此寄》：

---

① 刘大櫆《论文偶记》。
② 姜夔《白石道人诗说》。

杨花落尽子规啼，闻道龙标过五溪。

我寄愁心与明月，随风直到夜郎西。

短章抒情，方寸之间，变化万方：在春残柳老、子规啼血的时节，传来了友人远涉瘴烟弥漫的五溪的消息，诗人的心情是多么沉痛，对友人的命运又是何等关切！他忽发奇想，要把一颗愁心寄给明月，伴随着友人的足迹直到天涯。这里，最引人注目的还是诗人那娴熟的变化技巧。开篇一句便择取两种富有地方特征的事物，描绘出南国的暮春景象，烘托出一种哀伤愁恻的气氛。次句以"龙标"这一官名指代王昌龄，避免了与诗题中的人名重复。三四句借明月以抒发旅思乡愁怀旧念远的感情，这种联想的表现手法在李白以前的诗作中比较多见。作为一代诗歌宗匠的李白，无论对于哪种体裁，用起来无不得心应手，挥洒自如；不过其中尤以歌行和七绝的变化新隽而为后人所津津乐道。在李白集中，题材是怀人赠别而体裁又是七绝的多达数十首，但绝无一首构思或表现方法雷同。"夜发清溪向三峡，思君不见下渝州"[1]，用"赋"；"桃花潭水深千尺，不及汪伦送我情"[2]，用"比"；"孤帆远影碧空尽，唯见长江天际流"[3]，寓情于景；"明月不归沉碧海，白云愁色满苍梧"[4]，情景交融。不管用哪种手法，都能真切而生动地传达出作者对朋友的一片赤诚，使人回味无穷；而本篇则以想象的驰骋和构思的别致在同类诗篇中独拔一筹。

梅以曲为美，直则无姿；诗以曲为贵，直则无文。唐代诗佛王维《相思》：

红豆生南国，春来发几枝？

愿君多采撷，此物最相思！

---

[1] 《峨眉山月歌》。

[2] 《赠汪伦》。

[3] 《黄鹤楼送孟浩然之广陵》。

[4] 《哭晁衡卿》。

五绝用平声韵,平仄粘缀合律,诗虽小,却以其句式的语气变化多端而逗人喜爱。"红豆生南国",是说有一种红豆树,为陈述句;"春来发几枝",是疑问句;"愿君多采撷",是感叹句。一首诗内,运用了四句语气不同的句子,使话语起伏有致,急缓错落,富于变化,读之耐人寻味。

两岸猿声啼不住，轻舟已过万重山

——烘托点染说"映衬"

映衬，又叫衬托、陪衬。为了突出主要事物、主要思想，用相似、相关或相反的东西做背景，从旁陪衬、烘托、渲染的修辞方式叫映衬。

映衬的种类多种多样，从衬体和本体的相同、相近或相反、相对关系来分，有正衬、反衬，而反衬的运用则更为多见。"回眸一笑百媚生，六宫粉黛无颜色""后宫佳丽三千人，三千宠爱在一身"[1]，以"六宫粉黛"，"后宫佳丽"的"无颜色"和失宠，来陪衬、突出杨贵妃的"百媚"与专宠，以美衬出更美，是正衬；"候馆梅残，溪桥柳细，草薰风暖摇征辔。离愁渐远渐无穷，迢迢不断如春水"[2]，极写征人离愁之深远，而"草薰风暖"的宜人早春，则是用美景吉日反衬征人离愁之苦。从表达的意义上来分，映衬又有互衬、旁

---

[1] 白居易《长恨歌》。
[2] 欧阳修《踏莎行》。

衬，而旁衬则显得更为跌宕有力。"梅须逊雪三分白，雪却输梅一段香"[①]，以梅之洁白衬托出雪之更洁白，以雪之气息衬托出梅的清香扑鼻，是在互衬中强烈地抒写对雪与梅的钟爱之情；"两岸猿声啼不住，轻舟已过万重山"[②]，用两岸哀转不绝的猿声作旁衬，不只丰富了江行的景物，而且由于以哀衬乐的作用，使全篇如瞬息千里的三峡流水，于一气奔放中寓流转回宕之美，而笔调之轻捷，神韵之俊爽，节奏之明快，语气之流畅，更给人一种清灵飘逸、空灵飞动之感。

映衬运用得好，可以突出地表达人物强烈的思想感情，深化文章的主题。也可以恰到好处地调动视觉感官，有声有色地予以烘染，将读者带进某种特定的审美氛围，去领受那种灵动或宁静气氛的熏染。但是，运用映衬时，一定要注意主体和陪衬的事物之间的自然联系，主次要分明，不能喧宾夺主；诗歌中的主体和陪衬的事物要结合在统一的形象之中，不能互相分离。唐代诗人贺知章《回乡偶书》其二：

离别家乡岁月多，近来人事半销磨。
唯有门前镜湖水，春风不改旧时波。

这首诗包孕人世间诸多沧桑。前两句因亲朋沉沦而引出种种嗟叹。三四句宕开一笔：虽阔别故居镜湖已有数十个年头，而其周边春色及镜湖春水却一如既往。两联仿佛不经意地道来，实则是妙用反衬，从反面加强了所要抒写的感情，在湖波不改的映衬下，人事日非的慨叹显得愈益深沉、感伤。这种抚今追昔，以"物是"反衬"人非"的写法，直启李白、刘禹锡怀古一派。

映衬工在造意、用字，唐代诗人韦应物《滁州西涧》：

---

① 宋人卢梅坡《雪梅》。
② 李白《早发白帝城》。

> 独怜幽草涧边生，上有黄鹂深树鸣。
> 春潮带雨晚来急，野渡无人舟自横。

诗咏西涧晚潮时雨中景物，开篇即写暮春时节，诗人徜徉于两山之间，留连于水滨景色。山涧之中，树丛深处，别无动静，时闻黄鹂啼鸣，此是以有声衬托出山涧的深邃幽静，正所谓"蝉噪林逾静，鸟鸣山更幽"①，"芳草无人花自落，春山一路鸟空啼"②，亦是以"花自落""鸟空啼"来反衬春山的幽静无人。"春潮带雨晚来急，野渡无人舟自横"，"急""横"两字在满篇空无的境界里弹奏出一个不协调的强音。飘摇的野渡，涧边的幽草，一舟自横，荡漾在无人摆渡的河中，意味深厚，难以言传。寇准评此诗"天生妙语、直可入画"③。

诗用反衬，尤能激发人意，唐代边塞诗人高适《别董大》：

> 千里黄云白日曛，北风吹雁雪纷纷。
> 莫愁前路无知己，天下谁人不识君。

前两句用力渲染气氛，不如此无以见下句转折之妙。诗人在写足恶劣气候环境后，不作气短语、感伤语，反用充满信心的口吻鼓励友人踏上征途，从可愁之景反跌出"莫愁"两字，豪情满怀，溢于言表。"莫愁前路无知己，天下谁人不识君"，蕴含着"天涯何处无芳草""人生何处不相逢"的乐观和自信，它为志士增色，为游子拭泪，使后世落拓不遇之士从中受到极大的鼓舞和启迪。

点染，也是一种映衬。这种手法运用到诗歌创作中，是指有些字句点明，有些字句烘托，勾勒、点明后用景物来烘托、晕染，使其富于诗情画意。"今

---

① 王籍《入若耶溪》。
② 李华《春行寄兴》。
③ 《春日登楼怀旧》。

夜未知何处宿，平沙万里绝人烟"①，点明无处投宿，用万里荒漠来渲染；"怪来诗思清人骨，门对寒流雪满山"②，点明诗思清晰，用寒流白雪来渲染。如此点染，诗的意境便都从烘托中表现出来。"多情自古伤离别，更那堪，冷落清秋节！今宵酒醒何处？杨柳岸，晓风残月"③，上两句点出离别、冷落。"今宵"两句，乃就上两句渲染之。这样一点一染，点染结合，不仅使词的抒情含蓄蕴藉，还可以起到引发联想，向外延展艺术境界，起到化有尽为无穷的作用。诗歌的洗练要求用点染的方法传达场景的气氛与情调，所谓"嫩绿枝头红一点，动人春色不须多"，是说对场景的"细节"只作概述，无须细致入微。杜牧绝句《江南春》：

千里莺啼绿映红，水村山郭酒旗风。
南朝四百八十寺，多少楼台烟雨中。

开篇便重彩浓笔地勾勒出江南的无限风光：气象辽阔，色彩缤纷，"莺啼"状江南春声，"绿映红"绘江南春景，声色俱佳，耳目同悦。次句"水村山郭酒旗风"泼墨渲染，奇特的画面中，有流水、村庄、青山、城池、酒店，酒旗迎风招展。这繁华的城乡风物点缀在江南亮丽迷人的景色之中，尤显江南山川之美。结句不说楼台已毁，而云"多少楼台烟雨中"，给景物点染了一层人文社会的历史色彩，借古喻今，意脉分明，清新的景语与淡淡的情语在诗中得到了完美的统一。

---

① 岑参《碛中作》。
② 韦应物《休暇日访王侍御不遇》。
③ 柳永《雨霖铃》。

两个黄鹂鸣翠柳，一行白鹭上青天

——镂金错银说"设彩"

  设彩，又称设色、敷彩、赋彩。所谓"随类赋彩"，就是根据不同类别的物象来运用色彩。诗歌中运用设彩的表现手法，就像绘画中的着色一样，不只是浓墨重彩，也有轻描淡写。浓情淡意，枯姿湿态，皆能化出世间万物和色相，透露出自然与生命的信息。一代国画大师齐白石，一生伏案作画，老来始知墨分六色。墨本五色，如青花瓷之头浓、正浓、二浓、正淡、影淡。白石老人于此五色中又见一色，想必是于墨之浓淡晕染中又见出无墨之色。吟诗填词也一样，诗人有感于大千世界的五光十色，以他们特有的艺术敏感倾心捕捉色彩的字眼，巧用语言的彩色碟，描绘景物，抒发情志，从而以生动的形象、绚丽的色彩打动人心。唐人作诗就善以律绝对仗这一艺术形式为条件，运用丰富的色彩调配组合，来表现诗情画意。杜甫的"两个黄鹂鸣翠柳，一行白鹭上青天"[①]，既有黄鹂和鸣，又有蓝天绿柳；既有静态的环境，又有

[①] 《绝句四首》其三。

活动的画面。一联之中连用了黄、翠、白、青四种色调,由近及远,层次鲜明地勾勒出一幅明丽清新、和谐柔美的图画。杜甫诗中设彩,还有一巧,那就是将颜色字提到句首,以强调主观视觉效果。如"绿垂风折笋,红绽雨肥梅"①、"红入桃花嫩,青归柳叶新"②。而唐人顾况的"木叶微堕黄,石泉净停绿"③"赪景宜叠丽,绀波响飘淋"④等句中则在动词后直接用颜色词,将颜色这种本来没有固定形体的色觉感实体化。"绿"本身是不能"停"的,但一泓澄碧平静的泉水的那一汪绿意竟然可以静止停留;"丽"本来也是不可以"叠"的,而山中的绚烂景色就仿佛无数的"美丽"层层堆叠;本来不能"停"也不能"叠"的色彩在这个相对静止的瞬间具有了出人意料的鲜明感。

色彩是客观事物具有审美意义的一种属性,色彩的反射像强光一样吸引着人们的视线,最容易打动人的心灵,具有强烈的表情性能。蓝色——淡泊、理智、庄重;绿色——纯静、清新、茂盛;青色——凄清、冷寂、舒闲;黄色——明朗、温暖、高贵;红色——热烈、兴奋、激昂;白色——纯真、神圣、悲怆;黑色——严肃、阴森、恐怖;紫色——妖艳、雅致、哀悼。诗歌中真情的流露和意象的描绘也应该是五颜六色、栩栩如生的,让读者如同亲见亲受一般。红与绿,在宋词中就常常结伴出现,成为对比和互衬的色调。如"绿杨烟外晓寒轻,红杏枝头春意闹"⑤"知否,知否,应是绿肥红瘦"⑥"倩何人,换取红巾翠袖,揾英雄泪"⑦"流光容易把人抛,红了樱桃,绿了芭蕉"⑧,均因设彩精妙而备受读者青睐。南朝的《西洲曲》,体现形象的一个明显特征

---

① 《陪郑广文游何将军三林十首》。
② 《奉酬李都督袁丈早春作》。
③ 《华山西冈游赠隐玄叟》。
④ 《大茅岭东新居忆亡子从真》。
⑤ 宋祁《玉楼春》。
⑥ 李清照《如梦令》。
⑦ 辛弃疾《水龙吟》。
⑧ 蒋捷《一剪梅》。

就是格外注重色彩的调遣和变换。青年女子是"单衫杏子红,双鬟鸦雏色",她上衣红色,两鬟头发乌黑油亮,通过对比鲜明的色彩,显示出她的娇美和青春活力。诗的中间部分先是"门中露翠钿",然后又是"出门采红莲",翠、红相对,色彩迥然有别;接着又写道"低头弄莲子,莲子青如水;置莲怀袖中,莲心彻底红",莲子青而莲心红,都用来暗示女子对恋人的深情。青,言其纯洁;红,言其热烈,色彩的象征意义耐人寻味。结尾部分有"望郎上青楼""海水摇空绿",青楼、碧海,或用于指女子的住所,或用于衬托女子的心境,在这里,色彩描写发挥了重要作用。

　　色彩可以给人强烈的情绪暗示,当读者读到诗中的色彩时,基于色彩的联想,就会让人不由自主地陷入诗人设计的情绪之中,而通过情绪的波动能更好地体会诗中想传达的理念。李贺《雁门太守行》:

> 黑云压城城欲摧,甲光向日金鳞开。
> 角声满天秋色里,塞上燕脂凝夜紫。
> 半卷红旗临易水,霜重鼓寒声不起。
> 报君黄金台上意,提携玉龙为君死。

　　为了反映将士慷慨报国的英雄气概,诗使用了浓艳斑驳的意象色彩——黑云、甲光、金鳞、秋色、凝夜紫、红旗、霜重、黄金台、玉龙,错杂的色,幻变的光,交相拌合,展现出一幅战地恐怖、血腥的图景。开篇"黑云压城城欲摧,甲光向日金鳞开",浓厚黑色(喻敌军)的压迫,耀眼金色(喻我军)的抗争。浓重压抑的黑云和明亮刺眼的金光两种相互冲突的色彩组成的图象,把在形势十分紧急的情况下,守城将士中夜出兵,乘隙捣敌的严峻形势喻示出来。

　　李贺诗歌语言的一个显著特色就是刷色浓重,用鲜明的色彩提高诗歌的意境和艺术表现力。其设彩的情况多种多样:有一句一色或一句两色的,还有一联中出现三四种颜色的。"桃花乱落如红雨","南湖一顷菱花白","彩线结茸背复叠,白袷玉郎寄桃叶","粉霞红绶藕丝裙,青洲步拾兰苕春"等等,皆"天垂缥白萦青外，人生粉红骇绿中"，故而陆游曾评说："贺诗如百家锦衲，五色炫耀，光夺眼目，使人不敢熟视。"今人钱锺书说"长吉穿幽入仄，惨淡经营，都在修辞设色"。

唐人笔下的即景之作，皆因赋彩而奇丽。白居易《暮江吟》：

一道残阳铺水中，半江瑟瑟半江红。
可怜九月初三夜，露似珍珠月似弓。

"一道残阳铺水中"，不说"照"而言"铺"，一个"铺"字下得新颖、准确、生动。残阳的余晖染红了整个天际，火红的晚霞铺满静碧的江面。"半江瑟瑟半江红"。秋水长天，交相辉映，乍暖还寒；暮江清景，半隐半现，若明若暗，如淡淡泼墨，绚丽逗人。瑟瑟实乃一种碧色宝玉的名称。《唐书·于阗国传》言德宗"求玉于于阗，得瑟瑟百斤"，瑟瑟即绿玉。明代杨慎《升庵外集》曾举白居易其他诗句，如"两面苍苍岸，中心瑟瑟流""沙头雨染斑斑草，水面风驱瑟瑟波"，来佐证诗人喜用"瑟瑟"一词摹状水波之碧色。其《升庵诗话》评此诗云："诗有丰韵，言残阳铺水，半江之碧如瑟瑟之色，半江红日所映也。可谓工致入画。"这种金波粼粼，黛绿瑟瑟的光色交错、瞬间万变的奇丽景色，恰如一幅着色秋江图。

与诗相比，词更着力于构筑色彩空间。张志和《渔歌子》：

西塞山前白鹭飞，桃花流水鳜鱼肥。　青箬笠，绿蓑衣，斜风细雨不须归。

张志和以一首《渔歌子》千古流传，是唐代较早期的词作，然品味不减唐诗高处。词中白鹭与桃花白红相映，对比鲜明，清丽如画；青箬笠、绿蓑衣与大自然的青山绿水融为一体，显示出渔翁淡泊超迈的情致与天人合一的境界。宋人范仲淹《苏幕遮》：

碧云天，黄叶地，秋色连波，波上寒烟翠。山映斜阳天接水，芳草无情，更在斜阳外。　黯乡魂，追旅思，夜夜除非，好梦留人睡。明月楼高休独倚，酒入愁肠，化作相思泪。

上片碧云、黄叶、秋色、水波、寒烟、夕阳、芳草，大笔挥洒出一幅深秋烟水夕照图，为下片的"黯乡魂，追旅思"做了感情色彩上的铺垫，写景入画，言情见性。

昆山玉碎凤凰叫，芙蓉泣露香兰笑

——形神毕肖说"摹状"

摹状，又称摹绘、摹拟，是把人或事物的声音、色彩、情状、神态摹写出来的一种修辞方式。中国诗人在咏物时，娴熟地运用摹状，缘于老庄对自然美的崇尚和追逐。几乎在庄子惊叹"天地有大美而不言"，表达他对天地万有的敬畏和礼赞的同时，西方哲人柏拉图也提出了他美的原则：天地万有是永恒理念的"摹品"，而艺术则是"摹品的摹品"。我们看中国古典诗歌摹状中的摹声，妙在可闻可视可触。清人方世举谓"白香山'江上琵琶'，韩退之'颖师琴'，李长吉'李凭箜篌'，谐摹声音至文。韩足以惊天，李足以泣鬼，白足以移人"，此非虚誉。香山的"大弦嘈嘈如急雨，小弦切切如私语。嘈嘈切切错杂弹，大珠小珠落玉盘"[1]，只"嘈嘈""切切"两叠，就把琴声的舒缓沉厚和轻快幽细的变化情状，摹写得惟妙惟肖。退之的"昵

---

[1] 白居易《琵琶行》。

昵儿女语，思怨相尔汝。划然变轩昂，勇士赴敌场"①，始见弱骨柔情，销魂欲绝；继而张牙舞爪，可骇可愕，变态百出。长吉的"昆山玉碎凤凰叫，芙蓉泣露香兰笑"②，形容琴音若悲若喜，时而忧沉，时而轻悦，连草木亦为之动情，妙处可夺鬼神之工。

摹状多见的还是状形，而状形贵在形神兼备，如描绘洞庭湖君山之景，"疑是水仙梳洗处，一螺青黛镜中心"③，是绘君山之风姿；"巴陵一望洞庭秋，日见孤峰水上浮"④，是写君山之文静；"遥望洞庭山水色，白银盘里一青螺"⑤，是状君山之形态；"淡扫明湖开玉镜，丹青画出是君山"⑥，是摹君山之画境。君山之美，早被前辈丹青妙手所曲尽，明知"眼前有景道不得"，可晚唐方干偏偏不服输，直接落笔雍陶的《题君山》：

曾于方外见麻姑，闻说君山自古无。
元是昆仑山顶石，海风吹落洞庭湖。

前人以形色状貌落笔，作者却从虚处看景，引用三见沧海桑田的麻姑的传说，突出君山之奇幻美。奇思妙想，不只态美，而且神奇，令人击节赞叹。

唐代大多数题画诗，偏爱采用摹状手法。当诗人使笔如画，用语言的艺术来描绘画面时，或大笔挥洒，泼墨似水；或斤斤计较，惜墨如金；或大斧劈皴，横涂竖抹；或细入毫发，工整严密，充分发挥了题画诗所特有的"绘画美"和"雕塑美"。如诗僧释景云《画松》：

---

① 韩愈《听颖师弹琴》。
② 李贺《李凭箜篌引》。
③ 雍陶《题君山》。
④ 张说《送梁六之洞庭山》。
⑤ 刘禹锡《望洞庭》。
⑥ 李白《陪族叔刑部侍郎晔及中书贾舍人之君山》。

> 画松一似真松树，且待寻思记得无。
> 曾在天台山上见，石桥南畔第三株。

画面中苍劲的松树，令诗人有似曾相识之感，他细细品味，凝神沉思，忽而欣喜惊叹：这不就是自己在天台山石桥旁见到的那棵矫健挺拔的古松吗？诗僧不去摹形，只是纯从观者的心理感受和生活体验写来，从虚处传画松之神。这种既写出欣赏活动的诗意感受，又能表现出画家的艺术造诣，在同类诗作中独树一帜。

画可题诗，诗亦可入画，唐人张打油《雪诗》：

> 江上一笼统，井上黑窟窿。
> 黄狗身上白，白狗身上肿。

大雪迷漫江河，茫茫一片的雪景如何描绘？张打油别具只眼，不着一"雪"，却描摹得气势磅礴，气魄壮观，形神毕肖。作者从总体着眼，大处落墨，不注重细致地描绘落雪的具体形态，而是运用一笼统、黑窟窿的点面结合的方法来比喻雪的广度，用黄狗白、白狗肿来形容雪的厚度，行文通脱爽口，谐趣横生，遂使这位以榨油为业、不是诗人的诗人的俚俗之作登上了诗国的大雅之堂，后世画家以此诗入画的亦不泛佳作。

有些人物速描式的小诗，一经摹状手法，便活灵活现。唐人李颀《野老曝背》：

> 百岁老翁不种田，惟知曝背乐残年。
> 有时扪虱独搔首，目送归鸿篱下眠。

人生休闲的方式多种多样，但不同阶层的人有不同的休闲乐趣。富贵人家的老太爷，有着诸多奢华的休闲享受；而贫寒人家的老者，也自有种种俚俗疏放的休闲之乐。诗人正是借野老曝背的生活一瞥，阐述一种道家式的生活态度和养生情趣。尾联对野老曝背的情态生动传神的描摹，扪虱、搔首的细节意象让人联想到魏晋时期竹林七贤扪虱取乐、搔首抓痒的疏狂放诞的生活情态。在描述野老舒坦地躺在篱笆下，仰望蓝天，目送归雁远远逝去，不觉恬然入睡的情境中，透露了作者一种厌弃官场机心伪善、喧嚣纷扰、追求自然、游心任性、抱朴养真的人生意趣。

　　唐人诗作善于摹景，宋人则深知状景之难。体写稍真，则拘而不畅；摹状差远，则晦而不明。故"必能状难写之景，如在眼前；含不尽之意，见于言外，然后为至矣"[①]。辛弃疾《西江月·遣兴》下片："昨夜松边醉倒，问松'我醉何如？'只疑松动要来扶，以手推松曰'去'。"全自"醉里"二字生发，幽默风趣地描摹了一幅醉汉图：醉了，身子摇摇晃晃，见松树也如在摇动，以为来扶，自己扶树，却又一手推开，狡黠一笑："去，你个醉鬼，别想找我当靠山！"如果没有醉酒的亲身体验，像这样生动逼真的描摹之句是无论如何也写不出来的。作者问松、疑松、推松，既是醉态，但神完气足，把词人倔强的性格表露殆尽。

---

① 《梅尧臣论诗》。

无情有恨何人觉

——传神写照说"咏物"

咏物诗,从所咏内容看往往以某一物为描写对象,抓住其某些特征着意描摹,进而托物言志,由物及人,抒写作者的精神品格。通常是采用比喻、象征、拟人、对比,摹状等修辞手法来表现的。如贺知章的《咏柳》,是纯粹的赋体咏物诗,从树干、枝条和嫩叶三个方面的细致描摹,抒发了诗人对柳树喜爱和赞美之情;而王维的《红豆》,则运用比兴的手法,由思念红豆而思念友人。思念是诗的主旨,红豆是起情之物。

咏物诗的源头,最早可追溯到周代。《易》中"观物取象""立象以尽意",《诗三百》中"触物以起情",共同促成了咏物诗的初生。按明人胡应麟说法,"咏物诗起自六朝,唐人沿袭"[①]。确切地讲,初具规模的咏物诗起于晋宋,盛于齐梁,唐以后一直沿袭。六朝人嗜好咏物,但凡月露风云、江河湖海、草木花卉、禽兽虫鱼,乃至小桥流水、日用器具等,都是他们歌咏的对象。

---

① 胡应麟《诗薮》内篇卷四。

咏物之"物",定义非常难下。孔子说:"乾,阳物也;坤,阴物也。"①夫子把无形的天同有形的地一样,也称作"物"了。有形的物,睹容见姿,吟咏起来,比较容易;无形的物,看不见,摸不着,咏无形之物,可不轻松。比如"风"来去无踪,肉眼难以觉察,但人的肌肤能够觉察,参照实物,也能感觉到它的存在。《文选》"物色"类中有《风赋》,李善注曰:

  有物有文曰色。风虽无正色,然亦有声。《诗》注云:风行水上曰漪。《易》曰:风行水上,涣。涣然即有文章也。

结句"文章"指水的"波纹""涟漪"。风行水上的声色,正是通过水波感觉到的。无形衬托有形,物色必现。如梁元帝咏翠楼之风:

  楼上起朝妆,风光下砌旁。入镜先飘粉,翻衫好染香。②

四句咏"风",以闺阁物事起兴,巧言切状,婉转道出闺中女诸多幽怨。又如"咏眼",传形容易,因为它有形状,人的视觉能够捕捉到。而传出眼神就很难。不是"太有才"的怕是难以咏出,梁代刘孝绰有首《咏眼诗》,是写睡美人的,就写得形神毕俏。诗云:

  含娇暖已合,离怨动还开。欲知秘中意,浮光逐笑回。

这位睡美人之"睡",并非今天一般意义上的"睡觉",如果真的睡着了,打起呼噜来,还有什么美可言?刘氏笔下的这位美人,可能是吃饱了,玩够了,歪躺在椅子或牙床上,在那里倦而闭目,怡神养颜。这位美人之"睡",是蒙眬的,无论就其形态还是就其意境而言,都给人一种意象模糊的美。就其形态而言,它幽而不默,暗而不黯,亮而不透;就其意境而言,它富于梦

---

① 《易传·系辞下》第六章。
② 《咏风》节录,详见《艺文类聚》卷一。

幻之美，含隐之美，玄妙之美。

咏物诗就是这样，状物传形易，抒情传神难。世间万物，观其外形雷同者并不鲜见。欲咏什么物而俏什么物；咏这一个而非那一个，惟在传神写照矣。中国诗人咏物有一个最基本的要点，即不在物，而在人，在于诗人以怎样的情思去观照物。如唐诗人陆龟蒙咏《白莲》云：

> 素花多蒙别艳欺，此花真合在瑶池。
> 无情有恨何人觉，月晓风清欲堕时。

此诗借物以寓性情，作者身世之感，君国之忧，隐然蕴于其内，寄托遥深。结句"月晓风清欲堕时"七字，得白莲之神韵，只可意会，不可言传也。有人单从外形浅论，认为移来咏白牡丹，白芍药也行。岂不知牡丹雍容华贵，即使白，也白得刺眼；芍药攀龙附凤，行为下次，岂可与出污泥而不染的白莲相提并论？宋代诗词大家苏轼针对此种俗人之议，运用比较和抑扬的手法，提出了精辟的评骘，在比较中显示其"移易不得"的神韵。其在《东坡志林》中云："诗人有写物之功。'桑之沃若'，他木殆不可以当此。林逋《梅花》诗：'疏影横斜水清浅，暗香浮动月黄昏'，决非桃李诗，此乃写物之功。若石曼卿红梅诗：'认桃无缘叶，辨杏有青枝'，此至陋语，盖村学中体也。"

白莲，素面朝天，凌波独立，甘于寂寞，似乎"无情"；"月晓风清"，小池露冷，素粉香清，似乎"有恨"。其实，"无情有恨"，正是素花白莲与别艳桃李不同的品格、风姿与遭际，也是诗人生活坎坷的真实写照。"世界偶然留色相，生涯毕竟托清波"①，处在唐末动乱年代的陆龟蒙，隐居在江南水乡甫里（今江苏吴江境内）。由于他对当时黑暗的政治不满，虽息影林泉，仍心忧天下。鲁迅先生在《南腔北调集》中曾将龟蒙与白莲相比赞，说他"并没有忘记天下，正是一塌胡涂的泥塘里的光彩和锋芒。"

一首小小的"咏物诗"，有此殊誉，正是得于传神写照，呼之欲出之功焉！

---

① 清人夏森律诗《白莲》首联。

可怜无定河边骨，犹是春闺梦里人

——栩栩如生说"示现"

示现，是一种超越客观情景、跨越时空的非常辞格。它是作者通过悬想、预言或者追述的手法，把实际上没有听到或没有见到的事物，过去、未来或者作者想象中的情景栩栩如生、绘声绘色地描绘出来，使读者如见其人，如闻其声，如临其境，从而受到深刻的艺术感染。

在汉魏乐府及唐代的边塞诗中，写负戈外戍，杀气雄边，塞客衣单，孀闺泪尽的名篇不胜枚举。而唐人陈陶有首绝句《陇西行》其二，由于运用了示现的表现手法，读来不禁令人心灵为之震撼，请看：

誓扫匈奴不顾身，五千貂锦丧胡尘。
可怜无定河边骨，犹是春闺梦里人。

"可怜无定河边骨，犹是春闺梦里人"，没有渲染家人的悲伤情绪，而是以前两句明白畅达的叙述描写作铺垫，运用"示现"的手法发挥丰富的想象，从作者所处空间转到另一个空间——"春闺",通过闺中人一个可说可梦却不可及的事实,传递了作者想要表现的伤感之情:丈夫远征,长年音讯杳然,人早已变成无定河边的枯骨,妻子却还在梦里盼他早日归来团聚。灾难和不幸已经降临,不但毫不觉察,反而满怀着热切美好的期望,这样的示现手法,较之那种"一将功成万骨枯"的平铺直叙要沉痛得多。

再看李商隐《夜雨寄北》:

<blockquote>
君问归期未有期,巴山夜雨涨秋池。
何当共剪西窗烛,却话巴山夜雨时。
</blockquote>

运用示现手法即兴写来,写出了诗人刹那间情感的曲折变化。"君问归期未有期",诗人采用设置远方盼归人的"君"和本有归期的"我",一问一答,实则自问自答,并在以下三句中,凭借深切的思恋在两个空间构成的无形关系之间勾画了一幅重叠交错的"两地情思幻想图"。"巴山夜雨涨秋池",表面上看,是即景点题。实际上是把"归期未有期"的沉痛情绪渲晕得更形象、更浓郁了。接着宕开一笔"何当共剪西窗烛",从眼前跳脱到将来,从巴山跳脱到长安,这是用示现的修辞方法遐想出的一个虚幻景象。在"西窗剪烛"的虚景中"却话巴山夜雨时",是"虚"向"实"的转换,这就使沉湎于思恋中的诗人得以在相隔千山万水的两地进行瞬间的穿梭往返、反复对照,从而把现实中不可能发生的事情变为可能,使普通的情感变得曲折清转,寓意沉至。

来归相怨怒，但坐观罗敷

——无言之美说"留白"

留白，又称空白。遣词造句，在字里行间留出艺术空白、空缺，让读者听众自己在接受中去填补，这种修辞手法叫"留白"。留白源于绘画的艺术表现手法。著名画家黄宾虹说："看画，不但要看画之实处，而且要看画之空白处。"笔墨勾画固然能够表达山水，有了留白则更能传神。满目墨沉，难免使人感觉压抑，留白便可以缓解紧张的构图，给观者以更多的自由想象的空间。修辞艺术上的"留白"与绘画艺术上的"空白"有着相通之处，即以虚映实，藏而不露。"不露"处，或有或无，若隐若现，到底是什么，为什么，怎么样，未言或不言。不言的目的是为了让读者在"接受"的过程中留下再创造的广阔空间，即在广泛的联想中祖式其法，拟则其仪，发其华藻，取其要妙，步入其境，体味深藏其间的意蕴，在再创造中无限接近作品的原意，从而获得对本诗的"言外之意"，享受"无言之美"。譬如汉乐府《陌上桑》第一部分后八句：

> 行者见罗敷，下担捋髭须。
> 少年见罗敷，脱帽著帩头；
> 耕者忘其犁，锄者忘其锄。
> 来归相怨怒，但坐观罗敷。

这部分的前十二句采用明朗爽净、节奏迅疾的明快手法，叙述了罗敷的身世、勤劳贤惠的品格及她美丽的装扮，然佳处却在这"行者"以下八句对罗敷美貌含藏不露、以虚映实的戏剧化描写。这里，作者避开了"柳眉杏眼""樱桃小口"之类的正面描写，只作巧妙的"留白"。秦罗敷的身材面貌究竟怎样？是胖，还是瘦？是娇小，还是修长？是柳叶眉，还是丹凤眼？是瓜子脸，还是桃花面？诗中一句未写。妙就妙在这不写不说，让读者从"行者""少年""耕者""锄者"的目不转睛，忘情失态中去尽情领略个中"不著一字"的风流韵味。罗敷的美丽之所以千古传诵，在很大程度上归功于作者娴熟于"留白"的修辞手法。因为对于人体美的看法，由于历史时代、社会地位、观察角度的变化，人们的审美趣味也各不相同。罗敷的相貌既然能让社会上的各种人入迷，那么她肯定是美的。但作者笔下的"美"只是融先秦女子道德传统和汉代审美观念于一身的新型女子的美，仍是一个浑然抽象的概念，具体的则留待人们自己去遐想。唐人以雍容丰腴为贵，清人以窈窕瘦俏为美，现代人更多的是欣赏健美。这样，罗敷的美，因巧于"不著一字"的艺术"留白"，而超越了时空的限制，使不同时代的读者以不同的审美趣味去欣赏、填补这个审美"空白"，从而获得理想的艺术效果。"空白"打破了语言规则和逻辑束缚，解放了诗性语言与人的具体化意向，令诗的语言不再停留于概念平面而展露出有待具体化、图式化的空位、空缺，从而将读者带入创造性活动之中，成为"作品的真正完成者"，而留白正是为读者去创造性地"接受"作品所提供的艺术"空白"。清人陈祚明赞赏这种留白"偏无一言及其容貌，特于看罗敷者尽情描写，所谓虚处著笔，诚妙手也"[①]。

---

① 《采菽堂古诗选》。

"诗无达诂","达"是明白晓畅之意,"诂"是以今言释古诗。虽说诗之语言所表达的有形的直接关系可以"达诂",但无形的间接关系则常是反映事物之间深层结构中的心灵震荡,犹如扑风系影,很难一下子"了然于口与手"。如陶渊明的《饮酒》其五:

> 结庐在人境,而无车马喧。
> 问君何能尔?心远地自偏。
> 采菊东篱下,悠然见南山。
> 山气日夕佳,飞鸟相与还。
> 此中有真意,欲辩已忘言。

颈联"采菊东篱下,悠然见南山",苏轼说"采菊而见山,境与心会,此句最有妙处"①,所谓"境与心会",即指宁静和谐的自然环境与诗人纯静超脱的心境相融相谐。这种"境与心会"的情感微妙复杂难以言传,连诗人自己也一时说不清道不明,最后以"此中有真意,欲辩已忘言"作结,为读者留下一片艺术空白,使读者能够自由地发挥联想,进行艺术的再创造,《饮酒》诗也因此获得永恒的艺术生命。

留白在诗歌创作中,是由作品自身不对称交流的实现方式规定的本体特征,它深刻地展开了诗歌创作过程与接受过程的视野融合,引发了诗性文本与接受者的审美交流活动,具有多层次多维面的蕴含。从文艺美学与人类学美学的交融及文体与接受者的动态的交流活动层面上看,留白作为诗歌艺术潜在的最高审美本质之所在,其实有待于在诗性文本与艺术接受者的双向交互作用的建构活动中,全面地生成审美意味世界。

"词之妙莫妙于以不言言之"②,"天以空而高,水以空而明,性以空而

---

① 《东坡题跋·题陶渊明饮酒诗后》。
② 刘熙载《艺概·词曲概》。

悟"①，诗歌的意境之美，语言的诗意之美，和"言"与"不言"所构成的语言张力密切相关。"言"在点兴逗发着，激起读者无限的遐思；"不言"则为读者留下空白；提供了一个可以自由涵永其中的无限空间，从而引领读者进入诗意隽永的精神家园。

---

① 孙麟趾《词迳》。

诗传画外意,贵有画中态

——诗中有画说"列锦"

列锦,作为修辞方式,是语言中的蒙太奇。它把具有关键性的名词或以名词为中心的词组罗列在一起,并使这些名词或名词性短语形成一幅幅生动的画面。"星垂平野阔,月涌大江流"①,"大漠孤烟直,长河落日圆"②,下垂的"星"与广阔的"平野",涌动的月"与"流动的"大江";"大漠"与壁直的"孤烟","长河"与圆圆的"落日",这些都是毫不相关的各自独立的意象,诗人只是并列地把它们罗列在一起,却能化动为静,把生生不息的宇宙景观,转化为像建筑物一样巍然屹立的立体形象。司空曙的"雨中黄叶树,灯下白头人"③,李白的"浮云游子意,落日故人情"④,"游云"与"游子","落日"与"故人",也都是列锦,未加任何分析性的说明,

---

① 杜甫《旅夜书怀》。
② 王维《使至塞上》。
③ 《喜外弟卢纶见宿》。
④ 《送友人》。

却像蒙太奇一样，不同的镜头组合在一起，自然而然地产生出某种深永的感情。温庭筠的"鸡声茅店月，人迹板桥霜"①，写早行情景，意象具足，宛然在目；羁愁旅思，见于言外。这种以名词连缀成诗的列锦手法在宋人的诗词中亦不乏佳什，如黄庭坚的"桃李春风一杯酒，江湖夜雨十年灯"②，不用一个动词，全用名词列锦，由于对这些景物意象加以陶冶，精心组合，使"桃李春风"与"江湖夜雨""一杯酒"与"十年灯"形成工巧的对仗和强烈的对比，从而营造出两个情景迥异、各具象征性的时空境界，羁孤未遇之叹宣泄而出。陆游的"楼船夜雪瓜洲渡，铁马秋风大散关"③，以精彩的意象组合表现出诗人的两段从军战斗经历，雄放豪迈，充沛着恢复中原的报国壮志，历来脍炙人口。范仲淹的《苏幕遮》上片：

> 碧云天，黄叶地，秋色连波，波上寒烟翠。山映斜阳天接水，芳草无情，更在斜阳外。

虽则纯用枚举，读者一样能够从这融汇浑成、清澈透剔、色彩绚丽的景象中感受到秋天的俊爽空灵，从而触景生情，油然而生乡思。又如宋人蒋捷《一剪梅·舟过吴江》：

> 一片春愁待酒浇。江上舟摇，楼上帘招。秋娘渡与泰娘桥，风又飘飘，雨又萧萧。　　何日归家洗客袍。银字笙调，心字香烧。流光容易把人抛，红了樱桃，绿了芭蕉。

词在一片明丽婉媚的春景中跳荡着一个亡宋遗老抑郁悲楚的诗魂。作者以极常见的景物抒写极沉咽的情绪，对比强烈。开篇言"愁"直抒胸臆，并未一

---

① 《商山早行》。
② 《寄黄几复》。
③ 《书愤》。

味发泄，而是随着船移，空间场景和意象迅速交替变换，一句一景，一画一情。"江上舟摇，楼上帘招""风又飘飘，雨又萧萧""银字笙调，心字香烧""红了樱桃，绿了芭蕉"，风声、雨声、风容、雨态、摇桨声、船行貌，江中行舟，江上虹桥，岸边酒楼，江畔渡口，构成一曲交响乐、一幅有声画。结句"红了樱桃，绿了芭蕉"，言景物随着季节的变化回黄转绿、荣枯迭换，毕竟还有回春再盛之时，人却被忧思侵蚀得日渐衰颓，再也无力唤回那逝去的辰光。两句将"流光容易把人抛"的悲叹融入一片明丽的景色中，又以景物的变化巧妙地反衬出"流光"句的主题，以乐景写哀，愈觉其哀，意境深永。

元人马致远小令《天净沙·秋思》，亦因运用列锦的方法，组合纯粹的具象，体现着中国古典诗"形象思维"的特点，而后人誉为元曲绝唱、"秋思之祖"，请看：

枯藤老树昏鸦，小桥流水人家，古道西风瘦马。夕阳西下，断肠人在天涯。

小令选择表象义丰富的名词或名词性词组，语法、逻辑几乎被毁弃殆尽，然正是这些断裂的句子、孤独的语词所构成的意象特别生动鲜明，提供的想象空间也特别阔大。它如同摄影镜头，由近及远，由静及动，由次及主，由外到内地分层次推进，立体延伸；每一个自然景物中都渗透了萧条秋色里人物内心世界的悲凉和难以言传的无穷况味。与马致远、关汉卿、郑光祖并称"元曲四大家"的白朴，也有一曲《天净沙·秋》：

孤村落日残霞，轻烟老树寒鸦。一点飞鸿影下。青山绿水，白草红叶黄花。

这首小令也是由名词及名词性词组联缀而成，全篇系锦，中无散句，天衣无缝，浑然一体，韵律和谐，风格清丽。"孤村""轻烟"之神肖直逼马氏"枯藤""小桥"之句。两曲罗列的意象几近一致：斜晖播撒，西天流霞，远处流水孤村，炊烟缭绕，渐与天接；近处村霭迷蒙，栖鸦聒噪，何其相似乃尔。然两曲的情调氛围多少有点差别：马曲的后两句，给全曲奠定了凄凉伤感的情调；白曲后两句，却给萧瑟的秋景平添一层亮色。

平芜尽处是春山,行人更在春山外

——由浅入深说"递进"

递进,又称层深。它是把意义相关的语句,由小到大,由浅入深,由低向高,由弱到强,由淡渐浓,由轻加重,层层累增的修辞方式。诗歌运用递进手法,能够在精短的语句中曲尽词情之妙,使读者在明快流转的节奏中遐思无边,饶有趣味。递进分逻辑上的递进和情感上的递进两大类。逻辑递进有标志性的连接词"不但……而且……""尚且……何况……"等,诗歌中情感的递进,一般不用连词。宋人曾纡《三衢道中》:

> 梅子黄时日日晴,小溪泛尽却山行。
> 绿荫不减来时路,添得黄鹂四五声。

小诗信手拈来,看似平淡无奇,实则跌宕曲折。一、二句惊诧黄梅时节当雨不雨,小溪水浅不能泛舟,诗人徒步也要山行;三四句出乎所料的一个大转折,发现奇美山景,由惊诧转而惊喜。"不减"与"添得"的搭配,又一次巧用递进表达出兴致意趣的高涨，颇具匠心。曾纡在北宋并不知名，但它的这首小诗却因审美独到，手法曲折而被收入《千家诗》，跻身名家之列。

情感上的递进是由浅入深，毋须严格遵循语法和逻辑顺序。中国古典诗歌比较多用的是递进抒情法。"刘郎已恨蓬山远，更隔蓬山一万重"[1]；"如今却羡相如富，犹有人间四壁居"[2]；"我比杨花更飘荡，杨花只是一春忙"[3]；"十年别旧知多少，不道相逢泪更多"[4]；"我已思归眠不得，乱虫莫更作秋声"[5]；"平芜尽处是春山，行人更在春山外"[6]；"泪眼问花花不语，乱红飞过秋千去"[7]；"寄到玉关应万里，戍人犹在玉关西"[8]；"惜春常怕花开早，何况落红无数"[9]；"故山犹自不堪听，况半世飘然羁旅"[10]；"可堪孤馆闭春寒，杜鹃声里斜阳暮"[11]等递进抒情，是在句与句间递进的。句子递进抒情，通常多在全篇的结尾出现，将感情推向高潮，如戏剧中的压轴戏，最精彩叫座。递进的抒情性质，使其最适宜于在长短句中运用。递进有在部分片断中递进的，有的整篇递进抒情。苏轼《江城子·乙卯正月二十日夜记梦》：

> 十年生死两茫茫，不思量，自难忘。千里孤坟，无处话凄凉。纵使相逢应不识，尘满面，鬓如霜。　夜来幽梦忽还乡，小轩窗，正梳妆。相顾无言，惟有泪千行。料得年年肠断处，明月夜，短松冈。

---

[1] 李商隐《无题》。
[2] 崔道融佚诗。
[3] 石孞《绝句》。
[4] 徐熥《酒店逢李大》。
[5] 冯煦《枕上作》。
[6] 欧阳修《踏莎行》。
[7] 欧阳修《蝶恋花》。
[8] 贺铸《杵声齐》。
[9] 辛弃疾《摸鱼儿》。
[10] 陆游《鹊桥仙》。
[11] 秦观《踏莎行》。

这首悼念亡妻的词层层递进，似流泉叮咚，其情切切；像细涓潺潺，其意绵绵。"十年生死两茫茫"，开篇便给活的死的定下了凄伤哀痛的基调。接着运用递进的表现方式，抒发对发妻王弗真挚深沉的悼念之情。第一层"不思量，自难忘"，写与王氏相濡以沫，感情笃深，幸福美满，不能忘怀；"千里孤坟，无处话凄凉"，千里相隔，无法说说别后生活凄苦的话，又进一层；"纵使相逢应不识，尘满面，鬓如霜"，纵然真的见面，"我"这老态龙钟的样子，也认不出来了，这第三层的推进，把别恨提到了无法再高的境界，即使在梦中相聚，也是"相顾无言，惟有泪千行"，寥寥数字，兼以幻化的手法，虚空悬想，写尽由喜转悲之情，并与"无处话凄凉"相呼应。梦醒了，痛定思痛，仍为那个"孤坟"年年"肠断"，这记梦的意象虽是虚幻缥缈的，然梦中人的感情却是刻骨铭心的，联想到政治上失意的东坡，读后越发令人欷歔生哀。

  递进还有一种折进关系。折进是一种特殊的递进，它不像递进那样同向推进、顺势叠加，而是后语相对前意而言，既是转捩，又是深入递进，或者有话不直截了当地说，故意绕个圈子，用迂回曲折的话来表现，这种手法又叫"折绕"。前语预设铺垫，是一种异向拗折、递势翻转的关系。譬如"梦魂纵有也成虚，那堪和梦无"[1]；"纵得相逢留不住，何况相逢无处"[2]；"尽道有些堪恨处，无情。任是无情也动人"[3]；"衡阳犹有雁传书，郴阳和雁无"[4]；"人人尽道断肠初，那堪肠已无"[5]；"怎不思量，除梦里有时曾去。无据，和梦也新来不做"[6]；"不辞歌里断人肠，只怕有肠无处断"[7]等，都是词中复句里分句之间的折进。还有全词呈现折进关系的。如唐代诗人温庭筠《梦

---

[1] 晏几道《阮郎归》。
[2] 晏几道《清平乐》。
[3] 秦观《南乡子》。
[4] 秦观《阮郎归》。
[5] 秦观《阮郎归》。
[6] 赵佶《燕山亭》。
[7] 陈师道《木兰花》。

江南》：

>　　梳洗罢，独倚望江楼。过尽千帆皆不是，斜晖脉脉水悠悠。肠断白蘋洲。

全词围绕一个"望"字，一写望前梳洗之热烈，二写望时独倚之怨恨，三写望后失落之肠断，款款情深，层折递进，低回不已，妙在进一层，愈转愈深，曲尽女子倚楼待远，极尽惆怅之态。

忽见陌头杨柳色，悔教夫婿觅封侯

——委婉曲折说"转换"

　　转换的手法是改变词语的语法性质和言语环境，通过环境的变换烘托出词语的语体色彩、感情色彩以及其他风格色彩，由用法的引申导致意义的引申，进而从审美情感的形式变化着眼，在客观条件的作用下，使诗情发生渐变或突变。视觉转换、情感转换或移步换形等都可纳入"转换"这一修辞方式之中。

　　视觉转换，如唐代诗僧释志南《舟次》：

　　　　古木阴中系短篷，杖藜扶我过桥东。
　　　　沾衣欲湿杏花雨，吹面不寒杨柳风。

　　僧人从独自泛舟至古树荫下，系舟登岸出游起笔，一开始便以插叙手法，透露出性如野鹤，心如闲云，怡然自得的情态。"杖藜扶我过桥东"，是接着写他舍舟登岸，漫步前行。此时，明明是僧人挂杖而行，却偏偏从相反角度说成是杖藜有情，扶他过桥东，这种转换兼拟人手法的运用，将僧人行步不用着力、不觉寂寞，表现得十分自在。这种看似寻常的主从关系的随意变换，正是僧人神来之笔的转化之妙。三四句峰回路转，别有境界。僧人抓住"沾衣欲湿"和"吹面不寒"两个细节，抒写主观感受到的春雨之细小，春风之柔和，透露出内心的喜悦和对大自然的热爱，尔后戛然而止，让读者沿着诗人的思维方向自己去想象、体味那细雨和风、莺啼花香、杨柳依依的烂漫春光。

情感转换，如唐代诗人王昌龄《闺怨》：

闺中少妇不知愁，春日凝妆上翠楼。
忽见陌头杨柳色，悔教夫婿觅封侯。

"七绝圣手"王昌龄的这首诗久享盛誉。诗题"闺怨"，既不写思妇"为惜影相伴，通宵不灭灯"[1]的相思不眠，也不诉"不识玉门关外路，梦中昨夜到边城"[2]的魂萦梦绕；既没有"自家夫婿无消息，却恨桥头卖卜人"[3]的无奈与叹息，也没有"此时相望不相闻，愿逐月华流照君"[4]的热切渴望。开篇即用"不知愁"带出纯真少妇一夕成熟的微妙契机，接着翻转出后两句，语境一新，情思婉折。这种情绪转换有定向渐变的，也有非定向突变的。《闺怨》是运用非定向转换的手法。四句两度曲折，第一个曲折在两句间，即第三句与第四句的转换关系。看到陌头柳色本该高兴，却因此而引发别愁，后悔不该让丈夫远行。第二个曲折在两句间，"忽见"以后，情况突变，由"不知愁"之"愁"而剧变为"悔教"；不说别而别情自见，不言愁而愁思倍增。

移步换形，也是一种转换。如唐代诗人杜牧《清明》：

---

[1] 白居易《寒闺夜》。
[2] 戴叔伦《闺怨》。
[3] 施肩吾《望夫词》。
[4] 张若虚《春江花月夜》。

清明时节雨纷纷，路上行人欲断魂。

借问酒家何处有，牧童遥指杏花村。

清明时节，困顿的行人在雨中踽踽独行，细雨霏霏，行人魂断，境界是凄迷的。但行人与读者的视线随着牧童的"遥指"方向看去，被红艳艳的杏花笼罩的村庄已遥遥在望，境界顿时转为明丽。短短四句诗把乡村景色和人物心境的转换写得跌宕多姿，自然和谐，堪称神来之笔。

叵耐灵鹊多漫语，送喜何曾有凭据

——反常合道说"佯谬"

佯谬，又叫悖论、反论、诡论、逆论。佯谬是佯饰和归谬的简称。佯饰，即诗中主人公通过某种佯装的动作或诳言，来掩饰内心深处复杂微妙却又不便直露的隐情；归谬，即先假定所要反驳的论点是对的，而后通过反驳归结到荒谬的结果上来，令人触目惊心。佯谬能打破语言的僵化，造出一种新的语言方式，产生一种"陌生化"的审美效果。中国禅宗有个不成文的语言规则："语中有语，名为死句；语中无语，名为活句。"从诗歌艺术的观点来看，禅宗这种表面荒诞无稽的玄言活句，往往是绝佳的"诗家语"。正是不合理之"理"，不可比之"比"，无义语之"语"，反倒符合艺术表现的辩证法。诗人运用这种迁情于他人他物的审美错觉，于"物理"失真，于"情理"却真实。"狂风吹我心，西挂咸阳树"[①]，是大诗人做小孩语，正是这天真而形象的诗

---

① 李白《金乡松韦八之西京》。

句，使得李白的感情变得更为真实。"客心洗流水，余响入霜钟"①、"红入桃花嫩，青归柳叶新"②，两联两"入"，用字奇妙："余响"本是"霜钟"发出的音响，"红"本是桃花固有的颜色，反而用"入"字来表现它的动态美，正是这种反常合道，才得以奇险惊人。

"诗要避俗，更要避熟"③，避俗入雅是雅正派的致力所在，避熟求生则是怪奇派走向陌生化诗歌创作道路的必然抉择。为了不堕"熟"字界里，他们常常运用佯谬的手法造成一种独特的意趣。例如：

> 月落星稀天欲明，孤灯未灭梦难成。
> 披衣更向门前望，不忿朝来鹊喜声。
> ——李端《闺情》

> 手爇寒灯向影频，回文机上暗生尘。
> 自家夫婿无消息，却恨桥头卖卜人。
> ——施肩吾《望夫词》

两诗均一反常态：行人久不归，希望与失望，惊喜与忧伤，爱心与恨心，责难与谅解，交织纠缠。前例结句引进一只贫嘴的喜鹊，巧妙地揭示了思妇"未信其真，但愿其有"的矛盾心理，大有"叵耐灵鹊多漫语，送喜何曾有凭据"④的无理而妙。后例则引进桥头"卖卜人"，编织了一个颇有戏剧色彩的小故事，这故事虽是"理之所必无"，却是"情之所必有"。它不亚于一则凝练的喜剧小品。

又如黄巢少时所作的一首《题菊花》：

---

① 李白《听蜀僧浚弹琴》。
② 杜甫《奉酬李都督表丈早春作》。
③ 清人刘熙载《艺概·诗概》。
④ 敦煌曲子词《鹊踏枝》。

飒飒西风满院栽，蕊寒香冷蝶难来。

他年我若为青帝，报与桃花一处开。

诗中的菊花形象，是当时劳苦大众的象征，诗人歌颂菊花傲霜盛开芳香四溢，实则是在歌颂劳动人民的品格，同时，也为天公不作美——让菊花独自在寒风肃杀的处境中开放而鸣不平。"他年我若为青帝，报与桃花一处开"，貌似悖理，实则合道。明知不可为而为之，说明诗人在小小年纪时，便有扭转乾坤之志。古人说："跋扈之意，已见幼时。加以数年，岂不为神器之大盗哉！"然而，徒有凌云之志，却无匹配之才的黄巢，终因自己不幸的遭际，未能实现要让菊花开在春天的梦想。

诗用佯谬法，往往"正话反说""似非而是"，或"反言以显正"。正是这种类似禅家机锋的"玄妙"，给读者带来了广阔的联想空间，激起读者强烈的参与、探究、阐释的欲望，从而使诗歌获得更加深邃丰富的审美外延。苏轼说，"诗以奇趣为宗，反常合道为趣"[①]，所谓反常，即有违常理；所谓合道，即是合乎情意。如宋之问《渡汉江》："岭外音书断，经冬复历春。近乡情更怯，不敢问来人。"运用反常合道的艺术手法，既出人意外，又入人意中，读来奇趣横生。

---

① 《冷斋夜话》卷五《柳诗有奇趣》条引苏轼语。

行到中庭数花朵，蜻蜓飞上玉搔头

——无理而妙说"奇趣"

奇趣，奇异而妙趣横生谓之奇趣；启迪心智的趣事趣谈谓之奇趣；奇伟瑰怪非常之观谓之奇趣；神奇谲幻，反常合道谓之奇趣。奇趣之"奇"，是出乎意料的非凡，令人惊异的新颖。"奇"在诗评中是一个重要的审美标准。虽说"奇"效可以刻意求取，但终以主客体的偶然感兴而获致为最。

奇趣之"趣"，作为一个美学范畴含义很广，言情者，谓之情趣；指理者，谓之理趣；云禅者，谓之禅趣；表明人的风致心性者，谓之高趣、雅趣；领悟人的宇宙观念者，谓之真趣。明代的谢榛将"趣"单独提出来，以其作为一个与"兴""意""理"相并列的审美范畴。谢榛说"诗有四格，曰兴，曰趣，曰意，曰理"[①]。至于什么是"趣"，他又举例说："陆龟蒙《咏白莲》曰：'无情有恨何人见，月晓风清欲堕时。'此趣也。……悟者得之；庸心以求，或失之矣。"在谢氏看来，"趣"是一种出人意料的机智巧妙的说法。

---

① 《四溟诗话》卷二。

对诗歌来说，此"妙"乃"无理而妙"，或有违逻辑，或是语言悖理，近似傻话痴语，而醇美的诗味正在其中。王维的"隔窗风惊竹，开门雪满山"①"大壑随阶转，群山入户登"②"嫩竹含新粉，红莲落故衣"③"雨中山果落，灯下草虫鸣"④"山路元无雨，空翠湿人衣"⑤"草色摇霞上，松声泛月边"⑥，无不带给人们一种深层次的精神愉悦。杜牧《池州送孟迟先辈》，亦巧于立意，语妙趣奇。诗中写孟迟之才："奉披尘意惊，立语平生豁"；状山间之景："烟湿树姿娇，雨余山态活"；咏牛渚矶之壮观："大江吞天去""千帆美满风"；记长安相聚："僧炉风雪夜""晓粥还分钵"；闻故人之将光临："丹鹊东飞来，喃喃送君礼"，都是即景抒怀的佳句。临了"我欲东召龙伯翁，上天揭取北斗柄，蓬莱顶上斡海水，水尽到底看海空"，四句忽发奇想，展现了一个奇特的神话境界。宋人杨万里视此四句为古来惊人之句。

诗"贵有奇处，却不是说怪话，正须得至理。发以仄径，乃成奇趣"⑦，如刘禹锡《和乐天春词》：

新妆宜面下朱楼，深锁春光一院愁。
行到中庭数花朵，蜻蜓飞上玉搔头。

和诗写春怨，将平凡常见的生活升华进入诗的境界：春光明媚，美人梳洗打扮，春庭信步，而怨在其中矣。无名的愁怨有多少？"深锁春光一院愁"，闲愁满院，难以排解，孤独无奈，凝神伫立的美人，只得以数花朵来打发时光。偏在这时"蜻蜓飞上玉搔头"，形态优美、色彩鲜丽的蜻蜓把美人的一头秀发当成了盛开

---

① 《冬晚对雪忆胡居士家》。
② 韦给事《山居》。
③ 《山居即事》。
④ 《秋夜独坐》。
⑤ 《山中》。
⑥ 《游悟真寺》。
⑦ 何绍基《与汪菊士论诗》。

的鲜花,款款飞上搔头,于无情处复有情,尤显女子之温柔娴丽,如此妙笔生花,那些在常人诗中显得枯燥乏味的事物便充满灵气和趣味。

明代才女宸濠翠妃有首《梅花》诗,论奇趣亦不减唐人韵味:

> 绣针刺破纸糊窗,引透寒梅一线香。
> 蝼蚁也知春色好,倒拖花片上东墙。

小诗观察细致,构思新奇,刻画入微,读来奇趣横生:一根绣花针扎进窗户纸,梅花的香味即透过针孔扑鼻而来,显示了匪夷所思的新奇。末两句推出了一个蚂蚁拖着一片梅花往墙上爬的特写镜头,精彩逗人。诗人从小处着笔,把这个"小处"描绘得具体生动,而梅花盛开、梅香浓郁的景象也就如在目前。

词写奇趣,则非宋代大家——刁才苏东坡莫属。请看他的《水调歌头·明月几时有》。

> 明月几时有?把酒问青天。不知天上宫阙,今夕是何年。我欲乘风归去,又恐琼楼玉宇,高处不胜寒。起舞弄清影,何似在人间!
> 转朱阁,低绮户,照无眠。不应有恨,何事长向别时圆?人有悲欢离合,月有阴晴圆缺,此事古难全。但愿人长久,千里共婵娟。

这是中国古典诗坛上极富奇趣的力作。诗人怀逸兴壮思,端起酒杯向天发问,异想天开,笔力奇崛,问中见奇。像谪仙人李白那样,苏轼也设想前身是月中人,因生乘风而上、直奔天廷宫阙的念头,但又怕那里的寒气。于是,诗人将天上和人间、幻想和现实、出世和入世的矛盾,借助奇思妙想表现出来,不能不使人感到趣生法外。这首词突破时间的局限,打通空间的阻隔,通过普照世界的明月实现"神交",达到了诗情与哲理的高度统一,堪称词中"逸品"。难怪胡仔说:"中秋词自东坡《水调歌头》一出,余词尽废。"[1]

---

[1] 《苕溪渔隐丛话》。

天工造化秘，夺取鬼神工

——文质俱佳说"词采"

在汉语修辞学传统的美学旨趣中，词采精拔是指既注重文采，又注重思想内容的一种高层次的审美要求。刘勰《文心雕龙·情采》云："夫铅黛所以饰容，而盼倩生于淑姿；文采所以饰言，而辩丽本于情性。"这是说浓妆艳抹，顾盼传情是一种文采；本于情性，不用藻饰，于轻描淡写中也可以显示文采。杜甫"细雨鱼儿出，微风燕子斜"[①]，看似平易，细想则生动精拔。鱼儿浮出水面，是鱼儿活跃的表现；燕子斜身侧飞，更显其姿态潇洒。韦庄"春水碧于天，画船听雨眠"[②]，写人躺在船里听打在船篷上的雨声，听着听着便睡着了，浓浓的春意跃然纸上。

古今诗人，以诗名世者，或只一句，或只一联，或只一篇，虽别有佳什，然能流传后世者，多是那些词采精拔，脍炙人口之作。战国时期的荆轲《易

---

① 《水槛遣心》。
② 《菩萨蛮》。

水歌》:"风萧萧兮易水寒,壮士一去兮不复还",以轻轻两句遂为千古绝唱,万世之下,犹能激荡人们的心灵,正是它写景抒情,举重若轻,"绝去形容,略加点缀,即真相显然,生韵亦流动矣"①。义士之举,何止万千?专诸刺吴王,身死而功成;荆轲刺秦王,身死而事败。然而,人们早已忘掉了专诸,而千载之下,世人仍在赞美荆轲。士固不可以成败论,人们怀念荆轲,正是因为这短短两句"歌行",具有震撼千古人心的抒情效果。诗人创造了诗,同时也创造了自己,它属于荆轲,更属于全人类。

中国古代文人士子癖好山水,他们的模山范水之作每多奇观灵境,幽深岩洞,清美泉石,茂密竹箭,怪异草木,其词采之精拔,可驻游踪,可舒倦眼。南朝山水诗大家谢朓《游东田》:"鱼戏新荷动,鸟散余花落"一联,写来清新流媚,情彩飞动,意趣横生。作者观察入微,描写细腻,寥寥十字,却有很大的艺术容量。"鱼戏"的"戏"字,写出鱼儿优游不迫,怡然自得的活泼神态;"新荷动",又使鲜嫩的荷葩的娉娉嬛嬛的风致跃然纸上;"鸟散"句把近景稍稍拉开,向人们展示了众鸟欢唱,落英缤纷的景象。而花之为"余",因而易落,鱼动新荷,点明节令。两句囊括四景,构成画面中一刹那间的活动,字里行间,缭绕着诗人的斐然情思,喷薄着大自然的无穷活力。隋炀帝杨广《春江花月夜》:"暮江平不动,春花满正开。流波将月去,潮水带星来。"诗用字虽不经意,然含蕴丰富,不落俗套。首句"平"字使人联想到柔软的夕照,恰与波光粼粼的江面吻合,给人以亲切安闲平静的感觉。次句"满"字,突现春花怒放,绿水江花、相映生辉的清新景象。第三句"将"字,把流波拟人化了,它好像有意识地要驱走明月似的。接着第四句"带"字,在拟人中赋予江水以动态,无意求巧,直道眼前景色,颇有"天然去雕饰"的自然美。其含蓄蕴藉为张若虚的《春江花月夜》勾出了最初的轮廓,其开阔气象又能与曹孟德《观沧海》相表里,杜甫的"星垂平野阔,月涌大江流"②的博大气势亦不免受其影响。

---

① 陆时雍语。
② 《旅夜书怀》。

隋炀帝的诗作，叫人很难相信，他那些神完气足，气象万千之作，竟然出自一个荒淫无度的暴君之手。但佳作自不应因人而废。杨广的不少诗作虽大造新声艳曲，但论语言自然明秀，清丽颐人；观意境高展清俊，开阔明朗；论气格遒迈沉雄，铿然独异，颇受后代文人所称道。北宋晁补之曾赞赏秦少游《满庭芳》"斜阳外，寒鸦万点，流水绕孤村"几句，道："虽不识字人，亦知是天生好言语。"其实，少游不过沾了个便宜。晁先生或许不知杨广有首五绝《野望》云："寒鸦千万点，流水绕孤村。斜阳欲落去，一望黯销魂。"少游之句实化用杨广诗作，晁氏的赞美理应还归杨广。杨广的有些诗作在得南朝诗人之妙的同时，往往融进自己高厚的气质，如他的《夏日临江》：

夏潭荫修竹，高岸坐长枫。
日落沧江静，云散远山空。
鹭飞林外白，莲开水上红。
逍遥有余兴，怅望情不终。

紧扣夏日江边时空，变换视角，精选物象，移情入景，妙笔组合，从而使远景与近景、静态与动态、柔美与状美和谐融溶，气宇高朗，诗中有画。

诗文可以与造化争巧，古人多有灼见。欧阳修说："余尝爱唐人诗云：'鸡声茅店月，人迹板桥霜'，则天寒岁暮，风凄木落，羁旅之愁，如身履之。至其曰'野塘春水漫，花坞夕阳退'，则风酣日煦，万物骀荡，天人之意，相与融怡，读之便觉欣然感发，谓此四句可以坐变寒暑。诗之为巧，犹画工小笔尔，以此知文章与造化争巧可也！"[①]

词与小令的词采精拔之作，别有洞天，如宋代词人晏几道的一首《鹧鸪天》：

小令尊前见玉箫，银灯一曲太妖娆。歌中醉倒谁能恨？唱罢归来酒未消。　　春悄悄，夜迢迢。碧云天共楚宫遥。梦魂惯得无拘检，

---

① 《欧阳文忠公文集》卷一百三十。

又踏杨花过谢桥。

结句"梦魂惯得无拘检,又踏杨花过谢桥",将梦魂写得竟如鬼魂,迷离幽深,情旨起超迈,脱尽烟火气。真个"天工造化秘,夺取鬼神工"。人们在现实中无法得到欢乐和强自密封的真情,常在梦境中觅取自由和安慰。词中的梦境就反映了这种心理状态。春夜宁静,杨花如雪,听任多情无拘的梦魂轻灵飘荡,随着迷茫的夜色,一次次寻访到心上人身边。在虚幻的境界中,相望而不能相闻的情人终于能够逾越邈远的阻隔,互通情愫。北宋道学家程颐称"梦魂惯得无拘检,又踏杨花过谢桥"为"鬼语"。

诗格篇第五

诗格，即诗的语言风格。"风格"一词从伦理走进修辞学领域，魏晋时已见端倪。此后，所谓诗的语言风格，是指诗人思想情感、个性特征、艺术素养、审美趣味等方面在其作品中的流露，以及在诗的表现形式上独特的修辞特色。"性情所至，风格立焉"，所谓"文如其人"，就是指诗文风格与诗人性情的一致性。诸如豪放与柔婉、藻丽与平淡、明快与含蓄、繁复与简洁、典雅与通俗、幽默与讽刺等风格，往往形成相对应的关系。乍看起来，它们似乎很简单，然而一旦通过诗人的性情所铄与陶然所凝，立时形成千差万别、丰富多彩的风格。

风格的多样化既是主体审美成熟的标志，又可以进一步鼓励诗人发扬属于自我的独创精神，诸如屈原诗歌雄浑壮丽，陶渊明诗歌平淡自然，曹操、辛弃疾、马致远的雄奇悲壮，李白、苏轼、王士祯的豪放飘逸，李清照、姜夔、朱彝尊的清丽典雅，孟浩然、梅尧臣的自然纯朴，曹植、温庭筠、周邦彦的华彩富艳，韩愈、李贺、关汉卿的奇崛险怪等等。就个别风格卓尔不群者，诸如杜甫、王维、李白等大诗人因受盛唐儒、释、道三家正统思想的影响，素被雅称为"诗圣""诗佛""诗仙"；孟郊、元好问、李贺等诗人得了个"诗迷""诗囚""诗鬼"的"恶谥"，则集中而形象地反映了中唐社会的特异文化思潮及其特异的诗歌风貌——"怪怪奇奇"。同时，地域风貌和自然气候等因素也会直接影响到诗人的诗风，正如况周颐《蕙风词话》所云："南人得江山之秀，北人以冰霜为泻。"

黄河之水天上来，奔流到海不复回

——气度超绝说"豪放"

豪放，运用夸张、排比、反复和连珠等修辞手法所表现的那种豪情满怀、直抒胸臆、奔腾咆哮、一泻千里的浩瀚气势，谓之豪放。豪放的诗歌是豪语豪气豪情豪境的融合，有如铜琶铁板歌大江东去，令人胸襟洒脱，壮怀激烈。刘邦的《大风歌》："大风起兮云飞扬，威加海内兮归故乡，安得猛士兮守四方。"

三句三意，没有承转，不尚华藻，却写得志气慷慨，规模宏远，让人领略到一代天子心忧天下，胸怀四方，叱咤风云，囊括海内的霸气和雄心，气笼宇宙，自然浑成，凸现王者气象。曹操的《步出夏门行·观沧海》

> 东临碣石，以观沧海。
> 水何澹澹，山岛竦峙。
> 树木丛生，百草丰茂。
> 秋风萧瑟，洪波涌起。

日月之行，若出其中。
　　星汉灿烂，若出其里。
　　幸甚至哉，歌以咏志。

开篇平直叙起，落笔点题，接着按视角转换顺序，大笔涂抹，以气象取胜。结句"幸甚至哉，歌以咏志"，戛然而止。这瘦劲深远、冠绝古今的名篇，就是曹操通过观沧海所体悟出的"天行健，君子以自强不息"的人生境界；是一代英豪含纳万物、吞吐日月、饮食江河的壮志雄心的袒露，其气魄之宏大，境界之开阔，一展曹操诗歌挥洒酣畅、刚健挺拔的阳刚之气。毛泽东面对大海长啸"往事越千年，魏武挥鞭，东临碣石有遗篇"[①]，正是化用了曹操"东临碣石，以观沧海"这一名句。千古之间，两位伟人各抒胸中眼中一段吞吐宇宙之气象，但毛泽东却少了悲凉，多了慷慨。

　　王者气象的豪放是一种气势，更是一种胸襟；而在布衣寒士诗人的豪放之作中，则更多地体现了一种才子情怀和率真风度。正在封建社会上升时期的唐朝，政治开明，富于"布衣感"的"寒士"们是积极进取的，开朗解放的，充满乐观奔放的浪漫豪情。他们的诗作即便是悲愤，亦不失其豪放；即便是失利，亦不失为英豪。盛唐诗歌尤其是李白和杜甫的诗风与建树各标其帜。李白虽有和谐柔美的一面，但主要的还是豪迈旷达，汪洋恣肆。他的长风破浪，波澜壮阔，是对一切规范的超越；他的醉态思维，远游行姿，明月情怀是对中国诗学的重要贡献。明人王世贞说李白的诗歌"以气为主，以自然为宗"。的确，在创作过程中，诗人的感情往往如喷涌而出的洪流，不可遏止地滔滔奔泻，其间裹挟着强大的力量。李白洒脱狂放的个性，使他在诗体的选择上较少运用那些有限制的律诗，而偏爱于腾云驾雾、纵横驰骋、悠游飘逸、随意抒写的以乐府体为主的古诗。长袖善舞，多财善贾。李白是儒生，更是仙翁、侠客。西域的异族风情、荆楚的浪漫风流、吴越的清丽品质、齐鲁的慷慨气度和蜀汉的情书教养使他的诗风闪烁着胡腾舞的音乐，宝蓝色的幻想与琥珀

---

① 《浪淘沙·北戴河》。

般的酒色，涌动着中古时代西域文化的热烈、激情、豪放及其神秘的瑰丽色彩。李白喜用七言歌行，是因为这种体式篇幅可以拉长，腾挪回旋的余地较大。这一诗体在李白那里，比前人更为放纵自由，可以兼用长短不齐的句子，又可以换韵，因此能够以丰富的想象、生动的比喻、极度的夸张、鲜明的意象和恢弘的格度，交织出时而汪洋恣肆，时而深沉静远的动人诗作，往往"想落天外，局自变生"，启发人们洒然尘外的悠然远思。他的《蜀道难》，写蜀道的险绝：六龙回日之高标，冲波逆折之回川、畏途巉岩、摩天连峰、绝壁枯松、飞湍瀑流、砯岩转石，层层展开，引人入胜又赫人耳目，以瑰丽的词采，奇特的夸张，奇谲的想象，奋发怒张，激情飞溅，气势磅礴，酣畅淋漓地赞颂了蜀地山川遮天蔽日、奇险壮丽的景象，熔现实与神话传说于一炉，洋溢着瑰奇宏阔而又变幻莫测的艺术魅力，充分体现了李白豪放飘逸的浪漫主义诗风和热情奔放、豪迈不羁的个性。清人赵翼《瓯北诗话》称："（白）诗之不可及处，在乎神识超迈，飘然而来，忽然而去，不屑屑于雕章琢句，亦不劳劳于缕心刻骨，自有天马行空不可羁勒之势。"摆脱束缚，是李太白诗歌旷达飘逸风格生命之所在。在李白的诗作中，这一类作品数量最多，其中《长干行》《江夏行》《襄阳歌》《将进酒》等又是流传人口的好诗，而突出地表现李白豪放、旷达和潇洒无尘、耿介绝俗诗风的，首推他的《将进酒》：

> 君不见，黄河之水天上来，奔流到海不复回。
> 君不见，高堂明镜悲白发，朝如青丝暮成雪。
> 人生得意须尽欢，莫使金樽空对月。
> 天生我材必有用，千金散尽还复来。
> 烹羊宰牛且为乐，会须一饮三百杯。
> 岑夫子，丹丘生，将进酒，杯莫停。
> 与君歌一曲，请君为我倾耳听。
> 钟鼓馔玉不足贵，但愿长醉不复醒。
> 古来圣贤皆寂寞，惟有饮者留其名。
> 陈王昔时宴平乐，斗酒十千恣欢谑。

主人何为言少钱，径须沽取对君酌。

　　五花马，千金裘，呼儿将出换美酒，与尔同销万古愁。

开篇以黄河水起兴，把正常的时空秩序彻底颠倒，广漠的空间、毕生的光阴，竟转换成眼前可见的瞬间，尤其是两组排比长句的运用，境界阔大，情感悲壮。从流水送流年的惊恐，到顾镜自悲人生苦短，以悲切写呼号奋发，势不可挡。悲观毕竟不是李白的性格，"白发如丝叹何益"，诗人豪情毕现，他要于酣畅淋漓的痛饮中，享受人生快意，让美酒去淹没怀才不遇、报国无门的痛楚。历代文人借酒浇愁的诗作指不胜屈，但表现得如此旷达、豪放，实为罕见。

　　"文物皇唐盛，诗家老杜豪"①。杜甫的诗歌思笔沉雄，波澜老成，穷高妙之格，极豪逸之气，包冲淡之趣，兼峻洁之姿，备藻丽之态，其众体兼备，无一不精的诗艺，以格律细密，法度森严，而成为后来诗家的范式。但沉郁顿挫仍是其主要风格。"沉郁"，主要表现为意境开阔壮大，感情深沉苍凉；"顿挫"，主要表现为语言和韵律曲折有力，而不是平滑流利或任情奔放。

　　他那法度精严深细而凌铄千古的《登高》：

　　　　风急天高猿啸哀，渚清沙白鸟飞回。
　　　　无边落木萧萧下，不尽长江滚滚来。
　　　　万里悲秋常作客，百年多病独登台。
　　　　艰难苦恨繁霜鬓，潦倒新停浊酒杯。

诗写重阳登高，精光万丈，力量千钧；"而建瓴走坂之势，如百川东注于尾闾之窟"②。这种广博厚积、地负海涵的胸襟视野，正是由"沉郁顿挫"的基调决定的。《登高》不但声情肃杀残厉而哀惋，意境苍凉悲壮而深沉，就形式而言，亦令人叹为观止。造次一看，首尾似未尝有对，中幅似无意于对，

---

① 张方平《诗杜工部诗》。
② 仇兆鳌《杜诗详注·引元人评》。

细按则一篇之中句句皆对、字字皆律，自然工稳。就内容和表现手法而言，思致深远，造语奇警，正而能变，大而能化，有行云流水之势，极沉郁顿挫之妙，纵横动荡，气象万千，高浑一气，古今独步，为杜诗中大气盘旋、沉郁悲壮风格之代表作。

月下把酒问天，醉里挑灯看剑

——超旷刚大说"豪放"

如果说诗之豪放由李白、杜甫领军，那么词之豪放则应由苏轼、辛弃疾挂帅。苏辛两家词，其秀在骨，其厚在神；率真拙大是其共同特色。王国维谓"东坡之词旷，稼轩之词豪"[1]，旷者，超旷、旷放；豪者，雄豪、豪迈。词如其人，苏轼、辛弃疾两家词一旷放，一豪迈，正是创作主体内在的人格类型和情感模式。"豪"与"旷"在整体风格中，是一个问题的两个方面，而不是两个独立的并列的风格范畴。苏轼词中虽也偶有"会挽雕弓如满月"的豪壮形象，但他更喜欢疏狂异趣的人物。在苏词中，这些人物或以"一蓑烟雨任平生"[2]的达士面目出现，或以"我欲乘风归去"[3]的游仙面目出现，或以"一笑人间

---

[1] 《人间词话》。

[2] 《定风波》。

[3] 《水调歌头》。

千古"①的隐士面目出现，或以"独求僧榻寄须臾"②的居士面目出现，或以"佳处辄迟留"③的迁客面目出现，或以"醉醒还醉醉还醒"④的酒徒面目出现，其行为感情都无不带有旷达的色彩。而最能体现苏轼"坡仙"风格的还是他的《水调歌头·明月几时有》：

  明月几时有？把酒问青天。不知天上宫阙，今夕是何年。我欲乘风归去，又恐琼楼玉宇，高处不胜寒。起舞弄清影，何似在人间！
  转朱阁，低绮户，照无眠。不应有恨，何事长向别时圆？人有悲欢离合，月有阴晴圆缺，此事古难全。但愿人长久，千里共婵娟。

词以留恋生命、追求幸福的形式咏月而兼怀人，但字里行间却隐藏着某种激愤和不平，而这种复杂矛盾的内心世界又是通过兴寄、暗示、象征、比喻等修辞手法表现出来的。由于此词行文"如春花散空，不著迹象"，使得读者能在其提供的艺术形象上加入诸多自己的感受和联想，虽说理解和诠释不同，但在体现苏词开阔豪迈、飘逸旷达的词风这一点上，却是一致的。全词上下古今，目接神游，想象奇特，境界开阔，既有飘逸邈远的意境，又有耐人寻味的理趣；语言自然生动，若行云流水；词中多处活用前人诗句，浑化无痕，如从诗人胸中流出，难怪南宋胡仔说"中秋词，自东坡《水调歌头》一出，余词尽废"⑤。

  在豪放这一风格上，苏轼词作的"旷"胜于"豪"，而辛弃疾的"豪"却多于"旷"。"其词慷慨纵横，有不可一世之概，于倚声家为悲调，而异

---

① 《渔父》。
② 《瑞鹧鸪》。
③ 《水调歌头》。
④ 《渔夫》。
⑤ 《苕溪渔隐丛话》。

军特起，能于红剪刻翠之外，屹然别立一宗，迄今不废"①，虽则辛词也有"醉扶怪石看飞泉"②之类的旷达形象，但更多的却是意气风发、壮怀激烈的姿态与飞动壮阔的战争场面的出色呈现。如"金戈铁马，气吞万里如虎"③，偏居江左却志在北伐的宋武帝刘裕；"年少万兜鍪，坐断东南战未休"④，少年将兵敢以一隅之力同强敌抗争的孙权；"剑指三秦，君王得意，一战东归"⑤，奋起于草莽而终于统一全国的汉高祖；还有英勇善战却终身不遇的"千古李将军"⑥；有不辞"矻矻当年苦"而建立"悠悠万事功"⑦的大禹；有"我病君来高歌饮，惊散楼头飞雪……我最怜君中宵舞，道男儿到死心如铁"⑧的友人，更有"把吴钩看了，栏杆拍遍"⑨的自我。至于那些表现自己战斗生活的"醉里挑灯看剑"，"壮怀旌旗拥万丈"的主人公形象，以及这些形象所传达的慷慨沉挚的理念与盘旋激荡的意境，更是苏词中所难以觅见的。比如他的《破阵子·醉里挑灯看剑》：

醉里挑灯看剑，梦回吹角连营。八百里分麾下炙，五十弦翻塞外声，沙场秋点兵。　马作的卢飞快，弓如霹雳弦惊。了却君王天下事，赢得生前身后名。可怜白发生。

词前小序"为陈同甫赋壮语以寄"，说明这首词是写给挚友陈亮的。全词布局奇特，前九句写酒醉后梦语，记一次轰轰烈烈的战斗，刀光剑影、箭飞马

---

① 《四库全书总目》卷一百九十八。
② 《鹊桥仙》。
③ 《永遇乐》。
④ 《南乡子》。
⑤ 《木兰花慢》。
⑥ 《念奴娇》。
⑦ 《生查子》。
⑧ 《贺新郎》。
⑨ 《水龙吟》。

驰、鼓角震天，是虚幻的，却又是真实的。因为作者是文韬武略兼具的将帅，身经百战，所记均源于战斗生活，所赋"壮词"，情壮、事壮、语壮、声壮、人壮、马壮，这种高于生活的豪景豪情，抒发了他有心为国建功立业的天大抱负。最后一句"可怜白发生"，一下子由"雄壮"转为"悲壮"，这又是心际的真诚表白。因为作者不是一般的南宋人。他二十三岁率义军南归，被朝廷打入另册，称为"归正人"。"归正人"的身份，意味着不被信任。这样的背景，自然会使其"豪"的心理现实中增加了他人所无的色彩：舍我其谁的自负坚执，孤独沉郁的双倍悲凉。"求田问舍，怕应羞见，刘郎才气"；"把吴钩看了，栏干拍遍，无人会，登临意"[1]，"硬语盘空谁来听？记当时，只有西窗月"[2] 等都与"可怜白发生"的心境吻合。这种心境一旦融入"有心雄泰华，无意巧玲珑"[3]，"须作猬毛磔，笔作剑锋长"[4]，于是炼成雄桀愤张、苍凉激楚。或刚肠似火，嘻笑怒骂；或英雄失路，血泪和流。这正是稼轩词雄深雅健的本色在现实中生发出的独特歌声。

---

[1] 《水龙吟》。
[2] 《贺新郎》。
[3] 《临江仙》。
[4] 《水调歌头》。

今宵酒醒何处？杨柳岸、晓风残月

——柔肠纡折说"柔婉"

柔婉，又称婉约。柔和委婉、缠绵缱绻、优美纤巧、楚楚动人，谓之柔婉。柔婉是一种风格，也是一种创作手法。它具有清新、空灵、清净、疏散、幽雅的特点。柔婉既贵柔，又贵曲，柔而不曲，则韵味不会深长，而流于肤浅；曲而不柔，则情调不会缠绵，而导致生硬。正因为柔婉是柔中寓曲，曲中含柔，诗人写诗填词吟曲多选用"一七""灰堆""姑苏""乜斜"等响度较低的韵辙，常用轻声、儿化的语词以柔和语气；多用比喻、拟人、双关、婉曲、摹状、反复等辞格。清代桐城派的集大成者姚鼐形容柔婉风格时说："其得于阴与柔之美者，则其文如升初日，如清风，如云，如霞，如烟，如幽林曲涧，如沦，如漾，如珠玉之辉，如鸿鹄而入寥廓。"[①] 这里用来作比的事物多具有柔美纤细、轻盈飘逸的特点，与刚健风格的喻体形成鲜明的对比。

柔婉与豪放相对而言，两者各成一派始于词。词，兴于隋唐之"燕乐"，

---

① 《复鲁絜非书》。

至五代已可观，而盛于宋代。宋词有以晏殊、柳永、周邦彦、李清照等为代表的婉约派和以苏轼、辛弃疾为代表的豪放派。婉约词辞情蕴藉，豪放词气象恢弘。婉约一派词人仍未摆脱五代绮丽词风的桎梏。他们把词当作娱悦宾朋，侑酒遣兴的精神产品，所作无外乎那种在秦楼楚馆、酒后歌余而浮起的春恨秋愁，离情别绪。宋人俞文豹在《吹剑续录》中曾就柳永和苏轼词的风格做过比较：前者"只合十七八女郎执红牙板，歌'杨柳岸、晓风残月'"，后者"须关西大汉执铁绰板，唱'大江东去一'"，可谓入木三分。而真正将词分为"婉约"和"豪放"两派的则是清人王士祯，他提出婉约词以李清照为宗，豪放词以辛弃疾称首，正式确立了婉约词的历史地位。

柔婉一派，感情纠缠旖旎，风流蕴藉；文词细腻精致，余韵绵长。它是香艳绮丽的鲜花，是涓涓流淌的小溪，是顾影自怜的娇女，是丝雨薄雾的幽谷。如晏殊《浣溪沙》：

一曲新词酒一杯，去年天气旧亭台。夕阳西下几时回？
无可奈何花落去，似曾相识燕归来，小园香径独徘徊。

词以工丽语写景，情文并茂，音律谐婉，创造了情致缠绵、凄婉隽丽的意境，给人以美的享受。清人冯煦评晏词"和婉而明丽"，开宋代婉约词清丽之格。清人张宗橚评说："细玩'无可奈何'一联，情致缠绵，音调谐婉，的是倚声家语。若作七律，未免软弱矣。"[①] 意思是说，这种适宜歌唱的语言，用在词里比用在诗里更好。正是因为在它高超的艺术性之中又添上了一番理趣。古往今来，人们对时光都有特殊的敏感，从孔老夫子"逝者如斯"到"一叶知秋"的成语，从曹孟德"对酒当歌，人生几何"[②]到杜牧"公道世间唯白发，贵人头上不曾饶"[③]的诗句，无不怀着对时光易逝的无奈感叹。晏殊这两句诗，

---

① 《词林纪事》卷三。
② 《短歌行》其一。
③ 《送隐者以绝》。

对时序更替、世事沧桑、人生荣辱、命运沉浮,具有极大的概括力和包容量。花落难返枝头,可堪叹惋;燕归而人未归,顿生惆怅。人们常常会在这样或那样的场合触发"无可奈何花落去,似曾相识燕归来"一类的感慨。这样的情感,是深沉而深刻的,其情感底蕴既是民族的,也是具有普遍的人性的。它反映了人在超越世俗生命形态之后而对生命所做出的形而上的情感审视。这种"休闲"的意义与价值,正是婉约派词人的艺术魅力之所在。

又如柳永《雨霖铃》:

寒蝉凄切,对长亭晚,骤雨初歇。都门帐饮无绪,留恋处、兰舟催发。执手相看泪眼,竟无语凝噎。念去去、千里烟波,暮霭沉沉楚天阔。　　多情自古伤离别。更那堪、冷落清秋节。今宵酒醒何处,杨柳岸、晓风残月。此去经年,应是良辰好景虚设。便纵有、千种风情,更与何人说。

词以冷落的秋景为衬托,抒写柳永离汴京南下时与恋人黯然神伤之情,尤以刻画行人悲凉心情的细腻委婉而博得古今读者的青睐。"今宵酒醒何处?"一句,为全篇的铺叙拓展出一个新的情感空间,接下来的"杨柳岸、晓风残月",借水边清晨景色,以凄清寂静的气氛,点染主人公的孤零之感。"酒醒"暗合上片"帐饮",想见初别之痛;柳岸泊船见愁眠之苦;"晓风残月",与上片的"念去去"几句遥相对应,晓风轻拂,残月微明,更见离之孤单。全词以白描手法写景状物,叙事抒情秀淡而绵密,清幽而艳丽,情思摇曳,动人心魄,为婉约词作中之佼佼者。清人陈廷焯谓"晓风残月柳三变""以一语之工,倾倒一世"[①],良非虚誉。

与柳词的"清和朗畅"有别,周邦彦的词素以"富艳精工"著称。读他的《苏幕遮》:

---

① 《白雨斋词话》。

燎沉香，消溽暑。鸟雀呼晴，侵晓窥檐语。叶上初阳干宿雨，水面清圆，一一风荷举。　　故乡遥，何日去。家住吴门，久作长安旅。五月渔郎相忆否，小楫轻舟，梦入芙蓉浦。

注入耳际的是清脆而细碎的鸟鸣声，宿雨和初阳在悄悄地交替，盈盈的水面上，是一枝枝丰硕而浓郁的荷。"叶上初阳干宿雨"，清新而靓丽，它化解了酷暑晨起的闷热，使诗人有兴致欣赏那动态可掬的清塘绿荷："水面清圆，一一风荷举"，一个"举"字使全诗站立起来。满塘的荷叶是夏日"溽暑"的产物，但它挺拔如举，清晰而朗润，又带来了"风"的消息。称它为"风荷"，是因为那是一种要消除诗人因闷热而烦燥不安的慰藉。"叶上"以下三句，将荷作为中心描写对象，力赞荷之清净圆美、浏亮风致，作为京华红尘浊世的对比，故词人离京返乡犹如芙蓉破泥出水。王国维称此"真能得荷之神理者"[1]，可谓一语中的。

婉约一派词人，要么词太过于艳丽，如温庭筠；要么词太过凄凉，如柳永。但在婉约中要说还有一丝大气的话，则非吴文英莫属。如他的《唐多令》：

何处合成愁？离人心上秋。纵芭蕉不雨也飕飕。都道晚凉天气好；有明月，怕登楼。　　年事梦中休，花空烟水流。燕辞、归客尚淹留。垂柳不萦裙带住，漫长是、系行舟。

开篇两句将"愁"字拆开说，点明主题写"离愁别恨"。接下来几句，句句写愁而不言"愁"字，婉曲之致。然佳处更在"有明月，怕登楼"。凡怀旧之人总不喜欢太过完美的景致，因为一轮明月，会渲染出更浓重的愁绪。如此写来，词虽凄清，却不感伤，情余于言，深婉可诵。全篇说"愁"，然清空疏快，辞藻华美，一如戈师卿所言梦窗词"运意深沈，用笔幽邃，貌观之

---

[1] 《人间词话》。

雕缋满眼，而实有灵气存乎其间"①。

　　李清照的词，虽偶有"九万里风鹏正举。风休住，蓬舟吹取三山去"那样胸襟开阔、大气磅礴、笔走风雷之句，但在语言精湛，意境深婉，风格细腻，韵律优美上，亦藏不住女子的柔婉。如她的《醉花阴》：

　　　　薄雾浓云愁永昼，瑞脑销金兽。佳节又重阳，玉枕纱橱，半夜凉初透。　　东篱把酒黄昏后，有暗香盈袖。莫道不消魂，帘卷西风，人比黄花瘦。

词抒别情，以佳节、秋菊烘托离愁，情深词苦，寄托遥深。"莫道不消魂，帘卷西风，人比黄花瘦"，兴寄、炼字颇极锤炉之妙。"人比黄花瘦"，这"瘦"是"新来瘦，非干病酒，不是悲秋"②，是离别的怨怼、忧惧，是深闺的寂寞、孤独。菊花消瘦，是人在怜花；人比花瘦，又借菊怜人，在人菊相怜中，曲尽一个心灵无着落而忧伤出神的闺中人，尤其是与陶渊明采过的东篱之菊相怜互衬，更展示出词人"人淡如菊"的神采，意境在此又有形神兼备、出神入化之美。全词一字一泪，缠绵哀怨，极富艺术感染力。

---

① 《宋七家词选》。
② 《凤凰台上忆吹箫》。

飞香走红满天春，花龙盘盘上紫云

——文采斑斓说"藻丽"

藻丽，又称绮丽、华美、绚烂、纤秾。"月明华屋，画桥碧阴，金樽酒满，伴客弹琴"①，既有绚烂的诗境，又有华美的人境。凡是比喻、比拟、夸张、摹状、通感、衬托等富于描绘性的修辞格，都有这种情思丰富，声韵和谐，文采斑斓，珠玑照眼，传情达意，形象生动的风格。

"言之无文，行而不远"，作为歌咏传唱的诗词散曲，离不开藻丽。曹丕倡言"诗赋欲丽"②，把诗赋的审美和娱乐功能特征推到极致，胡应麟认为"诗最贵丽，而丽非金玉锦绣也"，"丽语必格高气逸，韵远思深，乃为上乘"③。这就是说，藻丽并非华而不实，而是寓"实"于"华"。伟大的爱国诗人屈原，正是以寓"实"于"华"的艺术风格，才得以开创一个足以与《诗经》

---

① 司空图《二十四诗品·绮丽》。
② 《典论·论文》。
③ 《诗薮》。

相媲美的诗体典范《楚辞》，其诗句好铺陈、对偶，其遣词又多有色彩艳丽、芳香扑鼻的草木之名及形容词，并大量运用"耿介""謇謇""冉冉""菲菲""歔欷"之类的叠音词或联绵词，其所描写，又多华贵、繁复、豪华的场景，他的《远游》"朝濯发于汤谷兮，夕晞余身兮九阳。吸飞泉之微液兮，怀琬琰之华英"；"建雄虹之采旄兮，五色杂而炫耀。服偃蹇你以低昂兮，骖连蜷以骄骜"，虽绚烂而不失壮美。以"孤篇横绝，意为大家"的唐人张若虚，其《春江花月夜》描写"春江潮水连海平，海上明月共潮生。滟滟随波千万里，何处春江无月明"，声情与文情丝丝入扣，婉转谐美，清丽而不失格高。唐诗之所以优于宋诗，正在于词采方面。杜甫"两个黄鹂鸣翠柳"的清新，李白"烟花三月下扬州"的绮丽，李贺"甲光向日金鳞开"的冷艳，李商隐"东风无力百花残"的惨淡，都是宋诗所不及的。但宋人另辟蹊径，尤其是婉约一派词人，终以浓郁香软取悦读者。柳永的"杨柳岸、晓风残月"、温庭筠的"小山重叠金明灭，鬓云欲度香腮雪"、韦庄的"红楼别夜堪惆怅，香灯半卷流苏帐"等，字字敲打得响，正合二八女郎执红牙板传唱。

藻丽是直观的。它可诉诸视觉，在你眼前展开一个绚烂多姿、花团锦簇的世界，让你一饱眼福。杜甫"风含翠筱娟娟净，雨裹红蕖冉冉香"①，写风摇翠竹，光洁柔美，雨洗荷花，袅袅吐香。"黄四娘家花满蹊，千朵万朵压枝低。留连戏蝶时时舞，自在娇莺恰恰啼"②，写花朵之茂密、沉实，娇莺之繁忙、欢闹，跃然纸上。李贺"飞香走红满天春，花龙盘盘上紫云"③，写无数花朵驾着轻风，织成飞龙，盘盘旋入天际，香飘万里，更见春景之美妙。

藻丽的彩笔，最宜于描绘欣欣向荣的春色，绿油油的田野，层林尽染的秋景，而不适于表现萧瑟肃杀之气和寒风凛冽的冬景。藻丽表现的是浓妆艳抹、采丽竟繁的大自然，是人对大自然的感受与体验。但这种感受与体验，是和大自然的山光水色交融在一起的。大自然的藻丽，往往激动着人们喜悦、

---

① 《狂夫》。

② 《江畔独步寻花七绝句》。

③ 《上云乐》。

欢快的情绪。如北齐魏收《棹歌行·山川》：

> 雪溜添春浦，花水足新流。
> 桃发武陵岸，柳拂武昌楼。

小诗通过溶雪盈岸浦，落英辉春流的侧面映带，将江中两岸绵延数百里的"桃发""柳拂"的盎然春意和盘托出，绮丽轻盈，情味愉悦。

藻丽的诗歌，辞采美艳，华光焕发，气象富丽，如元人乔吉《双调·水仙子·重观瀑布》：

> 天机织罢月梭闲，石壁高垂雪练寒，冰丝带雨悬霄汉。几千年晒未干，露华凉人怯衣单。似白虹饮涧，玉龙下山，晴雪飞滩。

这是曲家继《乐清白鹤寺瀑布》之后的第二首小令，前者侧重写寻仙访道，这首则全在描写瀑布飞泻的雄伟瑰丽景象。作者从远处看到瀑布倾泻而下，突发奇想——"天机织罢月梭闲，石壁高垂雪练寒，冰丝带雨悬霄汉"，秾丽奇峻，想象丰富，可与李白"初惊河汉落，半洒云天里""飞流直下三千尺，疑是银河落九天"相媲美。末尾三句连用三个比喻进一步描绘瀑布变幻的姿态。"白虹饮涧"写瀑布自石壁飞驰而下，一头扎进涧底，似乎要吞饮涧水。"玉龙下山"又写出瀑布随着山势的变化，蜿蜒曲折，摇曳生姿的状态。"晴雪飞滩"则写瀑布撞击嶙峋山石，溅起朵朵飞沫，遍洒滩头。水雾弥漫，在阳光下闪耀着粼粼白光，轰然作响，这壮丽奇谲的图画，令人叹赏之余更生神奇遐想。

采菊东篱下，悠然见南山

——自然中和说"平淡"

平淡，平，指平和、平易；淡，指淡泊、淡雅。平淡是与藻丽相对应的修辞风格。平淡是不用或少用形容词之类的附加成分，不用或少用比喻、夸张之类的修辞手法。质朴厚实，舒缓大方，清新俊逸，淡而有致，心气平和，平易近人，不假涂泽，明朗自然，是平淡的一个显著特点。

平淡，作为一种美学形态，它的理论渊源可追溯到道家哲学中的"冲和"思想。老子说："道之出口，淡乎其无味，视之不足见，听之不足闻，用之不足既。"① 淡是"无味"的，但"无味"并不等于没有味，因为无味本身就是味，一种"恬淡"之味。庄子说"朴素而天下莫能与之争美"②，更把朴素当成美的最高境界。孔子"恶紫之夺朱"，就是反对色彩太浓艳、情感太强烈，

---

① 《道德经·第三十五章》。个中"用之不足既"，"既"的本义是"吃完背身而去"。此处当"完美"讲。
② 庄子《天道》。

而欣赏那种"巧笑倩兮,美目盼兮,素以为绚兮"的纯真恬淡而素朴的自然之美,并从"绘事后素"中引申出先仁后礼的道理,提倡"辞达而已矣"①。但平淡并非平白平直,淡乎寡味,而是淡远浑融,寓文采于平淡之中,波澜不惊,平中有曲;辞浅意深,淡而有味。风格平淡的诗歌,其词不尚藻艳而尚朴淡,其美不在容光而在意态,其味不重肥浓而重隽永。所谓"素处以默,妙机其微;饮之太和,独鹤与飞"②,就是对平淡冲和的诗境的描绘。《藏海诗话》有段话说到"平淡"很耐人寻味:"凡文章先华丽而后平淡,如四时之序,方春则华丽,夏则茂实,秋冬则收敛,若外枯中膏者是也,盖华丽茂实已在其中矣。"意思是说,不同风格作品的出现是有一定时序的。既然平淡作品是出现在春华秋实之后,必然饱含着"华丽""茂实"所孕育的充沛能量,因此更具长久的感人力量。平淡,就是古人为文更高层次的艺术追求。

"一语天然万古新,豪华落尽见真淳"③,绚烂之极而平淡生,不事雕镂,俱成妙诣。许多文学家在年少气盛之时,都英俊豪迈、爽朗奔放、风度翩跹,故其语言风格亦风流倜傥,明媚绮丽,摇曳多姿。但到了晚年,阅历深至,岁月的沧桑和生活的砥砺,使作者的诗文"红桃曾照秦时月,黄菊重开陶令花""渐于平淡求诗味,不假辞华饰外观"。忽然变了,变得清泉一般明净,泥土一般家常了,其作品越来越展示出一种剥落浮华的老成境界,风格上更能展现"平淡"的韵致。难怪宋代诗人梅尧臣说:"作诗无古今,唯造平淡难。"

东晋陶渊明是被后世推为"平淡之宗"的诗人。其自然天成的平淡风格倾倒过古往今来无数读者。如他的《饮酒》其五:

结庐在人境,而无车马喧。
问君何能尔?心远地自偏。
采菊东篱下,悠然见南山。

---

① 《论语·卫灵公》。
② 司空图《二十四诗品》。
③ 元好问《论诗绝句》。

　　　　山气日夕佳，飞鸟相与还。
　　　　此中有真意，欲辩已忘言。

　这首酒后清唱，什么都不关心，其实却曲折地流露出他那愤激的情绪。苏轼称陶诗"质而实绮，癯而实腴"①。明人黄文焕更是明确指出："古今尊陶，统归平淡；以平淡概陶，陶不得见也。析之以练字练章，字字奇奥，分合隐现，险峭多端，斯陶之手眼出矣。……"②朱熹则称之为平淡中有豪放，故"语健而意闲"③。陶渊明《咏荆轲》一诗历来被作为其"金刚怒目"式的代表作。但他的怒目亦非虎啸狮吼，而是胸膺中回响不绝的沉沉钟声，其叙述荆轲刺秦的慷慨壮举，将激昂的情怀敛于静定冲淡的笔法之中，一样体现荆轲那响遏行云的冲天豪气和悠远深邃的意蕴。

　平淡的诗歌，看似不显山不露水，却蕴含着极浓厚的诗意，正所谓"绚烂之极归于平淡，平淡之极乃为波澜"。唐代诗佛王维，由于心境极为淡泊宁静，故对自然山水最神奇、最微妙的动人之处，往往出以平淡之笔，却带出一种特别会心。如他的《鸟鸣涧》：

　　　　人闲桂花落，夜静春山空。
　　　　月出惊山鸟，时鸣春涧中。

　这里以动示静，其动的力度是舒缓的、冲淡的。如桂花，又名木樨，其花幽香袭人，细如黄雪，落地亦寂然无声。诗人兼画家的王维，把萧疏清淡的画风运用到自己的山水诗中，形成了特有的冲淡。"木末芙蓉花，山中发红萼。涧户寂无人，纷纷开且落"④；"空山不见人，但闻人语响。返景入深林，复

---

① 《与苏辙书》。
② 转引自《陶渊明资料汇编》上册一百五十二页。
③ 《朱子语类》。
④ 《辛夷坞》。

照青苔上"①，与陶诗的田园风味大相径庭，而流露出脱离尘世的虚无气味，在淡远闲静中显示出一种空灵。王维是看到社会上的诸多矛盾之后而自甘退隐的，因此，他避开尘世的喧嚣，追求静谧、安宁、平和、虚空的寂寞境界，反映在诗中便呈现出一种真正恬淡美好的风格。

词到佳处，亦以平淡论工。宋人李之仪的词就以质朴无华，语短情长著称。如他的《卜算子》：

我住长江头，君住长江尾。日日思君不见君，共饮长江水。
此水几时休，此恨何时已。只愿君心似我心，定不负相思意。

全词没有华丽的字眼，没有借助夸张或形容，在古朴平淡中显现着俊俏新颖，抒发了极深厚的感情。唐圭璋说"此首因长江以写真情，意新语妙，直类古乐府"②。薛砺也说"写得极质朴晶美，如《子夜歌》与《古诗十九首》的真挚可爱"③。

---

① 《鹿柴》。
② 《唐宋词简释》。
③ 《宋词通论》。

卖鱼买酒归来晚，风飐芦花雪满溪

——明言露文说"明快"

　　明快，是一种境界明朗、叙事爽快、言辞洁净、节奏迅速的修辞风格。古人所谓"口则务在明言，笔则务在露文"[1]，倡导的就是有什么说什么，是什么写什么的明快风格。打开"诗三百"不用细加搜寻，便可发现其中大量的抒情诗都表现出"明快"和"自然"的风格。如《郑风·褰裳》：

　　　　子惠思我，褰裳涉溱。
　　　　子不我思，岂无他人？
　　　　狂童之狂也，且！

抒写女主人公对心上人的怀思，用的是嬉谑笑骂的口吻：小子呃，你要是想我，就撩起衣裳蹚过这溱河。你要是不想来，难道我就找不到别人？狂妄的小子

---

[1] 王充《论衡·自纪篇》。

狂吧，你这个傻蛋！这种快人快语，其泼辣、爽朗的音容笑貌，简直要从字里行间跳出，堪称"明快"率真诗作中的精品。个中女主人公那种求爱的心思表白得如此直露，无所顾忌，带有那个时代民间性意识开放、自由、坦然的文化特征。类此表现男欢女爱的如《周南·关雎》《桃夭》《卫风·硕人》等；表现战争，抒写敌忾之气的如《秦风·无衣》《大雅·常武》等亦是明快、开朗、从容之作。《诗经》中的明快表现手法，沾溉后世，影响深远，请看唐代诗人孟浩然《春晓》：

春眠不觉晓，处处闻啼鸟。
夜来风雨声，花落知多少。

诗于不经意处勾画出春景的变化，兴象玲珑，宽远自在，闪烁着盛唐特有的青春、欢快、飞扬、浪漫的气息。由于这种惜花之情是淹没在对春意的审美感受之中，不但不会似芙蓉落寞，如黛玉病怏，反而会在如行云流水、朗朗上口的诵读中，得到明朗愉悦的感受。

又如白居易《钱塘湖春行》：

孤山寺北贾亭西，水面初平云脚低。
几处早莺争暖树，谁家新燕啄春泥。
乱花渐欲迷人眼，浅草才能没马蹄。
最爱湖东行不足，绿杨阴里白沙堤。

诗写春游西湖，以早莺、新燕、浅草交织成一片初春暖融之景，生意盎然。如此天开画图，手法上却纯用白描。"初平""几处""谁家""渐欲""才能"等词的勾勒，意脉贯通，紧扣湖面早春气象，观察细致，描写准确；全诗笔触舒展流畅，风格清晰明快，在唐人七律中开平易近人一格。

再如元人周权《渔翁》：

>　　转棹收缗日未西，短篷斜阁断沙低。
>　　卖鱼买酒归来晚，风飐芦花雪满溪。

四句推出一连串的景物：太阳、渔舟、船帆、溪水、沙滩、芦花、鱼和酒等等，在这种出语不奇的景物描写中，诗人寓景于情，融情于景，自然而然地烘托出一位漂泊江河、自得其乐的渔翁形象。

明人胡应麟说："诗最可贵者清……思不清则俗。"[①] 这里的"思"指立意，"清"有超凡绝俗、清新淡泊之义。诗人善于从渔夫平凡生活中挖掘出隽永的情趣，进而刻画了人所常见而又难以道出的渔翁生活所独具的乐趣，意境淳厚自然，语言清新明快。

---

① 胡应麟《诗薮》。

正是江南好风景，落花时节又逢君

——不著一字说"含蓄"

含蓄，是与明快相对应的修辞风格。含而有致，蓄而不露，言词已殚，意味无穷，谓之含蓄。严羽《沧浪诗话》中提到"第一义"的诗要"不落言筌"，意思是说诗歌形象不要用言语说尽，最好在言词上不留痕迹，亦即司空图《诗品》所谓"不著一字，尽得风流"。含蓄是诗歌的重要审美品格，它能赋予诗歌以蕴藉深厚，包容宏富，情韵隽永，余味无穷的内在审美特性与以少总多，灵动超脱，变幻多姿，空灵秀蔚的外在美。

唐代诗僧释惠洪云："诗有句含蓄者，如老杜'勋业频看镜，行藏独倚楼。'郑云叟曰：'相看临远水，独自上狐舟'是也。有意含蓄者，如《宫词》曰：'银烛秋光冷画屏，轻罗小扇扑流萤。天街夜色凉如水，卧看牵牛织女星。'又《嘲人诗》曰：'怪来妆阁闭，朝下不相迎。总向春园里，花间笑语声'是也。有句意俱含蓄者，如《九日》诗曰：'明年此会知谁健，醉把茱萸仔细看。'《宫怨》诗曰：'玉容不及寒鸦色，犹带朝阳日影来'是也。"含蓄的修辞风格，既要炼字句，又要炼文意，方能臻于"深文隐蔚，余味曲包"①的妙境。

含蓄必有所"含"，有所"蓄"。刘勰说"隐（含）也者，文外之重旨也"，"隐以复意为工"②，这里的"重旨"或"复意"即诗的意象具有多义性。如杜甫《江南逢李龟年》：

> 岐王宅里寻常见，崔九堂前几度闻。
> 正是江南好风景，落花时节又逢君。

这首绝句，诗面上的宣示义是题赠旧友久别重逢，悲年华之迟暮；其言外义却在叹息唐王朝的开元之治盛况不再，安史之乱以后已气运日衰。作者与著名乐人李龟年在达官贵人"宅里""堂前""寻常见""几度闻"，而今重逢在飘零江南的"落花时节"，述事以寄情，事详而情隐，咀之余味深长。

"化景为情"或"化情为景"，即借景抒情，也能产生一种含蓄精练之美。如杜甫《绝句四首》其三：

> 两个黄鹂鸣翠柳，一行白鹭上青天。
> 窗含西岭千秋雪，门泊东吴万里船。

乍一读，此诗似乎只是描写眼前景，然仔细玩味便会发现其中隐含着丰富的思想内容：安史之乱平定以后，杜甫在饱经离乱之后回到成都草堂。面对眼前的春景心底洋溢着无比的欢悦，他把难以抑制的激情寄寓其中描绘出了一幅生动画面：黄鹂在绿柳枝头欢快地鸣叫，白鹭一行直上蓝天自由翱翔，草堂前的浣花溪渡口的小舟在诗人眼中幻化成了能直达东吴的万里楼船，诗人要乘着它"即从巴峡穿巫峡，便下襄阳向洛阳"，回到自己的故乡。这不仅如实地传达了诗人当时的欢悦情怀，而且表现了对经历过八年战乱的故国安

---

① 刘勰《文心雕龙·隐秀》。
② 刘勰《文心雕龙·隐秀》。

定前景的憧憬和对饱经乱离之苦的老百姓安宁幸福生活的企盼，从而表露了这位爱国爱家诗人的博大胸怀。除此，全诗还有许多言外的意趣，如"黄鹂鸣翠柳"显现的旖旎风光，"白鹭上青天"显示的凌云气势，"窗含西岭千秋雪"隐现的浩荡晴空暗示的瑞雪兆丰年的壮丽图景，等等，如此丰富的思想感情和生机意趣，诗中竟无一字道出。

欲言还止，隐约其词，也是含蓄的表现之一，如唐人元稹《行宫》：

> 寥落古行宫，宫花寂寞红。
> 白头宫女在，闲坐说玄宗。

寥落的行宫中，寂寞的红花映衬着白头的宫女，在这春日无聊之时，她们正闲扯着开元、天宝年间的先皇旧事。这样一幅黯淡而凄凉的图画，诗人却只是淡淡地勾勒出指定环境中特定的人和事，不言为何感伤，而哀情弥至。

古人云："作词之法，首贵沉郁，沉则不浮，郁则不薄。"意在笔先，神余言外，欲露不露，"不许一语道破"，方为佳什。如温飞卿词"懒起画蛾眉，弄妆梳洗迟"，无限伤怀，溢于言表；"春梦正关情，镜中蝉鬓轻"，凄凉哀怨，有欲言难言之苦；"花落子规啼，绿窗残梦迷"，亦蕴含深意。陈亦峰说："此种词，第自写性情，不必求胜人，已成绝响。后人刻意争奇，愈趋愈下；安得一二豪杰之士，与之挽回风气哉？"[①]

含蓄的诗词更重韵味，抒情表意，情真味厚，方为佳作。如宋代词家晏几道《临江仙》：

> 梦后楼台高锁，酒醒帘幕低垂。去年春恨却来时，落花人独立，微雨燕双飞。　记得小蘋初见，两重心字罗衣。琵琶弦上说相思，当时明月在，曾照彩云归。

---

① 引自陈延焯《白雨斋词话》卷一《沉郁含意》。

词写怀念歌女小蘋的怅惘之情，曲折深婉，为小山代表作。上片运用多种修辞手法，尤为古今名家所推崇。开篇"梦后""酒醒"两句互文见义。"落花""微雨"一联写景抒情，对仗工稳；"落花"，言春光将尽；"微雨"，状天色连阴。在这种景物之前，以"独立"之"人"，对"双飞"之"燕"。无知之燕，犹得双飞；有情之人，反而独立，情何以堪！然而词人并没有说出自己的窘态，只是把这些呈献在读者面前，让读者作出与他的感情相吻合的结论。如此写来，融情入景，即景会心，景极妍美，情极凄婉，且含蓄不尽，感慨无涯。清人谭献评"落花"一联"名句千古不能有二。结笔所谓柔厚在此"①。

又如贺铸《鹧鸪天·半死桐》：

重过阊门万事非，同来何事不同归？梧桐半死清霜后，头白鸳鸯失伴飞。　原上草，露初晞，旧栖新垅两依依。空床卧听南窗雨，谁复挑灯夜补衣！

开篇设问，辞似无理，哀伤之情已撕肝裂肺。三四句由赋转而比，化用孟郊《烈女操》"梧桐相待老，鸳鸯会双飞"，以象征词人的丧妻。结尾两句泣尽以血：夜雨敲窗，空床辗转，眼前却再也不见"挑灯夜补衣"的爱妻，失望与怅惘、留恋与感伤，五味俱全。在中国文学史上，这首悼亡词与晋潘岳《悼亡》三首、唐元稹《遣悲怀》三首、苏轼《江城子·乙卯正月二十日夜记梦》皆以情真味厚，并传千古。

---

① 《词辩》卷一。

孔雀东南飞,五里一徘徊

——博喻酿采说"繁复"

繁复,又称繁丰、繁富。它是由一种古老的修辞风格——繁缛衍变而来。刘勰说:"繁缛者,博喻酿采,炜烨枝派者也。"① 繁缛讲究比喻的广博、辞采的艳丽、色泽的斑斓、铺陈的壮阔。繁复却不尽然。繁复虽有比喻,但不一定广博;虽尚辞采,但不一定艳丽;虽有光泽,但不一定炜烨;虽擅铺陈,但不一定壮阔。繁复是一种文字细密、繁复丰赡的语言风格。这种风格的建构宜尽可能地使用双音节词、关联词及介词,尽量使用白话口语词,适当运用语气词,以使语意能够表达充分流畅的效果。如果我们把简洁的语言风格比成"写意画",那么繁复的语言风格就如同"工笔画",前者重神似,后者重形似。风格繁丰的诗人,创作时往往笔墨浓郁,挥洒由之。要么淋漓尽致地抒情,要么酣畅饱满地议论,要么精雕细刻地叙事,不惜笔墨,尽情发挥,以使语言丰赡周详,凸现错彩缕金之美。在诗词曲赋中,汉赋把这一特

---

① 《文心雕龙·体性》。

点推向极致。正如刘彦和所云"述客主以首引,极声貌以穷文","拟诸形容,则言务纤密;象其物宜,则理贵侧附","写物图貌,蔚似雕画"①。在表达情感上,汉赋作家前所未有地动用了听觉、视觉、触觉、嗅觉等感官来亲近恢弘博大的审美对象,写作时始终抓住"立赋之大体":"情以物兴,故义必明雅;物以情观,故词必巧丽。丽词雅义,符采相胜,如组织之品朱紫,画绘之著玄黄,文虽杂而有质,色虽糅而有本。"②章学诚更是明确地指出赋"原本诗骚,出入战国诸子",具有假设问对恢廓声势、排比谐隐、征材聚事的特点,"虽其文逐声韵,旨存比兴,而深探本原,实能自成一子之学"③。这样的表现手法、技巧和繁复艳丽的文辞,实有助于内容的表达,故其沾溉诗词功不可没。汉末无名氏《孔雀东南飞》④,长达一千七百八十五字,是中国古典诗歌中空前绝后的长篇。因其结构严密,裁剪精当,故事曲折动人,章法映带有致,读来毫无拖沓冗长之感。诗中所叙故事,发生在我的出生地——安徽省潜山县。这也是我儿时最早能够断断续续背诵的一首长诗。全篇淋淋漓漓,反反复复,杂述十数人口中语,而各肖其音容形貌,其情之深者,每一吟诵,辄复流涕。诗以"孔雀东南飞"起兴,以"鸳鸯相向鸣"收煞,故事递次展开,盈科而进,源流秩然。言或真或矫,情或哀或怒,笔或繁或简,或复或省,无不各臻其妙。诗初借主人公刘兰芝之口自述"十三能织素,十四学裁衣,十五弹箜篌,十六诵诗书",接下来一个跳跃"十七为君妇,心中常苦悲",有力地概括了平日所受的种种折磨,其后也只讲了故嫌作迟一事,别的都给省略了。诗篇集中写了休弃的事件,已充分说明焦母施加给兰芝的种种不幸。又如兰芝归家后便暂不提仲卿,以便集中笔墨来写兰芝,这也是裁剪的功夫。

---

① 《文心雕龙·诠赋》。
② 《文心雕龙·诠赋》。
③ 《校雠通义》卷三。
④ 汉·无名氏《孔雀东南飞》,最早见于南朝梁、陈间著名诗人徐陵编撰的《玉台新咏》,原名为《古诗为焦仲卿妻作》,北宋郭茂倩所编《乐府诗集》、清人沈德潜编选的《古诗源》相继录入,近代以来的古诗选本,一般都不会遗漏这一长篇佳构。

再如写兰芝回到娘家的情形，也只用其母的惊痛和兰芝"儿实无罪过"这样一句辩解匆匆带过。但是，若是一味地简，新的矛盾就不可能得以展开，诗也就长不起来。于是，作者对于重要情节，不惜笔墨地作了多重的、不厌其繁的描写。如兰芝被休离开焦家，这是人物命运转变的关键，诗篇便详加描写。作者写兰芝以不同方式分别与焦母、小姑、仲卿辞别，从不同的角度刻画了人物形象。又如兰芝回到娘家以后，诗中安排了两次逼婚。这是人物命运的又一次大变化。求婚者一次比一次来头大，家庭的矛盾一次比一次尖锐，先是县令家求婚，母亲以"汝可去应之"表示了埋怨的情绪；然后太守家求婚，阿兄提出了"不嫁义郎体，其往欲何云"这样严厉的责难。诗篇对逼婚的过程，如媒人的种种活动，母、兄的催逼和兰芝的态度，都作了详尽的描写。如此繁复的劝说和威逼，深刻地揭露了这一悲剧的社会根源，并为兰芝的暂时允婚和终至自尽提供了充足的根据。这种浓墨重彩的描写，在全诗自然、朴实、流畅的基本风格中，起到了丰富色彩的作用，使整个描述的节奏疏密有致，快慢有度，繁简得当。正如沈德潜所云："长篇诗若平平叙去，恐无色泽。中间须点染华缛，五色陆离，使读者心目俱炫。如篇中新妇出门时，'妾有绣罗襦'一段，太守择日后，'青雀白鹄舫'一段是也。"[①] 明人王世贞评此诗"质而不俚，乱而能整，叙事如画，叙情若诉，长篇之圣也"[②]。《孔雀东南飞》与蔡琰的《悲愤诗》，堪称建安时期长篇叙事诗的双璧，他们对其后杜甫那些穷极笔力的《北征》《赴奉先咏怀》均有着极其深远的影响。

民歌不像律诗那样受字数限制，其可长可短的特点，正可"海阔凭鱼跃，天高任鸟飞"。而词虽也受词牌限制，但聪明的词家于小令之外，另辟慢词。由于慢词在音乐上具有调长拍缓的特点，演唱一曲的时间很长，白居易"出郭已行十五里，惟消一曲慢《霓裳》"[③]，舟行十五里才唱完这曲慢词，足见其长。正是因为慢词篇幅长、容量大，才能为充分展现繁杂丰富的内容提供

---

① 《古诗源》。

② 《艺苑卮言》卷二。

③ 《早发赴洞庭舟中》。

广阔的空间。为了充分满足慢词长调的表现空间和思想容量,宋代通晓音律的倚声大家柳永将汉大赋和汉唐叙事、白描等技法引入词章创作,尤其是"以赋为词"的铺叙手法,既可展示风雨无际起伏无边的壮阔画面,又让人历历在目,如游画中,有效地扩展了词作的景深,丰富了作品的诗情画意。在中国词史上,柳永在慢词长调的创制上有筚路蓝缕之功,他自度新曲,肆意落笔,一改唐五代以来短笛横吹的小令的精短与明快。所作繁词展衍,时有长篇,成为后世填词者不可企及的楷模。在其存世的二百余首词中,其中八十字以上的慢词一百二十多首,篇幅最长的《戚氏》竟达二百一十二字。王灼说"前辈云:'《离骚》寂寞千年后,《戚氏》凄凉一曲终—'"[①],竟将其与屈子赋相提并论,足见其铺陈手法造诣之高。慢词之"慢",古作"曼"。"曼""蔓"也,意即长长缠绕引申。"有时轻弄和郎歌,慢处声迟情更多",词是与音乐紧密结合的诗歌形式,出于表达声情的需要,歌声延长,就唱得迟缓了,由此"曼"字孳乳出"慢"字。词调名可用"慢"字,也可不用,如由柳永首创的慢词《望海潮》,词牌名中无慢字,内容极繁丰之致,请看:

东南形胜,三吴都会,钱塘自古繁华。烟柳画桥,风帘翠幕,参差十万人家。云树绕堤沙,怒涛卷霜雪,天堑无涯。市列珠玑,户盈罗绮,竞豪奢。　重湖叠巘清嘉。有三秋桂子,十里荷花。羌管弄晴,菱歌泛夜,嬉嬉钓叟莲娃。千骑拥高牙,乘醉听箫鼓,吟赏烟霞。异日图将好景,归去凤池夸。

这首干谒之作,是投献给杭州太守孙沔的,意图明显充满着对功名富贵的渴望,因之对杭州的承平气象与富贵温柔的描写不惜笔墨,是繁丰的经典篇什,但它繁而不杂,缜密有序,层层铺叙,情景兼容,一笔到底,始终不懈,堪称用词体写就的杭州赋。作者运用交错铺叙的手法,大开大阖,铺排扬厉,把自然风景和都市生活尽善尽美地展现出来。词中既有概括性的总叙,又有

---

① 《碧鸡漫志》卷二。

精彩的具体描写：市容繁华，则"烟柳画桥，风帘翠幕，参差十万人家"；都市殷实，则"市列珠玑，户盈罗绮"；西湖游人之盛况，则"羌管弄晴，菱歌泛夜"，"千骑拥高牙，乘醉听箫鼓，吟赏烟霞"；钱塘江之壮美，则"云树绕堤沙，怒涛卷霜雪，天堑无涯"；西子湖之隽秀，则"重湖叠巘清嘉。有三秋桂子，十里荷花"。全篇铺叙有总有分，有详有略，有实有虚，从各个不同侧面尽展杭州风光和都市繁华。由于作者动用了双关、借代、互文、对偶等多种修辞手法，虽博喻酿采，炜烨技派，却能井然有序，浑然一体。如上片总写杭州之形胜与都市之繁盛，用十二句均匀地组成四联对偶，对偶与对偶之间又以带有韵脚的句子隔开，遂形成一种抑扬谐婉、错落有致的旋律，将图画之美与音乐之美有机地结合起来，结构缜密，语意妥贴，曲尽形容。

闻道行人来，新妆对镜台

——字去意留说"简洁"

简洁，又称简略、简约，它是与繁丰相对应的一种修辞风格。刘勰谓"繁与略，随分所好。引而申之，则两句敷为一章；约以贯之，则一章删成两句。思赡者善敷，才核者善删。善删者字去而意留，善敷者辞殊而意显。字删而意阙，则短乏而非核；辞敷而言重，则芜秽而非赡"①。可见繁丰与简洁，都要服从意义的表达。简洁者言简而意留，繁丰者辞敷而意显。简洁而不可添，繁丰而不能减，始可臻于风格美。简洁不是简单，寓繁于简，以一当十，才是真正意义上的简洁。比如汉乐府《江南》：

江南可采莲，莲叶何田田！鱼戏莲叶间。鱼戏莲叶东，鱼戏莲叶西，鱼戏莲叶南，鱼戏莲叶北。

---

① ①《文心雕龙·熔裁》。

结构单纯，内容简约，然单而不薄，言简意留。欢快愉悦的采莲女，似乎像小儿唱歌，掰着手指头，边数落着景物边唱，若天籁自鸣，悠然自在。晃动的莲叶下，鱼儿忽东、忽西、忽南、忽北，跳跃波动，个中细节全仗读者去联想。正是这些跳跃的句子，这种天真无邪的口吻，显出一股稚拙鲜活的劲儿，一种意象优美的情趣，一种谐谑生动的风格。诗中运用重叠、回环、反复、拟人等多种辞格，简而不单；尤其值得一提的是，诗的前两句用韵而后面忽然好像不用韵，有学者据严沧浪谓古采莲曲全部不押韵，以为它是中国诗歌史上唯一的无韵诗，朱光潜先生亦附会说："其实与其说它是无韵诗，不如说它后半每句一换韵。这种没有定准的音节恰能描写鱼戏时飘忽不定的情趣。连用平声字收句，最末一句忽然用一个声音短促的仄声'北'字收句，尤足以状鱼戏时忽然而止的神情"①。然黄节说："'间'与'因'、'莲'古通，何言无韵？不知'西'、'北'古亦通，则为定远（沧浪）未解者；知兹事之难也。"② 实际上，这是一首最简单不过的有韵诗。

　　古人修辞着重精简，以冗长为戒，以简洁为美。郑板桥所谓"删繁就简三秋树，领导标新二月花"，说的就是浓妆艳抹，总不如淡妆素裹的好，如隋乐府《叹疆场》：

　　　　闻道行人至，新妆对镜台。
　　　　泪痕犹尚在，笑靥自然开。

乍一读来，不觉出色，细啜方才发现：在那自然纯朴之中，却蕴含着十分真实的感情和极其丰富的内容。诗中描述一位正在为丈夫久戍不归而悲泣的少妇，听说征人归来，急忙对镜梳妆以待；镜中映出她的面容：泪痕尚在，而方才那一脸愁云已化作满面春风！寥寥二十字，仅以几个简约的动作和表情，就把少妇热烈、真挚的感情以及她破涕为笑的天真神态和转悲为喜的内心活

---

① 《诗论》。
② 《汉魏乐府风笺序》。

动,形象生动地展现在读者眼前;同时,通过这悲欢离合的情节以及少妇脸上未干的泪痕,构成了寓喜于悲、意味深长的艺术境界。

前人常谓五言绝句"易作而难工",所谓"易",因其短,易于成篇;所谓难,也是在这"短"字上,要在这四句二十字中作诗,就好比在八仙桌上翻跟头,能完成最简单的动作就不错了,再要他后空翻转体七百二十度,谈何容易。但这首五绝,一句一环,环环紧扣,读来如行云流水,收卷自如,刀不能裁;水穷云起,云逝水生,氤氲一气,浑化无痕。

黄梅时节家家雨，青草池塘处处蛙

——明白晓畅说"通俗"

通俗，是与典雅相对应的一种修辞风格。明白，质朴，率真，切实，上口，是通俗风格最基本的特征。"夕阳不管天将雨，一角自明湖上山"①，眼前光景，纯用口语，写来自然人妙。历代许多民歌因词俗而有深致，成为诗人学习的范例。如汉乐府《上邪》：

上邪！我欲与君相知，长命无绝衰。山无陵，江水为竭，冬雷震震，夏雨雪，天地合，乃敢与君绝。

这首民歌表达爱情的誓言，如响鼓重锤，冲决而出，毫无顾忌，怎么想就怎么说，怎么做就怎么写，反复而不觉排沓，通俗而浑含奇警。还有一首写"偷情"的民歌也是如此：

---

① 法式善《梧门诗话》卷三。

结识私情弗要慌，捉着子奸情奴自去当。拼得到官双膝馒头跪子从实说。咬钉嚼铁我偷郎。

男女私情为偷，不论封建观念，或是社会舆论皆不能容，诗中男子或许迫于种种压力而胆怯，女子却毫无惧色，言之灼灼，大有为爱情上刀山下火海的勇气。

通俗一格，主要表现为语言的趋俗，最典型的是以口语俗字入诗。一般很少用典，少有比兴，没有深隐的比喻，诗中的意象少而平凡，慎用迂回委婉之笔，大都直陈所闻，直抒所感，读起来明白如话，浅俗晓畅。这种浅俗的风格，至唐五代已发展为大量的口语俗字被用到诗中来，成为诗家表现主题、抒发感情的一种手段。宋王楙《野客丛书》卷六云：

唐人诗句中，用俗语者，惟杜荀鹤、罗隐为多。……罗隐诗曰："西施若解倾吴国，越国亡来又是谁？"曰："今宵有酒今宵醉，明日愁来明日愁。"曰："能销造化几多力，不受阳和一点恩。"曰："只知事逐眼前去，不觉老从头上来。"曰："采得百花成蜜后，为谁辛苦为谁甜。"曰："明年更有新条在，搅乱春风卒未休。"今人多用此语，往往不知谁作。

俗与雅，没有一道不可逾越的鸿沟，而是相反相成的。清人李渔说："诗之腔调宜古雅，曲之腔调宜近俗，词之腔调则雅俗相和之间。"① 李渔是说填词应雅俗兼宜。词之用日常语须提炼得俗不离雅，用前人故实须化用得雅不远俗。其实诗亦并非要求一味的古雅。"口之于味，有同嗜焉；耳之于声，有同声焉；目之于色，有同美焉"，俗中出雅，雅中含俗，雅俗共赏，正体现了诗歌艺术的共同美。故善诗者，总是力求把传统与创新、技巧与意境、妍美与质朴完善地结合起来，力求达到内容与形式的最佳融合。白居易的《长恨歌》，

---

① 《窥词管见》。

洋洋八百余字，用典仅两处，通俗、浅易、晓畅，竟连政务缠身的帝王将相、深居九重的嫔妃宫娥，亦为他的诗声文名所倾倒。然而诗的主题聚讼纷纭，自唐至今，莫衷一是。有爱情说、讽喻说、爱情兼讽喻说、隐事说、多重主题说等。这首诗在艺术上给千秋万代提供了一个范例：语言通俗、浅易，而丝毫不减其内容上的丰富性、复杂性，正所谓"绣于一时一物发于一吟一笑"或"事物牵于外，情理动于内，随感遇而形于叹咏"。他的诗歌创作除了在遣词用语上，略去葩藻，平易浅白之外，还十分注重学习流传于民间的俗体。因为运用那种农夫村妇喜闻乐见的民歌民谣形式，更有利于大众接受。如他的《杨柳枝词》：

六幺水调家家唱，白雪梅花处处吹。
古歌旧曲君休听，听取新翻杨柳枝。

这明白如话的诗句，颇受民间词的感染和影响。白乐天的诗歌力求浅近通俗，欲使老妪能解。正是因为追求深入浅出、自然流露的唐诗的优良传统，白居易和好友元稹在中唐诗坛上以其共同的审美趣尚和艺术风格与奇崛险怪著称的韩孟诗派迥然不同而形成双峰对峙之势的另一支有影响成就大的诗派——以平易浅俗著称的元白诗派。同是白居易的好友、新乐府运动的参与者张籍的诗也平易晓畅。王安石说他"看似寻常最奇崛，成为容易却艰辛"[1]。这就道破了通俗并非脱口而出，而是千锤百炼的结晶。

---

[1] 《题张司业诗》。

落花无言，人淡如菊

——雍容雅致说"典雅"

典雅，是古奥庄重，雍容雅致的一种风格。典雅者，古奥与新巧相悖，庄重与洒脱相违，雍容与峻切相左。典雅没有靡辞艳句，也无俚谚村语。刘勰论文章风格，典雅居首，因为"典雅者，熔式经诰，方轨儒门者也"①，故诗人论及典雅，皆以通经致用为规。王昌龄认为"雅者，正也。言其雅言典切，为之雅也"②。"古今体制，雅俗向背"，因而须"洗涤得尽肠胃间夙生荤血脂膏"，去除俗气，始可言雅。南宋文学家方回以《离骚》为例说："帝高阳之苗裔兮——古也"，"奏九歌而舞韶兮——雅也。"正是屈原在楚地流传的简短、粗俗的歌诗中注入了典雅的语言，原来的楚歌才由一块和氏手中的璞石雕琢成了精美的玉璧，成为中国诗歌史上的无价之宝。诗圣杜甫之所以成为后世诗人学习的典范，也是因为他深厚的学养所孕育的渊雅诗风，非

---

① 《文心雕龙·体性》。
② 《诗格》"六义"。

常适合博雅君子的审美趣味。北宋中叶混迹青楼的词坛大家柳永《八声甘州》:"霜风凄紧,关河冷落,残照当楼",气象苍凉,语气凝重,以"古风""高韵"脱俗而雅,给人带来特殊的美感,与他的俗词之软媚轻靡大异其趣,对柳永颇有微词的东坡居士也不得不承认"此语于诗句,不减唐人高处"[①]。

典雅,还有出于尘世之外的自然意趣。典雅一派的诗人很少疾言厉色地抨击时政,或是反反复复地鸣冤叫屈。他们多喜欢描绘"玉壶买春,赏雨茅屋。坐中佳士,左右修竹。白云初晴,幽鸟相逐。眠琴绿阴,上有飞瀑。落花无言,人淡如菊"之类幽居自得的生活环境,或曰理想的典雅诗境。如"东壁图书馆,西园翰墨林。诵《诗》闻国政,讲《易》见天心。位窃和羹重,恩叨醉酒深。载歌春兴曲,情竭为知音"[②],雍容华贵,雅致典重。雅隐之士陶渊明《读山海经》其一:

> 孟夏草木长,绕屋树扶疏。
> 众鸟欣有托,吾亦爱吾庐。
> 既耕亦已种,时还读我书。
> 穷巷隔深辙,颇回故人车。
> 欢言酌春酒,摘我园中蔬。
> 微雨从东来,好风与之俱。
> 泛览《周王传》,流观《山海图》。
> 俯仰终宇宙,不乐复何如。

写幽居耕读之乐,为陶诗中"和雅"风格的经典之作。"穷巷隔深辙,颇回故人车",在岑寂的田园生活中,诗人陶醉于"微雨从东来,好风与之俱"的景候之美;"欢言酌春酒,摘我园中蔬"的农家生活之乐;"泛览《周王传》,流观《山海图》"的文人之趣;以及"俯仰终宇宙,不乐复何如"的充实的

---

① 赵令畤《侯鲭录》卷七。
② 张说《恩敕丽正殿书院宴应制》。

心里愉悦。全篇场景描写平凡而不平庸，情味疏淡而又幽深，本是"寄愤悲"的深厚感情积郁，却以淡然平易出之，在情洽性适的心理氛围中，呈现出一种"和雅"的艺术境界。

文人雅士吟诗求雅避俗，乃因其文化修养深厚，受到的封建礼教的浸染也长久，纵使情真意切不吐不快，也总要不自觉地选择曲婉深沉、含蓄蕴藉、朦胧隐约的方式，或用比兴、或取意象，皆尽量避免直露。唐代诗人李商隐《宿骆氏亭寄怀崔雍崔衮》：

竹坞无尘水槛清，相思迢递隔重城。
秋阴不散霜飞晚，留得枯荷听雨声。

诗写送远表情，而字面只写秋天的凄清之美：无尘竹坞，清清秋水，寒霜秋阴，秋雨枯荷，外加一个遥隔重城远离友人寂听枯荷雨声来排遣悉怀的诗人自己，虽题言寄怀，却没有正面描写思念之苦。"秋阴不散霜飞晚，留得枯荷听雨声"，两句深受文人雅士所喜爱。纪晓岚谓之"不言雨夜无眠，只言枯荷聒耳，意味乃深；直说则尽于言下矣。'相思'二字，微露端倪，寄怀之意，全在言外"[①]。《红楼梦》第四十四回，具有同质性灵的林黛玉评此诗道："我最不喜欢李义山的诗，只喜欢这一句：'留得枯荷听雨声。'"这位大家闺秀崇雅避俗，曹雪芹乃借她之口表达了自己的审美观点：诗忌浅近直露，了无余味；诗贵含蓄蕴藉，贵有意在言外的味外之旨。

雅与俗是一对既对立又统一的风格。如"夜阑更秉烛，相对如梦寐"[②]之于"今宵剩把银钰照。犹恐相逢是梦中"[③]；"愿言思伯，甘心首疾"[④]之于"衣

---

① 《辑评》引。
② 杜甫《羌村》。
③ 晏几道《鹧鸪天》。
④ 《诗经·卫风·伯兮》。

带渐宽终不悔，为伊消得人憔悴"①，皆叙同一事，抒发同一心绪，然形式异也。前者自然、温厚、通俗，后者刻意、工巧、古雅。但前者的大俗即是大雅，若一味地古奥，阳春白雪和者寡也。通常说来，惨淡经营的诗作，难得大俗。相反，人们在闲适宁静、恬淡的氛围中的吟唱，往往能在近似口语的叙述中，给人以闲情逸致，雅俗共赏。如程颢《春日偶成》：

　　云淡风轻近午天，傍花随柳过前川。
　　时人不识余心乐，将谓偷闲学少年。

这种自然、洒脱、适情的生活态度，也只有运用清新俊逸、浅显通俗的语言才能表达出来。

---

① 柳永《蝶恋花》。

莫道调侃无深意，逸情雅趣能解颐

——涉笔成趣说"幽默"

"幽默"是英文 humour 的音译，它表现的是一种轻快、诙谐而且意味深长的风格，是人的气质与心态的折射。中国古典诗赋中虽也有幽默一词，如"既淡泊于幽默，扬觉寤而中惊"[1]，只是作"寂静无声"解，与幽默无涉。但中国古代"滑稽""诙谐""俳谐""戏谑"之类的故事和人物，却属"幽默"的范畴。幽默是指在真实的基础上，以轻松愉快的态度，诙谐风趣的语言，去反映某些可笑的事物，以造成讽喻效果的一种修辞方式。幽默需要智慧，需要经验。在华夏诗国的百花园中，诗人们常把幽默风趣作为一种重要的诗歌风格，而在创作时有意识地加以注意。宋代杰出诗人黄庭坚的诗句时见幽默，朱熹说他吟诗"慈祥之意甚佳，然殊为严重"[2]。意思是说他的一些诗乐呵呵地哼来，并没有那么严肃。陈善谓："山谷尝言：'作诗正如杂剧，初时布置，

---

[1] 宋玉《神女赋》。

[2] 《语类》。

临了须打诨,方是出场'。予谓杂剧出场,谁不打诨,只是难得切题可笑尔。"[1]黄山谷的不少诗作也确实幽默得令人发笑,如他的"烦君更致苍玉束,明日风雨皆成竹"[2],向人讨要鲜笋吃,还要卖个乖,说是要不给我,明天一下雨就都成竹子了,着实幽默得雅洁之致。

幽默并不抨击什么,也不嘲笑什么,而是一种智者的风趣,如陶渊明《责子》:

白发被两鬓,肌肤不复实。
虽有五男儿,总不好纸笔。
阿舒已二八,懒惰故无匹。
阿宣行志学,而不爱文术。
雍端年十三,不识六与七。
通子垂九龄,但觅梨与栗。
天运苟如此,且进杯中物。

《责子》责得有庄有谐,寓庄于谐,造语灵巧,笔墨多姿,洋溢着教与爱的亲情,显示了作者天性豁达,随遇而安,无入而不自得的幽默感。躬耕南亩、读书课子的陶渊明,身为人父,怎不望子成龙?但天不做合,子孙不肖,乃人间常事。陶渊明有五个儿子:陶俨(阿舒)、陶俟(阿宣)、陶份(阿雍)、陶佚(阿端)、陶佟(阿通)。鬓发斑白的老迈之人,眼见五个儿子人人不好文墨,各个不尽如人意,不免有点责难。但他的"责"不是苛责,是在调侃中不失幽默。说到十六岁的长子阿舒,对他的好逸恶劳,用的是夸张手法,说"懒惰故无匹",只因"二八"两字相合,与"匹"字形近,用析字修辞,意在其巧其趣。说十三岁的老三阿雍、老四阿端这对双胞胎,"不识六与七",也因"六与七"相加,恰是"十三",巧以数字离合为句,亦不无风趣。说到八九岁的老幺阿通"但觅梨和栗",与其说"责备",不如说在这"责备"

---

[1] 《扪虱新语》。
[2] 《从斌老乞苦笋》。

之中倒有几分玩笑和怜爱，亦如大人说这孩子是"小馋猫"一样，这种调侃，使"责子"的凝重变为随意、诙谐，读之"戏谑可观"。如此一庄一谐，有教有慈，折射出陶渊明旷达与执着兼融并具的品德。结句长叹一声："天运苟如此，且进杯中物。"儿子们不成器，实乃上天命中注定，难以强求，不忍苛责，"将相本无种"，随他去吧，我还不如痛痛快快地喝自己的酒呢。尽情流露着淡然自适随缘任运的旷达之情。

宋代刁才苏东坡，写起诗来"触处生春"，妙语诙谐。他的好友石苍舒喜欢书法，筑醉墨堂，日夕学书，草书颇有成就，请苏轼作诗论其书法，苏轼送他诗曰："人生识字忧患始，姓名初记可以休。"借项梁告诫项羽"书不足学"的典事幽然地开了头，并于结尾中说："不须临池更苦学，完取绢素充衾裯"。这是风趣地对石苍舒说，你不须像张芝那样在绢帛上苦练书法，还是省下它用来做被褥合适。调侃的诗作虽别无深意，却能充分展现人类对人生的无限热爱、对艰辛笑脸相迎的精神。比如生性幽默风趣的苏轼兄妹，从小一块长大，朝夕讲习的不外乎经史诗书，即使彼此戏谑，亦不同凡俗，常是满口锦绣，表现出文人的机智、敏捷、博学、诙谐与幽默。据传，苏轼与小妹的长相都很有特点，苏轼长了一副马脸，且配有一脸浓重的络腮胡子；小妹则长了个大奔头、凹抠眼。一次苏小妹刚要迈步走出画堂，还没见到人，就听见哥哥苏轼的笑声，小妹立即笑着说："口角几回无觅处，忽闻毛里有声传。"这是戏谑苏轼一脸络腮胡子，看不见嘴巴，只听见声音。苏轼闻之，立即反唇相讥："未出庭前三五步，额头先到画堂前。"兄妹俩幽默诙谐中兼用夸张，然苏轼的嘲讽更甚，他说小妹脚出闺房还没到三五步，可她那大奔头已经先奔到画堂了。小妹毫不示弱，用一个指头指着自己的眼睛，作出流泪的样子，又嘲笑哥哥说："去年一点相思泪，至今流不到腮边。"苏轼的脸何其长也！一滴眼泪竟从去年流到今年，仍未流到腮边。苏轼走到妹妹跟前，抬起衣袖就给小妹擦拭眼眶，装出疼爱的样子说："几回拭脸深难到，留却汪汪两道泉。"

幽默是一种人生品味，也是一种人生境界，诗人的幽默，往往会给人以逸情雅趣，令人解颐，宋代词家辛弃疾的词作《沁园春，将止酒》[1]：

> 杯汝来前！老子今朝，点检形骸。甚长年抱渴，咽如焦釜；于今喜睡，气似奔雷。汝说刘伶，古今达者，醉后何妨死便埋。浑如此，叹汝于知己，真少恩哉！　　更凭歌舞为媒，算合作平居鸩毒猜。况怨无大小，生于所爱；物无关恶，过则为灾。与汝成言，勿留亟退，吾力犹能肆汝杯。杯再拜，道麾之即去，招则须来。

词前小序云："将止酒，戒酒杯使勿近。"意思是说，想戒酒，又要把酒留住。此词与"古今隐逸诗人之宗"——陶潜《止酒诗》属于同一题旨。然辛词把"戒酒"这一生活中的琐事写得妙趣横生，与陶渊明《止酒诗》在诙谐幽默的表现手法上，各臻其妙。词人将酒杯人格化，设想"我"与酒杯对话，开篇即毫不客气地训诫酒杯，将自己因醉酒而生出种种病态全归罪于酒杯。次写酒杯辩解，意谓"古今达者"有酒皆醉，故而酒醉无妨。既而词人自我解剖，又与酒杯订约商定，劝它不要再来。最后写酒杯心领神会并留下后话："招则须来。"俏皮狡黠，把词当小品来写，富于喜剧性和幽默感。

---

[1] "将止酒"，即"将止于酒"。止的含义除了"停止"的义项外，还有"止泊""居住""栖息""留住"的义项。如《诗·商颂·玄鸟》"邦畿千里，维民所止。"笺："止，犹居也。"《论语·微子》："丈人止子路宿。"辛词"将止酒"，意思就是"请把酒留住"。

一骑红尘妃子笑,无人知是荔枝来

——美刺讽谕说"讽刺"

讽刺,是利用特殊的语言条件,一方针对另一方的不良言行,于嘲笑声中加以否定的一种修辞风格。讽刺不必是曾有的实事,但必须是会有的实情。它常借助影射、双关、反语、联想、夸张、借喻、模仿等手法,将诗人的不平之鸣或爱憎之情化为艺术的表达,语言犀利,剖析深刻,入木三分,一语中的。

"讽刺"一词,最早见于子夏的《诗序》,序中说:"风,风也。上以风化下,下以风刺上。主文而谲谏,言之者无罪,闻之者足以戒,故曰'风'。"讽刺是中国文学的重要精神传统,也是流贯于中国诗歌运脉中的一股生气。《诗经·国风》中出现的尖锐激切的讽刺,如《新台》《墙有茨》《桑中》《鹑之奔奔》《相鼠》《硕鼠》等篇,《毛传》皆云其刺甚么甚么的。"以诗补察时政","以歌泄导人情",讽刺的经典代有杰作,如唐人章竭《焚书坑》:

竹帛烟销帝业虚,关河空锁祖龙居。
坑灰未冷山东乱,刘项原来不读书。

诗以读书人的反抗被镇压，不读书的人同样会起来造反的史实，指出愚民政策最终只能落得"帝业虚"的下场。表面上看，此诗只是鞭挞秦始皇野蛮的文化灭绝政策，实则妙于用事，剖析事理，言情寄慨，昭示未来，将"得人心者得天下，失人心者失天下"的道理，用精练的语言极为贴切地表达出来，褒贬森严，主题显豁，讽刺含蓄，情味深永，充分展示出咏史诗以古讽今的功能，具有鲜明的现实性。

再如杜牧《过华清宫三绝句》其一：

长安回望绣成堆，山顶千门次第开。
一骑红尘妃子笑，无人知是荔枝来。

唐玄宗的宠妃杨玉环爱吃鲜荔枝，为了保持荔枝的色、香、味、形，玄宗传令官员专程从四川进送。圣旨一下，驿马飞驰，日夜兼程，骊山行宫，门户大开，以迎取佳果。如此兴师动众，到头来只不过是博得杨妃的一笑。表面看来，杜牧是在讽刺玄宗的荒淫好色，贵妃的恃宠而骄，实际上是辄生感喟，不过存盛衰之意。诗似"过华清宫"为题，而有褒姬烽火一笑倾国之慨。他一定是看到本朝先帝荒淫误国的史实，警诫晚唐统治者。

唐人咏史诗，大多针对统治者的倒行逆施和腐化淫靡的生活，笔锋犀利，讥讽尖刻。如贯休在咏叹吴王夫差时说"此是前车况非远，六朝何更不惺惺"[1]；罗邺将南朝悲剧总结为"江山不改兴亡地，冠盖自为前后尘"[2]；吴融则感慨于隋炀帝的重蹈覆辙："曾笑陈家歌玉树，却随后主看琼花"[3]。前代荒淫误国，前车未远，后朝不思教训，覆辙相寻，使后人复哀后人，沉重的历史教训蕴含着诗人莫以名状的怆痛。而唐代刘禹锡的诗歌的战斗性大多表现在一些借咏物来刺世的政治讽刺诗里。如他的《元和十年自朗州召至京戏赠看花

---

[1] 《经吴宫》。
[2] 《春望梁石头城》。
[3] 《隋题》。

诸君子》：

> 紫陌红尘拂面来，无人不道看花回。
> 玄都观里桃千树，尽是刘郎去后栽。

此为刘禹锡被贬十年后回到京都长安所作。诗中用桃树来隐喻朝中的新贵，讽刺这些人是永贞革新失败后攀附当权派爬上去的。由于这首诗"语涉讽刺，执政不悦"，刘禹锡又被贬逐。时隔十四年，他重被召回长安，再游玄都观，不见那些桃树踪影，于是又写了一首七绝《再游玄都观》：

> 百亩庭中半是苔，桃花净尽菜花开。
> 种桃道士今何在？前度刘郎今又来。

暗指当年得意的新贵们已经垮台，我却依然故我，充分表达了他无所畏惧的战斗精神。

有些诗歌，虽不作谩骂之语，但挖苦讥讽，振聋发聩。如宋人林升《题临安邸》：

> 山外青山楼外楼，西湖歌舞几时休。
> 暖风熏得游人醉，直把杭州作汴州。

北宋的灭亡，原因是多方面的，但统治者的荒淫奢侈必居其一；南宋的偏安，原因也很多，但朝野酣嬉，醉生梦死，亦必居其一。"山外青山楼外楼，西湖歌舞几时休"，从空间的无限量与时间的无休止，写尽了杭州的奢华和所谓承平气象。"暖风熏得游人醉"，一个"熏"字，更是曲尽醉鬼之态，至此，这帮家伙"直把杭州作汴州"，只知同是州，不知一"杭"一"汴"，也就见怪不怪了。这种凝练新警、明快犀利的讽刺，正是含蕴在这一触目惊心的实情之中。

补编一　诗林清韵

莫把冯京当马凉

孟子曰："尽信书，不如无书。"读书学习，宋儒张载有句名训："学贵心悟，守旧无功。"他还说："读书先要会疑。于不疑处有疑，方是进矣。"换句话说："如果盲从，有问题也忽略过去，便没有进益。"

譬如成语"谈何容易"，一般字典辞书都释为"谈何"为"说什么"，"容易"乃言"不难"。两词搭配连用，有两层意思：一是"说起来并非易事"，二是"言易而行难"。但你若是从书架上多翻几本书，就会发现：作为成语，它最初的含义却是"说什么都可以"。"谈何容易"，在今人看是一句文言，而在古时却是一句大白话。如《汉书·东方朔传》："吴王曰：'可以谈矣，寡人将竦意而览焉。'先生曰：'於戏！可乎哉！可乎哉！谈何容易。'"。这段话，从上下文的语境和吴王濞及东方先生对话的语气看，翻译成现代汉语就是："吴王说：'可以谈了，我在这里听着呢。'东方先生说：'啊！可以，可以从现在开始，说什么都可以了。'"在"谈何容易"的后面有句"非有明王圣主，孰能听之？"这是夸赞"若是没有像吴王这样的圣明的主子，有谁能容得下你想怎么说就怎么说呢?"如果你读书不会有疑,还按今人的理解去领会"谈何容易",上面那段话你就横竖弄不懂了。"容易"作"可以"讲,在古典诗词中亦不鲜见。如宋人编辑的《诗话总龟》卷五"评论门"引《诗史》云:

卢延逊诗自为容易,如:"每过私第邀看鹤,长着公裳送上驴。""高僧解语牙无水,老鹤能飞骨有风。"此等之语其殆然庶几,又如"栗爆烧毡破,猫跳触鼎翻",而杨文公爱之,不知何谓。

这段话的意思是说:卢延逊的诗自以为可以,像"每过""长着"、"高僧""老鹤"两联,还差不多,至于"栗爆""猫跳"一联未免鄙俗,而杨文公却喜欢这两句,不知从何说起。

读古典诗文,虚词就那么多,比较好把握。实词数不胜数,弄懂它们却需要多读书。比如成语"差强人意",不少人误以为是"令人感到很差劲",或曰"不如人意"。其实恰恰相反,"差强人意"出自《后汉书》,是东汉光武帝刘秀称赞司马吴汉的一句话。有一次,战事失利,诸将多惶惶失态,而吴汉却神态自若,继续整厉器械,激扬士吏。刘秀感慨地说:"吴公差强人意,隐若一敌国矣。""差"在这里作"甚""殊"解;"强"为"作起"、"振奋"意。刘秀用"差强人意"称道吴汉在战事失利之后,能够振奋人心。这才是"差强人意"的原来含义,不可随便引申。又如某人做诗,鄙俗,让人看不起。于是有好论者说:"不刊之论,"这是信口雌黄,错用成语。评者与作者半斤八两,乌龟莫笑鳖,都在泥里歇。原来,"刊"的本义是砍削,如删改、修订叫"刊误","刊正","刊"又可引申为刻,如"刊刻""刊石","刊印""刊行"之"刊",都是刻之意。不刊之论,"刊"用本义,指不可更改的至理名言。怎么可以把鄙俗之作说成"不刊之论",当作警句来夸呢!再如观剧,觉得演得好,有人连声称赞:"美轮美奂",其实也搞错了。"美轮美奂"出自《礼记·檀弓下》,原文曰:"晋献文子成室,晋大夫发焉。张老曰:'镁哉轮焉,美哉奂焉'。"轮,本指轮囷,古代一种圆形谷仓,因其高大，古之文人常用它形容高大的建筑物；奂，义为盛大、众多、光彩。轮奂合起来，比喻众多、华丽的建筑物。例如宋楼钥《鼓子复临海县斋》诗云："厅事先落成，起望轮奂美。""美轮美奂"一词是互文见义，即"美轮奂"，通常用来形容高大宏丽的建筑物。

"小谢"指的是谢朓

日读一卷，随手翻到一九九〇年第四期《复旦学报》，瞅见赵善嘉先生著文《"小谢"并非指谢朓》，文章说：

> 李白的名篇《宣州谢朓楼饯别校书叔云》历来脍炙人口，其中"蓬莱文章建安骨，中间小谢又清发"两句中的"小谢"，不少注家皆以为是指谢朓，其实这是误解。首先，诗中"小谢"应该是指南朝诗人谢惠连。早在钟嵘《诗品》中谢惠连即有"小谢"之称（《诗品》卷中）。而谢惠连素为李白钦慕，他在《春夜宴从弟桃花园序》一文中说："群季俊秀，皆为惠连，吾人咏歌，独惭康乐（指谢灵运）。"谢灵运与谢惠连向有大、小谢之称。李白即将二人并提，可见其也是称惠连为小谢的。因此，清人王琦注此诗，即以"小谢"为谢惠连。其次，谢朓在唐以前并无小谢之称。唐以前有关谢朓的史传诗评但称其为"朓"或"谢朓"。而李白对于谢朓，在其诗中或称"谢公"，

或称"玄晖",或称"谢朓",也未见有称"小谢"的。之所以把这首诗中的"小谢"误指为谢朓,很可能是由于对诗题的望文生义,登谢朓楼而缅怀谢朓,似也在情理之中。其实细究"蓬莱文章建安骨"的句意,李白是兼三谢(谢灵运、谢惠连、谢朓)而怀之,并非如现今注家通行的说法。这样,把"小谢"解为谢惠连,也就没有登谢朓楼而不怀及谢朓的缺陷了。

窃以为,李白的"蓬莱文章建安骨,中间小谢又清发",其中"小谢"并非如赵先生在上文中所说的"是指南朝诗人谢惠连",而是指谢朓。谢朓,字玄晖,南朝齐陈郡阳夏(今河南太康)人。诗与沈约齐名,号称"永明体",梁简文帝誉之为"文章之冠冕,述作之楷模。"其诗多描写山水,摆脱了东晋以来玄言诗的影响,文采清丽,风格清俊。后世与大谢谢灵运对举,称小谢。上面举李白的两句诗,前句"蓬莱文章"借指秘书省校书郎李云的文章。唐人多以蓬山、蓬阁指府治文化机关秘书省。建安骨,指刚健遒劲的"建安风骨"。后句在赞美李云的文章风格刚健的同时,以"小谢"(即谢朓)自指,说自己的诗像谢朓那样,具有清新秀发的风格。李白非常推崇谢朓,这里自比小谢,正流露出对自己诗才的自信。两句自然而然地切合了诗题中的谢朓楼和校书郎李云。从建安风骨到小谢清发,历时近三百年。尽管其间文坛风尚几经变化,但总的趋势是从"风骨"向"清发"过渡。"风骨"与"清发"是两种不同的美,前者给人以一种骨质的力度感,而后者则表现为一种清丽的柔和感。唐李延寿的《南史》称谢朓"文章清丽",谢朓的出现,标志着这种转变的完成。与谢朓同为竟陵八友领袖的沈钧就曾说过,谢朓的诗歌别具风貌,所谓"二百年来无此诗也",正是看到了谢朓诗歌划时代的意义。李白所说的"蓬莱文章建安骨,中间小谢又清发",正是从这个意义上评价谢朓的。谢朓三十二岁出任宣城太守时,以赴外任避身远祸而庆幸。他从宣城郡的山山水水中,得到了最大的慰藉。离开宣城后,诗人即惨遭杀害,他卓越的诗才和不幸遭际,引起后人的无限怀念和同情。后世人贯称谢朓为"谢宣城"或"小谢城",如杜牧自宣城赴官入京,路逢裴坦判官归宣州时,有道题赠诗云:"敬亭山下百顷竹，中有诗人小谢城"，敬亭山，在宣城北十里。谢朓任宣城太守，常于此登临吟咏。小谢城，即是谢朓曾任职的宣城郡。赵先生以为"小谢"是指谢惠连，大概是谢惠连受谢灵运的影响，极力模仿其诗的缘故。惠连是灵运的族弟，二十七岁便英年早逝，但生前与大谢朝夕相处，二人游宴赋诗，契比金兰。惠连的《泛湖归出楼中望月》《七月七日咏牛女》《夜集叹乖》《读书》《离合》《夜集作离合》以及大多数乐府诗，可大致确定是作于旅居始宁的。它们模仿的痕迹明显，并无"清发"可言。吾乡前贤、桐城文派大师方东树，在他的代表作《昭昧詹言》中对谢氏家族几位有诗名的才子都比较重视，或单独列为一卷，如谢灵运、谢朓，或附于某卷之后，如谢惠连等。方氏最看重的还是成就最高的谢灵运、谢朓。在评析他俩诗作时，常将二人对举，并称"大小谢"，认为小谢（谢朓）在写景动人上虽稍逊大谢（谢灵运），"但其情文并合，气韵芳蔼，不愧大雅。"（卷一·一一六）方东树在用王士稹"典、远、谐、则"四法评析灵运诗时，并论谢朓诗，云："阮亭标典、远、谐、则四法，求之小谢，可谓尽之。然便专求之四法，而略彼神明，亦终是作伪诗死诗而亡。"（卷七·五）认为谢朓诗达到了王士稹所说的四字宗旨，肯定了王氏的四字原则有一定的道理，但又认为若"求之四法"则容易使诗歌失去应有的"神明"之处，变成"伪诗死诗"。姚永朴在"老北大"讲授"文学研究法"时也曾引王阮亭《古诗选》于五言云："宋代词人，康乐为冠；诸谢（混、瞻、惠连、庄）奕奕，迭相映蔚。"又云："齐有玄晖独步一代，元长（王融字）辅之。自兹以外，未见其人。"谢朓以文才见赏。为"竟陵八友"之一。明帝时为中书郎，出任宣城太守。建武四年（497年），迁南东海太守、尚书礼部郎。后为徐孝嗣等构陷，下狱死，所著诗文甚多，其诗平仄协调，音韵铿锵，词采华丽，对仗工整。钟嵘《诗品》评其诗说："一章之中，自有玉石"，足见学谢灵运最成功、且青出于蓝而胜于蓝的首推谢朓。谢朓是继灵运之后的又一位杰出的山水诗人。吴淇云："人皆言杜甫之诗本于杜审言，而不知谢朓之诗本于谢灵运。盖杜之学杜，人易知；而谢之学谢，姑舍其景语理语，而独学其景语，人不易知也。"（《选诗定论》卷十五）此言不虚，但是还需要说清的是：谢朓是灵运从子，其学灵运诗得其精华，弃其糟粕，自成清丽纯净的风格，加之他初通音律，有意追求一种和谐美，因而其诗颇近唐音。他于灵运诗，习而不泥，咀而能化，足称青冰。杜甫《解闷十二首》之七云："熟知二谢能将事，颇学阴何苦用心。"其中"二谢"，即指大谢灵运、小谢朓。阴是阴铿，何是何逊。四人皆为诗圣心仪之人。大谢容不赘述。"谢朓每诗堪讽诵"，小谢亦是老杜钦慕之人。阴铿诗作擅于炼字炼句，何逊诗风宛转清新，有小谢风致。杜甫"熟知"、"颇学"一联，与其说在夸别人，不如说在表露自己的诗歌创作特色。

从谢灵运的山水诗到谢朓的山水诗，大小谢的山水佳作一脉相承。贺贻孙《诗筏》曾说小谢诗"仍是谢氏宗派，而一种奇俊幽秀处，似沉酣于康乐集中而得者"，可谓一语中的。二谢诗歌情景交融，声律调谐，多奇章秀句，是古体诗向近体诗过渡的桥梁，对唐代山水诗的创作产生了深远的影响。大谢奠基，小谢清发，山水诗至唐臻于成熟。

刘项原来读过书

唐人章碣《焚书坑》云：

> 竹帛烟销帝业虚，关河空锁祖龙居。
> 坑灰未冷山东乱，刘项原来不读书。

第二句原为"昔年曾是祖龙居"，改作今句，变直白为涵蕴，意境凸现。结句"刘项原来不读书"，"原"一作"元"，虽说两字互为音借，"元"却较"原"佳。这样即知章先生并没有否定刘邦、项羽一直没有读过书。就句子本身而言，章碣是用了"省略"的修辞手法，省略了宾语"人"，这个读书的人，是哪些人呢？据《史记·秦始皇本纪》所记始皇三十四年（前213年）焚书令，所焚者为民间私藏之"百家语"，而非针对儒家。司马迁记录此事，也没有把"焚书"与"杀术士"混为一谈，曰"方士"或"方术士"，明确指出所杀的读书的"人"，是那些招谣撞骗的神仙派之士。神仙方士究竟不是儒生，但从法家的传统来看，秦王朝确有"绌儒"之嫌。所以才有后来始皇采纳宰相李斯的奏议，下令在全国范围内搜集焚毁儒家《诗》《书》和百家之书，甚至"偶语《诗》《书》的，也要杀头"的种种说法。故距秦较近的大儒贾谊《过秦论》中指出此为"焚百家之言以愚黔首"的愚民政策。章碣据此认为，这种愚民政策，反倒加速了人民反抗。秦始皇死后的第二年，陈胜、吴广在山东起义。从此，大秦帝国陷入风雨飘摇之中。其实，从"坑灰未冷"到"山东乱"，前后已隔四年之久，说"坑灰未冷山东乱"，只是夸张手法，也暗示那时已埋下了"乱"的种子。所谓"山东乱"之"山东"，也不是指今天的"山东省"，今天的山东省，古称鲁、齐或齐鲁。到金代才始置山东东路和山东西路，正式出现了"山东"的名称。明代把全国划分为十三个布政司，其中山东布政司，大致相当于今天的山东省。到清朝康熙年间，才改为行省，山东省的名称一直传到今天。所以，金以前的古典诗歌中出现的"山东"一词，与今天的"山东"完全不是一回事。

我们读唐诗，发现不少诗篇中写到"山东"，但他们所指的地方却各不相同。章碣的这首《焚书坑》："坑灰未冷山东乱"，指的是华山以东的大片地域。王维的诗《九月九日忆山东兄弟》里的"山东"，指的是他的家乡蒲地，即今山西省永济县。李白《梁甫吟》："君不见高阳酒徒起草中，长揖山东隆准公"，指的是汉高祖刘邦的家乡沛县，今属安徽省。杜甫《兵车行》："君不见汉家山东二百州"，指的是今陕西省东部、河南省、安徽省、江苏省、山东省。唐代把西岳华山附近的潼关以东的地域分为七道，计有二百十七州。元代诗人元好问说："古之山东，河朔燕赵魏是也。"足见山东还包括了今天的山西、河北。山，乃指华山。起义于华山以东的陈胜、吴广不是读书人，继他俩之后倒秦的刘邦、项羽，也不是读书的儒生。据《史记·项羽本纪》记载，项羽小时候，"学书不成，去学剑，又不成。"叔父项梁对他很恼火。项羽却说："书足记名姓而已。剑一人敌，不足学，学万人敌。"于是，项梁便给项羽教授兵法。有人凭借项羽年轻时不好读书，不修剑术而潜心"万人敌"的兵法，误以为他"不读书"，其实不然。据南宋文学家洪迈考证，项羽曾写过一部兵书，此书在汉代尚能见到。东汉史学家班固所撰《汉书·艺文志》里就藏有这部兵书的目录。可惜项羽的大作汉以后失传了，对此，洪迈不无惋惜地说："项羽虽不得其死，而遗书可传于后世，汉世不废，今不复可见矣。"倘若项羽真是个"不读书"的文盲，岂能著书立说？更不消说写出那首虽只二十三字，却志气慷慨，规模宏远的《垓下歌》了。刘邦是个市井无赖，他受教育的状况，史传无记。有人仅凭史家班固提到刘邦"高祖不修文学"，也以为他"不读书"。但刘邦能"试为吏，为泗水亭长"，既然经得起一"试"，说明他多少识得几个大字，有一定文化。不然，哪能在衣锦还乡时，对乡里乡亲吼起"大风起兮云飞扬"那样志气慷慨，规模宏远的诗句。只是史书上也记载了刘邦瞧不起读书人的事，当刘氏天下已定，陆贾"时时前说称诗书，""高帝骂之曰：'乃公居马上而得之，安事诗书！'"（《史记·郦生陆贾列传》）老子是马上得的天下，关诗书屁事！于是，刘项不读书的典事便这样流传下来。至于以"刘项原来读过书"的事实来找章碣的"岔"，都是不懂古汉语修辞惹的"祸"。

"商女"原本指"倡女"

唐代诗人杜牧绝句《泊秦淮》云：

烟笼寒水月笼沙，夜泊秦淮近酒家。
商女不知亡国恨，隔江犹唱《后庭花》。

第三句"商女"，有人说是指"商人女"，或"商人的女眷"。证据是：宋刘攽《中山诗话》载叶桂女咏江州琵琶亭诗："乐天当日最多情，泪滴青衫酒重倾。明月满船无处问，不闻商女琵琶声。"清人何文焕《历代诗话》言此诗吟白居易《琵琶行》本事，"商女"即指那个"老大嫁作商人妇"的琵琶女。

其实，即凭这样的证据，也只能证明"商女"是位从良的歌妓，而不是寻常的"商人女"或"商人的女眷"。如古诗所云"弃妇、思妇、征妇、商妇、游子妇"等，个中"商妇"也不是寻常的"商人妇"。这里且不论小杜《泊秦淮》中的"商女"是"商人女"，还是"歌女"。不妨先听一听这位"商女"

唱的那首小曲《后庭花》。《后庭花》全称《玉树后庭花》，为亡国之君陈后主所作的一首宫体诗，诗云：

> 丽宇芳林对高阁，新装艳质本倾城；
> 映户凝娇乍不进，出帷含态笑相迎。
> 妖姬脸似花含露，玉树流光照后庭；
> 花开花落不长久，落红满地归寂中！

此诗后为"亡国之音"的代称。如李白诗"天子龙沉景阳井，谁歌玉树后庭花？"胡曾《鉴戒录》亦有诗云："陈国机权未可涯，如何后主恣骄奢！不知即入官前井，犹自听吹《玉树花》！"若是"商人家的女眷"，只管辅助丈夫做生意好了，要唱也应唱点喜庆吉利的曲子，为何要唱这亡陈之曲呢？所以，这"商女"还是作"倡女"解较为顺理。《诗话总龟》卷之二十五"感事门"引《唐贤抒情》曰：

> 杜牧之绰有诗名，纵情雅逸，累分守名郡。罢任，于金陵舣舟，闻倡楼歌声，有诗曰："烟笼寒水月笼沙，夜泊秦淮近酒家。倡女不知亡国恨，隔江犹唱《后庭花》。"风雅偏缀，不可胜纪，与杜甫齐名，时人呼为老杜、小杜。

这里面，小杜的"商女不知亡国恨"，"商女"被换作"倡女"。"倡女"之"倡"，亦作"唱"。《礼·乐记》："倡和有应"，《荀子·乐论》作"唱和有应"。《诗·郑风·萚兮》："叔兮伯兮，倡予和女（汝）！"意思是说，我和你一唱一和，配合默契。"商女"等于"倡女"，而"倡女"即"歌女"、"娼女"，旧时指在倡楼（青楼）中卖唱的乐妓、歌妓，泛指艺妓，艺妓并非单纯地卖艺，大多数也卖身的。如《诗话总龟》卷之二十六"寄赠门"记唐代诗人韦应物为苏州太守时，"尝赴本州司空杜鸿渐宴，醉宿驿亭，醒见二佳人在侧，惊而问之，乃曰："记其诗否？一妓强记，乃诵之曰：'高髻云鬟宫样妆，春风一曲杜韦娘。司空见惯浑闲事，断尽苏州刺史肠。'"个中"乐妓"不只卖艺，也会陪着男人睡觉的。

青楼中的女子，多来自战争俘虏和被逼卖身及官、商籍没罪犯的女眷。故在坠入风尘的女子中，亦不乏风流蕴藉、色艺双全的聪慧强记之人。尤其是名妓，因日日与士大夫及风流才子们混在一起，耳濡目染，诗文歌赋、琴棋书画、吹拉弹唱、歌舞杂技，无所不通。所以，旧时倡妓的地位比戏子（伶人）还高一等。见到小班儿姑娘（业娼者），戏子须单腿一屈主动问安，嘴里还得叫一声"姑奶奶"。娼妓从良（包括那种"老大嫁作商人妇"的从良商女），弄好了可以封诰命。秦始皇的母亲就是角妓出身，东汉名妓来莺儿后被雄才大略的曹操纳为宠妾，六朝歌妓苏小小诗才品貌超群，折服得许多风流才子拜倒在她们的石榴裙下。比如混迹于秦淮河畔的李香君、柳如是、董小宛、顾媚等才女、义女，都曾招引得当世才子侯方域、钱谦益、冒襄、龚鼎孳等一伙男人蝶舞蜂喧，争相染指。而这些才、情、色、艺俱佳的倡女（商女）们也都来者不拒，无论是新手还是熟客，她们都以同样的热情张开饥渴的躯体。遇上风流倜傥，情投意合的，更是如胶似漆。甚至由性爱上升到情爱，达到"谈婚论嫁"的地步。

回过头来，再说小杜的《泊秦淮》。这首七绝的前两句是"烟笼寒水月笼沙，夜泊秦淮近酒家。"第一句运用了"互文"的修辞手法，"烟"是"烟花柳巷"的"烟"，"月"是"风花雪月"的"月"；"水"是秦淮河的"水"，"沙"是秦淮河畔沙滩上的茶楼妓馆。"笼"与被笼皆兼及，合起来释为"烟月笼着寒水烟月笼着沙"。杜牧是晚唐著名的风流才子，在扬州曾有过长达十年的浪漫生活，一如他自己所云："十年一觉扬州梦，赢得青楼薄幸名。"杜牧的《泊秦淮》是在"罢任，于金陵舣舟，闻倡楼歌声"，触景生情，有感而发，成就了这首颇有社会意义的千古绝唱。今人诗歌选本，凡选唐诗的，几乎没有不选它的。赏析文章更是指不胜屈。因此，弄清"商女"不是"商人女"或"商人女眷"，而是小杜频繁接触的"倡女""艺妓"，对理解诗情诗境诗意不无裨益。

黄昏正合看夕阳

晚唐诗人李义山擅长律绝,所作构思缜密,寄托深远,文采丰赡,音律优美,而措词婉约。因仕途坎坷,抱负难酬,诗中常有抑郁伤感情调。其五言绝句《乐游原》:"向晚意不适,驱车登古原。夕阳无限好,只是近黄昏。"纪昀评其:"百感苍茫,一时交集,谓之怨身世可,谓之忧时事可"。何焯云:"迟暮之感,沉沦之痛,触绪纷来,悲凉无限。"故今人多以为,末二句反映作者心情之由敞而敛,由乐而哀。虽叹赏晚景之无限美好,更因其近黄昏而流连怅惘。

作这种理解,是将首句的"意不适"和结句的"近黄昏"当成因果关系;又将"只是"作为"只不过"讲。从而认为是作者对时光如梭的叹惋。窃以为,两者应是转折关系,是诗人情绪的变化。而"只是"一词在古汉语中通常写作"祇是",而"祇",向熹《诗经词典》释:"祇,仅仅;只。"《古代汉语虚词词典》认为祇"用在谓语前,表示动作行为的限度。可译为'只是'、'只不过'、'只能'等"。"夕阳""只是"两句实则为因果倒装句。意思是说:只有在这黄昏时刻,太阳圆圆的,慢慢地落下去了,才真的好看。

乐游原本是汉宣帝为其故世皇后所造的"乐游苑",位于长安城西南,地势高敞,可以凭眺,是当时长安著名的游览胜地。文人墨客总爱到这里散散心,留下许多墨迹,李义山这首诗便是其中翘楚。义山与冬郎(韩偓)同为晚唐两大唯美派诗人,他对夕阳作这种高度概括的议论,正是对夕阳美的热烈赞颂,它折射出诗人百折不回,历经劫难而弥坚的铮铮傲骨,是理语,亦是情语。"莫道桑榆晚,为霞犹满天",亦是类似的晚年颂歌。同东升的旭日一样,西下的夕阳也是值得珍视的。落日的辉煌同样能够激励凡夫俗子了解人生,发奋有为,力求使自己的生命焕发光彩。如唐人陆龟蒙《夕阳》首二句"渡口和帆落,边城带角收",言征帆卸影,野渡停桡,画角低声,边城归帐,皆咏夕阳风景,体物工妙,感人至深。同时,落日的夕阳还能带给我们以深刻的人生体验。诗佛王维有三首五律,那里面就摹状了落日的意象,如"大漠孤烟直,长河落日圆",写出汉入胡的塞上风光,伴随着"大漠""长河"的空旷,引发强烈的故土留恋;"日落江湖白,潮来天地青",写送友到京口下洞庭时的景色,伴随"日落""潮来"的冷清,触发无限的伤感;"渡头余落日,墟里上孤烟",写作者隐居时的环境,伴随着"渡头""墟里"的凄凉,感受的是难言的孤寂。人生留念、伤感与孤寂的心境,也只有在这夕阳西下时才能生动地映照出来。

粉蝶双飞桃李春

　　人生在世，不如意的事太多。所以，当人们看到成双成对翩翩起舞的蝴蝶，心底油然而生羡慕之情，渴望释去生活中的重压，像粉蝶那样悠游自在。

　　多情的诗人更是与蝴蝶结下了神秘的不解之缘。自从梁简文帝咏蝶以来，仅宋人谢逸就作了蝶诗三百首。如果将有关蝴蝶的诗词曲集中起来，至少可以编成厚厚一部书。因为爱，咏蝶者乱点鸳鸯谱的却不在少。晚唐民间形成的"梁祝"故事，至今还在戏台上热演着，叫人百看不厌。山伯与英台在人间不能结为眷属，死后便化作蝴蝶，双双飞翔在天空，互相追逐，欢快地飞舞，永不分离。在中国人的心目中，双飞蝶铁定成了忠贞爱情的象征。"空园暮烟起，逍遥独未归。……复此从蜂蝶，双双花上飞。寄语相知者，同心终莫违。"简文帝的这首《咏蝴蝶》诗作，当是最早用双飞的蝴蝶暗示男女爱情的。以蝶喻人，以蝶之双飞喻男女同心，乃吾国诗歌中常用之兴寄方式。这样的比兴，连诗仙李白的诗作中亦时有所见。他的《长干行》："八月蝴蝶黄，双飞西园草。感此伤妾心，坐愁红颜老。"状思妇见蝴蝶双飞，不禁为自己消失的青春而感伤，盼望着丈夫早日归家，既形象又生动。

其实，人们从花丛中双双飞舞的蝴蝶的形象上，看到的爱情美，仅限于艺术的想象，却不是科学的认识。据生物学家说，蝴蝶的相互追逐恰恰是它们"爱情"破裂的征兆。只是对于这种生物性的内容，人们在审美时是根本不去理会的。人们欣赏的是形象的本身，这形象由于象征地显现着人类社会生活中的爱情而成为审美对象。科学警示人们要直面现实，可梁祝死后化蝶的浪漫双飞的诗意幻境，只是要人们讨个好心情。人们见了"还似花间见，双双对对飞"的蝴蝶，自然会联想到爱侣的缱绻，夫妻的恩爱，故由此而生出以蝶之双飞喻情侣之死恋的文化意蕴。花花草草由人恋，生生死死随人愿，酸酸楚楚无人怨。人，渴望的是好心情，至于真假虚实，从来都不较真的。

春风送暖入何处

王介甫《元日》诗中,有"春风送暖入屠苏"一句,对"屠苏"一词,注家多云"屠苏酒"。其实不然。"屠苏"原本是一种外形很美的药草。据《通雅》四十一:屠苏,阔叶草也;孙思邈《千金方》又曰:屠苏,药名,与肉桂、山椒、白术等调酒,曰屠苏酒。据传,由屠苏这种草本植物泡的酒,可以滋阴壮阳,属于春酒一类。有钱人家常将这种又实用又好看的药草,画于屋梁之上,因草名以名屋。如《事物异名录·宫室·屋》载曰:"屠苏,平屋也。"周玉褒《日出东南隅》云:"飞甍雕翡翠,绣桷画屠苏。"这里的"屠苏"即指画梁屋宇。据此可知,王介甫的"春风送暖"是往各家各户送。"春风"喻王安石的新法,而"暖"是喻新法带给中小地主阶级以及客观上也给老百姓带来利益。

王介甫为诗精于修辞,能耐炼字之苦。其诗《南浦》云:

南浦东岗二月时,物华撩我有新诗。

含风鸭绿鳞鳞起，弄日鹅黄袅袅垂。

此诗是王介甫任舒州（今安徽潜山）通判时所作。如《诗话总龟》卷十四，"警句门"下一条说："舒王《与吴彦律》云：'含风鸭绿鳞鳞起，弄日鹅黄袅袅垂。'"个中"舒王"即指时任舒州通判的王安石（介甫）。开篇"南浦"二字亮出一个意象。浦，《说文》曰："水滨也。"《风土记》曰："大水小口别通为浦。"中国的地形一般是西北高，东南低，大小河道分流处出去的水大致都向东南流。由此，"南浦"成了水路登舟送别地的一个意象，如谢朓《送远曲》："北梁辞欢宴，南浦送佳人。"介甫在这首诗中用"南浦"不只蕴含着离别情怀，也是实指当年舒州城南的南湖（今为潜山梅城城南的雪湖）。三四句写南浦东岗初春的水柳，意境虽逊于苏轼"竹外桃花三两枝，春江水暖鸭先知"，但王介甫却对这两句诗情有独钟，自云："此几凌轹造物。"意思是说，这警句逼近造物，巧夺天工。要说"工"，工在严对。叶梦得《石林诗话》云："王荆公（介甫）晚年诗律尤精严，造语用字，间不容发。然意与言会，言随意遣，浑然天成，殆不见有牵率排比处。如'含风鸭绿鳞鳞起，弄日鹅黄袅袅垂'，读之初不觉有对偶。"就对仗而言，叶语良非虚誉。"含风""弄日"两句，上句"鸭绿"，以鸭头绿色喻早春湖水，疑仿李白"汉水鸭头绿"；下句"鹅黄"，以雏鹅淡黄色的羽毛喻岸边吐绿的水柳。然柳已袅袅垂，当为春深，如"袅袅城边柳，青青陌上桑"（张仲素《春闺怨》）。春深柳色浓，其叶何来鹅黄耶？"鸭""鹅"皆鸟名；"绿""黄"皆颜色；"鳞鳞""袅袅"用叠字。而"鳞"，鱼也；"袅"，鸟也。两个小东西一个水下，一个天上。两句对工尚算精巧。张戒《岁寒堂诗话》卷上云："王介甫只知巧语之为诗，而不知拙语亦诗也。"由此亦见，无论摹色排比，皆应贵在自然，矫揉造作，总是吟不出好诗来的。

停车"坐"爱枫林晚

古典诗歌与古代散文及其他文体,在形式上虽有分殊,本质上并无界限,桐城文派的传人姚莹所谓"诗古文",即言诗与文是通有无而等义法的。割裂诗与文,或顾此失彼,皆非真赏。"诗古文"在古代都是用文言书写的。文言之"言",有两义:一是一言表示一字,如五、七言古诗,五言是五个字一句话的诗体,七言是七个字一句话的诗体。二是一言有时也表示一句话,如《论语·为政》中,"子曰:'诗三百,一言以蔽之,思无邪。'"个中"一言",即指一句话。文言是古代的书面语言,是当时的"白话"。文言中的虚词比较好把握,因为数量有限。在古汉语中,虚词除了介词、连词和语气词之外,还有副词以及与副词相似的叹词。若要分类,按古人的说法有起语辞(如盖、且、夫),接语辞(如亦、犹、自),转语辞(如以、之、其),束语辞(如大底、要之),叹语辞(如噫、吁、嗟夫),歇语辞(如也、哉、者)等。中国第一部诗歌总集《诗经》的一个显著特色就是大量运用虚词,不仅增加了语言的形象性和韵律美,还加深了语意,强化了语言的表现力。所以,做古诗、读古诗，虚词是必须熟悉的。

认识和运用虚词并不难，难的是实词。古人与今人相距甚远，当时的不少实词与今天的实词，意义大相径庭。非多读诗古文，则难以驾轻就熟。譬如，"坐"字，在古汉语中就有多种义项：席地而坐、座位、坚守、不费力、由于、因为、因犯……罪、对质、恰好、遂、旋即、无故、徒然等都可以用"坐"来表达。如杜牧《山行》："停车坐爱枫林晚，霜叶红于二月花。"前句"坐"字起着"诗眼"的作用。"坐"字，在这里当"因为"讲，之所以停下来，是因为喜爱深秋夕照下的枫林，"霜叶红于二月花"是把前句尚未言尽的的意思补足。这样，一片深秋枫林美景就更加具体、生动地展现在游人面前。孟浩然《望洞庭湖赠张丞相》："坐观垂钓者，徒有羡鱼情"，其中"坐"字也是当"因为"讲。诗人巧用"临渊羡鱼，不如退而结网"的典事，把因观钓却欲"钓"不能的心思，暗示给了张丞相。杜牧的"停车坐爱枫林晚"，为什么不直接用"因"，"停车因爱枫材晚"，不是更加明白通畅吗？杜牧的学问可没有这么"浅"，用"坐"较之用"因"，由于"坐"的多义性，内涵要丰富得多。旧体诗歌因受字数的限制，文言实字一字多义的优越性就显现出来了。如果用"因"则只有一个意思。而用"坐"涵意则既深且广。接爱者也可以理解杜牧看到了这么好看的风景，留连忘返，坐下来仔细地观赏；还可以活用"坐"的"因犯……罪"或"因犯……错"的法律术语，发挥修辞的神奇作用。也许杜牧乘车"山行"不是一个人，还有其他人。你爱玩，别人兴许有急事，山路崎岖，天色又晚，人家还要赶路呢！可杜牧一个"坐"字就过了一饱秋景的眼福：对不起，就耽误一会儿，让我多看一会这夕照下的枫林，好吗？要说杜牧矫情、犯错，犯的只不过是"爱枫林晚"的错，不碍事的。

唐人作诗，精于炼字。你看《山行》的前两句："远上寒山石径斜，白云生处有人家。"何良俊《四友斋丛说》卷三六曰："杜牧之诗'白云生处有人家'，亦有亲笔，刻在《甲秀堂帖》中。可书家传抄，有把"生"字改为升起的"升"，或把"生"改为深浅的"深"。两者之改，改"升"太俗；改"深"不着边际，迷迷茫茫，你怎么就知道那里有人家呢！"升""深"与"生"

不是一个档次。"远上寒山石径斜",知山路是石头砌的,在深山老林里的人家,那房子的四壁注定是石头垒的。"云以石为根",说那缭绕的白云是从那人家石屋生出来的,既准确又充满着生命的律动。多么妙的诗句啊!

道是无为却有为

晋宋之交的山水诗人谢灵运，出身贵族，失意屈尊，无为而治，与世无争，常率部作蛮荒之游。面对艳丽秀美的江南山水风景，"情必极貌以写物，辞必穷力而追新"，山容水态，一经他着笔，体物工细，摹写形容，皆能表现其性情。其《斋中读书》云：

> 昔余游京华，未尝废丘壑。矧迺归山川，心迹双寂漠。虚馆绝诤讼，空庭来鸟雀。卧疾丰暇预，翰墨时间作。怀抱观古今，寝食展戏谑。既笑沮溺苦，又哂子云阁。执戟亦以疲，耕稼岂云乐。万事难并欢，达生幸可托。

此诗是康乐公出守永嘉时，在城西读书斋中所作。大意是说，自己过去未能忘情山水，而今谪守永嘉，正好落个清净自在。自赴任以来，由于实行道家的无为而治，衙门无诉讼案件，因而有充裕的时间读书。自己从书中悟出了一些道理：像长沮、桀溺那样归隐务农，实在太辛苦；像扬雄那样做一名郎官，又几乎送了命；最好的办法是照老庄的话去做，任其自然，无所追求。

为政无为而治，率性无所不为，显然是受老庄思想的影响。老子说："为学日益，为道日强。强之有损，以至于无为，无为而无不为。"① 在老子看来，那种每天拘于小聪明而学习，虽能得益，只不过是世俗的功名利禄之益；而探求道之所在，即使有所失，损失的也只是世俗的名利。"文章千古事，仕宦一时荣"，做人做官，不能为着一时之荣，而误了"三不朽"的大事。"进德智所拙，退耕力不能"的矛盾心理驱使谢灵运由积极转向消极，一头扎进了老庄的迷魂阵："再者先师，任诚师天。刻意岂高，江海非闲。守道顺性，乐兹丘园。"不废丘壑，唯丘园是归宿，唯隐中有乐趣，这是灵运第一次在政治上遭受重大挫折时悟出的道家旨趣，而为官不能循规蹈矩，散漫不拘，又何尝不是道家思想在起作用。他隐遁山林，写诗作文，颂扬佛法，在始宁建精舍，筑讲台，延纳四方僧人；他与东晋佛教领袖远结为忘年之交，与昙隆、法流携手游嵊崃，渐次超脱现实，远离政治。因此，当他在进行消极反抗时，既能陶醉于老庄哲学中，又能在佛教里找到精神寄托。据《宋书》卷六七本传记载，灵运"出守（永嘉）既不得志，遂肆意游邀，遍历诸县，动踰旬朔，民间听讼，不复关怀，所至辄为诗咏。"

如此荒废政务，而作无休止的遨游，哪里谈得上治郡有方？难怪谢灵运时不时成为古今批评家攻击的对象，骂他"目无王法""不务正业""以文辞欺人"。这是很不幸的。好在这堤内的缺憾在堤外得到了补偿。谢氏的蛮荒之游，使他的赏心和诗才得以施展，吟出了那么多山水诗，成为中国第一个大量发掘自然美，自觉地以山水为主要审美对象的诗人。灵运描山绘水，既能在大开大阖的空间中，展现山水整体的宏阔之美（"俯视乔木梢，仰聆大壑淙"），又能摹状山水局部声色的局部之美（"初篁苞绿箨，新薄含紫茸"）。白居易夸他"大必笼天海，细不遗草树"②，良非虚誉。除此，灵运

---

① 《老子·第四十八章》。
② 白居易《读谢灵运诗》。

还以玄言佛典入诗，妙不可言。我们完全可以说，他在山水诗方面的奠基作用，同与他基本上是同时的陶渊明在田园诗方面的奠基作用一样，在中国、乃至世界文学史上都是无可争议的人物。宋代严羽《沧浪诗话》说"康乐之诗工"，"无一篇不佳"。沈约说他"方轨前秀，垂范后昆"[1]，亦直率地承认了这一点。诚如白乐天所云："谢公才廊落，与世不相遇，壮志都不用，须有所泄处。泄为山水诗，逸韵谐奇趣。"[2]。谢灵运最终成为中国古代山水诗的不桃之祖，功莫大焉。谢灵运的"无为"，并非什么事都不干，像后世"安史之乱"前后的唐明皇那样"从此君王不早朝"；倒是很像那位中国词坛之明主——南唐亡国之君李煜。李后主历尽磨难、屈辱，从天堂跌入地狱之后，"眼界始大，感慨遂深，遂变伶工之词为士大夫之词"[3]，能够将过去在舞谢歌台上伶人娱乐性的演唱体载变化为富有真实思想情感的士大夫作品，可谓为功厥钜。官家不幸，诗家幸，谢灵运贬谪之后，居卑处微，与世无争，正是因为他悟出"万事难两全"，于是放弃官场争名逐利，而谐心山水诗和词作。终成中国山水诗的开山大师。这不就应验了老子的"与其不争，故天下莫能与之争"[4]吗。遗憾的是：牢骚太甚的谢灵运，一辈子也未走出矛盾的深渊。公元433年（元嘉十年）他和刘宋权力中心的矛盾达到极点，因叛逆的罪名被斩于广州，未及天命之年便结束了人生。

---

[1] 沈约《宋书·谢灵运传》。
[2] 白居易《韵语阳秋》卷八。
[3] 王国维《人间词话》。
[4] 《老子·第六十六篇》。

醉卧沙场君莫笑

葡萄美酒夜光杯，欲饮琵琶马上催。
醉卧沙场君莫笑，古来征战几人回。

唐代诗人王翰的这首《凉州词》，不少评注家都以为这是一首悲凉感伤，厌恶征战之作。俞陛云《诗境浅说正续编》评此诗即云："唐人出塞诗，如归马营空，春闺梦断，已满纸哀音。此于百死中，姑纵片时之乐，语尤沉痛。"而以今人之觉悟，将其无限拔高为"表现了戍边将士一往无前，视死如归的英雄气概"，则犹难被人接受。

此诗开篇即以列锦的修辞手法拉开饮酒狂欢的场面。次句接着交待饮酒作乐的背景。三、四句是大白话，诗写作者手捧夜光常满杯，正在饮那杯中的葡萄酒时，檀柱（琵琶）突然催着征人上马，想到自己随时有战死沙场的可能，又不顾催发，照旧酣饮，自信醉卧沙场，既不丢人，也不为过。类似这样的戏谑，在唐诗中俯拾皆是，不一而足。大唐帝国国家强盛，社会开明，文网较疏，文人作诗戏谑无所顾忌。正如明人洪迈《容斋随笔》中所说："唐人歌诗，其于先世及当时事，直辞咏寄，略无隐避。"如果我们仅凭三、四句："醉卧沙场君莫笑，古来征战几人回"，一味地去"领悟"诗人的凄凉与感伤，则不免"肤浅"。倘能仔细琢磨，便知这位在沙场和酒场都能纵横驰骋的诗人，是在酩酊大醉中谐谑地表达他面对死亡，"向死而生"的精神。"不知道什么时候应该死去的人，不懂得怎样活着"（甘地语）。王翰正是清醒地看到自己生命的意义、死亡的意义，才这样豁然达观地对待人的生死。这种将伦理道德审美化、狂欢化、戏谑化的生命意识，与东晋隐逸诗人陶渊明的"人死观"不谋而合。渊明在他的"挽歌诗"中就把生命看成一个自然的过程，生的欢乐与死的悲伤相辅而行，把生命的结束视为与自然的混同。宇宙是永恒的，就这个意义来说，人的形体寄托于宇宙之中，也获得了永恒。这样的现实，合理地克服了前人过于强调生死对立、自然与人生对立，以及用麻醉精神或刺激感官来超脱生死忧伤的种种缺陷，既不逃避现实，也不执着现实，而始终以乐天委命的信念保持着自身的心理平衡。正如庄子所说，"其生若浮，其死若休"；"虽南面王乐，不能过也"。

何况诗与酒从来都是如影随行。在中国诗坛上，要找到一个不喝酒的诗人，怕是要比找一个不吃奶的婴儿还难。酒就是诗人的乳汁，只是这乳汁维持的不是诗人生理意义上的生命，而是他们艺术层面上的激情。王翰嗜酒，尤喜葡萄酒，这与低度的葡萄酒具有强心、益智、安神的功能不无关系。若不是葡萄酒刺激诗人的灵感，焕发诗人的精神，今天我们也可能读不到他那风华流丽的歌行，乐观旷达的绝句了。

话又说回来，何止是王翰"乐游畋，喜葡酒"。"三杯吐然诺，五岳倒为轻"的李白，就是一位有名的葡萄酒迷。他在长安住闲的时候常常会同酒朋诗侣，出入酒楼食店之中，那时的都城长安，从城东的春明门到曲江、西市一带，都是西域兄弟民族和外商的店铺。其中酒食店里，胡食胡浆，十里飘香。为着痛饮陈年老窖的葡萄酒，李白不惜"五花马，千金裘，呼儿将出换美酒"。每过酒店，花枝招展的"胡姬"都要向他"招素手"，邀他进店"醉金樽"，而纵情豪放的李白总是欣然入座，浅斟低酌，深情款款，不醉不归。

"兰陵美酒郁金香，玉碗盛来琥珀光"。面对色香味俱全的葡萄酒，太白三杯落肚，便诗兴大发，即席挥毫，那惊人的想象，奇特的夸张，瑰玮绚丽的色调，自然清新的语言，雄奇奔放的风格，也都是从这酒盅里流出来的。李白的"人生得意须尽欢，莫使金樽空对月"和王翰的"醉卧沙场君莫笑，古来征战几人回。"，虽说一个歌于金马玉堂之上，一个唱于沙场火线之中，却都殊途而同归，表达了他们真实的生死观。

诗人为何爱"哭穷"

"纵穷罔两搜元珠，不过寒郊瘦贾岛"。郊寒岛瘦，说的是唐代以苦吟著称的诗人孟郊、贾岛的诗歌风格接近。他俩的诗作多为各自不平身世和贫苦境遇唏嘘感叹。孟郊诗云："食芥肠亦苦，强歌声无欢。出门即有碍，谁谓天地宽！"像这样穷蹙之语，在他的诗作中随处可见。这位不平则鸣的寒士，要说他不贫不穷，怕是没人相信。他衣不蔽体："商山风雪壮，游子衣裳单"[①]，他食不果腹："东方有一士，岁暮常苦饥"[②]。难怪元人辛文房在《唐才子传》中说他"一贫彻骨，裘褐悬结"。

其实，孟郊出身小官之家，他的父亲孟庭玢，"娶裴氏女而选为昆山尉"，也曾有过衣食无忧的少年生活。只是成年后为追求功名，寒窗苦读，累试不第，不免纠结。他先是隐居嵩山以退为进，一招不成便转而漫游四方以求荐引，

---

① 孟郊《商州客舍》。
② 孟郊《感怀其五》。

荐引不顺，遂《叹命》："本望文字达，今因文字穷。"望仕不达，生活每况愈下，哭哭穷，也在情理之中。贾岛说他"才行古人齐，生前品位低。葬时贫卖马，远日哭惟妻"①，贫困至此，可真叫人心寒。不过，大凡了解贾岛的人，便知他这是同病相怜，看上去是感慨孟郊的贫穷，内心却是在述说自己人生道路的坎坷潦倒。贾岛一生不得志，其诗作多描述一己的失意，不平的困窘；夕阳、废馆、枯草、秋萤等清寂冷落的景象在诗中反复出现，从而营造了他那冷僻、瘦硬的诗境。他的"下第只空囊，如何住帝都"②，"羁旅复经冬，瓢空盎亦空"③，"井底有甘泉，釜中乃空燃"④，"鬓边虽有丝，不堪织寒衣"⑤，哭穷的水平不让孟郊。郊、岛的这些哭穷的诗句，虽有艺术夸张的成分，但在某种意义上还是能够反映中唐下层士子生活困苦的实情。贾岛的好友韩愈说"大凡物不得其平则鸣"，认为"有不得已者而后言，其歌也有思，其哭也有怀"。又谓："和平之音淡薄，而愁思之声要妙；欢愉之辞难工，而穷苦之言易好"，欧阳修亦言"诗，穷而后工……"，这些都是窥透此中消息的至理名言。贫穷生才子，愤怒出诗人。中国文学史上抒写仕途困顿、生活潦倒的诗文，无疑是古典文学中最为精彩的部分。如汉之苏李，唐之李杜，宋之苏黄，其名篇佳什，皆出于颠沛放逐之余。倘不困折其身，拂郁其志，俾之穷极而后已，也不可能得以享大名于后世。

中唐诗人面对盛唐诗歌"极盛难继"的困境，不少诗家都在努力为诗歌创作开辟新路，"一寒彻骨"的孟郊就给元和诗风大变带来了一股暖流，并最终与韩愈形成了以"奇诡"和"矫激"著称的"元和体"。孟郊长于五言，早有诗名。他先以诗影响韩愈，后相互影响，二人胶之投漆，相得无间，一起联句竟有十三首之多，故世人"韩孟"并称。孟郊长韩愈十七岁，韩愈说

---

① 贾岛《吊孟协律》。
② 贾岛《下第》。
③ 贾岛《冬夜》。
④ 贾岛《朝饥》。
⑤ 贾岛《客喜》。

要"低头拜东野"①,并作《双鸟诗》喻二人一鸣而万物皆不敢出声。此言不虚。孟郊作为元和诗坛上的前辈、韩孟诗派的领袖,硬是在苦寒的日子里大显身手。他的《秋怀》十五首作为一组五言古诗,可以说是对传统的五言古诗写作规范和典型风格的挑战,且以较高的艺术成就确立了一种新的五古风格,影响了贾岛诸人。欧阳修《六一诗话》说"孟郊贾岛皆以诗穷至死,而平生尤喜为穷苦之句",诚非危言耸听。后世不少诗人对孟郊"如草根秋虫"的酸苦给予同情和理解,就是因为孟郊虽作穷促语,但仍是"感于哀乐,缘事而发"的天籁之音,是发乎性情的真实心灵的展现。退一步说,忧盗不忧贫。"宾秋已觉厚,私储常恐多",恐富求归,安贫乐道,贫亦何足怪?故"饥来或乞食,有道无不可。"②"君子厄穷而不闵,劳辱而不苟,乐天知命,无怨尤焉"③,虽处困厄,却能乐天知命、安贫乐道,此即后世士大夫津津乐道的"孔颜乐处",是处穷困之境的文人士大夫的理想人格。

质而言之,古之诗人哭穷也有作伪的一面。"文革"中,褒李贬杜的郭沫若先生,就曾对杜甫的中小地主生活及虚伪的一面大加鞭挞。且不说郭老的言论也有违心的成分,少陵的实情也着实让身为考古学家的郭老抓住了把柄。杜甫的成都草堂,偌大个院落,有林园、菜圃、荷池、药栏,占地三百亩,该是够安定、富裕的了。可他也叫穷:"百年粗粝腐儒餐"④,说自己长年吃不饱饭;"入门依旧四壁空,老妻睹我颜色同;痴儿不知父子礼,叫怒索饭啼门东"⑤,说妻儿也是常常啼饥号寒。其《茅屋为秋风所破歌》,更是把自己的穷困潦倒说到了无以复加的程度。杜甫诗名满天下,其别名却嗜好杜陵野客、杜陵布衣,少陵野老、潜夫等,如此"酸穷可怜,于法自当得贫"的

---

① 韩愈《醉留东野》。
② 黄庭坚《贫乐斋》。
③ 应劭《风俗通义·穷通》序。
④ 杜甫《宾至》。
⑤ 杜甫《百忧集行》。

气象,与他的"风含翠条娟娟净,雨浥红叶冉冉香"[①]"榉柳枝枝弱,枇杷树树香"[②],显然是极不协调的。可仔细一想,杜甫毕竟是封建文人,难免也有虚伪的一面。杜甫老来回忆过去浏览吴越时事的诗作《壮游》云:"越女天下白,鉴湖五月凉;剡溪蕴秀异,欲罢不能忘。"对年轻时的风流韵事,"欲罢不能忘",说明这位诗圣也不是一味的道貌岸然。他在成都草堂所写的那些哭穷之作,只不过是歌行纪其事,托诗以怨,诉说自己的苦恼,继而假托"安得广厦千万间",为天下寒士,也为自己请命而已。唐代诗人,也不都像魏文帝说的那样"相轻""相虐",相亲相怜的也较普遍。张籍在贾岛进士落第后,就写诗《赠贾岛》云:"拄杖傍田寻野菜,封书乞米趁时炊。姓名未上登科记,身屈惟应内史知。"这是表示同情,是难兄难弟间的同病相怜。

封建诗人的"哭穷",也有积极的一面:他们钦慕前贤,追求高尚的人格,常以超然物外,洒脱清高、安贫乐道的隐士高人为学习的榜样,行动的楷模。譬如被钟嵘誉为"古今隐逸诗人之宗"的陶渊明,其质直旷真的性格、高蹈遗世的作风、"安道苦节,不以躬耕为耻,不以无财为病"[③],豁达高洁的情怀,一直是贾岛所追慕的高尚人格。贾岛《朝饥》曰:"饥莫诣他门,古人有拙言。"这与陶渊明的"饥来驱我去,不知竟何之。行行至斯里,扣门拙言辞"[④]。同是饥寒交迫,同是不肯低眉曲颜,两人的心灵又是那样的接近。"登仕,是噉饭之道,归隐,也是噉饭之道"[⑤],"乞食"原是迫不得已。苏轼说"陶渊明欲仕则仕,不以求之为嫌,欲隐则隐,不以去之为高;饥则扣门而乞食,饱则鸡黍以延客,古今贤者,贵其真也。"[⑥]陶渊明的"隐",追求的是诗意的栖居,注重"隐"的本质——回归人生,而不是唱高调。归隐之初,

---

① 杜甫《狂夫》。
② 杜甫《田舍》。
③ 萧统《陶渊明集序》。
④ 陶潜《乞食》。
⑤ 鲁迅《隐士》。
⑥ 苏轼《书李简夫诗集后》。

他的诗文未见贫寒之气，闲适雍雅的气度亦无困窘之感。住进新建的别墅，他高兴地吟道："方宅十余亩，草屋八九间。榆柳荫后檐，桃李罗堂前""庭户无尘染，虚室有余闲"。① 隐之日久，加之火灾，家境恶化，在没有酒喝的时候，他也会吼几句"先师有立训，忧道不忧贫，贫富常交战，道胜无戚颜"，这就是真正的隐士，窘迫之际，愈见其真。陶氏的哭穷，从某种意义上看，是用发泄代替抗争，是对封建社会压抑人才的呼喊。然而，这种哭穷也不能排除"家贫求仕"的动机。东晋南朝时期州郡长官在自辟僚属时，尚有"唯贫是举"的倾向。如陶渊明在其《五柳先生传》的序中，先是说："余家贫，耕植不足以自给。幼稚盈室，瓶无储粟，生生所资，未见其术"，又说："诸侯以惠爱为德，家叔以余贫苦，遂见于小邑"，即委婉地道出了被州郡长官体恤而征为彭泽令的内情。因此，后世诗人效仿他的哭穷言贫，也应适当地肯定其深刻的社会意义。

---

① 陶潜《归园田居》其一。

"孔子删诗"的考索

在中国文学史上，《诗经》一直作为华夏诗国发端的一大亮点，而被炎黄子孙骄傲着，流传着，称颂着。人们称道的不光是它的文学意义上的价值，更从它所歌唱的那些人类性爱与情爱及其社会生活中，看出它的社会史、风俗史、制度史的史学价值。"五经亦只是史"[1]，"六经皆史"[2]，历代学者大多强调运用史学研究法来解读、阐释以《诗经》为龙头的儒家经典。闻一多先生说："《诗》似乎没有在第二国度里像它这样发挥过那样大的社会功能。在我们这里一出世，它就是宗教、是政治、是社交，它是全面的社会生活。"[3]《诗经》就像一部大百科全书，涵盖着中国人的文化精神。

《诗经》，在春秋时乃至其后的一个相当长的时期内，只称《诗》。成

---

[1] 王阳明全集·传习录》。
[2] 章学诚《文史通义校注》。
[3] 闻一多《神话与诗·文学的历史动向》。

书于先秦的《左传》凡是说到这部诗歌总集的，一概谓之"《诗》曰""《诗》云"。所谓"子曰""诗云"，更是把《诗》与《论语》当作比肩的儒家经典。《论语》中记述孔夫子的数次征引，也都叫《诗》，或《诗》三百，或《三百篇》。《论语》中涉及《诗》的内容，有的是孔子在论述"诗乐"，但更多的是说"诗义"。《八佾》子曰："《关雎》；乐而不淫，哀而不伤。"个中"淫"不是"淫邪"之"淫"，"伤"也不是"伤感"的"伤"；"淫"在这里作"过多""失度"解，"伤"与"淫"义近，亦含"过多""过分"的意思。在孔子看来，《关雎》虽是抒发儿女之情，却不失"中和"之"正"。在产生《诗》的那个年代，风气开放，男女交往自由，是人类文明史上男欢女爱的黄金时期。所以，孔子认为《关雎》这种"房中乐"，是"中和"的，适当的，不过分的。所谓子曰："《诗》三百，一言以蔽之，曰：'思无邪'。"这"思无邪"取于《鲁颂·駉》篇，原诗四章，每一章最后一句分别是"思无疆""思无期""思无斁""思无邪"，四句的意思是相近或相同的。于省吾先生的《诗经新证》认为，"斁"字当读"度"，"无度"犹言无斁，并引历代典籍证实"思无斁"和"思无邪"皆含无边无际之意。这样，无疆、无期、无斁、无邪四者之义便顺当地贯穿下来，都是赞美鲁侯的马匹在草原上一眼望不到头，极言马匹之多也。所以，"思无邪"之"思"只是一个语气词，并不坐实。孔子的意思是说，《诗》三百被用来表现的思想、情感和被说明的问题，几乎包含了政治、经济、道德、伦理等所有社会生活领域，其运用的广泛程度确实是无边无际——"思无邪"的。孔子在此借指《诗》三百在思想内容上是纯正的，与先秦用《诗》风气吻合，亦切合孔子本人的道德规范和行为准则。《诗》共有三百一十一篇，其中《小雅》里有六篇，只见存目，实际上只有三百零五篇。所谓《诗》三百，是举其成数而言；前头"三百"与后面"一言"对举，是要造成大小显著的修辞效果。

孔子生于春秋末期，对于《诗》的态度、立场，其论《诗》传《诗》的实践活动，对《诗》的传播起了非常重要的作用。汉以后，《诗》被儒家当作经典来读，从中发掘微言大义，以用来治国安邦，这就在很大程度上把《诗》道德伦理化、政治化了。《诗》被奉为封建国家法定的经典，尊为《诗经》，居于《六经》之首，成了官方意识形态的理论渊薮。从此，《诗》的关注度空前提高。尊孔者都有意无意地拉近《诗》与圣人的距离，亦不悖情理。譬如，"孔子删诗"这个令经学家争论纷纭的问题，就是由司马迁首先提出来的。他在《史纪·孔子世家》中说：

> 古者诗三千余篇，及至孔子，去其重（chóng），取可施于礼义。上采契、后稷，中述殷、周之盛，至幽、厉之缺，始于衽席。故曰：《关雎》之乱，以为《风》始；《鹿鸣》为《小雅》始；《文王》为《大雅》始；《清庙》为《颂》始。三百五篇，孔子皆弦歌之，以求合《韶》《武》《雅》《颂》之音。礼乐自此可得而述，以备王道，成六艺。

史迁对《诗经》成书过程的记载，很可能是从孔子的自述中找到了什么材料线索。《论语·子罕》："子曰：'吾自卫反鲁，然后乐正，《雅》《颂》各得其所。'"加之主观推测，"孔子删诗"的事，于是载入了史册。这个说法，不少史家也认同。班固《汉书·艺文志》："孔子纯取周诗，上采殷，下取鲁，凡三百五篇。"晋代孔安国《尚书序》："先君孔子，生于周末，睹史籍之烦文，惧览者之不一，遂乃定礼乐，明旧章，删诗为三百篇。"这就最明白不过地告诉后世，孔子是把三千多篇古诗大量删削，只留下了三百零五篇，又编定《风》《雅》《颂》的分类和篇什次序。而删与编的标准，则是以礼义核准其内容，以弦歌考其音律。一帮汉儒及其后的宋儒，对此论断深信不疑，奉为不刊之论。他们都虔诚地认为，《诗》是孔子删定用来垂戒后世的"经"。如宋儒朱熹在《诗集传》中明确判定《静女》《桑中》《氓》《将仲子》等二十七首为"淫诗""淫奔之诗"。这些诗全都在《国风》中，除《陈风·株林》是讽刺陈灵公君臣的淫乱行为外，其余二十六首都是今人通常讲的爱情诗。朱熹说孔子"删诗"之所以把它们保留下来，是作为反面教材"垂戒于后世"①的。这就是说,即使觉得诗中有些篇什不合时宜,也能找个理由,打个圆场。

史家著史,虽说一言既出,驷马难追,然因此而留下谜团,仍不能阻碍后世疑而叩问。孔子删诗,疑点重重,千年聚讼,莫衷一是。那些对孔子删诗产生怀疑的学者,其理由大致有三条:

其一,故纸所引古诗,现存者多,亡逸者少,不可能被孔子删去十分之九。唐人孔颖达《毛诗正义》云:"如《史记》之言,则孔子之前,诗篇多矣。案书传所引之诗,见者多,亡逸者少,则孔子所录,不容十去其九。马迁言古诗三千余篇,未可信也。"直到有清,不少学者仍持此论,如清初史学家、诗人赵翼在其《陔余丛考》中说:

> 《左传》引诗共二百十七条,其间有丘明自引以证其议论者,犹曰丘明在孔子后,或据删定诗为本也。然丘明所述仍有逸诗,则非专守删后之本也。至如列国公卿所引及宴享所赋,则皆在孔子未删以前也。乃今考左丘明自引及述孔子之言所引者共四十八条,而逸诗不过三条。其余列国公卿自引诗共一百一条,而逸诗不过五条。又列国宴享歌诗赠答七十条,而逸诗不过五条。是逸诗仅删存诗二十之一也。若使古诗有三千条,则所引逸诗宜多于删存之诗十倍,岂有古诗则十倍于删存诗,而所引逸诗反不及删存诗二三十分之一?以此而推,知古诗存之三千之说不足凭也。

这是论"古诗三千之非"。窃以为,司马迁记史,不虚美,不隐恶,秉笔直书,不等于他不重视文采。《史记》精于修辞,文采飞扬,素有"史诗"之誉。文中"三千余篇"与"三百五篇"对举,"三千"乃言其多,不必坐实。何况《诗》三百的诞生是以"诗与歌合流"为前提的,收入《诗》中的绝大多数是民歌,它们产生于西周初年至春秋中叶的五百年间,五百年的传唱,何止三千?《史

---

① 朱熹《诗序辨说》。

记》说"古者诗三千余篇",当作为美学范畴、艺术手段来看,不必坐实。

其二,在孔子的语录中,只见过"诗""诗三百",可见"三百五篇"是《诗》原有的篇数,并非孔子删减而成。"老北大"(代)校长傅斯年大师就曾在讲坛上对"孔子删诗"之说有过质疑,他说:

> (孔子删诗)这话和《论语》本身显然不合。"诗三百"一词,《论语》中数见,则此词在当时已经是现成名词了。如果删诗三千以为三百是孔子的事,孔子不便把这个名词用得这么现成。且看《论语》所引诗和今见只有小异,不会当时有三千之多,遑有删诗之说,《论语》、孟、荀书中俱不见,若孔子删诗的话,郑卫桑间如何能在其中?所以太史公此言,当是汉儒造作之论。
>
> ——《论语》讲义稿　叙语。

傅斯年大师所论,不失为一家之言。

其三,诗的文本早在孔子出生前就已形成,其结集与演变,经过了漫长的岁月,编辑成书决非出自一人之手。据《左传》载:鲁襄公二十九年(公元前544年),吴公子季札到鲁国观周乐,乐工为他演奏的《风》《雅》《颂》与今本《诗经》编次相同,十五国风的排列也和现在看到的《诗经》差不多。而当时,孔子还只是一个七岁的小孩子,他不可能从事并完成"删诗"这么浩大的工程。何况"周诗及诸侯用为乐章,今载于左氏传者,皆史官先所采定;就有逸诗,殊少矣!疑不得孔子而后删十取一也。"(叶适语)因此,诗人魏源说:"夫子有正乐之功,无删诗之事。"[①] 现代学者郑振铎也认为:"在那三百篇里,性质是极为复杂的;自庙堂之作以至里巷小民之歌,无所不有。而里巷之作,所占的成分尤多,以孔子的论'诗'的眼光看来,他是不会编选这部不朽的'古诗总集'的。《诗》的编定也许经过不少人的手。"[②]

---

① 魏源《诗古微》卷一《夫子正乐论》。
② 郑振铎《中国俗文学史·古代的歌谣》。

"孔子删诗"的是与否，争过来，争过去，意义不大。《诗》一经面世，"人无定诗"，作品虽见，作者却无从考察。"诗无定指"，作者既不可考，论诗赋诗者更不必执著于诗的原初意义，而是借古人之诗表达自己的心声，期于"言志"而已。至于删之与否，年代久远，时过境迁，难以撇清，诗家学者根据自己的需要随心曲说，加以引用，无伤大雅。《汉书·艺文志》曰：上古之时"有采诗之官，王者可以观风俗，知得失，自考征也。"《礼记·王制》也道：天子每年"命大师陈诗，以观民风。"这才是《诗》被蒐集的初衷。然自"孔子删诗"之说出现以后，《诗》中的作品本来的观风作用和民歌性质被异化，变成可在论述观点、探讨问题时作为论据佐证，或在公开场合作为外交辞令，以达到影射式表达思想的目的。因此，孔子才会说："不学《诗》，无以言。"① "诗可以兴，可以观，可以群，可以怨。迩之事父，远之事君，多识于鸟兽草木之名。"② 这也是孔子在"言志"，以表达自己的思想观念。

---

① 《论语·季氏》。
② 《论语·阳货》。

补编二　诗体杂谭

"诗言志"与"诗言体"

许慎《说文·言部》释"诗,志也。从言,寺声。"又在《说文·手部》释"持,握也。从手,寺声。"诗与持,一个动口,一个动手,但都从寺声。看得出造字者的机警,亦知许先生熟悉"清庙之音"。和尚念经,不就是两手把持、合掌,口中念念有词吗?经文如诗文,听其声,长短曲折,迅疾徐缓,抑扬婉转,一唱三叹,一切烦恼都烟消云散矣。文字学家说,"诗"与"持"因声训相同,互为假借。朱骏声《说文通训定声》释"持,志也,从言寺声。……(假借)为郏公羊襄公十三年取诗,鲁附庸国也。又为侍或持。""诗"与"持"虽同韵相属可通假,义却不同。《毛诗序》对诗的性质的认识,本于"言志"说而提出:"诗者,志之所也,在心为志,发言为诗。"①而汉代流传下来的诗纬包括其他纬书的诗论,在"言志说"之外,还提出以往诗论中从未提过的"诗者,持也"的说法。两相比对,知"诗言志"是就创作主体的诗人而言,

---

① 《毛诗正义》。

强调的是诗所要表现的内容,即诗之所思所感之"志";而"诗者,持也"之说则提出了诗对接受者的影响,亦即孔子所云"其为人也,温柔敦厚,《诗》教也。"《国语·楚语上》明确指出"教之《诗》,而为导广显德,以耀明其志,"将《诗》与《春秋》《世》《故志》等历史教育相提并论,足见抒发诗人志向的诗歌具有扶持、端正人的历史道德与情感性情的重要作用。故《文心雕龙》也把"诗"训为"持":"诗者,持也,持人情性。"这是刘勰对诗体名称的解释和对诗体意义的总体看法。从声调上说,诗的体式与文有别。诗是有韵之文,是可以配乐歌唱的文字,它有自己独特的体式。

诗的体式,或曰体裁,唐人的区分和现在有所不同。唐时将诗体分为三大类,如明代唐诗学家胡震亨在他的《唐音癸签·体凡》中说:

诗之至唐,体大备矣。今考唐人集,录所标体名,凡效汉,魏以下诗,声律未叶者,名往体(古体);其所变诗体,则声律之叶者,不论长句,绝句,概名为律诗、为近体;而七言古诗,于往体外另为一目,又或名歌行。举其大凡,不过三者为之区分而已。至宋、元编录唐人总集,如于古律二体中备析五七等言为次。

这里概略指出宋元以后,旧体诗分为古体、近体两大类。这也是现代诗家大致认同的分法。中国古典诗歌的体裁,就其形式而言有"旧体"与"新体"之分;按其格律形式不同,又可分为"古体诗"和"近体诗"。古体指齐梁以前产生的诗歌形式,如《诗经》、楚辞、乐府、《古诗十九首》等,也指格律上要求不甚严格的古诗,如李白《蜀道难》。近体指齐梁以后产生的格律趋严的诗歌,又称格律诗,如律诗、绝句、词、曲等。它们在句式、字数、押韵以至平仄、对仗等方面,都有严格的要求。古体、近体诗常以四言、五言和七言的形式出现,一般诗歌爱好者都熟悉四言诗、五言古、七言歌行和近体律绝、词、曲,以及声调这些诗的外在形式。岂料,具有这种形式特征的古体与近体,到了民国初年被打入另册,一概被视为旧的、陈腐的东西。是时,"五四"新文化运动波澜激荡,新诗崛起,独领风骚,占据了现代中国诗坛话语秩序的霸主地位。古诗，尤其是盛于唐宋、源远流长的诗词从此被打入冷宫，且与新诗划清界限，一律戴上了"旧"的帽子。其实，新与旧、现代与传统并非纯粹的历时更替，也不是楚河汉界，畛域分明，而是你中有我，我中有你，相互包孕、并存共荣的。诗本无新旧之分，只有古今之别。那些旧体诗词，今天不是还在以"旧"的面目显示着自身的魅力吗？君不见，诸如伤怀感世、离别思念、咏史喻志以及高洁伟岸的人格追求，至死不渝的爱恋等，都是一脉相承的优良传统，相比于新诗来说，"旧体"更适宜于净化人们的心灵，丰富人们的生活情趣，消除社会的浮噪、庸俗与暴戾之气。

数千年来，诗家奉行"诗言志"的主旨，重视诗歌的思想内容及其教化作用。孰不知，言志之诗若是找不到完备的体来附着，这"志"就难于体现它的生命和灵魂。刘勰《文心雕龙·定势篇》把"体"和"势"连缀成词，称为文章体势。个中"势"并非指"气势"，而是指文章的体裁、体制和法度。黄侃释《定势篇》说："其开宗也，曰：因情立体，即体成势。明势不自成，随体而成也。"这是说，作品的体裁规定了结构的类型，也就是说作品的体裁要求具有顺应这种体裁的一定风格。虽说内容决定形式，但不同的形式只能接纳适合它的内容。当旧形式不能容纳新内容时，则必然为内容所突破，随内容而演化。所以，古人作诗对体裁的选择是认真的。清人王士禛论及五言古诗法时说："作古诗，须先辨体，无论两汉难至，苦心摹仿，时隔一尘，即为建安，不可堕落六朝一语。为三谢，不可杂入唐音。小诗欲作王、韦，长篇欲作老杜，便应全用其体，不可虎头蛇尾。"作古诗之所以"须先辨体"，是因为古诗的体裁、体制的多样性，为诗人表达思想感情提供了得天独厚的条件。诗歌创作，为达到既定的效用，必然要采取与之相适应的语言形式和篇幅、组织结构等。这就像量体裁衣一样，衣裳裁剪得合体，形制及用料合乎人物的身份、性别、年龄，做成的服装才因得体而美观大方。作诗无体，或用体不当，即使内容详赡、美辞可人，也难以体现作者的风格。素以能诗善画、富于深厚文学修养的清代文学家曹雪芹，在他的经典小说《红楼梦》中，借小说主人公贾宝玉之口，对"诗言志"与"诗言体"的关系及其重要作用提出了十分精辟的见解。《红楼梦》第七十八回的前半部分写老学士贾政召集儿女笔会，要求以《姽婳词》为题，讴歌风流隽逸，忠义感慨，名噪一时的女英雄姽婳将军。先是贾兰、贾环二位用近体做了两首，贾兰的七言绝句写道："姽婳将军林四娘，玉为肌骨铁为肠。捐躯自报恒王后，此日青州土尚香。"一阵喝彩后，贾环跟着来了一首五言律："红粉不知愁，将军意未休。掩啼离绣幕，抱恨出青州。自谓酬王德，谁能复寇仇？好题忠义墓，千古独风流。"吟罢，也是一阵赞叹声。然而，才思敏捷的贾宝玉对他俩的诗作却不以为然，认为"这个题目似不称近体，须得古体或歌或行长篇，方能恳切。"众人听后情不自禁地站起来，点头拍手称道："我说他立意不同！每一题到手，必先度其体格宜与不宜，这便是老手妙法。这题目曰《姽婳词》，且既有了序，此必是长篇歌行，方合体式。或拟温八叉《击瓯歌》，或拟李长吉《会稽歌》，或拟白乐天《长恨歌》，或拟咏古词，半叙半咏，流利飘逸，始能尽妙。"听大家这么一通议论，本来对儿子凶巴巴的贾老爷也忍不住亲自提笔向纸要录写儿子的旷世之作。宝玉乘兴吟来，他说一句，其父写一句，众人夸一通："恒王好武兼好色，遂教美女习骑射。秾歌艳舞不成欢，列阵挽戈为自得。眼前不见尘沙起，将军俏影红灯里。叱咤时间口舌香，霜矛雪剑娇难举。丁香结子芙蓉绦，不系明珠系宝刀。战罢夜阑心力怯，脂痕粉渍污鲛鮹。明年流寇走山东，强吞虎豹势如蜂。王率天兵思剿灭，一战再战不成功。……"宝玉这首七言四十二句歌行长篇基本上是四句一换韵，时而委婉，温柔体贴；时而铿锵，古朴苍健，而且叙事写人出神入化，流利飘逸，绮靡秀媚，婀娜多姿，长歌起承转合，妙趣天然，不留斧斫之痕，众人自然赞叹不已。宝玉的成功之处，正在于他采用了能够施展其才艺的诗歌体式——歌行。歌行这种体裁体格宏宽，便于展现开阔的视野与无尽的时空，扬厉的特性，又易于抒发人生意气与不平之鸣的情感。而兰、环应用的近体律绝，则很难飞驰倏忽，倜傥纷论，自然因"不得其体"而甘拜下风。这也是为什么古往今来的诗家对"诗言体"的研究与投入，热情不亚于"诗言志"的原因之所在。

然而，古诗的体裁又不是僵化的。随着社会的进步，其体裁形式也在与时俱进。形式呆板，规格繁琐的四六骈文即因不适于时代的节奏而无人问津。元人杨载《诗法家数》云："诗体'三百篇'，流为《楚辞》，为乐府，为《古诗十九首》，为苏（子卿）、李（少卿）五言，为建安、黄初，此诗之祖也；《文选》刘琨、阮籍、潘、陆、左、郭、鲍、谢诸诗，渊明全集，此诗之宗也；老杜全集，诗之大成也。"说老杜是古诗发展的集大成者，并非过誉。元稹在为《唐检校工部员外郎杜君墓系铭》作序时就说："至于子美，盖所谓上薄风骚，下该沈、宋，言夺苏、李，气吞曹、刘，掩颜、谢之孤高，杂徐、庾之流丽，尽得古今之体势，而兼文人之所独专矣。"这些高论都是说古诗在经历四言、五言、七言，以及逐步格律化的发展过程中，是同历代诗家对诗歌传统的继承、革新和文学创作经验的不断累积分不开的。"诗有恒载。思无定位，随性适分，鲜能圆通。"刘勰《文心雕龙·明诗》正是诗国大腕们的不桃之功，中国古典诗歌才有今天这样成熟繁荣的局面。

绝句释"绝"

中国古典诗歌体裁中的"绝句体",因其某些特点与格律诗暗合,唐人往往"律绝"并称。李汉编《昌黎集》,凡绝句皆收入律诗。律绝四句一首,短小精萃。每句五个字的称"五绝",每句六个字的称"六绝",每句七个字的称"七绝"。六言绝句因其节奏为"二二二"的两字一拍,虽有鲜明、整齐之长,板滞、单调的短处却显而易见。要想在诗句的意义、节奏上力求变化,即便大家亦难以作为。王维的六言绝句《田园乐七首》与顾况《过山农家》,虽对仗工整,但因缺少变化,读多了不免令人生厌。故历代六言绝句数量较少,远不能与五、七言绝句相提并论。

古今流行的五、七言绝句,按其入律和不入律论,又有古体和近体之分。古体绝句初本六朝民间五言四句和七言四句的短诗,冠以"绝句"之名并成为诗歌的一种体裁,则始于汉魏六朝时期。梁·徐陵编选的《玉台新咏》卷十中就有《古绝句》四首,吴均《杂绝句》四首,《南史》卷八《梁简文帝纪》载简文帝为侯景所废,幽于永福省,有绝句五篇。这些古诗句,其实就是最短的古风,即唐人所说的五言古体诗。近体五、七言律绝,是从齐梁声律体中发展而来。齐梁时期,沈约、周颙等人发现了汉语有平、上、去、入四个声调,继而提出"八病"说,将四声自觉运用于诗歌的创作,与谢朓、王融等人开创了"永明体"。其后,在永明体的基础上,绝句、律诗逐渐酝酿形成,唐初经过沈佺期、宋之问等人的努力。近体之制方臻于完善。而七绝又是在近体五绝已告形成的背景下,在梁、陈时期始肇其端的。如简文帝萧纲的《夜望单飞雁》:"天霜河白夜星稀,一雁声嘶何处归?早知半路应相失,不如从来本独飞。"就已大体相当于七言绝句了。其后,古绝与律绝并驾齐驱,成为催生唐人绝句(律绝)肥沃的土壤。中唐以降,律绝渐盛,古绝渐衰,绝句遂被归入近体。近体绝句与古体绝句的区别在于:其一,押韵不同。古绝既可押平声韵,又可押仄声韵,邻韵还可以通押;律绝只押平声韵,而不押仄声韵,邻韵不可通押。其二,音律不同。古绝在句法节奏上不拘平仄交替的格式,多以叠平叠仄的形式出现;律绝在句子及各句之间,须按固定的格式组成平仄交替的平仄对立的音律,绝对不可在二、四句末尾出现三平调。其三,平仄粘对不同。古绝因形式不拘,不讲究粘对;律绝强调声调变化,节奏优美,为避免一联之中上下句平仄重复和前后联平仄雷同,注重"粘对"的运用。这些已成诗家共识。只是绝句何以言"绝",它是怎样产生的?古来聚讼纷纭,归纳起来大致有三:

第一,"绝句起于联句"说,"绝"字的本义,按许慎《说文》:"绝,断丝也。""绝"就是"断"。《史记·孔子世家》:"孔子晚而喜《易》……读《易》,韦编三绝。"意思是说,孔子晚年好读《周易》,反复翻阅,以致编联竹简的牛皮绳断了多次。"韦编三绝"中的"三",是个模糊词,乃言其多。清人汪中《释三、九》说:"凡一二不能尽者,则约之三以见其多。""三绝",即言断了多次。所以,"绝句"又称"断句"。李嘉言《绝句起于联句说》指出:"汉魏联句有柏梁体一人一句,贾充与其妇的一人两句,到晋宋之际则流行一人四句。"晋宋联句的流行与东晋后期名士盛行集会赋诗风气关系极大。可以想见,大家集会联句时,起、承、转、合,凑够四句,文质俱佳,于是有人叫绝,即为绝句。元人杨载说:"绝句之法要婉曲回环,删芜就简,句绝而意不绝，多以第三句为主，而第四句发之。……宛转变化工夫全在第三句，若于此转变得好，则第四句如顺流之舟矣。"[1] 正因为第三句的转接很要紧，转接的方式也就多种多样。如"七绝圣手"王昌龄的绝句《出塞二首》其一，第三句"但使龙城飞将在"，是以假设转接，引出"不教胡马度阴山"的和平愿望。王之涣的《凉州词》第三句"羌笛何须怨杨柳"，是以诘问一转，引出"春风不度玉门关"的无奈。画家张大千的绝句《咏荷》："绿腰红颊锁黄蛾，凝想菱花滟滟波。自种沙州门外水，可怜肠断采莲歌。"其中第三句则是用续写的方式，转接出结句的双关语。还有一种情况，是把长篇联句按四句一解扯开分成数首的绝句，所以绝句又作断句。"断"亦有"裂"义。如《孔雀东南飞》中"三日断五匹"与杜甫《白丝行》中"裂下鸣机色相射"，前句"断"与后句"裂"，都是指从织机上扯下已织好的布。绝句由联句而来，可视为一家之言。

第二，"绝句出于律诗"说。《释名》："绝，截也；如割截也。"绝句又称"截句"，有人认为，"所谓截句，谓截律诗前四句，如后二句对偶者是也。或截律诗后四句，如起二句对偶者是也。"这话是王船山在回答刘大勤关于"什么是绝句"的疑问时，举例说当时诗界有这种浅论。实际上，他本人也不信。其在《夕堂永日绪论·内编》说：

五言绝句，自五言古来。七言绝句，自歌行来。此二体本在律诗之前。有云："绝句者，截取律诗一半。或绝前四句，或绝后四句，或绝首尾各二句，或绝中两联。"审尔，断头刖足为刑人而已。不知谁作此说，戕人生理？

王船山是清初诗坛盟主，善诗文，工词曲，论诗颇有创见。他对这种浅论的批评是一针见血的。因为梁、陈时始有类似律体的五言诗，唐初才有类似律体的七言诗。五言律体的成熟，在唐初；七言律体的成熟，在唐"开""天"

---

[1] 杨载《诗法家教》。

之际，而绝句在六朝时已先有此称了。明人胡应麟云："五七言绝句，盖五言短古，七言短歌之变也。五言短古，杂见汉魏诗中，不可胜数，唐人绝体，实所从来。七言短歌，始于《垓下》"①。今人的一些绝句选本，将近于骚体诗的项羽《垓下歌》作为古体绝句收入其中，即是认同胡说。因此，说"绝句出于律诗"，无疑是本末倒置。

第三，绝句源于乐府民歌说，"绝"与"断"同义。而"断"与"短"同音通假。《广韵》云"短""断"都音都管切。说"绝句"这种小巧的诗体起源于乐府民歌是很有见地的。葛晓音论"初唐绝句的发展"时说："'断句'之称出现在刘宋，是晋宋五言四句体民歌已经流行之时。乐府民歌都是以五言四句为基本单位，相连成组的。这种形式可使文人们意识到五言四句体作为诗的最小单位，有其独立价值。"绝句体最基本的体性是四句一首的抒情短诗，如汉魏分章分解的乐府就其早期形态而言，属民间抒情歌谣小曲之类，一篇乐府有若干解。若割裂其辞，截其一解，就是所谓的"绝句"。前面王船山说到"绝句自五言古歌行来"，虽不见其详，然大致搔到了痒处。

绝句虽与"断""截""短"义近，但"绝"的内涵和外延要大得多。绝，可引申出"极度""独特"等诸多义项，如"绝顶""绝浦""绝佳""绝无仅有""风流绝代""精妙绝伦"等。人们到剧场看戏，看到精彩处，情不自禁地拍手叫绝，"绝句"就像这种令人"叫绝"的诗体。诗人要在这个小小天地里写出遒劲豪迈的边塞诗，委婉细腻的抒情诗，绘声绘色的风景诗，入目三分的咏史诗，倘无箩里翻身斗里转的本事，还真犯难。绝句艺术的全面成熟及典范风格的形成，是在盛唐时期，盛唐绝句，向以王昌龄、王维、李白为三大家。王昌龄继承发展乐府体绝句，长于边塞诗的创作。他的《出塞二首》其一："秦时明月汉时关，万里长征人未还。但使龙城飞将在，不教胡马度阴山。"曾被明代诗家李攀龙誉为唐人七绝的压卷之作。作者在四句二十八字的狭小空间里，运用互文、用事等修辞手法，从千年以前，万里之外下笔，自然形成一种雄浑苍茫的独特意境，"发兴高远"，体现了诗人

---

① 胡应麟《诗薮内编》卷六。

驾驭"绝句体"高超的艺术造诣。王维的五绝，以高古真绝取胜，仅《辋川诸绝》便奠定后世山水景物的法则。其七绝则多写离情别诸，以情韵独到夺魁。如《送元二使安西》："渭城朝雨浥轻尘，客舍青青柳色新。劝君更尽一杯酒，西出阳关无故人。"在绝句篇幅上受到严格限制的情况下，作者对如何设宴饯别、席间如何频频举杯、殷勤话别，以及启程时如何依依不舍，登程后如何瞩目遥望，等等，并无点墨，只点击饯行宴请即将散席时主人的劝酒辞："干了这最后一杯吧，出了阳关就再也见不到老朋友了。"这感情深沉的两句话，犹如一部摄像机，在狭小的空间里拍下了最富表现力的镜头。绝句一经诗仙李白把玩，随意起来竟如同转动在手中的健身球，自然轻快。他的律绝《望庐山瀑布》："日照香炉生紫烟，遥看瀑布挂前川。飞流直下三千尺，疑是银河落九天。"短短四句，运用浪漫主义的表现手法，张开艺术想象的翅膀，进行新颖奇特的比喻和大胆恰切的艺术夸张，只二十八个字，就把云烟冉冉升起的香炉峰雄姿和那犹如银河从天而降的瀑布，气势磅礴地勾画描绘出来。到晚唐时，以绝句诗体咏史之风特盛。杜牧、李商隐都是喜爱用绝句体咏史的高手，所吟为后世广为传诵。杜牧生平所作咏史题材的诗二十余首，其中用七绝体者占五分之三。与杜牧齐名的李商隐也喜欢用七绝作咏史诗。因二人诗风不同，杜牧豪迈俊爽，李商隐深隐蕴藉，李的咏史绝句比杜更为婉曲幽邈，需要细心体会。他的《贾生》："宣室求贤访逐臣，贾生才调更无伦。可怜夜半虚前席，不问苍生问鬼神"，以议入诗，借古伤今，用意深曲，情韵幽窈，为绝句中不可多得的上品。清人宋荦说："诗至唐人七绝，尽善尽美。自帝王、公卿、名流、方外以及妇人女子，佳作累累。取而讽之，往往令人情移，回环含咀，不能自已。此真《风》《骚》之遗响也"[①]，唐人绝句确为历代绝句之精华。

　　唐人绝句与唐代律诗的区别不只在四句与八句的形式上；绝与律的区别主要还在风格情调上：绝句语近情遥，贵韵长；律诗工整凝重，贵气健。如杜甫绝句《奉和严郑公军城早秋》："秋风袅袅动高旌，玉帐分弓射虏营

---

① 清·宋荦《漫堂说诗》。

已收滴博云间戍，更夺蓬婆雪外城。"四句语意实，语气重，给人的感觉就像是一首未完成的律诗。而李白的律诗《观胡人吹笛》："胡人吹玉笛，一半是秦声。十月吴山晓，《梅花》落敬亭。愁闻《出塞曲》，泪满逐臣缨。却望长安道，空怀恋主情。"胡应麟《诗薮》认为，此诗前四句已构成一个完整的意境，正合绝句以情致见长、以韵味取胜的特色，加上四句衍成律诗，就如同"骈拇枝指"了。

　　"绝句体"从发生、发展到流行至今而成"百代不易之体"，怎一个"绝"字了得。绝句因它的艺术表现形成小而巧，浅而深，近而远而入目成诵；因它的思想内容丰富多彩和抒情写景叙事的无所不能而独树一帜。一首绝妙的绝句，那清新优美的语言、圆润悠扬的音调、明朗悠远的意境，那新颖的构思和跌宕的抒情风格，数千年来一直成为惹人喜爱的诗体，后世说它"在泉为珠，在壁为绘"，堪称的评。

歌行辨"行"

"歌行"作为诗歌的一种体裁出现，是在唐诗有了近体名称之时。唐以前，歌行并未冠以诗体的名称，也没有谁去探究歌行该是五言、七言还是杂言。因在以"歌""行"与"歌行"为题的诗作中，什么句式都可以找到，未见有人在诗题之外单独提过"歌行"二字。由于歌行这种诗歌体式出自乐府，后世常将"乐府歌行"连说，用以包括旧题乐府、新乐府和乐府之外的歌行在内的古体诗。据《乐府诗集》卷三二载，乐府相和歌平调曲有《燕歌行》。现存最早的歌行是三国魏主曹丕的《燕歌行·秋风》和《别日》两篇，大致是"言时序迁换，行役不归，妇人怨旷无所诉也"。《燕歌行》之"燕"，音"烟"，古国名，分"前燕、燕和后燕"三朝，地域包括今河北省北部及辽宁省等地，都城在今北京市内。将"燕"入题歌诗，通常表示曲调的地方特色，同时作为边塞的代名词，《燕歌行》即言"边塞或戍边的歌诗"。如中国山水诗的不祧之祖谢灵运拟《燕歌行》，写女子对久戍边城的丈夫的深切思念，辞情哀婉动人。有唐之前的隋诗对歌行体的发展也大有贡献。《诗薮》云："六朝歌行可入初唐者,卢思道《从军行》,薛道衡《豫章行》。"应该说,这两篇刚劲雄健,而又清丽流畅,语多对偶的佳作,已开七言歌行的先声。随着歌行作品的大量涌现,诗家开始注意逐磨它的产生、流变和作法。明代的唐诗专家胡震亨说:

  歌,曲之总名。衍其事而歌之曰行。歌最古,行与歌行皆始汉,唐人因之。
            ——(《唐音癸签·体凡》)

诚然,"衍其事而歌之"符合乐府古辞中标"行"为题的诗作,如《东门行》《妇病行》《孤儿行》等,皆具有叙事或与事相关的特点。

  《礼记·乐记》云:"歌,咏其声也。"又云:"歌之为言也,长言之也。"长言就是"长句",句在古时谓之言。如孔子曰:"一言以蔽之,曰:思无邪。"即以一句为一言。上面两句话,用今人的话说就是句子的声调有长短曲折、迅疾徐缓之谓。这说明"歌"是由人声所发,它抑扬婉转,一唱三叹,是格律并不怎么严谨的诵唱性韵文。《毛诗大序》中说:"情动于中,而形于言,言之不足,故嗟叹之;嗟叹之不足,故永歌之。"足见"歌"是人在感情激动之时唱出的,歌词比平常的语言更富于情感。

  行,从字源的角度考察,与"步"同义,相当于现代汉语的"走"。走,在古汉语中是"跑""奔",如"飞禽走兽","走兽"即奔跑中的野兽。《孟子·梁惠王上》中说到两军交战。一方失败,"弃甲曳兵而走"。意思是说,扔掉铠甲拖着兵器逃跑。"行"与"趋"都指人的移动,如"亦步亦趋"。只是"趋"的速度比"行"或"步"快,而比"走"慢,《释名·释姿容》说:"徐行曰步,疾行曰趋,疾趋曰走。"行,作为中国古典诗歌的一种体裁,其内涵并未远离"行"作为"出行""移步"的本义,早先即指与出行有关的曲子,这种"曲子"就像与舞乐相配的"歌诗"一样,不能乱其步伐、节奏。如《艳歌罗敷行》"日出东南隅篇"(有曲无辞),《东西门行》(古辞)等,后来逐渐形成古诗的一种体裁。王灼《碧鸡漫志》卷一:"故乐府中有歌有谣，有吟有引，有行有曲。"这里的歌、谣、吟、引、行、曲都是乐府诗体常见的名称，它们虽与乐调的性质、声情有关，但作为古诗的独立体裁，已经各有各的内涵："歌与谣，《诗经·魏风·园有桃》中"吾歌且谣"下《毛诗传》所注："曲合乐曰歌，徒歌曰谣。"歌有合乐不合乐之分，合乐者为歌，不合乐的、通乎俚俗者曰谣。"吟"与"引"，"吟"是低沉哀怨，悲切绵邈。出名的"吟"都是怨哀失意之叹：西汉卓文君作《白头吟》，感伤的是爱的失落；三国诸葛亮诵《梁父吟》，慨叹的是人才的缺失；西晋潘尼写《逸民吟》，哀怨的是人心不古，由、巢不再；湘人悼念屈子的《梁父吟》，闻者泪下。不论是信史还是传说，古时的"吟"，皆以哀伤为基调。"引"有序曲之意。唐以后衍化为一种文体，大致如序而稍简短。诗之"引"，多置于词、曲前头部分某个段落，如《梁华引》《梅花引》等。"行"与"曲"，"曲"有小令、中调、长调之分，作为诗的体裁，已与配词的曲子（即音乐）无涉，而与"词"、"曲"挂钩。词为诗之余，曲为词之余，"诗余"通常指词、曲，元散曲即是继宋词而起的一种新诗体。元代著名曲家周德清论及元散曲的共同特点时，说曲"韵共守自然之音，字能通天下之语，字畅语俊，韵促音调"，说明已与乐曲有所区分，变成与音乐相对应的徒诗了。《史记·司马相如列传》："相如辞谢，为鼓一再行。"谢的方式是敲着锣，打着鼓，跟着辞别的脚步节奏道别。鼓，这种打击乐与战国时代的"行钟"一样，是当时上层贵族在礼仪中或外出巡狩征行时所用的乐器。早先的"钟行"已接近后来"歌行"的意义——与人的移动、祭祀山川、会举宴乐、君王出巡有关。《辞源》释"行"："歌行是旧诗的一种体裁，歌为总名，铺张本事而歌称行。"这只说对了一半，中国文学史上著名的长篇叙事诗《孔雀东南飞》，是典型的铺张本事，却是古诗，而算不得"歌行"。南宋诗人姜夔认为"体如行书曰行，放情曰歌，兼之曰歌行"[①]。行书作为书法的一体，笔法介乎楷、草之间，行楷、行草，无论偏向哪一边，都有行云流水之势，此喻也确道出了"行"的特点。如歌行之妙冠于盛唐的大手笔李、杜二位，李白歌行咏之使人飘然欲仙；杜

[①] 《白石道人诗说》。

甫歌行咏之使人慷慨激烈，大有"行书"游走自然、抑扬顿挫之妙。白石把歌行定义在"行"上，是有见地的。细究，歌行之"行"在不同的历史时期，有不同的内涵。战国时期，"行"只是一种用来祭祀、宴乐、出行等仪式时演奏的一种特定形式的音乐，如"钟行"。随着礼乐制度的变更，魏晋以后，经一些文人改编的歌行之"行"，除了音乐之外，还指与这种音乐相对应的诗歌作品。唐代以后，逐渐与音乐脱离，变成一种特定的诗歌体式了。歌行是各种诗体中形式变化最多、内容适应性最强、写作最自由的一种。它可长可短，可抒情可写景，可叙事可论理，千姿百态，不拘绳墨，亦如清人沈德潜《说诗晬语》中所言："歌行走步，宜高唱而入，有'黄河落天走东海'之势。以下随手波折，随步换形，苍苍莽莽中，自有灰线蛇踪，蛛丝马迹，使人眩其奇变，仍服其警严。至收结处，纡徐而来者，防其平衍，须作斗健语以止之；一行峭折者，防其气促，不妨作悠扬摇曳语以送之，不可以一格论。"个中"歌行走步，宜高唱而入"，说明"歌行"是边走边唱的诗体。"唱"又作"倡"，《荀子·乐论》："唱和有应"，《礼·乐记》作"倡和有应。"《诗·郑风·萚兮》："叔兮伯兮，倡予和女（汝）！"意思是说，我和你一唱一和，配合默契。

歌行一体，源自汉代，而兴于唐，成为盛唐诗歌达到高潮的一个重要标志。如卢照邻《长安古意》、骆宾王《帝京篇》、张若虚《春江花月夜》等，一时将"歌行体"推上了诗国的大雅之堂。这些歌行的基本特征大致是：一、篇幅可短可长，句式比较灵活，一般是七言，也可以七言为主，其中穿插三言、五言、九言。二、保留着古乐府叙事的特点，融叙事、说理、抒情于一体，内容充实而生动。三、擅长兴、比，动人之处在于音响、声情或曲致；声律、韵脚比较自由，平仄不拘，可以换韵。

诵诗三百神凛然

——说古诗兼议"新古体"

先说"古体诗"

古体诗，是指唐以前格律不严的诗，又称古诗或古风，是汉代及其后诗人们吸收乐府民歌的形式发展起来的一种诗体。古诗源远流长，从《诗三百》、楚辞到古乐府歌行，是古诗产生、成长的时期。汉魏以降，曹子建作古体出而始为宏肆，情态恣意。自此诗家多入史语，然不能入经语。至南朝谢灵运出而《易》辞、《庄》语，无所不为其用，剪裁之妙，千古为宗，齐梁时，古诗开始变脸，虽"声律稍不谐"，但比律诗自由，格调也在古、近之间。古体诗的发展大致循着以下轨迹：《诗经》→楚辞→汉赋→汉乐府→魏晋南北朝民歌→建安诗歌→陶诗等文人五言诗→唐代的古风、新乐府。至有唐，律诗、绝句、长律别开一体。唐人把它们叫作"近体诗"或"今体诗"。云"近体"者，是对当时仍在流行的"古体"而言。"今体"立，"古体"存，二者依然一路同行。唐代初期，诗家把那种配乐可以歌唱的歌诗，变成了曲子词，如隋唐的"新声（燕乐）"，更早的还可以追溯到汉魏乐府，直到晚唐五代才逐渐摆脱按曲拍谱词的束缚，发展成为一种新诗体。这种新体诗经过宋人的努力，以"词"的体式独树一帜；经过元人的努力又以"曲"的体式卓立诗坛。然词为诗之余，曲为词之余，诗词曲三者各自分流，仍属同源——源于古体诗。正如老北大的的文学大师傅斯年所云："五言、七言、词等，以渐生成，都是在历史上先露若干端绪，慢慢地一步一步出现，从没有忽然一下子出来，前无渊源，顿成大体的。"[①] 古人习惯以"言"来区分古诗的体裁，"言"在古汉语中是"字"的意思。诗家有四言、五言、六言、七言诗，即以一字为一言。当然还有杂言以及某些特殊诗体的楚辞等。这样的划分是基于古诗普遍具有语言精炼、句式整齐、音调和协的特点。汉字差不多以每个字为一个独立的形、音、义单位，这也是造成古诗整齐句式的先决条件。

四言诗是从西周初年到春秋时期最流行发达的诗体。在这五、六百年间，几成四言诗的天下。在《诗经》三百零五篇中，纯四言占一百四十篇；四言间杂二、三、五、六、七、八言的，占一百五十九篇；通集不见四言的，仅六篇。古诗源于生产劳动，原始的手工劳动，操作起来多以一伸一缩，一往一复为一个循环，到下个循环开始之前，有个短暂的歇息。适应这一张一弛的动作，其呼声也必然是一扬一抑的两节拍。古诗四言二拍的形式即根源于此。三言基本上也是两拍，个中两字合为一拍，另一字则独延为一拍。就声调而论，三言稍嫌短促，四言则较为舒缓，为着句式整齐的需要，将三言扩为四言，是自然而然的事。刘彦和说："四言密而不促"；胡震亨说："凡句减于三字则暗，增于九字则吃"，暗者，才出声又哑然而止；吃者，啰嗦也。这些都是三言不如四言的地方。三言未能完成符合表情达意的起码要求，四言又有这么多长处，故以四言诗体为主的《诗三百》，不仅是一个诗歌高潮的标志，也是全部诗歌史上四言诗最高成就的体现。无论从抒情还是从叙事的角度看，四言诗歌艺术在《诗经》中都臻于极致。《诗经》形式结构的最为重要特点是复迭、对偶和用韵。如重叠的手法不但有助于深化内容，还可以美化形体，给人一种回环复沓、贯通辐辏的感觉。尤其是重章叠句，使平板的四言变得

---

① 傅斯年《五言诗之起源》。

摇曳多姿，让参差不齐的句子趋于平衡和谐。诗中的偶句，则是启后世诗文对偶的肇端。随着战国时期奴隶制迅速崩溃，新兴封建制度逐步确立，社会的发展，生活的巨变，对诗歌的艺术形式也提出了不同的要求，反映上古社会生活的四言诗体，此时显得越来越不适应时代复杂化的要求，特别是战国中期"奇文郁起"的"楚辞"体的出现，打破了《诗经》的四言体，而代之以参差错落，更为灵活、自由的句式。如"楚辞"体诗歌的开创者屈原的《离骚》和《九章》基本上是六字句，《九歌》的句式则更为多样，除六字句外，往往还用大量的五、七言句式。这种五、七字句在使用两字顿节奏的同时，大量地创造和使用了三字顿节奏，对其后汉赋的兴盛影响极大。"散韵结合，专事铺叙"的辞赋在两汉特别是西汉的文坛几成压倒的优势。这种状况，直接导致了四言诗日渐式微。尽管春秋以后四言诗的创作并未绝迹，至三国曹操父子及王粲等时有四言佳作，魏末的嵇康，西晋的陆机、陆云、潘岳，东晋的陶渊明等，也都是四言诗的高手，然论势头充其量也不过是落日的辉煌，在愈益丰富多彩的诗歌创作园地里，四言古诗被五言七言古诗所替代的局面已经不可逆转。

  从四言到五言，拍子由偶数变为奇数，避免了呆滞，较之从五言到七言的变化步子要大得多。因为四言变五言，就像是四平八稳的步子换成了一种单奇的舞步，动起来要自由得多，协调得多。更有利表现丰富的社会生活。五言诗与七言诗，这两种古诗体的产生、成长，犹如一对双胞胎，它们的出现一前一后，时间上差不多，基本上都是由乐府民歌发展而来。汉魏六朝时期的乐府诗，通篇五言或七言的成了主导的形式。但六朝的"新乐府"却未承袭汉魏乐府旧贯，而是从民间升格的，它们的成长都是直接承继了《诗经》以来的传统精神，是中国古诗的主要形式。五言七言诗体较之四言诗体虽只是字数之增，但它增加的是诗的节奏，因此句中的容量大了不少，表现功能也要强得多，这给诗句的跌宕起伏、曲折变化提供了回旋的余地。毫无疑问，五言七言诗体的形成，对于"感于哀乐，缘事而发"的诗歌创作是极大的便利，以至乐府诗发展到唐代，除了陆续出现大量的沿用旧题的拟作——如李白的《子夜秋歌》之外，还出现了所谓的"新乐府"。中唐的白居易是公开扛起新乐府大旗的最勇猛的旗手。他的五十首新乐府诗不但代表了中唐诗歌讽谕的最高成就,而且与其风情内容的叙事诗——《长恨歌》《琵琶行》相辉映,成为文人叙事诗发展的一个里程碑。

五言诗的起源和发展问题,历来争议不休,尤其是文人五言诗的发生,更是众说纷纭。然从数量上和性质上考察,大致产生于西汉,成长于东汉;初生质朴,渐次圆熟。现存汉乐府民歌,大部分是五言句式,内容充实,辞采丰赡,音韵和谐。如《陌上桑》《古诗为焦仲卿妻作》《羽林郎》《五噫歌》《战城南》《十五从军征》《孤儿行》《平陵东》《有所思》等一系列优秀诗篇,不仅在内容上反映了多方面的社会生活,体现了"感于哀乐,缘事而发"的精神,艺术上亦颇富光彩。具体表现在叙述故事、描写人物上的突破,如《陌上桑》便是一篇纯粹的五言和篇幅较长的叙事诗。诗中对罗敷的美貌未作直接的描摹,而是留出空白,让罗敷的美丽留给读者以充分发挥想象的空间。这首二百六十五字的歌辞,运用叙述、对话、衬托、夸饰等多种表现手法,构成一种和谐而生动活泼的风格,颇受文人青睐。魏晋以后,引来诗家竞相模拟,仅在"乐府诗集"中题为"陌上桑"的就有三十九首,诸如陆机、鲍照、谢灵运、王筠、李白、常建、李贺等知名诗人都有模拟的作品。而能够代表魏晋以前五言诗水平的还是一批五言古诗和七言古诗。这些不知其作者,没有题目的作品,数量达四、五十首,其中十九首被萧统收入《文选》,冠名"古诗十九首",与两汉乐府并称,专指汉代无名氏所作的五言古诗。"古诗十九首"从内容上看,有游子诗和思妇诗两类:一类歌咏爱情美好,一类慨叹人生无常。虽则情调比较低沉,艺术成就却相当高。就其率情而言,"古诗十九首"不加矫饰,语语在目;句句情深,百端交集;浑厚流转,一气相生;风味醇茂之外,又兼豪迈旷达之趣。它们那种深入浅出的精心构思,富于形象的比兴手法,情景互衬的描写技巧,如话家常的平淡语言。融合成一种直抒感兴,曲尽衷肠而委婉动人的独特风格,堪称汉末古诗的杰出代表。刘勰说它们"婉转附物,怊怅切情",为"五言之冠冕";钟嵘说它们"文温以丽,意悲而远","惊心动魄,可谓几乎一字千金",良非虚誉。《古诗十九首》确为五言诗初步成熟的重要标志。它们"随语成韵,随韵成趣,"深衷浅貌,短语长情"，"文温而丽，意悲而远"，致使其后学习、模拟、继承发展"古诗"手法风格的诗作不绝如缕。俟到南朝梁陈时期，出现了"转拘声韵，弥尚丽靡"的靡弱风气。不过作为一种诗体，五言诗却在此时又作了一次自身的改进和革新，这就是因声律的发达而形成的新的五言格律体——五律、五绝。按胡应麟《诗薮》中所言，五言律体起自梁陈，至唐成调，经历了一个漫长的渐变过程。它的定型并非一人一时所能，但其中特别肯定以沈佺期、宋之问为首的初唐诗人对于律体法度的确立功不可没。从理论上讲，五古与律诗的界线是清楚的，律诗篇有定句——八句（排律除外），字有定声——平仄对粘，且中二联对仗，一看便知；从实践上看，界线并非畛域分明，五古也有八句，句中之字声有些与律诗中破格成拗的句子难分伯仲。至于对仗，律诗也有宽对，或应对处反而用散，如王勃的五律《送杜少府之任蜀川》，首联"城阙辅三秦，风烟望五津"，对仗工整，为了避免板滞，颔联以散调承之："与君离别意，同是宦游人"，"与君"和"同是"并不成对。五古中时有对仗，对得工整的，乍一看还以为是律诗，如杜甫《望岳》，对仗工稳，不少人以为是五律，细察其用韵，偶句尾字的"了""晓""鸟""小"都是仄声韵，便知是五古，因为律诗只押平声韵。难怪明人李东阳《麓堂诗话》云："古诗与律不同体，必各用其体乃为合格。然律犹可间出古意，古不可涉律。"

诚然，"律犹可间出古意"。譬如，李白《玉阶怨》："玉阶生白露，夜久侵罗袜。却下水晶帘，玲珑望秋月。"乍一读来，还以为是不拘声律的"古绝"。但仔细看来，四句诗都是律句，且既不失粘也不失对，除了不押平声韵以外，完全符合近体诗的要求。实际上，这样的体式是一种介乎古体和近体之间的"齐梁格诗"。齐梁诗有时讲声律而不讲对仗。如李白《关山月》："明月出天山，苍茫云海间。长风几万里，吹度玉门关。汉下白登道，胡窥青海湾。由来征战地，不见有人还。戍客望边色，思归多苦颜。高楼当此夜，叹息未应闲。"这首近体排律读来。一不小心就会被当成"古风"。其实，《关山月》是乐府古题，常被齐梁诗人拿来以声律体赋写。李白的这首《关山月》，诗境开阔，又只有"汉下"一联对仗，容易被当成古体乐府。但考其声律，除一处三仄尾外，无不切合近体"排律"的要求。五律有"蜂腰体""偷春体""隔句对"等变体。

这些变体的中二联通常不对仗，只求大体合律。盛唐诗人作近体，偶然运用这种变体，目的是想让近体的规则活泼一点，读来声情并茂。

至于"古不可涉律"，也不尽然。古诗涉律并不是没有。南朝诗人谢灵运《登池上楼》，虽是古体，但写初春的欣喜与愁思，颇具声律之美。尤其是警句"池塘生春草，园柳变鸣禽"，对仗工巧，造语天然，清景可画，声色俱佳。这或许就是为什么乃至今日人们仍见五言诗以古体和近体两种面目盛行于中国诗坛的原因之所在。

四言、五言和七言诗之外，六言的诗歌体式，亦不可忽略。六言诗源于何时？应该说，完整而规范的六言诗，是孔融的三首六言诗：《汉家中叶道微》、《郭李纷争为非》和《从洛到许巍巍》。孔氏在借鉴《诗经》《楚辞》和"两汉乐府"六言散句的基础上，创作出了完整的六言诗体。孔融之后，曹丕、曹植兄弟皆有六言诗传世。到了三国魏嵇康，西晋傅玄、陆机，东晋庾阐，南朝宋谢晦，梁简文帝萧纲、昭明太子萧统，北周王褒、庾信。这些诗家和六言诗既有古体、古风和歌行，又在形式上有新的探索，为六言诗歌各体的形成作出了重要贡献。由于六言诗音调板滞，缺少变化，因而未能广为流行。但作为一种诗体，仍不可忽略。

七言诗，又称七古（包括七言歌行），较之五言，每句多了两字，节拍增加，音调舒缓，有的句句用韵，一句成章，单句即可吟唱，且可表达复杂、完整的意思。史传汉时武帝筑柏梁台，与群臣联句赋诗，要求句句用韵，后世就将这种句句押韵的七言诗体称为"柏梁体"。三国曹丕《燕歌行》即属这种诗体。它通篇以七言断句，句句押韵，全篇浑成，节奏单调却宛转摇曳，情思百折而又一气舒卷，极易抒发因草木摇落、群燕辞归而孤枕难眠的痛苦心情。沈德潜在《古诗源》中说它："和柔巽顺之意，读之油然相感。节奏之妙，不可思议。句句用韵，掩抑徘徊。'短歌微吟不能长'恰似自言其诗。"柏梁体之后，能够突破句句押韵而别开生面、标新立异者，要数南朝刘宋时的七言作手鲍照。他的《拟行路难十八首》，句式用韵，无一相同。作为一组杰出的抒情七言诗，它的匀称整齐，隔句押韵，用平声，一韵到底，首句有入韵亦有不入韵的形式成为七言诗体充分文人化的显著标志之一。从此，文士们对七言诗创作的兴趣大增,作者也多了起来。如吴均、王筠等也都写了《行路难》,萧纲、刘孝威、庾信、卢思道、薛道衡等也都打破对七言体的成见,作起七言诗来。俟初唐,长篇七言歌行在消寂无闻中勃然兴盛,尤其是"四杰"等诗人借助赋体的宏宽体格和扬厉气势,努力进行自体的构建,终至创造了一种"飞驰倏忽,倜傥纷纶,鼓动包四海之名,变化成一家之体"[1]的新型歌行。著名的七言作品如卢照邻《长安古意》,骆宾王《帝京篇》,张若虚《春江花月夜》等。初唐以后,七言近体格律诗渐被越来越多的诗人所掌握。在盛唐的诗歌大繁荣中,五、七言古体同五、七言近体仍是流行最基本的两大诗体。尤其是近体诗的空前发达,无论在反映社会现实还是抒情述志等方面的功能,都发挥到了极致,产生了大量不朽的诗篇。在李白、杜甫等伟大诗人手中,往往是五、七言兼擅,古近体各臻其美。譬如李白的《梦游天姥吟留别》,一直被视为这位诗仙七言古诗的代表作。但为了淋漓尽致的显示李白诗歌上天入地的想象力所营造的雄浑奇幻的意境,诗人在以七言为主导的句式中,杂用四言、五言、六言、九言和骚体,由于句式节奏与内容的配合挥洒自如,参差错落的长短句中,暗含着细腻精细的脉络,层层铺垫,层层转换,"愈唱愈高,愈出愈奇"[2],充分体现了李白驾驭古诗各体的高超的艺术掌控才能。

实际上,在此前、尤其是东汉文坛,凤重文章、辞赋,七言诗虽有,多见于民间创作,或谚语之类;文士七言诗尚不发达,作者甚少,作品亦稀见。即使到了魏晋之时七言诗兴起,一些重要诗人如阮籍、左思、陶渊明、颜延之、谢灵运等全都以五言名家,竟无一人染指七言。总之,凡一种诗体的确立,皆有他的长处,自有其长生不老的道理。"一花独放不是春,百花齐放春满园",新体诗创作学习继承旧体诗注重音乐性之长,旧体诗创作学习汲取新体诗语言意蕴之新,携手并进,我们这个古老的诗国才能永葆青春。

---

[1] 杨炯《王勃集序》。
[2] 方东树《昭昧詹言》。

再议"新古体"

谨识古诗各体的产生、发展和流变，与时俱进是主流；返璞归真是回漩。周作人先生说："中国文学，在过去所走并不是一条直路，而是像一道弯曲的河流，从甲处流到乙处，又从乙处流到甲处。遇到一次抵抗，其方向即起一次转变"[1]。同样，"河流状"也是中国诗歌发展史的重要特征。我这样讲，重视的是温故知新，没有借古讽今的意思，更不是想借此对当下一些作家、诗人倡言"新古体"诗歌放只拦路虎。人世间万事万物唯一不变的东西是"变"，有人要把兴于唐代那种格律严格的近体变成"有格少律"，如同古体诗那样作起来容易，读起来好懂的"新古体"诗歌，无可厚非。诗歌体裁，一体有一体的特长。近体诗的形式在唐代确定以后，因其声律严谨，篇幅短小，以富艳精工的语言艺术见长，踊现了大量的杰出诗人和传世作品，从而使唐代成为华夏诗歌创作的一个不可逾越的高峰。但即使在这个时期，仍有许多诗人难舍不拘声律，形式相对自由，以质朴为美的古体诗。近体诗的绝句、律诗，限于四、八句，讲起承转合，平仄对仗，这种传统的表达规范，并未使中国古典诗歌僵化，何况严格的规范与约束，正是艺术本身的需要。从美学的意义上讲，美就意味着难。克服困难，在约束中获得的自由，会像脱缰的野马，更能在美的王国中纵横驰骋。倘若觉得作旧体意犹未尽，你还可以写词、赋，写排律、古风哢！晚唐诗人所作的齐梁格诗，其实就是一种不完全符合律诗的标准，依旧讲究声律、偶对，篇制也与律诗十分接近，是典型的近体拟乐府。拟乐府仍是"古体"。从这个意义上说，近体拟乐府其实就是当时的"新古体"。这种诗体具备律诗的形式美，又比律诗略为自由，允许诗人自主地写出一两处"不合律"的地方，使用一点自度的语词，或制造一点偏于拗怒的声情，以营造更好的表达效果。晚唐的令狐楚、张祜、马戴、杜牧、温庭筠、李商隐、陆龟蒙、纪唐夫、罗隐、秦韬玉、薛能、郑谷等一大批著名诗人因此而成为写作近体拟乐府、即"拟古体"的高手。他们以齐梁诗拟古乐府，于整

---

[1] 周作人《中国新文学的源流》。

丽之余，带有一点乐府的感觉，是对齐梁诗歌的追慕和模仿，这种以近体赋乐府旧题的尝试，是近体与古体融合的一个典范。现代诗人林庚一九三五年至一九三七年间，以新格律诗的体式为阵地进行的那场实验，虽说囿于新格律诗之"格律"，导致他的自然诗理想破产，但依然给新诗体的探索者留下了许多值得借鉴的经验。任何诗体都不可能是一成不变的。时任国务院副总理、诗人马凯先生论及格律诗时，曾提出"求正容变"的观点，"求正"是承继中华文化伟大传统，做到"求正"的前提条件是"守正"，即尊重古代各种诗体在长期发展中渐次形成的基本原则和方法。中国"诗之所以为诗，单就形式上论，有两个特征，一、诗句里的用字要有节律，要使得字字的轻重、快慢、高、扬、起、降、促、念的顺当；二、诗句和诗句呼应起来，有押韵的关系。"[1]中国古典诗歌从《诗经》的四言一句反复回旋排列造成吟诵的语言节奏加重对应效果，到乐府、唐诗、宋词、元曲的五七言及长短句搭配呼应与韵脚的加强以及单双音节变换形成语言节奏的抑扬顿挫与优美韵律的组合，每一次变革都是对作品风貌气质和艺术表现方面的创新与发展，都可谓新诗体。正因为这样，中国古典诗歌的传统才会经久不衰，才能成为中国乃至世界文学史上的瑰宝。故今人不能排斥旧诗，抹杀传统，抹杀了，无异于全盘否定自家的民族文化。王国维所谓"一代有一代之文"，讲的就是唐诗宋词元曲以及时清小说，诸体各有擅长。这与前人顾炎武说的"诗体代降"[2]是一个意思：用一代之体，则必一代之文，而后为合格。也就是说，每个时代都有自己独特的文类和体式，并不存在跨越古今、放之四海而皆准的文体要求。"五四"时期，诗体革命，革了以文言为主体的古诗，倡言白话诗，导致汉语诗歌艺术的断裂，新诗语言因白话而失去旧体诗词那种沁人骨髓的妥贴感，失去古汉语诗性的特质而显得粗糙散漫与苍白无华。因此，一些顺应潮流、尝识写新诗的歌手，却一刻也不曾间断过使用旧体写作，诸如陈独秀、胡适、鲁迅、郭沫若、田汉、聂绀弩、姚雪垠、臧克家等，都或明或暗地迷

---

[1] 赵元任《国音新诗韵》。
[2] 顾炎武《日知录》卷二十一。

恋着"旧体",所作亦达到相当的水准。如鲁迅的旧体名篇《无题·洞庭木落楚天高》,据刘大杰讲,郁达夫曾称它为鲁迅七绝的压卷之作,而刘氏自己也认为它"意境高远,感情深厚,造句遣词,不同凡响"[1]。匡扶更是赞叹"即使放在中国旧诗发展最高峰的唐人七绝之中,也是毫无逊色"[2]。二十世纪三四十年代那些着迷于写新诗的高手,诸如何其芳、艾青、戴望舒还有舒婷等现当代诗人,也都是一面采取与旧体诗句对立的姿态,一面又自觉不自觉的从中汲取营养,他们的许多新诗无不纳故藏旧,闪耀着中国古典诗词的光辉。流沙河可谓当代诗歌旗帜性的人物吧!二〇一三年十二月八日,八十二岁高龄的流沙河老先生在四川成都图书馆为市民做唐代七言诗讲座时,就认为:诗歌只有好坏之分,没有新旧的区别,但相较直到今天仍可细细品味的唐宋经典诗词,"好多新诗没有那个味。""除了徐志摩、戴望舒、海子少数几个人写的,新诗有多少可以反复读,可以进入典籍的?很少。现在很多诗都是口语、大白话,甚至口水话。"流沙河在这次古典诗歌讲座上,甚至直言不讳地说"新诗是一场失败的实验。"为什么失败了?美学大师朱光潜早先就有令人信服的结论,他在《诗论》中明确指出"形式可以说是诗的灵魂,做一首诗实在就是赋予一个形式与情趣,'没有形式的诗'实在是一个自相矛盾的名词。许多新诗人的失败都在不能创造形式,换句话说,不能把握住他所想表现的情趣所应有的声音节奏,这就不啻说他不能作诗。"怎么办?流沙河说:"虽然以前的新诗创作都失败了,但还可以继续实验。"所谓"继续实验",就是马凯先生说的"容变",即包容这种"求变"。"求正容变","守正纳新",才能科学发展。向使古体诗一成不变,唐宋诗人就读不到脍炙人口的近体诗句。同样,旧体不变,今人也就永远见不到新体诗。马凯先生在尊崇格律诗的前提下,认为"这种新古体诗做起来相对容易,便于推广,作为一种诗体,也有其优点,在中华诗词百花园中应有其地位"。这是从历史里探求本源,在时代的变迁中肩负起维护和发展中国历史文化的责任。格

---

[1] 刘大杰《鲁迅的旧诗》。
[2] 匡扶《试谈鲁迅的旧诗》。

律诗词经过一千多年的发展，才成为具有中国特色的诗歌。一九五七年毛泽东曾对臧克家说："旧体诗词要发展，要改革，一万年也打不倒。因为这东西最能反映中国人的特性和风尚，可以兴观群怨嘛！"又说："律诗，从梁代沈约搞出四声，后又从四声化为平仄，经过初唐诗人们的试验，到盛唐才定型。形式的定型不意味着内容受到束缚、诗人丧失个性。同样的形式，千百年来真是名诗代出，佳作如林。固定的形式并没有妨碍诗歌艺术的发展。"①

毛泽东正是运用旧体诗词这一传统的文学形式创造出了具有历史新质的杰作，达到了横绝古今的境界。毛泽东重述的"温柔敦厚"，实际上就是中国古典诗歌内在和谐的形体化，它依附"起承转合""前后照应"之类的圆形结构而得以充分表现。《礼记》云："温柔敦厚，《诗》教也。"这也正是中国诗歌的一个主要传统。正如方玉润所说：自古至今，诗体千变万化，其能外此四字否耶？②这话的意思是说古今诗体千变万化，不外乎"温柔敦厚"四字。换句话说，只要民族性格不改变，"温柔敦厚"的诗歌传统就可能永存。要变，也只是在"格"与"律"上作文章。前人创造的格与律非一朝一夕之功，它需要一大批诗人的艰苦努力来完成，能否"立"起来，也要靠作品来说话。李白那种任情纵才、不屑羁勒的自由灵魂，不也是从森严壁垒的古典格律中获得天马行空式的飞翔吗？在李白的乐府古体诸作中，"然有对偶处，仍自工丽；且工丽中别有一种英爽之气，溢出行墨之外。"③并未见受到什么规则的影响。创立"新乐府"诗体的代表人物白居易，当初创作《新乐府》也是从李绅和元稹那里得到启发。李、元之作原称"新题乐府"或"乐府新题"，"新题"是相对于乐府古题而言，无"新"之谓。元稹自己也说："近代唯诗人杜甫《悲陈陶》《哀江头》《兵车》《丽人》等，凡所歌行，率皆即事名篇，无复依傍。余少时与友人乐天、李公垂辈，谓是为当，遂不复拟

---

① 龚育之等编著《毛泽东的诗书生活》中央文献出版社 1996 年版。
② 方玉润《诗经原始》卷首。
③ 《瓯北诗话·李青莲诗》。

赋古题。"①原来，李、元也是从杜甫《兵车行》等作品获得启发，从而采用自命新题的办法。后来白乐天在编排他的《白氏文集》时，对其中的讽喻诗，按诗体分编，一部分为"古调诗五言"，一部分为"歌行曲引杂言"，如此分类，"新乐府"除了自命新题外，还需采用杂言新体，这才是"新"字的完整涵义。新乐府经张籍、王建、李绅、元稹、白居易等一大批诗人创作经验的积累，一些合适的题材才有合适的诗体形式，白居易的《新乐府》在叙事上才能取得引人注目的巨大成功。新与旧的关系本是辩证的，孔子教导他的学生要"温故知新"，说的就是不新无旧，因旧见新。新旧也是相对的，新的东西完成了使命便成为过去，但它的历史意义是保值的。"不薄今人爱古人"，时代在前进，诗歌在发展。诗的形成越多，路子越宽，风格也越多，硬把"新诗"与"旧诗"对立起来，喜"新"厌"旧"实际是紧缩诗的发展道路，而不是积极开拓。

当下，一些见诸报刊的"新古体"诗，翻来覆去地看，总觉得有点散漫无纪。这种无法度，不设门槛的所谓"新古体"，不受汉语音节的制约，自由随意。无异于白开水似的大白话。有些作得像样一点的，充其量只不过是"仿古体"，看不出"新"在哪里。从实践"新古体"的成果来看，所列特征，也都是古体诗所具备的，不过"认祖归宗"而已。别的不说，单就"明白晓畅"和"声调押韵"而言，"新古体"和"古体诗"没有什么不同。读"古体诗"，只要弄懂了当时人的语言，是最明白不过的了。胡适之先生说过："我们最古的一部文学书——《诗经》——是白话文，尤其是'国风'。我们看'国风'的全部，'小雅'的一部分，都是老百姓痴男怨女，匹夫匹妇用白话写的。我不知道诸位对于《诗经》还记得不记得，要记得《诗经》的人，才晓得'国风'这一部分确是当初口头唱出来的。如'齐风'：'俟我著乎而，充耳以素乎而，尚之以琼华乎而。'以乎而描察情境。还有'王风'之'投我以木桃，报之以琼瑶，匪报也；永以为好也。'都是当时说的白话。可是后来一般书呆子摇头摆尾的念成古文，继续下去为士大夫阶级文学的路线，就是读书人模仿

---

① 元稹《乐府古题序》。

的死文学。"① 与四言为主体的《诗经》一样，乐府民歌是大白话，五言七言诗也都是当时人的大白话，如"古诗十九首"，语言朴素，纯用口语，至今读来，仍觉明白如话。古诗的"声调押韵"，也是朗朗上口。四言诗，以及其后的五七言诗体，从押韵上讲，既可以句句押韵，也可以隔句押韵；既可以一韵到底，也可以相近的韵通押或换韵。古诗中的韵脚字的平仄声调也没有严格的限制，既可以押平声韵，也可以押仄声韵。古诗一般不对仗，即使由于修辞上的需要，偶尔出现偶句，也是纯朴自然，没有严格的要求，在篇幅上也和乐府诗一样，可长可短，短到可以是一首四句的小诗，长的可以是百句以上的钜制。总之，古体诗受格律的束缚较少，是一种比较自由的诗体，极适易于诗人们任意驰骋地表达自己的思想感情。我们看格律严格的近体诗，尤其是七律，因"束于八句之中，以短篇而须具纵横奇恣开合阴阳之势，而又必起结转折章法规矩井然，所以为难"②。而这种难度大，难于驾驭的体裁恰恰是唐人通过模仿格律并不严格的古体诗逐渐演变而成的，今人有碍于律诗的格律在字句数目、押韵、平仄、对仗等方面的"清规戒律"，苦于作这种体裁的诗，这在当下娱乐文化流行、景观文化盛行的时代是可以理解的。不过，在弘扬主流文化，乐于通俗文化、大众文化的同时，也不能缺失经典文化的底色，否则就是单向道上的狼奔豕突，缺少足够的经典文化滋润与积淀，只会把人们引向单薄、浅显的娱乐化。人类文明的发展离不开经典的恩泽，在追求感官娱乐"养眼"的同时，也要坚持深度创作和阅读来"养心"。因此在喧嚣的大众文化时代，要抑制浮躁，要对中国文化的传统存有敬畏之心、崇敬之意，这样才能真正做到文以教化。

俗话说："要学走，先会爬。"人类这种从小学走路的方式方法，是从模仿开始的。学诗也是从模仿开始的。模仿不丢人。胡适先生就认为一部中国文学发展史就是文学形式的"模仿"史。他说曹丕等人诗是"仿作民歌"，六朝乐府歌辞兴盛是因为"仿作民歌的风气"，"宋、齐、梁、陈的诗人的'小

---

① 胡适《提倡白话文的起因》。
② 方东树《昭昧詹言》卷十四。

诗'……大概都是模仿民歌的短歌。"① 他的这个观点曾在二十世纪六十年代遭到一些过激青年的批判。其实胡话没有胡说，他所讲的"模仿"是汉语言的正统的修辞方法——"仿拟"。仿拟不是照搬，而是在认真吟诵前贤作品基础上翻进一层，妙语来自性灵，手腕则可得于模仿和点化。关于"仿拟"的修辞手法，我在《因袭创新说"仿似"》一文中作过专门的探讨，此不赘述，这里只想就大家们互相学习、彼此模仿的经典故事略举几例以佐已见。譬如诗圣杜甫，他"读书破万卷，下笔如有神，"对先秦、汉魏、南北朝以至初唐所有优秀诗人、作品都虚心学习，兼收并蓄，博取众采。其在《戏为六绝句》之六中就曾说："未及前贤更勿疑，递相祖述复先谁！别裁伪体亲风雅，转益多师是汝师。"不捐细流，才能汇成大海；总结前人创作经验，批判吸收，"转益多师"，正是杜甫诗歌沉郁雄浑、千汇万状，集大成的原因之所在，也是盛唐所有名家在荡涤古体诗风，创建近体诗风上有所建树的原因之一。杜甫书一代之事，创五言之新的五古《北征》长诗的重要成就正在于他的模仿与创新。汉魏以来的五言诗，不论抒情或写景，大都篇幅短小，内容单一，象《北征》这样把叙事、议论、写景、抒情囊括在七十韵的长篇诗作中，洋洋洒洒、曲折尽情，前所未见。《北征》的艺术成就也是在广泛继承的基础上而有所创造的。如在铺叙景物上似于赋体，或袭用班彪《北征赋》；纪年叙事的文学简洁而论断精审，或套用子长史笔；写时局乱离，酷似王粲《七哀》；写骨肉情谊，似近蔡琰《悲愤》；写幼女娇憨，又似左思《娇女》。然而，他在模仿中自加熔铸，使得《北征》完全呈现着杜甫的创作风格。大家们的相互学习、彼此模仿的事例俯拾皆是。探寻他们的真谛，我们发现：他们的仿作大多神情酷似，臻于化境；虽是模仿，仍保持了自家的面貌风神。单就这一点，就值得我辈珍视。诗让唐，词让宋，曲让元，大明除了继续唱响散曲，诗词逊之。惟有清一代，诗学鼎盛，其间诗人辈出，他们吟着汉魏的古诗，诵着三唐的近体，唱着宋元的词曲，所作数量之惊人，格律之严整，神韵之渊雅，字句之洗炼，青出于蓝而胜于蓝，但翻一翻卷帙浩繁的清诗，似乎只见有派，未见新体。

---

① 胡适《白话文学史》。

诚然，在推陈出新，学习古体，创建新体上，现代与当代不少作家、诗人不乏成功的尝试。二十世纪二三十年代，夹杂在鲁迅杂文中的那些以文为诗的"旧体"，即非圣无法，不遵矩度。鲁迅的那种戏拟曹植《七步诗》、王士禛《咏史小乐府》、崔颢《黄鹤楼》的旧诗，在游戏经典文本与社会批评之间，充分刺激着现代读者的神经。他一九三一年为悼念柔石等人所作的旧诗："惯于长夜过春时，挈妇将雏鬓有丝。梦里依稀慈母泪，城头变幻大王旗。忍看朋辈成新鬼，怒向刀丛觅小诗。吟罢低眉无写处，月光如水照缁衣。"读来韵味颇似旧体，但为了抒发胸中的愤懑，他大胆地破坏既有文体的规定性，所作还真的有点像今人讨论的"新古体"。即以上面这首诗言之，表面看来严守律体，其实支微叶韵，韵不严；据事用典，典不庄。譬如诗中"缁衣"，典出《诗经·郑风》，有礼贤下士之意，释者谓鲁迅借以表达自身痛惜贤德同仁不得善终者也，更言"缁衣"暗用陆机《为顾彦先赠妇诗二首》其一"京洛多风尘，素衣化为缁"，反用陆游《临安春雨初霁》"素衣莫起风尘叹"，以喻世路险恶，政局污浊。若按这样的解释，引郑风之典，则鲁迅自视为贤士，与原诗表达对朋辈的痛悼之意不合；引陆机，陆游典事，则"城头变幻大王旗"已喻政局污浊，"忍看朋辈成新鬼""刀丛""无写处"，已喻世路险恶，又借"缁衣"再三言之，不是重复了吗？凭鲁迅的学识，该不至于此。据许寿裳回忆，鲁迅曾对他解释："那时我确无写处的，身上穿着一件黑色袍子，所以有'缁衣'之称。"这说明作者虽知"缁衣"典事，用意却不过是以字面意思写实。出此白话，正是鲁迅挑战律体写与读的成规。说这首诗是创格破体的典范，才不过誉。又如当代著名诗人贺敬之，针对现代汉语语言的发声与古汉语有很大差别，在诗歌创作实践中对平仄、声、律、句、韵、对仗作一些调整，提出既继承旧体格律的形式——排偶与声调和谐的基本法则，又突破严律的束缚，让中国传统的格律诗走进信息化语言的新时代，走进当代汉语的新时代，无疑是一次重大的突破和创新。但因此就冠以"新古体"，未必妥贴。五四以来，白话新诗盖过文言旧体，今人倡言"新古体"应该先补上写作旧体诗这一课，在遵循格律诗的形式与时代诗思、诗情的统一中去探索创新才是。

孤陋寡闻，疑而叩问，人微言轻，不知可否？

诗林辨体：关于竹枝词的答问

中华诗词学会会员赵生伟，为余忘年交。在老朽垂暮之年，常来寒舍论诗。这篇答问文字，是我们关于竹枝词的探讨与切磋。赵君疑而叩问，我信口雌黄，谨录如次，以求方家赐教。

问： 田老，读了您的《诗体杂谭》，所论古诗、乐府歌行及律绝诸体，旁征博引，勾沉尤深，受益匪浅。今天想就"竹枝词"这一诗歌体裁，提几个问题，向您求救，不知可否？

答： 求教不敢当！只是我耳不聪，眼不明，记忆大不如前，倘不如愿，还请见谅。

问： 竹枝词，作为古代民歌中的一个"望族"，流传至今，已有一千一百多年了。而今，所能见到的竹枝歌大约在七万首以上，它们大多见诸地方志，数量规模之大、涉及地域之广，大大超过了《全唐诗》，只是没有一个简明的定义，您怎么看？

答： 竹枝词，就其风格而言，仍旧属于"民歌体"。我这里有部二〇〇九年版的《辞海》，（起身从书架上拿出辞书，边翻边说）在"竹枝词"一条下列举了两个义项：先是说"各代人写竹枝词的很多，也多咏当地风俗男女爱情。形式都是七言绝句，语言通俗，音调轻快"。其次谓"词牌名。单调二十八字。分平韵、仄韵两体。《花间集》所收孙光宪词，每句均叠用'竹枝''女儿'作为和声。另唐教坊曲有《竹枝子》，双调六十四字，敦煌所出《云谣集杂曲子》中有此调二首"。这样的定义，是宽泛了些，但大致点到了要旨。

问： 这种表述，不过是词条编写者对以往学术界观念的概括，不甚周全。诗有体，词有调，而"竹枝词"名曰词，实无寄调。竹枝词在属性上到底是诗还是词？

答： 你提的这个问题，在诗界早有争议。我认为识别一种诗歌体裁，与内容关系不大，因为不同的体裁可以表达相同的内容。只有形式、风格和语言特色，才是辨别诗歌体裁的标志。而今对"竹枝词"属性的争论，基本上限于唐五代竹枝词的范围，宋代及其后所写的竹枝词，其时的词集都不收录，而诗集多收录竹枝词。在宋人看来，竹枝词的形式属性是诗而非词。形式也是内容，从竹枝词的创作过程、表现形式、歌唱特点看，也可视为词。比如，历代文人所创作的竹枝词，格式多是七言四句体。实际上，还有七言二句（和声）五句或八句体，六言四句体与杂言体。北宋贺铸的《变竹枝九首》又见"变"成五言四句体。从形式上看，五言用字少，难于浑成。而七言较之五言多了两字，节拍增加，音调舒缓，便于一唱三叹，最终成了竹枝词的主体形式。从所咏内容看，最初出现的竹枝词是有咏竹的，就像"柳枝词"是咏柳的那样。"柳枝词"始于白居易《杨柳枝》一曲，原本是六朝时常见的《折杨柳》歌辞，其情之儇俐轻隽，与"竹枝"大同小异。它们既然都是"民歌体"，乡人手拿竹枝，当然也可以是橘枝、桃枝、桂枝、枣枝等，手拿枝条，挥舞着，打着拍子唱起歌，声如天籁。由于是即兴的口头创作，故竹枝词大半不知作者是谁。它们口耳相传，尔后又经历代文人移植传播、发挥演绎，就有了今天这种确定的体式。

问： 竹枝词的题中明确标出"竹枝"之名的多达十余种，标题都与统摄内容的题目无关，有点像词、曲的"词牌"，"曲牌"，所以有人说它是词，您看呢？

答： 竹枝词这个"词"，首先使用的人是刘禹锡。刘氏之前，作为一种称谓，只叫"竹枝""竹枝子""竹枝曲""竹枝歌"。竹枝词之"词"，也只是歌词（辞）的意思，不指"词体""曲体"。隋唐以后，格律诗一跃而成为文坛最主要的诗歌形式，占据诗坛一千多年。其间，宋词显然是对唐代律诗的突破与发展，而元曲则是在唐诗宋词基础上的又一次突破与发展。词曲同律绝一样，是既讲究音律，又注重意境的。竹枝词与格律诗词的不同点在于，"竹枝"是与古代民间歌谣相衔接的，是乡溪乡土孕育出来的，表现的是乡风乡俗，使用的是乡言乡语，传唱的是乡音乡曲，抒发的是乡思乡情。由于它意象的美感和声音的力量在创作中同时发挥作用，本质上也是在追求诗意，应属诗歌而非词曲。

问： 竹枝词泛咏各地名胜古迹、风土人情，地方特色比较突出。由于它真实、生动形象地记录了各地的历史、地理、经济、文化、风俗、方言等，常被各地方政府收入地方志中，作为珍贵的史料来利用。一些政治、经济色彩浓厚的竹枝词，语言直白，削弱了竹枝词的文学属性，是经过文人的努力，提高了它的文学属性，才使竹枝词这种民间歌谣登上了诗国的大雅之堂。

答： 确实这样。竹枝词的"地区个性"比较强，用词上多渗入地道的方言术语。港澳台的竹枝词还见以直译英语入诗，如香港竹枝词："西装革履衬娇娥，路上相逢呼哈罗。美式新装英式语，可怜欧化女人多"，读来令人时发会心一笑。但历史是人民创造的，不等于就可以否定英雄创造历史。英杰之士也是人民的一分子，是人民中的出类拔萃者。一切历史文化的丰硕成果，文人的作用不可小觑。竹枝词具有鲜明的地方性和民族特点。各地各民族的竹枝歌都与其生活习俗密切相关。不少竹枝词不仅是文学艺术精品，也是诗人、作家、艺术家的乳汁。敦煌所出"词"——《云谣集杂曲子》，已经文士之手编集，故大多文从字顺，相当雅致，与一般粗鄙的小曲的气息不同，但仍能看得出其初期的素朴风格。现存的优秀竹枝词之所以能够保留民歌风味，于绝句之外自成一体，这与屈原、杜甫、刘禹锡、白居易等一大批贴近民众、贴近生活的诗人的努力是分不开的。杜甫《夔州歌十绝句》，摹写夔州山川形势、历史风云、山城人家、峡江物产、舟楫商旅、土风民俗等，具体真实，生动感人，堪称"万里巴渝曲"的缩影。元和年间，元稹、白居易、刘禹锡相继贬宦入峡，都作有《竹枝词》，如白居易《竹枝词》："瞿塘峡口水烟低，白帝城头月向西；唱到竹枝声咽处，寒猿晴鸟一时啼。"即是他贬官入峡时，于岸猿声啼不绝之地，悲从中来，信口所吟。不过，还是刘禹锡"竹枝"以七绝声诗配巴渝曲调，最负盛名。史载：刘禹锡出任夔州刺史时，经常接触巫山、奉节等巴渝一带广泛流传的竹枝歌，非常喜爱，而且学唱。刘禹锡曾说："竹枝，巴渝也。巴儿联歌，吹短笛、击鼓以赴节。歌者扬袂睢舞，其音协黄钟羽，末如吴声，含思宛转，有淇濮之艳焉。"于是，他将这种巴渝俚歌与江南吴歌、荆楚西曲相较相融，稍加文藻，保留本色，推陈出新。世传他的《白帝城头》以下九章是"竹枝词"的范本，后人一切谱风土者，莫不沿用其体。可见，正是刘禹锡以他的绝顶天才把"竹枝词"这株奇葩唱开了。他的"杨柳青青江水平，闻郎江上踏歌声。东边日出西边雨，道是无晴却有晴"等两组十一首竹枝词，怒如新妇簪花，光鲜照眼。这就是他学习发展巴渝、湘楚等地人民的竹枝歌的伟大成就。他的那些竹枝名篇，读来清新明朗、含思婉转、情韵悠长，既有文人诗的特质，又富浓郁的民歌韵味，质朴而生动地展现了巴渝本土风情。正是刘、白、杜等大诗人的不懈努力，才使竹枝歌这种草根诗上升到文人诗的高度，使大俗变成了大雅。

问：竹枝词语言通俗简明，朗朗上口，为广大群众所喜闻乐见。全国各地都有"竹枝诗集"出版行世。集子一多，难免鱼龙混杂。什么"七月七八月八，小媳妇骑着毛驴回娘家，碰上王二狗，他不是个东西是王八"，这样的艳词小调露骨之至，却也表达了真性情，总比那些经文人掺假、离生活越来越远，而又晦涩难懂的所谓竹枝词好得多。您又如何看待这个问题？

答：文人也有虚伪的一面。他们书读得多，想法就多，花花肠子自然不少。一些口头语、真性情的民歌到了文人手里往往会被书面化、神圣化。比如《诗》三百，收入《国风》的一百六十篇乐府民歌，当时妇孺能诵，直到今天熟悉《风》诗的人仍不少。为什么？用明人冯梦龙的话说，就是"以是为情真而不可废也。"是因为保留了真性情，所以有生命力。《雅》《颂》就不一样，被一帮道貌岸然的文人改来改去,掺入"假大空",誉为"后妃之德",捧臭脚捧得"和者皆寡"。

问: 竹枝词的影响越来越大,人们对它起于何时何地也就十分关注。竹枝词起源时间,至今有代表性的观点有"六朝说""唐以前说""隋末唐初说"三种;竹枝词的发源地点,目前学界的看法也不尽相同,有的说它起源于巴渝(今重庆东北一带),也有人认为起源于湘楚,您看呢?

答: 胡适先生曾说:"一切诗歌都源自民歌"。而民歌则缘于"饥者歌其食,劳者歌其事"。如古谣:"断竹,续竹。飞土,逐肉。"是黄帝时的《弹歌》,见于《吴越春秋·勾践阴谋外传》,从形式上看,每句二言,按先秦古韵,句句押韵,同《周易》中产生于商末以前的二言诗一样,是时代最早的诗歌。古代先民靠游猎生活,诗中的"断竹,续竹",是指制作抛射石头的弹弓,目的是"飞土,逐肉",打猎获取肉食。难怪鲁迅先生说"吭育吭育"的劳动号子是诗歌的源头。这种笑言虽查无实据,倒也事出有因。最早经文人搜集、删润的《诗》三百,及其后"缘事而发"的汉魏乐府,也都是民歌的嫡传。竹枝词是劳动人民唱出来的,是"民间歌谣",放情曰歌,通乎俚俗曰谣。竹枝词既是"民歌体",就是劳动人民用自己的口头语、家常话唱出来的真性情,源头就在古代民间,何必"骑驴找驴"呢。

问: 所谓这源头、那源头,也都是各执一词,就像瞎子摸象,摸到什么就说象是什么。据《新唐书》说:刘禹锡贬为朗州(今湖南常德)司马时,"州接夜郎,诸夷风俗陋甚,家喜巫鬼,每词,歌竹枝,鼓吹裴回,其声伧佇。禹锡谓屈原居沅湘间,作《九歌》,使楚人以迎送神,乃倚声作《竹枝》辞十余篇,于是武陵夷俚悉歌之。"这里的"沅湘",沅指沅江,在湖南西部向东北入洞庭湖。古时,这一带属湘楚。这与"竹枝词起源于巴渝",不是矛盾吗?

答: 刘禹锡在朗州所作《竹枝》辞,现在是找不到了,但从他的一些诗句,以及顾况、刘商、孟郊、张籍等人的诗句,足以证明在巴渝出现竹枝词之前,湘楚等地早已盛行歌唱竹枝词了。湘楚、巴渝,甚至包括吴越等地都在长江流域,是民歌之乡。屈原生于荆楚之归州,是纯粹的南方诗人。楚人承接殷人文化,民歌十分丰富。屈大夫开创的《楚辞》就是源于湘楚民歌,经他妙笔葩芬，源于生活，高于生活，其体制之自由，思想之高远，韵律之幽邃，空前绝后，与北方之《诗》三百并驾齐驱。因此，竹枝词的起源时间，无限地接近民歌的源头，到底是什么时候，还是模糊一点好，非要清晰、准确，那就只有去问古人了。至于起于何地，古来观点判若霄渊。苏轼叙《竹枝歌》，谓"本楚声……相传而然"，全不及巴渝；而黄庭坚诗："竹枝歌是去思谣"。宋·史容注："山谷尝云：'《竹枝歌》本出三巴，其流在湖湘耳'。"黄是苏门弟子，但弟子不必不如师。据我粗略考索，竹枝词源出于下里巴人之乡，即今巴山峡水、白帝江陵故地。广泛流传在湖湘，而后自长江上流顺流而东，逾楚入吴，传播过程中发生变化，也是合乎诗歌发展规律的。传得远了，风格大变也是合乎情理的。如《竹枝》流传到吴越，变为《子夜歌》，情思旖旎，词调宛丽，已逝去巴渝之清怨，而益以东南之风华了，地域不同，风俗不同，多方合流，风格自变。从巴渝到湘楚，再到吴越，这一带从长江上游到中下游都属中国南方。南方的丘陵地貌多山，这些地方的民歌又叫山歌。白居易《琵琶行》："岂无山歌与村笛，呕哑嘲哳难为听。"李益诗："山歌闻竹枝。"个中"山歌"，即指俚俗的山野之歌——竹枝歌。冯梦龙在《叙山歌》一文中说："自楚骚唐律，争嫣竞畅，而民间性情之响，遂不得列于诗坛，于是别之曰'山歌'，言田夫野竖矢口寄兴之所为，荐绅学士家不道也。"由此亦见，最初的竹枝词是从中国的南方唱出来的，还未经过文人的润色加工。

问：近读李文安的组诗《村居》，明明是竹枝词，题目上却未标"竹枝"字样，其在自序中还说：由于村居"得五十题，各缀以七绝一首"，待到组诗结尾的第五十首，他却总结为"杂景闲编五十诗，……鼓吹升平唱竹枝"了。似乎他的五十首七绝就是五十首竹枝。绝句与竹枝词是两种不同的体裁，怎么能够混为一谈呢？

答：这说明七言绝句与竹枝词的亲缘关系。首先，它们体式一样，都是七言四句体；其次，七言绝句源于歌行，竹枝词本身就是民歌，二者同源同宗；再次，绝句讲起承转合，竹枝词亦不可离开这四个字。但七言绝句与竹枝词的区别还是明显：竹枝词咏风土人情，琐细、恢谐皆可入，大抵以风趣为主。如明代吴江（今属江苏省）人王叔承有首《竹枝词》："月出江头半掩门，待郎不到又黄昏。深夜忽听巴渝曲，起剔残灯酒尚温。"语言通俗简明，音韵和谐，朗朗上口，个中真挚、浓厚的情意正是通过细节描写表现出来的。又如桐城派先贤姚范有首《西湖竹枝词》："日出湖东鸡子黄，湖中照见两鸳鸯。谁家击鼓唱歌去，西舍女儿新嫁娘。"纯用口语，近似儿歌，不加文藻，却能脱口成诵。绝句与竹枝词还有一点不同：绝句是近体诗，讲格律声韵，刻意追求取像造境；而竹枝词既非古诗，又非近体，它有格少律，接近口语，多用双关语。谚语、歇后语也多有应用。它随意而发，顺口一溜，具有浓厚的生活气息。但也有不少竹枝词既不离竹枝本色，又稍加文藻，可编入"竹枝词集"中，也可选入"近体诗集"中，正是因为它们的共同特征。如清道光庚寅（1830）年新科状元、安徽太湖人李振钧，金榜题名时，作《归第词》七首，收入《安徽古典风情竹枝词集》，但有几首很像绝句。如开篇一首："蕊榜金泥御押封，当头黄盖蔟芙蓉。天恩许步中门出，更比蓬山上几重。"四句感怀记事，直抒胸臆，雅驯可诵；句格庄严，声韵合辙，词藻瑰丽。说它是绝句，倒更贴切些。

问： 竹枝词语言通俗，诙谐风趣；形式活泼，不拘格律；广为纪事，以诗存史，是个重要的诗歌体裁，您能对她下一个简单明了的定义吗？

答： 恭敬不如从命，那就试试。不过人微言轻，姑妄听之：

竹枝词本是一种以七言四句为主体形式，缘诸俚俗，稍以文藻，泛咏风土，袒露性情的草根诗。后经文人移植传播、发挥演绎，自成一体。

问： 这几句话把"竹枝词"的形体、风格和语言特色，以及起源和发展过程都概括了，好啊！

答： 见笑了。我也很喜欢竹枝词，乘谈兴未尽，送你一首诗：

沅湘女儿载风情，巴渝俚歌少正声。

我论竹枝还一叹，可怜天籁半无名。

——2016 年春

体用之辨：答问"赋比兴"

赵生伟（以下简称赵）：田老，"赋比兴"作为诗歌的表现手法，流行已久。《周礼·春官·大师》和《毛诗序》上都将"赋、比、兴"与"风、雅、颂"并列，号为"六诗"或"六义"。但从它们的性质看，"风雅颂"是指《诗》的三种不同思想内容，而"赋比兴"通常指诗歌的三种不同表现手法，将它们混淆为诗之六义，是否有点牵强？

田望生（以下简称田）：六义中，"赋、比、兴"是《诗》之用，也就是《诗经》的主要表现手法。《诗经》中的自然现象，一般都是作为"比""兴"而存在的。而词与诗比较，尤其倚重比兴。令词格局狭小，一般多以"比兴"，托意于景物，倒笔烘染，较少正面的直叙。而"风、雅、颂"是专指《诗经》中的诗篇种类，"风雅颂"三者的内容各不相同。《风》《雅》《颂》是根据音乐及地区分的。古代诗歌关系密切，诗配上乐便能歌唱，相当于现在的歌词。《风》，即《周南》《召南》等十五国风，是指分封在各地的诸侯国家的地方音乐；《雅》分为《大雅》《小雅》，共有三十一篇，是西周王畿的音乐；《颂》分《周颂》《鲁颂》《商颂》，共四十篇，是统治者祭祀演奏的音乐，有一部分是舞曲。把"风雅颂"同诗的修辞"赋比兴"搞到一起，并称"六义"，是因为创作《诗序》的时代是重"义"（内容）的时代，"六义"原本是乐歌名称，所以又叫"六诗"；另一方面是权威的《大师》《诗序》有言在先，后之学者不敢越雷池一步；二是忽视了"赋比兴"的本义。唐代笺注大师孔颖达《毛诗正义》为"六义"附会，说什么"风、雅、颂者，《诗》篇之异体，赋、比、兴者，《诗》文之异辞耳。……赋、比、兴是《诗》之所用，风、雅、颂是《诗》之成形。用彼三事，成此三事，是故同称为义。"从"体"与"用"的关系看，将它们搞到一起，也说得过去。

赵： 我仍以为这种解释忽略了"赋比兴"作为修辞方式的性能。

田： 要把这个问题搞清楚，就应先弄明白"赋比兴"的本义。

赵： 赋，钟嵘说："直书其事，寓言写物，赋也。"[①] 刘勰说："赋者，铺也，铺采摛文，体物写志也。"[②] 赋是直言，而"比、兴"是曲喻。比，刘彦和的解释是："夫比之为义，取类不常：或喻于声，或方于貌，或拟于心，或譬于事。"[③] "比"在运用上的一个突出特点是"彼物"与"此物"有相似之处，意义上也有明显的关联；而"兴"与由"兴"所引发的诗文，在意义上比较宽泛，如象征、通感等。兴，有时也没有直接联系，如描写景物，烘托气氛等。

田： 你已道出了"赋比兴"的本义。不过有一点还必须了解。在春秋那个时代，赋诗的目的，即以诗施布王命，宣教王政。赋诗并不涉及诗的本义，而是根据言志的需要，赋予诗以另一义。赋诗言志既要有相类点上的联系，以便于观知；又要不拘于诗的本义，便于言志，它是对赋诗之人"歌诗必类"的要求，"比"的涵义也与"类"相似。而以赋诗为发端的"观志""知志"的方法就是"兴"。孔夫子说："小子，何莫学夫诗？诗，可以兴，可以观，

---

① 钟嵘《诗品·序》。
② 刘勰《文心雕龙·诠赋》。
③ 刘勰《文心雕龙·比兴》。

可以群，可以怨，迩之事父，远之事君，多识于鸟兽草木之名。"①孔子只言"兴"而未及"比"，说明比、兴二者是不可分的，比而兴，兴而比，"比"显而"兴"隐，"兴"的感发作用的繁杂多样性，决定"比之义包于兴"。赋予比兴，是一个思想认识过程，而不是审美过程，它只是把诗的艺术形象当作一个起点，通过譬喻，展开理论的思索，从中概括出抽象的思想。

赵："比"与"兴"，在诗中孰"比"孰"兴"，有时殊难分清。因为有的诗所咏之物与所志之情，关系密切，也有的彼此并无关联，常常是混用，所以没有必要分得那么清楚，统称"比兴"也未尚不可。

田：你说的不错。譬如，唐人王昌龄的绝句《芙蓉楼送辛渐》："寒雨连江夜入吴，平明送客楚山孤。洛阳亲友如相问，一片冰心在玉壶。"明眼人一看便知：前两句是"兴"，后两句是比。然而，要说前两句是"比兴"，以引起后两句，也对。"寒雨""楚山"两个物象，突出的是一个"孤"字：暮雨潇潇，西风泠泠，茫茫一片，布满江面，笼罩着吴楚之地；一夜雨下，天明之时，在亭边送别好友，把酒临风，望着眼前山脉，不觉潸然，回想平生，所历处境，也像此山之孤苦啊！这种以物象来烘托情志，不就是"比兴"吗？

赵：诗之六义，《大序》论列"风、雅、颂"不厌其详，而对赋、比、兴只是随意引述而已。倒是钟嵘挑战《大序》，重视"赋、比、兴"，并将三义的顺序翻转过来，直称"兴、比、赋"，把"兴"提到了首要位置。

田："赋比兴"，"赋"字打头，是因为从汉代起，批评家都是用"赋、比、兴"的概念解说《诗经》作品。《诗三百》中不少篇章是用白描手法直陈其事，比如《邶风·静女》通篇赋笔，实描其景，直叙其怀。因善于选择细节，诸如"爱而不见，搔首踟蹰"，不但克服了赋的抽象平板的毛病，反而生动形象；加上结构安排得巧妙，追叙之事先不明言，临了卒章显志，耐人寻味。

至于将"赋比兴"，倒过来说成"兴比赋"，那是因为钟嵘太看重"兴"在古诗中的技巧了。他说，"文已尽而意有余，兴也"，足见"兴"的包融性很大。

---

① 《论语·阳货》。

赵： 这样说来，似乎"兴"成了母概念，"诗"倒成了子概念，"兴"大于"诗"有"兴"才有"诗"，无"兴"不成"诗"了。

田： 应该说"兴"与"诗"是一对一的关系。"诗可以兴"，"兴、观、群、怨"，"兴"是头一等的，无"兴"不能成为"诗"。

赵： 何以见得？

田： 深而论之，"兴、观、群、怨"四字，每一个都含有"兴"，"兴"是比"诗"字更为原始的会意字。你看这"兴"字，繁体写作"興"，"興"在甲骨文中有两种构形：甲骨刻辞作"🀄"，钟鼎言语作"🀄"。前者是两人双手握着一个"𠁿"，"𠁿"是"凡"字的古文，本义指"肛门"。后者在"𠁿"下加一"口"字，是"同（同）"，形似女性趴下时臀部呈现的双"臀"。"🀄"字的构形与"🀄"（诗）的内涵十分吻合。如果说古文"诗"字是一位步履轻盈的女子，围着一位足落地，手高举的男士跳来跳去，那么"兴"便是一群男人围着一个光屁股的女人狂欢。这极可能是某种场合，古人因异性肢体碰触感受到一种愉悦而发出"兴"的呼叫。这"兴"的呼叫就是最早的"诗"。它比《弹歌》："断竹，续竹，飞土，逐穴（肉）"，还要早很多年。

赵： "弹歌"该是中国诗歌史上最早的诗歌了。冠以"弹歌"这个题目，有什么说头吗？

田： "弹歌"之"弹"就是今天人们所称的"弹弓"。据《吴越春秋》载："越王欲伐吴"，范蠡进善射者陈音，王问曰，孤闻子善射，道何所生？对曰，臣闻弩生于弓，弓生于弹，弹起于古之孝子，不忍见父母为禽兽所食，故作弹以守之。歌曰：断竹，续竹，飞土，逐穴。"弹歌"这个诗题兴许是由此而来。

赵： 你说的真神乎，但令人信服。不过，我还有一个头号问题要问。

田： 你说吧！

赵： 在研究《诗经》修辞的时候，不少学人偏重于"比"和"兴"，而忽视对"赋"的探讨。这在大家之中亦不乏其人。大学者王季思先生在他的《说比兴》一文中，对赋避而不说，认为"诗歌要抒情，诗人之情，有时非直叙所能尽，直接说只能使读者明白诗中之事，不能使读者共感作者之情"，[①] 这是不是因为"赋"属"直言"，不够形象生动？

田：认为"赋"的直叙不如"比兴"的曲喻生动形象，且无趣乏味，是不妥当的。直叙也可言情，也能生动。譬如，把月亮比成"银色的圆盘"，却不如直言"一轮明月"来得实在可感。而"悠哉游哉，辗转反侧""当时只道是寻常""相见时难别亦难"这样的直言诗句，绝不会逊于任何比兴曲喻。《诗经》中那么多复沓句式，反复铺叙，不是也照样表达强烈的思想情感吗？古典诗歌《孔雀东南飞》，通篇叙事，反复铺叙，间以比兴，不也一样生动感人吗？作为修辞方法，赋与比兴的不同点，只不过各司其职而已。"比兴"为诗歌提供生动的形象，而"赋"超越诗歌的普遍性文学价值，对后世叙事文学构成的资源性意义与原创性影响，却是不容低估的。

赵：田老，与君伴一日，胜读十年书。我这次来又收获不小啊！

田：我是信口开河，不妥之处，你多包涵。

2017 年夏

[①] 引自章太炎、朱自清等著《诗经二十讲》。

附录一：

习从大家泼翰墨，诗成珠玉正挥毫

——读《天趣堂诗文选》

赵生伟　陈多硕

田望生先生的新书《天趣堂诗文选》编选甫成，便将书稿寄给我们征求意见，并邀我俩为这部书作序。闻之，诚惶诚恐。一本书出版，通常都是请名家大腕为之作序，其用意不言而喻。望生先生却要我们担此重任，其谦恭与信任，使我们难以谢绝。何况我们还是先生的忘年交呢！先生学问渊深，读书写作孜孜不倦，退休后十余年仍笔耕不辍，出版的著作一部接着一部地送给我们。在与先生多年的交往中，我们聆听教诲，受益匪浅。每每接到先生电话，总是声音洪亮，条理清晰，根本不像是年逾古稀之人，这使我们钦慕不已。再就是我们了解先生的才气和人品。作为报纸资深编辑，先生有深厚的文化底蕴和审美判断能力，以及报刊组织策划能力。工作中，他能调动大家的积极性，集编者作者之所长，把握大多数读者的精神需求，能将众多策划、组织起来的稿件进行精心有效的选择、编排，制成优质的新闻产品，呈现给广大读者。往往是工作越出色越显低调，含而不露，引而不发，平易近人，亲切谦和。与他共过事的同行们说：在报社复杂的人际关系中，他从记者、编辑、总编室主任做起，一直到副总编任上退休，一干就是三十年，善始善终，全在于他能摒弃个人恩怨、一己好恶，客观包容，助人为乐，勇于付出，甘当人梯，以发现和扶持新人为己任。像这样一位令人仰慕的长者，既然有托，我们就恭敬不如从命了。通过对望生先生这部"诗文选"的研读，要说读后感，不妨试图从他的散文作品谈起。

二〇〇二年三月，田望生先生的《天趣堂散文》由华文出版社再版时，《文艺报》高级编辑李金盾先生读后，特地撰写了《回味〈天趣堂散文〉的根趣》，并发表在当年四月二十四日的《中国铁道建筑报》文艺副刊的头条位置。其时，李先生据着这本四十六万字的"散文集"，对该报编辑说："只有熟知中国散文传统，读过先秦诸子、《诗经》、楚骚、迁史、汉赋、唐诗、宋词、元曲的人，才能写出这样的好文章。"铁路作家、诗人曾瀑说："读过望生先生的文化散文，便知他传统文化根基深厚，腹笥便便；他对中国文化的热爱和解读，至少在中铁系统无人能出其右。"此话洵非虚语。大凡文章家，读不读古文，运笔便有文野之分，雅俗之别，孰高孰低，一目了然。难以想象一个连《古文观止》也没读过的人，会成为一位散文家。望生先生的散文之所以能在情感和审美上激起读者共鸣，正是因为他抓住了中国文化的"根"，吸足了传统文化的营养。他的散文如行云流水，写来从容不迫却章法谨严。尤其是遣词造句的古文韵致，引经据典的准确释义，透着一股书卷气。《人民铁道》报老社长王廷彦先生，时隔十多年再读他的"散文选"感慨地说："望生的文章已形成了自己的风格，细读慢品，余味隽永。"

在五十多年的文字生涯中，先生耕风犁雨，著作等身。由于他出版的著述多为新闻专著和散文结集及文学评论，在多数读者中，只知其文，不知其诗，甚至以为他的诗歌崇尚和理论表述是微不足道的。其实不然，读一读二〇一六年三月由新华出版社出版的《天趣堂散文选》，再读一读这部即将面市的《天趣堂诗文选》，你定会叹服：他是一位诗文兼长的作家。是的，先生秉承桐城家学，从小习读古文，矢志于中国古典文学。所作，看似没有哲学，而无处不哲学；不专言史，而科学的历史观浸透其中。他的散文抒情情真意诚，叙事简洁明了，析理切中肯綮。尤其是那些开智明心的艺语禅话，刚柔相济，均衡适度，个性鲜明，神完气足。那些清淡安逸的诗作，只求述怀遣兴，不慕标榜矜世。先生个性傲岸不羁，纵酒任侠。如《大醉》五首其一云："壶底朝天未肯醉，眼冒金星仍举杯。吞云吐雾张海口，阎罗殿里夺路回。"五篇醉酒绝句，状醉态，美而不丑，洁而不污，豪兴干云。晚年赋闲在家，无论家居还是出游，均手不释卷，口不绝吟。收入这部"诗文选"

的六百余首旧体诗歌，大多是剪灯吟咏，且休闲诗占了三分之二。即便是"萍踪纪游"，吟唱的也大致是"有大美而不言"的大自然，自在自为。如《峨眉山纪游》《三峡览胜》《九曲溪漂流遇雨》《冬临壶口》《南国览胜》《行吟瘦西湖》《西山红叶》《晚登西山还望颐和园》《北戴河休闲》以及《海南百咏》中的纪游之作，状山水之貌，写云壑之情，或鱼龙曼衍，千奇百怪；或幽微窈渺，一鳞半爪。吐纳之间，往往庄谐迭出，机趣横生。其所激发的多是人的纯自然的审美愉悦，昭示的是个体心灵获得绝对自由的意义。他游于大自然，就是移情于大自然。人向自然虔诚地袒露心扉，自然则向人展开博大而富有诗意的胸怀。"林下吟闲"与"浮生杂咏"中的多数诗作都是幽栖北京西山所吟。退居山林，从繁忙的日常事务中解脱出来，他的心态也由焦躁逐步调整到恬静。过去没有时间看的书，一一找来从容的读一读，想写而没有时间写的东西，便都欣然提笔写起来。他的百首《归来吟》绝句和《百望山居并序》八十余首，表现的也都是自己泰然自适、随遇而安的生活态度。读来轻而不滑，淡而有味。先生曾对咸阳市作协主席陈海说，他喜欢明人洪应明的联句："宠辱不惊，闲看庭前花开花落；去留无意，漫随天外云卷云舒"。能有这样自如而美妙的心境，世间的一切荣辱得失也就了然于心。花开花落，云卷云舒，情与之谐，心与之舞，飘逸之中，欣喜自生。正如他的七律《七十自寿》的中二联所云："醉肠渐窄妞别笑，心境全空人有神。古稀不图年增寿，盛世惟恐杯蒙尘。"看得出他晚年向往的是生命的宁静与纯净，是一位老者对于生命的爱恋与眷顾。其在《百望山居》诗中云：

　　自小生南岳，山居会找乐。凿池育莲藕，垦荒栽芍药。居士无鱼鼓，闲门有雀罗。遣兴诗脱口，停杯梦南柯。

这种"埋忧送闷杯中酒，梦里南柯不知愁"和不因门可罗雀而凄楚的心境与心态，足见庄子顺应自然，安时处顺、逍遥旷达的思想，已深入他的骨髓；而陶渊明对他心态的塑造、性格的熏陶亦有深刻的影响。庄周、陶潜一生少在官场，他们面对的主要是物质生活的困难和理想事业的失落感，两人在人格上的典范意义,是追求如何在贫困失意中自我解脱。望生先生不一样,他生逢太平盛世,在浸润了庄子、渊明的精华后,他人格方面的典范意在怎样既获得物质生活的享受,又能体验精神生活的逍遥。如:

温馨小屋三五间,窗前明月与等闲。太平盛世人畏老,杯酒蔬粥为破颜。

(《莫畏老》其三)

消磨老境无长物,留恋春光有短筇。又到清明踏青节,人在太行第一峰。

(《莫畏老》其七)

物质与精神二者的和谐统一,使他真的享受到了最为理想的身心自由;淡远幽深、精神独往的诗句,无疑又表现出他的审美情趣与隐逸情怀。

拜读这部《天趣堂诗文选》,就其思想内容和艺术特色来看,我们想试谈以下几点:

关乎世运,系乎民生

望生先生早年参军,从西南边陲转战西北大漠;又从战地记者干到报纸编辑,足迹遍布祖国万水千山。戎马倥偬,风尘仆仆,故所咏多悲壮激昂,苍凉高亢。大凡边疆之雄奇,人生之契阔,与夫情怀之抒发,皆奔涌笔底,蔚为佳作,如《自题五首》其三:

铁马冰峰炮声隆,飞石尽染残阳红。戈壁沙冷鸦噪晚,天山秋老雁横空。十年苦旅等闲事,一支令箭上九重。弃武习文偿夙愿,从今秃管任西东。

描绘天山戈壁艰苦卓绝的战斗生活,取景阔大而情韵苍凉,与辽阔苍茫、空漠枯冷的边疆特征相适应。慷优悲壮，境界雄伟，气势劲厉，音调高亢的诗句，直抒胸臆，得阳刚之美。其《从军道中》《自题五首》《南疆铁路初战纪事三首》《路工三首》《天山寄书》《望南海四首》等，声情并茂，性灵摇荡，沉酣蕴藉。其感事哀时，体恤民瘼，对最底层群众生存境遇的密切关注，亦凸显先生爱国忧民、肩负历史使命和社会责任感。如：

才子挥毫"都一处"，前门烧麦霸玉盘。小摊虽无临川笔，京味一样惹人馋。

（《前门即事》）

昨夜寒露秋风劲，抖落西山满地金。八处神鬼歌帝道，孰知遐昌是当今。

（《秋游八大处》）

党的十一届三中全会召开后，先生从西北边疆调任《铁道兵》报记者、编辑。随着国家政治体制、经济体制改革的日益深入，特别是由计划经济向市场经济转变，全国社会生活的各个方面发生了巨大变化，也使人们的传统观念受到猛烈冲击。望生以一位新闻记者的敏感，对经济发展中出现的新鲜事物和翻天覆地的变化，予以大力支持和由衷赞叹；对于改革开放中出现的负面现象，亦能果敢地发出属于自己的声音，如：

过期肉肠弃阴沟，翁媪争抢说喂狗。日暮回家折包装，都进蒸锅入人口。

（《竹枝词·拾荒》）

顷刻中原逐三鹿，三鹿煞时被凌迟。可怜燕赵养鹿工，鹿死谁手底不知。

（《竹枝词·杀毒》）

经济改革发展的大潮汹涌澎湃,泥沙俱下,贫富不均和弄虚作假的社会现象沉渣泛起。《拾荒》运用对比手法,在看似冷静的描述中,揭示了人物矛盾心理,再现了一个有血有肉有灵魂的形象,并以诗人的温暖、大爱和悲悯照亮自己、警示世人;《杀毒》所具有的精神深度和终极关怀,则表达了作者对时弊的焦灼与忧患。其悲民之所悲的忧国恤民之心,沉哀入骨,令人唏嘘不已,充分体现了一个诗人、作家对现实关怀的能量与澄清天下的志向。在那激情燃烧的岁月,正值望生先生年富力强时期,他对于时代、国家和人民有大爱、有担当。即使退居林下,亦胸无芥蒂,高唱入云。他的大量休闲诗,不以孤寂为苦,而以获得精神的平静和安宁为快乐,在有限的生涯中追求无限的生命价值。十九世纪初叶,德国伟大诗人荷尔德林在一首题为《轻柔的湛蓝》的诗中写道:"如果生活是全然的劳累,那么人将仰望而问,我们仍然愿意存在吗?是的,充满劳绩,但人,诗意地栖居在此大地上。"由此可知,休闲之于他不只是娱乐,还是一种对人生意义有所追求的活动,人类许多有价值的思想都是在这种闲暇活动中产生的。"田舍诗草"之所以值得欣赏,正是因为诗中表达的那种谦退、散淡、悠闲的生活态度,那种思想品格、学者素养和审美敏感,能给人以诗意的启示,如《归来吟·山居》:

盛世幽居偏绚烂,黄栌红枫满空山。指点斑斓赋秋色,只是闲情不愿删。

"闲情"不闲。这里偏爱绚烂,渲染诱惑更胜于警示告诫。自从走出喧嚣的尘世,摆脱无绪的烦恼,轻松自在地进入一个不计功名得失的悠闲境界后,他的吟哦,字里行间仍蕴藏着对国家改革发展的大好形势的欢愉与赞许,对国家安危的忧虑与担当。二零一六年冬,先生旅居海南,站在三亚南山之巅眺望南海时高唱"妄说亚太不平衡,惊涛骇浪杞忧深。白发虽无缚鸡力,伏枥犹有报国心。"(《望南海三首》其二)并怀有"旦暮三沙烽烟起,天佑南国百万兵"的必胜信念。

诗学诚斋，贵能豪纵

望生先生的旧体诗作，先喜古风，后习两李两杜，唐诗之外旁及宋诗，晚年对杨万里倾倒备至。杨万里，字廷秀，号诚斋，吉州（江西）吉水人。诗与尤袤、范成大、陆游并称"南宋四大家"。初学江西诗派，又崇晚唐，风格清新活泼，语言平易自然，饶有情趣，自成一家，时称"诚斋体"。杨诚斋曾言："学诗须透脱，信手自孤高。"（《和李天麟》）所谓"透脱"，即得"流转圜美如弹丸者"的"活法"，也就是不执著，变化中造新境。 望生先生学其诗，贵能豪纵，不少诗作选用口语入诗，构思精巧，清新活泼，灵气中凸现超逸，如：

> 夕阳也知攀富贵，一角自暖万寿山。
>
> （《游园随笔》其二）

> 西山更比西子俏，羞浴昆明靓晚妆。
>
> （《名园四韵》其二）

> 秋风原本无颜色，也吹斑斓上九重。
>
> （《西山红叶五韵》其二）

> 青鲤也知解人意，擎起浪花谢一声。
>
> （《稻香湖六韵》其三）

> 东风偏爱迎春花，羞煞桃树一脸红。
>
> （《春之韵》其一）

> 海棠恐被桃花妒，枝头缀露红几滴。
>
> （《春之韵》其二）

一窝蜂虫入荷塘，拈花惹草各自忙。偏有几只抢先归，错把莲蓬当蜂房。

(《游园撷趣·蜂趣》)

雨过槐花满园香，水榭飞来两鸳鸯。言去昆明度蜜月，小憩贵池未商量。

(《春之韵》其六)

笔墨纸砚暂安居，新茶老酒陈后厨。日醉窗前枕史籍，无赖海风乱翻书。

(《寓居海口》其二)

创造是从模仿开始的。在中国诗歌史上，从魏晋时起，因为有了丰厚的前代诗歌传统积累可资借鉴，诗人中始兴拟作、效体之风。望生诗学杨万里，不假斟酌，率意而成，逍遥自在，空灵潇洒，不刻意求工而自工。清逸、活脱的风格直逼杨诚斋。他的许多山水田园诗作，不仅有对自然山水生动真实的写照，还体现了一个诗人对大千世界和人类社会关系的认知。这样的认知，无疑会唤起人们保护自然生态环境的良知。

以文为诗，精于用典

桐城派作家论文主张义理、考据、辞章三者合一，于诗则重学力、恶俗滥、避陈言，以文为诗，在志趣上已与宋人多有遇合。望生先生恪守桐城家法，写诗的审美趣向更多地接受了桐城派诗人"以文为诗""以议论为诗"的手法，如《读〈史记·李将军列传〉》诗云：

司马史笔带同情，遂扬飞将身后名。名不副实谁与解，人微言轻姑妄听。小肚鸡肠常滋事，大战沙场乏功陈。冯唐易老何足惜，李广难封应公平。

诗洵属形象思维，而形象思维有时亦须合乎逻辑思维方见其妙。这首七律以散化的语言议论，把抒情与叙事在一首诗里紧密地结合起来，诗的容量扩大了，且把李广小肚鸡肠、乏功可陈，故而战后难以封赏的知性理思表达得清楚明白。这种"以文为诗"，用诗歌记录自己读书的心得，或评文论学，或述史论人，立意新颖，想落天外，表现出一种与众不同的史识。如：

歌功颂德帝王碑，不及女皇大智慧。死去无意镌顽石，留与后人论是非。

(《题武则天无字碑》其一)

廷辩获罪入牢笼，忍辱负重书枯荣。史迁故里众司马，惟恐株连改姓同。

(《韩城随笔》其一)

天生丽质着边尘，羞煞中原百万兵。太平儿女盛世乐，谁解娥眉出塞声？

(《观京剧〈昭君出塞〉》其一)

还有《读〈西游记〉题悟空》《反贪随笔》《读谢康乐诗》《题李煜》《谒东坡书院》《谒海瑞墓》《海角随想》等，都有不少古文词充斥其间，如"惟恐""更从""始能""向使""孰知""若非""安得""惟识""未尝""此文""云尔""者""如"等等，这些古文词入诗，作者心之所思，目之所睹，身之所经，描摹刻画，委曲详尽，体现了桐城派一贯标榜的"雅洁"之风。这种内涵宏博深沉，风格高华典雅的学人之诗与诗人之诗遇合的特色还体现在用典上。他的有些诗作虽用事密集，却不为书累，轻轻点染，便成妙趣；典雅稳切，意味深长，拳拳之意融入其间，如：

茶楼酒肆客满座，绍兴醺然听莺歌。难怪天子弃徽钦，丢了中原又如何？

（《咸亨酒店》）

两雄争锋谁敌手，衢水灵江拥龙丘。忽闻游人言苦胆，北望始苏叹虎邱。

（《龙游怀古》）

老来添宅近颐和，昆明已然长属我。澄怀涤虑湖心岛，最为亚子抱憾多。

（《归来吟绝句》之《山居》其一）

书读五车未觉饱，方恨少时念书少。枕经菲史非虚语，鲜活人生学到老。

（《归来吟绝句》之《学而》）

辍耕西苑学南村，闻鸡起舞书八分。栖雀不除窗前草，驴鸣如听自家声。

（《归来吟绝句》之《无题》）

上述五例篇篇用典，有的一首三典，读来并不晦涩难懂，亦无斧凿之痕。作者运古于律，以故为新，或含蓄婉转，语近情遥；或拗折波峭，音韵铿锵，风格直逼黄山谷。先生引典入诗还受老杜影响。后人评李、杜，咸认李白以才取胜，而杜甫以学取胜。杜之以学取胜表现在他作诗时用典渊博、巧妙、精确。而望生博览群书，有时也习少陵，尝识用典以逞学力。何况咏史怀古的诗歌，要达到一定的深度，在指陈现实的同时，也确实需要使用一些典故方能意渊味永。

锤炼句律，选字精准

简练、凝重、典雅的中国传统诗歌，是运用汉字、发挥汉字魅力的典范。历代论述诗歌创作技巧，多是主张着重炼意、炼格，然后辅以炼句、炼字，但诗是可以歌唱的文字，是语言的诗意表达，终归离不开炼字。富于诗意的语言文字之于诗歌，犹如梁椽砖瓦之于建筑，有什么样的材料，怎样巧妙地应用和砌筑这些材料，决定着建筑的风格特色。望生先生写诗注重锤炼，只字不苟且。有时落笔放纵，而收拾起来极其严谨，一如桐城派著名学者刘声木先生所说："其于诗也，意欲其深，词欲其粹。一思之偶浅，必凿而幽之；一语之稍逊，必袭而精之。"收入"田舍诗草"的旧诗，虽五古、歌行、绝句、律诗，玉粲珠辉，各体皆备，但用旧形式表现新内容，清婉含蓄，绮丽精工的，还是他的五言古诗和七言绝句。五言古的特色是返朴归淳，不刻意求工而自工。如《百望山居》八十首，俱是五言古诗，这些寂寥短章，出笔高超，闲暇萧散，思深力遒，兴寄风雅，犹有汉魏以前高风余韵。如：

老归竹林下，新居如人意。好山一窗足，佳景四时宜。饭来鲭有酒，落笔诗无题。邻里知我乐，提篮送猫咪。

山色百望好，空蒙半有无。云起千嶂乱，雨过一塔孤。心闲思远眺，天寒念故居。目送南飞雁，遥寄八行书。

心闲无尘累，山居多趣味。牧竖横吹笛，樵童荷柴归。日脚下木屋，孤烟报晚炊。砂锅骨未烂，篱外犬先吠。

雨过云初净，携杖览枫亭。碧涧染红叶，青林绕白云。奇石生灵草，怪松栖珍禽。老来恋秋山，秋思亦无垠。

登高又重阳，曳杖携壶浆。云湿摩崖滑，风剪古木香。空晴目聊纵，天寒雁南翔。流水知何处，落叶思故乡。

四季如车轮，转瞬又冬临。天凉花渐谢，叶落鸟频惊。林疏山愈瘦，风寒水骤停。万物余凄美，念此不世情。

以上举隅，选字精准，裁对工巧，词意警切，其平仄句律，置之唐律亦不逊色。他的绝句大多写日常生活或浏览风景名胜时的感受，语近情遥，含蓄不露，宛曲回环，句绝而意不绝。如《圆清寺》：

圆清寺内无和尚，但见关帝守庙堂。僧房谁在把鱼鼓，禅院居士扫夕阳。

着眼前景，写口边话，通俗诙谐，清丽纤巧，有味外之味。他二〇一六年冬至二〇一七年初春旅居海南，百日吟咏绝句百余首，凸显倚马之才。能有这样的成就，一如他在《诗话》中所云："蝶化庄周警世梦，酒酣李白谪仙人。习从大家泼瀚墨，意气纵横降鬼神。"正因为取法乎上，所作法度严谨，典雅清丽，简练韶秀，造语新颖，用笔入神。不少绝句还借用"无题诗"这一传统的诗歌形式，表达了闲适无为和幽微隐秘的生活体验。无题诗，自唐人李商隐以来，逐渐成为一种固定的诗歌体式，形式内容也延续着中国诗歌脉络触物兴怀的抒情传统与兴寄无端的艺术构思。无题诗，正如国学大师王国维所云："非无题也，诗词中之意，不能以题尽之也。"望生的"无题诗"，正是以曲折隐晦的手法传达自己难以索解的主旨与幽深婉转的情境。他的咏物诗，于诗情画意中尤见寄慨遥深。如《老鹤》：

折翅唳亦哀，瘦影落苍苔。无复凌云志，知向鸡群来。

四句不即不离，借物抒怀，表达了自己能上能下，能屈能伸，委顺不争，随遇而安的旷达情怀。他的《咏物十六首》，不期于咏物，而咏物之工卓然天成。如：

飒爽门前竹，萧瑟风里清。逢迎不屈节，凌云总虚心。（《修竹》）
当春不作秀，雪花满枝头。浩气凝珠玉，香酥脍人口。（《梨花》）
饮露濯秋光，争艳霜后香。相期惟晚节，重九佐清狂。（《菊花》）
横塘两三枝，飞雪已多时。忍冻忖忘远，播香傲盛世。（《腊梅》）

以上四首咏物诗，巧言切状，体物妙肖，兴寄象外，比德言志，清徐含蓄，风格直逼唐人咏物韵味。他的排律虽多率笔，亦有佳篇，如《晚登西山还望颐和园》，铺陈排比，流动自然，如意挥洒，一气直下四十二韵共五百八十八字。读之令人击节叹赏。倘无宽阔的视野，深厚的才力，是不可能有此词气豪迈而风调清深，属对律切而脱弃凡近，情景交融而凝练又疏宕之作。

诚然，先生的诗在平仄声韵上亦有个别不合律、不合辙之处，但这有什么要紧？写旧体，离谱出律现象，即使古往今来的大家亦在所难免。正如著名诗学家霍松林教授在给国务院副总理著名诗人马凯同志的信中所说："作近体诗，合律是必要的；然而窃以为忧时感事，发而为诗，倘意新、情真、味厚而语言又畅达生动，富于表现力，则虽有失律，亦足感动读者，不失为好诗。反之，则虽完全合律，亦属下品。"（引自《海角论诗》）马凯同志在赞许的同时，还提出在"平仄格式"上"求正容变"的主张。"求正"，就是尽可能守律；"守"，当然不是死守，死守的后果是将格律诗守死；"容变"，就是容许对格律作适当的改变、突破。当然，变也不是全变，全变的下场是割断传统，将格律诗变没。

感时哀事，寄慨遥深

赋诗，情动与心生，必然是专一无伪的。心之所之，不能有丝毫纷乱、虚假。所谓"修辞立其诚"的"诚"，其意义正在于此。《中庸》曰："不诚无物。"连物都没有，哪来的诗？因此，写诗情真意切是起码的原则。只是在平仄声调、对仗格律上费心思，没有真情实感，充其量不过是诗匠，而非诗人。田老是感情丰富的人，他感时哀事，时怀亲友，赋之于诗，曲尽人情。一九七六年和二〇〇八年河北唐山与四川汶川先后发生两次特大地震，死伤惨重，举世震惊。他在第一时间得知后，痛吟"丙辰之殇"和"戊子之殇"两首律诗，铿锵开金石，凄楚泣鬼神，凸现大爱之心。老战友王伯欣夫妇在汶川地震中不幸遇难，噩耗传来，他沉痛追思？

> 明园别依依，岸柳春烟低。竟日话当年，未月闻归西。攀枝花如血，绵竹空悲泣。人生果无常，思君泪沾衣。
>
> （《人生无常》）

> 来时梅瘦未著花，别后春深柳藏鸦。孰料他日如相见，黄泉路上寻君家。
>
> （《伯欣夫妇周年祭》）

望生先生退休后，曾应故旧之邀，偕老伴专程到江浙一带探望老战友。其间所作亦情深意笃：

> 燕京难排客居愁，君回江南续春秋。相逢锡山又相别，竹海碧波送行舟。
>
> （《无锡竹海别故旧归京》）

诗中"故旧"指挚友、原铁道兵第五十四团新闻干事浦争鸣。一九八四年铁道兵并入铁道部，望生与浦有师生之谊，通过自己的人脉，他给浦争鸣在《北京法制报》谋一记者职业，但浦故土难离，最终决定还乡创业。此诗为时任《中国旅游报》总编辑的浦争鸣于无锡竹海送别他时所吟，诗味醇厚，情感深沉。此次江南之行，他还与在苏州的老战友、时任中国铁建二十局集团一公司党委副书记何敬德彻夜长谈。岂料归京不久，何因病去世，望生先生闻之痛悼：

别梦渭城梅剪玉，相逢姑苏柳摇金。归来不日闻噩耗，南向痛哭失知音。

(《悼亡友》)

"好诗不过近人情"，他的那些登高望远、思亲怀旧之作，无不表现出他的家国之情，如：

双亲早逝儿远游，孤坟长使枕寒流。老天不知伤往事，一任斜阳伴客愁。

(《墓祭三首》其二)

相见双鬓两萧然，时聊犹能记故园。父母早逝各东西，京津寄寓幸未远。

已指京津是故乡，客心依旧向潜阳。兄弟塘沽同赏月，渤海秋风蟹正香。

(《塘沽会胞弟渤安二首》)

思乡的实质是思亲，乡情的实质是亲情。家是国的雏形，国是家的扩大。情系家国，爱国忧民，乡情与祖国情通常是合二为一的。孟夫子所谓"正心诚意修身齐家"的目标，是"治国平天下"（《孟子》）。望生的这些登高思乡、佳节思亲、远望当归、秋风日暮起乡愁等诗作，表现的都是家国之思，故土之情，如"雁去江淮日，秋来登高时""流水知何处，落叶思故乡"、"客籍五十年，不改是乡音""除夕不眠非守岁，乡音无伴老思归"。读他的诗，我们会发现，他对世事的理解，折射出一个诗人的理想主义与赤子之心。他对美景的流连和对亲友的眷恋，对美好的讴歌和对丑陋的愤慨，全都显得那么真诚纯清。在我们看来，这些都是对生命基本情态的原始揭示，简单直接，和任何地域的人的心灵产生共鸣。这种蕴含真实丰富的内心体验的诗作，回味的余地大，能引发出丰富的人生联想与感慨，其容量决不亚于一本大部头的著作。

　　这本《天趣堂诗文选》将"田舍诗草""美辞诗话"和"空山诗魂"集于一书,可谓珠联璧合,相得益彰。因为诗是语言的艺术,从学诗、写诗到探讨诗的修辞和风格,是一个自然的过程。他的诗话诗评,论述大气、细密、紧实,所论洞烛幽微、剖析劀切,充满期许的学术文字,行文洋洋洒洒,读之仿佛听到他走笔带出的风声,宛若诗章,恰如交响,文章干净、漂亮、灵气淋漓。他的诗歌创作成就,说明他在这一研究领域所作的努力是奏效的。他在诗的阅读和创作实践中,积累了丰富的富有民族审美特色的语汇和修辞方法,并娴熟地运用各种修辞造句方法,才使得他的诗文变化多端,气象不凡。中编《美辞诗话》的十六篇文章,选自他的《人间辞话——古典诗词修辞例话》一书。文章并无宏大的架构和体系,各篇都由长短不一的例话组成。由于作者从汉语修辞的审美入手,将中国古典诗歌中的名篇佳什统由语言的艺术表现方式而被召唤到读者面前,发覆烛隐的述评,切中肯綮的分析,读后能使人的审美品位从"悦耳悦目"进入"悦心悦意""悦神悦志"的层次。基于诗歌与书画、音乐在形体和音色上的共同特色,诗词、书画和音乐爱好者,皆能于其间融会透莹、触类旁通,于智有补。下编《空山诗魂》,极力摆脱尘世的喧嚣,专注于文化精神层面的遐想。所选两大长篇,是对诗禅世界的学术探索。望生先生在吸收、消化前人研究成果的基础上,通过诗家与佛道的深层交流,诗心与禅心的相互启发,诗论与禅论的彼此砥砺,又有新的见解。作者以诗意的语言,游走于叙事与议论之间,使散文带有浓烈的精神气质和灵动感性。而通达、顺畅地表达自己的思想,又是建立在完全吃透、把握作品的基础上。倘若没有坐冷板凳的沉潜笃学以及鸟瞰全局的学术视野,是很难领会和辨别儒、道、玄、释之于古代山水田园诗的审美价值。"灵心醉笔咏田园"一文,是在晨钟暮鼓中醉眼看渊明。生命如醉酒,却醉在作者构建的崭新文字中。如"醉心时的死亡想象",通过陶潜对死亡这一人类生命极端现象的体认、思考与表现,生动而准确地揭橥了这位"隐逸之宗"的社会理想、精神状态、美学观念,为我们认知中国诗人在思考与表达死亡主题方面所达到的思想深度与审美高度。"山魂水魄动禅心"一文则在品评古代山水诗作时,注重作品的思想、精神和艺术高度的辨析。这些仿佛不沾人间烟火的文字，透着冷静而淡定的心态。在中国文化中，自从晋人向外发现了自然，向内发现了自己的深情，此后两千多年，山水精神便与山水诗人自我意识结伴而行。他们乐山乐水，悠闲适意，在幽深僻静的山谷"逍遥自由，远祸保身"，这种对欲望的世俗方式的"批判"与"警醒"，使现代人能从他们身上反思自我生命的不足，从而情愿去改变自我，提升自我。这对于人们追求宁静致远的境界，无疑具有积极的人生价值。

　　这部诗文选集，上中下三编之外另有"补编《天趣堂散文选》拾遗"。看得出作者对遴选文集的谨慎与流连。用望生先生的话说："得意的文字出于己口己手，了然于己心，如同作者的生命，是要特别珍视的。"原来，他是把自己喜欢的文字，当作有生命的文字来珍视的。就"补编"的文章内容看，若无此举，还真的有遗珠之憾呢！望生先生的散文特色，高宪民先生已在《天趣堂散文选》的序言中说得很到位，此不赘述。这里要补充的有一点，读天趣堂散文，不少人仅对其文章的知识性津津乐道，而忽视了他还是一位颇具精神深度和终极关怀的思想者，则不免失之浅薄。知识只是文章的材料，一如人的肉体。只有被宁静的心灵，充实的思想和饱满的智慧点燃，才会获得个性生命。望生的那些犀利、理性、睿智和卓识时见的文字力透纸背，读之使人心存感激，肃然起敬，其奥秘正在于此。

　　（本文为《天趣堂诗文选》序文，该书 2017 年 9 月由新华出版社出版；作者赵生伟系中华诗词学会会员、中国铁路作家协会会员，北京市书法家协会会员。陈多硕系陕西省作家协会会员。）

附录二：

望生先生传略

田望生，字舍，号皖公山人，晚年人称皖公，祖籍安徽省桐城县。民国三十四年（1945）农历正月十五，当安徽省潜山县野人寨三祖寺的晨钟响起，一个婴儿在禅房中呱呱坠地，这人就是今天的"天趣堂"主人田望生。虽生于净土，却不免要"度一切苦厄"。其从弱冠履职，"征程虽坎壈，曲折能回旋"，曾任铁道兵第二十三团第七连战士、文书，铁道兵第五师司令部作战参谋，兼师教导队军事教员，铁道兵报社记者、编辑，中国铁道建筑报社总编室主任、总编助理、副总编辑，铁道部高级职称评审委员会评委，中国传媒大学特约研究员、中国根艺研究会秘书长、中国民间文艺家协会根艺委员会副会长等职，现为中国作家协会会员。

皖公在职凡四十年，持平常心，为平常人，却有着不同寻常的经历。其为人真诚豪爽，洒脱不羁；谋事干练尽忠，充满激情；为文为诗拔奇领异，挥绰有声。

投笔从戎　岁月倥偬

皖公出身于一个市民家庭。他的父亲田先贵是个皮匠，母亲王玉莲，安徽枞阳人氏。幼时，他随父母定居安徽省潜山县府治所在地梅城镇。因家中上有老、下有小，生活并不富裕，其九岁始到梅城天主教堂上学。小学毕业保送百年老校安徽省潜山中学，一九六六年五月高中毕业遭遇"文革"，举国大中学校停课闹革命。时运不济,升学无门,他毅然选择了绝学从军的道路。一九六八年一月皖公离开母校应征入伍时所作的一首诗,向我们倾吐了他此时此刻的抉择与志向:

"文革"出内鬼,黉门闹翻天。求学虽无路,投笔可戍边。有朋劝留校,留校复何为?我意既已决,披甲只向前。先生挥泪送,同窗别万言。忽闻军号声,君问何归田?中原无狼烟,雪顶共清闲。

——《投笔从戎》

其实,这种选择对于一介书生来说,实属无奈。他的绝句《从军道中》袒露了这一复杂心情:

西去巴蜀频回首,望断皖山泪双流。
莫言攀枝三线苦,书生华山一条路。

然而,一旦当上了铁道兵,到祖国的大西南投身火热的三线建设,他的灵魂深处发生了变化。身为一名铁道兵战士,在沸腾的铁路建设工地,面对汹涌澎湃的金沙江水,他引吭高歌:

少壮豪气冲九霄,立马横刀雅砻桥。
驰骋沙场是男儿,建设边陲亦天骄。
凯旋才见百花落,出师又望攀枝笑。
三线未捷无子规,我以我血荐金涛。

——《自题四首》其一

戎马生涯,文武兼备。皖公从铁道兵第二十三团第七连战士、文书起步,奋斗三年,一跃成为铁道兵第五师司令部作训科作战参谋。其间,他担纲全师工程调度、组织部队军事训练、兼任师教导队军事教员,率员赴兰(州)

新（疆）铁路蒐集战时铁路保障方案，参与指挥全师三万余人从四川米易县、渡口市（今攀枝花市）调防新疆乌鲁木齐执行南疆铁路建设任务。由于他勤勤恳恳，兢兢业业，工作干得有声有色，颇受师长顾秀、参谋长刘希明、作训科长王伯欣等领导器重，先后让他带队组织各团作训参谋骨干赴铁道兵乐山参谋训练大队学习，在有铁道兵的黄埔军校之称的"乐山参训大队"任一期十班班长；参加成都军区师团领导干部暨作训科长战略战术培训班，学习组织实施战时三打三防军事项目。尽管在作战参谋这个岗位上恪尽职守，矢志不渝，一干就是九年，"爱将笔墨逞风流"的他，还是被铁道兵报社看中了。经编辑戴普忠（后调中国人民解放军总政治部直政部）推荐，铁道兵报社编辑科长刘绵春亲赴铁道兵第五师司令部对他进行考察后，遂于一九七八年冬调任铁道兵报社。从此，皖公开始了他人生道路上的一次重大转型：由投笔从戎到弃武习文。离开五师师部那天，司令部、政治部、后勤部的官兵三百余人夹道欢送，人们围住了他乘坐的中吉普，久久地不愿让他离去。然而这次离开，他无怨无悔。正是这段难得的经历，奠定了他在新闻战线深厚的生活体验，预示着他迈向人生的又一座高峰。

新闻生涯　笔走龙蛇

在铁道兵第五师当参谋时，皖公是司令部新闻报道组组长，对新闻工作并不陌生。但来到铁道兵报社，与即将共事的同志初次相处，同事们不免向他递去疑虑的目光。因为通常调到这里工作的大多是在部队从事新闻工作的干事。现在来了一个跑腿的参谋，"耍笔杆子，他行吗？""是骡子是马，先拉出去遛遛"，在报社通联科，他与前后调来的记者张风雷、程更新、乔梁、陈泰祥学习三个月后，副社长郑云林要求他们就近采访、写写稿。一声令下，皖公一头扎进了铁道兵机关，在司令部、后勤部寻找报道线索。一周内，他白天采访，夜晚写稿，总共采写并发表了五篇报道，短的千字文，长的二千余字。其中《黄花女为什么嫁不出去？》《科办，可办可不办吗？》见诸报端后，对计划经济的弊端和轻视科技的观念是一个不小的冲击。在担任专职记者一年多的时间里，他先后两次随社长姜良翰北上内蒙古、黑龙江采访，发表的采访札记《小伙子们的体重为什么增长这么快？》和长篇通讯《鲁义脱险记》《在重灾之年——铁道兵嫩江农场抗灾纪实》，掷地有声，好评如潮。次年，他从通联科调到了编辑部，当上了报纸编辑。从编辑、总编室主任、总编助理到副总编辑任上退休，在皖公的事业中，这是一段持续时间最长、同样可圈可点的人生经历。看到自己亲手帮助扶植起来的"桃李"一个个红红火火，都能独当一面，他感叹：

文章何必偏等身，甘为人梯慰平生。

饮酒赋诗壮心在，问舍求田老境增。

——《莫畏老九首》之一

是的，皖公老了，已逾古稀之年。但在后生们的眼中，尤其在编辑方面，他是既有实践又有理论的编辑家。干编辑这一行，皖公主张宏观上要从大处着眼，但落实到具体工作上，要事事从小处着手。在选择、组织稿件中，他约稿、看稿、编稿、写稿和评稿有自己的一套原则：要求编辑开阔眼界胸襟，博采众长，兼容并收，对各方面的来稿一视同仁，多与作者交朋友，力争成为个性独特的记者、通讯员的知己与知音。同时，鼓励编辑多出去跑稿，不要坐在办公桌前守株待兔。发现可以报道的典型，他总是动员编辑出去采访。不少编辑因他的指点，写出的典型报道，在全国或行业好新闻评选中获得大奖，并因此而顺利评上高级职称而一直对他心存感激。而对待下面的记者、通讯员的来稿，他更是认真负责，一丝不苟。每天早上打扫编辑部卫生，倒字纸篓时他总要翻一翻，生怕漏掉了有用的稿子。一次，他在别人的字纸篓里发现通讯员曾正贤、刘文阁采写的勤俭施工的稿件，仔细一看，觉得可用，于是稍加点睛，标上一则标题"征南战北十来年，四十条腿都健全（主题）——二连十张办公桌历任九任领导完好无损（副题）"，稿件发表后选送全国铁路好新闻评选，荣获一等奖。大凡有记者、通讯员调动工作，为使这些同志在新的工作岗位上尽快打开局面,他总是叮嘱编辑多予关注。皖公对待记者、通讯员和编辑,总是从政治上关心、工作上帮助、生活上体贴。有的记者、通讯员所在企业经济效益差,报道形势不景气,工作压力大,来京送稿时,他特殊关照,并自掏腰包请他们到饭馆吃饭。平时,凡有记者、通讯员来到报社,办事的不办事的,认识的不认识的,只要来到他的办公室,他不问客杀鸡,渴不渴,都先泡茶一杯,让坐后才开口说话。皖公还是个"老顽童",他那顽皮好奇、童心未泯的言行举止,常常让同事、朋友乐不可支。他为人处世,一以宽厚为归,使得同事、部属在他面前敢笑敢闹,敢怒敢言,甚至拍桌子、摔板凳他也不介意。对于一切批评,即使是非议,他也概不反驳,有则改之,无则加勉。他的清廉自爱,更是令人称道:有时兄弟报社的领导、编辑来会他,这种事说私是私,说公是公,但他请来者到酒家小酌,从不开发票报销。报社老会计殷建伟逢人便说:"田老总从不花公款一分钱办个人的事。"他在社内年纪最大,可他的办公室卫生从不要求派员清扫,自己动手干。临到退休离开报社的最后一天,他自费请来两位保洁工,彻底清扫了一个上午,弄得窗明几净,而后几把钥匙向办公室主任手上一交,走人。同事们说他"伊人一身退,带走两袖风",并非虚誉。作为全国铁路高级职称评审委员会评委,但凡有人审报中、高级职称,他不分远近亲疏、男女老少,够标准的一律据理力争,不记旧恶,不避前嫌。这样做,化掉的是无名之火和潜在冲突,赢得的是尊敬与拥戴。在兵改工的二十多年里,他作为报社党支部成员,每逢换届,在改选的无计名投票中,他每次都是满票当选支部委员。他的工作责任心更是有口皆碑。每逢全国人大、政协召开两会,或重大节日、企业内部重大事件,报纸需要增刊时,他总是亲自约稿、组稿,亲自到印厂盯着付印。有一年,全国召开两会期间,报纸扩至八版,不少记者来京送稿。一天,十八局集团记者站站长姜书范等前往印厂看自己的稿件大样,发现皖公在印厂工作间的地上摊开八个版,弓着腰一一核对转版的稿子,这位与皖公一路同行的资深记者感叹地说:"田老太累了!"是的,这种胸怀,这种眼光,这种职业操守,是他给报社同仁和本系统新闻工作者留下的一笔宝贵财富。当下面的记者、通讯员听说他就要退休了,一个个打来电话慰问。十八局集团公司记者站站长姜书范更是对报社的编辑说:"田老走了,带走了一个时代!"

皖公的佛心、道骨和儒者风范,使他能大度看人世,有所为,无所求,从容过生活。他做人低调,处事淡定,得之不喜,失之不忧,容人容事,雅致淡泊。他外出采访写作,发表亲笔作品时,总不忘陪同者的辛劳,执意署上他们的大名,并总是坚持将自己的名字放在最后。他的著作出版,根艺作品获奖,名家学者诸如钟佩章、刘绍棠、邱沛篁、李铎、刘开渠等为之书评,有同仁为他撰写书讯着笔此事,他看稿时一笔勾掉,认为己作愧对名人,要避拉旗之嫌。皖公格物致知,做事尽责,善始善终而富有创意。在职时自强不息,退休后仍笔耕不辍,以至著作等身。抛开奉命为人代笔、替人作嫁和发表的大量未署名文章以及编著不论,单就出版的自著而言,新闻类有:《新闻采编录》《新闻标题探胜》(再版更名《看报看题》)《现场短新闻旁通》《新闻评论他说》《大路铿锵——新闻通讯选集》《笔底波澜——新闻评论选集》。文学类有:纪实小说《劳心的痛疚——献给铁道兵的歌》《文章声色有无中——天趣堂随笔》《天趣堂散文》《智者无为——天趣堂美文》《百年老汤——桐城文章品味》《空山诗魂——中国古代山水诗的世外味》《字里乾坤——汉字的文化意义》《天趣堂诗稿》三卷本、《天趣堂散文选》《天趣堂诗文选》、《人间辞话——古典诗词修辞例话》及《人间辞话增订本》等。其中《天趣堂散文》等五部百余万字著作先后被中国现代文学馆和桐城文库收藏,《诗稿》《辞话》被中华诗词研究院典藏。

皖公的散文随笔,生平并无师承,皆读书而自之。他走进书房,发现思想;走出家门,写出散文。所作崇尚桐城文派言必有据的学风,鄙视飞扬浮华、不重名实、哗众取宠、旨在惊听的不良习气。每每操觚有作,必踏踏实实,探索洞微,钩沉致远,缉裁巧密,多有新意,一旦发表,读者竞向传诵。对于既得成绩,他视为过眼烟云,淡定自若,一如他在退休离开自己的办公室时吟道:

归去功名付后生,自嘲树倒散猢狲。
平常心从淡泊出,不教业障碍此身。

——《无题二十首》之二

话虽这么说，报社毕竟是他辛勤耕耘近三十年的故土，眷念之心总是挥之不去，一首绝句流露了他的这一心绪：

> 翰墨卅载未名家，替人作嫁无迹涯。
> 退休西山少一事，缱绻报苑乱涂鸦。
> ——《无题二十首》之三

皖公退休后，又频频应邀赴杭州、龙游、西安、咸阳、香港、广州、深圳、澳门、珠海、贵州、太原、扬州、天津等地采访，由他主笔撰写并发表了十五万字企业专题报道。说到这里，我不禁感叹："这真是一位鬼才！"早在学生时代，有位享誉皖山的民主人士黄绪潜老先生，一次在澡堂泡澡时，与他的班主任兼俄语老师王子鸥、语文老师周明易等谈到田望生，黄老说："这小子，将来干什么都会成为专家！"今天，从皖公的历练与成功看，果然如此。

息影林泉　诗书为伴

晚年的皖公，于京畿百望山麓另购一宅，从原铁道兵大院迁出离群索居。为何要离群索居？这里不妨从他的诗作中寻找答案，如在移居搬迁途中他这样吟道：

> 问心谁是酬恩人，捲起诗书离京城。
> 老迁西山青云上，俯视来路总不平。
> ——《无题二十首》之一

是因为感叹人间不平，而愤然离群索居吗？从其《六十自述》所言"回眸平生，历练仕途，刚直不阿而终偃蹇不达，人生百味，备尝之矣"，似有其意。也有好事者说："这样的人才，倘若稍自韬戢，早获柄用。"然果若如此，岂是皖公？请看他的绝句：

> 功成难忘路坎坷，退休唯恋安乐窝。
> 君问何故依然瘦，只因周身硬骨多。
> ——《无题二十首》之十

此诗与前引"自述"互为见意，但读其《归来吟·山居十三首》，又觉不然。如他山居以后吟道：

> 老来添宅近颐和，昆明已然长属我。
> 澄怀涤虑湖心岛，最为亚子抱撼多。
> ——《山居十三首》之一

> 书以载道枕藉眠，树可清心好晨练。
> 身居朝市隐山林，俨然一个活神仙。
> ——《山居十三首》之二

> 汗漫九州数万里，锦绣山河收眼底。
> 岂料幽居西苑外，又得三山五岳趣。
> ——《山居十三首》之三

> 山居心闲甘寂寞，爱向林间无事忙。
> 不闻人语惟鸟语，时把月光当曙光。
> ——《山居十三首》之八

> 消遥自在得地偏，不闻是非心嫣然。
> 补读五车偿夙愿，未料老朽以诗传。
> ——《无题二十首》之六

胸无城府不自欺，来兮归去披蓑衣。

离群焉知青眼少，独居何劳计东西。

——《无题二十首》之十

这些"清而有味、寒而有神、瘦而有筋力"的诗句告诉人们：他对喧嚣的俗情世界、新潮的时髦保持着距离，绝不随波逐流；同时又敏感地警惕着生命的钝化、心灵的消亡、人性的物化和人文精神的沦丧。他的离群索居，图的是亲近荒野，得自然之趣。他的老有所归，"归"，是"归家""归隐"；而"隐"，又不是"真隐"，目的只是亲近山林，感受独居的自由，享受安宁、静寂的力量，从而把人的精神从"痴人说梦"式的"没有任何意义"的"喧哗与骚动"中解放出来，让感觉变得更加灵敏，让思索变得更加专注；让心灵充溢着生命满足的幸福之感。皖公隐居之地百望山属北京小西山。小西山系太行余脉，南起北京市石景山，北到温泉一线。东起黑山扈，西到军庄。其间有石景山、百望山、八大处、香山、卧佛寺、樱桃沟等名胜古迹。而百望山是离皇城最近的山林，它的南麓是中华第一园颐和园，北边离翠湖湿地相距不远，素有燕北江南之称。皖公的老家古南岳天柱山，正是这一地域的分水岭。它上接湘鄂，下衔吴越，天柱山既有北国之雄奇，又具江南之秀美，刚柔相济、南北兼融、人地谐和的结果，使天柱山人尚文喜武的风习渊源有自，源远流长。这里的文人多是没有文人习气的文士，如张恨水、陈独秀、赵朴初、朱光潜等，均崇尚洁身自好，厌恶趋炎附势。由此足见，皖公的归隐就是归家，是古人所谓"守拙归园田"（陶渊明《归园田居》）、"群牧归村巷"（完颜铸《北郊晚步》）。这种回归园田、村巷式的"归"，还含有"种豆南山下""带月荷锄归"，不受世事纷争的侵扰，自甘寂寞的意蕴。如他的绝句：

不将精力做人情，任我逍遥物外身。

心仪前贤甘寂寞，乐在清泉鉴孤影。

——《无题二十首》之十二

人生总被功名累，息影林泉得三昧。

一想份外壶中苦，万事无心杯有味。

——《无题二十首》之十三

归根结底，他是要在这苍茫浩瀚的大自然中感受山水之美，并且用诗歌的方式表现山水之美。

诚然，在息影林泉，过着隐居生活的过程中，他开始确有一段时间显得有些不安生，但仔细琢磨却事出有因。其《七十书怀》言："吾好学力行，笔耕不辍，且替人作嫁，乐此不疲，深得后生敬重，退休后仍有同行知己几顾茅庐。热心所激，弗能已，虽支离一叟，老眼昏花，精力浸退，仍勉强为之。"皖公《赋闲三十首》其二十三吟道：

瓣香东篱菊，服膺《饮酒》诗。

旷达超尘俗，淡泊以明志。

终死归田里，缘何三出仕？

少钱难买醉，隐者亦务实。

这里泄露了又一因：一生嗜酒爱游的他，退休后"少钱难买醉"也确是一个现实问题。而这个小小的插曲，却有助于他对山居生活的生动描绘，进而真实地再现了皖公既出世间又入世间的山水意境。而他的出世思想，与他对佛学的兴趣、受佛教思想影响关系极大。皖公的家乡天柱山在历史上是佛道圣地，道家尊天柱山为第十四小洞天，五十七福地，自南北朝起，道家曾先后在天柱山建过五岳祠、白鹤宫、灵仙观等著名道场。佛教禅宗的二祖、三祖都曾在此驻跸传授衣钵。天柱山麓的三祖寺是皖公的出生地，更是华厦著名的寺院，香火旺盛，影响深远，被国务院列为汉族地区佛教重点寺院之一。这种地域文化，在无形中给皖公心理上留下了深深的烙印。"据于儒，依于老，逃于禅"的处世哲学，以及"儒治世，道治身，佛治心"的立世养心之说，已经渗透到了皖公的血液中。佛教的，是哲学的，也是文学的、诗歌的。

在皖公的诗作中，笔者发现他将佛、道的哲理自然地织入诗篇，使人读来"觉笔墨之中、笔墨之外，别有一段深情妙理。"如"入世两行泪，流尽已卧床""魂兮归故土，南无三柱香"（《悼慈母》）、"死生有命莫问天，安大未读病占先"（《伤逝》）、"香火绕银杏，大觉有几人"（《游京兆大觉寺》）、"身居朝市隐山林，俨然一个活神仙"（《山居十三首之二》）、"前生修来孤山伴，芒鞋踏破空谷烟"（《山居十三首之十二》）、"决绝一争为事功，笔走龙蛇掉头空。平生多少难言隐，俱在拈花一笑中"（《无题二十首之六》）、"不教凡心伤往事，林下面壁学维摩"（《无题二十首之八》）等带有佛家思想的句子并不见少。

皖公作为老三届的高中毕业生，失去了上大学的机会，缺乏完整的教育经历，这是皖公盘桓一生挥之不去的遗憾。但他凭借自学，获得过北京市高等教育自学考试委员会和中国人民大学颁发的大学新闻专科文凭，多少弥补了一些缺憾。他深信"腹有诗书气自华，读书万卷始通神"，晚年凭借幽静的读书环境和赋闲在家的充裕时间，他潜心读书，读《通鉴》《纲鉴》，看《三国志》《晋书》《南北史》；读康乐、渊明、李白、子美、义山、飞卿、子瞻、放翁、诚斋诗，看《尔雅》《孝经》《仪礼》《论语》《孟子》诸注疏及《史记》《前后汉》《隋唐书》《五代史》及南北朝时期诸史书，宋至元朝的史书亦不放过。他的书不是整齐地放在书架上，而是东倒西歪地散落在床头茶几上，凉台、卫生间也放着书。读书吟诗，成了他晚年不可或缺的大事。其诗歌创作每每与书法相结合，即吟即录，下笔成章。他的《天趣堂诗稿》堪称诗、书合璧，翰墨间才气横溢，情感奔放，渊博深厚的文化底蕴与光明磊落的人格精神充溢其间。他常对身边的人说："史鉴使人明智，诗歌使人巧慧。饭可以一日不吃，觉可以一日不睡，书不可以一日不读。"晚年的皖公以书为伴，把书当作情人，正如他自己所说"暮年寂寞谁伴我，窗前明月枕边书"。

（本文为赵生伟撰，全文先后收入 2014 年 9 月中国书籍出版社《人间辞话——中国古典诗词修辞例话》、2016 年 3 月新华出版社《天趣堂散文选》、2018 年 9 月作家出版社《萃文斋散文》。）

附录三：

主要参考文献书目

诗集传	［宋］朱熹注	中华书局
诗义会通	［清］吴闿生撰	中华书局
楚辞补注	［宋］洪兴祖补注	中华书局
三曹诗选	余冠英选注	湖北人民出版社
陶渊明集	王瑶注	人民文学出版社
谢康乐诗注	黄节注	人民文学出版社
全唐诗		上海古籍出版社
全宋词	唐圭璋编	中华书局
辽金元诗选	章荑荪选注	古典文学出版社
明诗别裁集	［清］沈德潜等编	中华书局
诗品注	陈延杰注	人民文学出版社
文心雕龙辑注	［清］黄叔琳注	中华书局
修辞鉴衡	［元］王构编	中华书局
清诗别裁集	［清］沈德潜编	中华书局
四溟诗话	［明］谢榛撰	人民文学出版社
薑斋诗话	［清］王夫之撰	人民文学出版社
一瓢诗话	［清］薛雪撰	人民文学出版社
随园诗话	［清］袁枚撰	人民文学出版社
昭昧詹言	［清］方东树撰	人民文学出版社
饮冰室诗话	［清］梁启超撰	中华书局
渚山堂诗话	［明］陈霆撰	人民文学出版社
人间词话	王国维撰	人民文学出版社

东坡乐府	[宋]苏轼撰	上海古籍出版社
金元散曲	隋树森编辑	中华书局
元人小令集	陈乃乾编辑	古典文学出版社
容斋随笔	[宋]洪迈撰	上海古籍出版社
管锥编	钱锺书著	中华书局
汉语修辞学（修订本）	王希杰著	商务印书馆
修辞新格（增订本）	谭永祥著	暨南大学出版社
赵元任语言学论文集		商务印书馆
修辞风格研究	郑远汉著	商务印书馆
汉语比喻研究史	冯广艺著	湖北教育出版社
汉语风格学	黎运汉著	广州教育出版社
对偶辞格	朱承平著	岳麓书社
周振甫讲修辞		江苏教育出版社
比喻、近喻与自喻	刘大为著	上海教育出版社
用典研究	罗积勇著	武汉大学出版社
唐宋词美学	邓乔彬著	齐鲁书社
古典诗词学的现代诠释	蒋寅著	中华书局
形象诗学	赵炎秋著	中国社会科学出版社
唐诗宋词专题作品选	张明非主编	高等教育出版社
宋代咏物词史论	路成文著	商务印书馆
唐绝句史	周啸天著	重庆出版社
神韵诗学	王小舒著	山东人民出版社
中国修辞学史	周振甫著	江苏教育出版社
传统诗词的文化解释	陆玉林著	中国社会科学出版社
汉语涉数问题研究	郭攀著	中华书局
诗论	朱光潜著	北京出版社
修辞理论与语言应用研究	史灿方著	安徽人民出版社
唐诗百话	施蛰存著	华东师范大学出版社